椿楸园掇文辑存

刘毓庆　著

山西出版传媒集团　三晋出版社

图书在版编目（CIP）数据

椿楸园掇文辑存 / 刘毓庆著．—太原：三晋出版社，2020.9

ISBN 978-7-5457-2080-8

Ⅰ．①椿…　Ⅱ．①刘…　Ⅲ．①中国文学—古典文学研究—文集　Ⅳ．① I206.2-53

中国版本图书馆 CIP 数据核字（2020）第 178805 号

椿楸园掇文辑存

著　　者：刘毓庆
责任编辑：张继红
责任印制：李佳音

出 版 者：山西出版传媒集团
三晋出版社（山西古籍出版社有限责任公司）
地　　址：太原市建设南路 21 号
电　　话：0351-4956036（总编室）
0351-4922203（印制部）
网　　址：http://www.sjcbs.cn

经 销 者：新华书店
承 印 者：山西海德印务有限公司

开　　本：720mm × 1020mm　1/16
印　　张：20.75
字　　数：300 千字
版　　次：2021 年 1 月　第 1 版
印　　次：2021 年 1 月　第 1 次印刷
书　　号：ISBN 978-7-5457-2080-8
定　　价：68.00 元

如有印装质量问题，请与本社发行部联系　电话：0351-4922268

弁 言

转眼间在椿楸园已是十年了。椿楸园现正处在风雨飘摇之中,越在此时越有一种难以割舍的情感。为纪念这段时光,去年编辑了《椿楸园著作系列》八种。平时有个毛病,不知道保存东西。自己的文章,写出来就算完事,发表了没有,也不太在意,更不用说保存了。因此在整理《系列》时,有些文章手头没有,也就没有再作考虑。后来发现有几篇自己觉得重要的文章里面没有收,再一细查又发现了一部分手写的稿子,于是又产生了新念头,这便有了这本书稿。

因为内容不集中,也非一时完成,有成熟的,可以代表当下自己观点的;也有不成熟的,但却能反映青年时代思想锐气和思考的,于是根据情况分成了六辑。第一辑是近十几年的学术论文,倾向于理论性,宏观上把握的较多,可以代表我现在的学术观点。第二辑是关于古体诗词格律、用韵和欣赏的。《韵在嘴上,不在书上》和《律在嘴上,不在纸上》是针对时下古体诗词创作存在的问题而写的,目的是想从理论上澄清一些问题,从而让诗词爱好者自己能理性地做出选择。诗词欣赏的几篇,多为命题作文,虽属应酬,但也是方法上的新尝试,其中《周易》的阴阳理论影响很深。第三辑是几篇20世纪80年代写的旧文,内容是《诗经》与神话的。其中关于《关雎》和鲧禹神话的两篇,二分之一的篇幅曾在《中州学刊》发表,发表后还有些反响。记得当时主编汤漳平先生给我寄来转载的报纸,表示感谢。第四辑是近些年给朋友、学生的书写的序言。第五辑是30年前的半部未刊书稿，是谈读书、学习及研究方法的，其中一部分曾在《太原日报》连载。第六辑几篇短文，是用国学的知识和视野对生活或民俗中遇到的问题的分析、解答，大多在报刊上发表过。

现在把这些文章编辑成册，希望对读者能有点启发作用。

目 录

第二辑

第三辑

第四辑

第五辑

第六辑

第一辑

古代文学研究者的社会角色

摘要：古代文学研究者，应该是文化承传者和人类精神家园的建设者，应当肩负起传承千年文明成果的使命，并为提升人类精神境界与文化品位、为价值观重建与人性改造作出努力，遏制人类向经济动物方向滑行，帮助人类向着健康的道路发展，才有可能体现其当代价值和意义。

关键词：古代文学研究　社会角色　文化承传　当代价值

不可否认，古代文学研究遭到了社会前所未有的冷漠。这主要有两个方面的原因。第一、在以经济建设为中心的价值选择下，古代文学研究无法承担人们对于经济指标的期待；第二、古代文学研究者向社会表现出了“以知识为谋生手段”行乞于社会的可怜形象，丧失了自己应有的社会职责。后者则是更根本的原因。如何确立古代文学研究的社会位置与社会角色，体现其对于社会的价值与意义，这是古代文学研究者应该认真思考的问题。

一、古代文学研究者角色的变迁与当下状态

“社会角色”决定于古代文学研究者的社会价值与地位。20 世纪古代文学研究者的角色，最少有过如下三次大变迁。

第一次是 20 世纪之初，其角色主要是“文化批判者与建设者”。20 世

纪初西学东渐，古代文学研究启动了现代化的进程。面对民族危亡的现实，一批受西方思想影响的新型学人，以除弊救亡、改造社会的态势出现在历史舞台上，表现出极强的文化重建意识。他们的目标非常明确，就是要振兴中华，重塑民族灵魂。像“五四”前后的一批优秀学者，如陈独秀、胡适、鲁迅、郭沫若、闻一多等，他们无一不是以“铁肩担道义”的精神，活跃在文学及传统文化的研究领域的。批判封建糟粕，是这个时代的一个主要倾向，而发扬民主性的精华，则是一个主要的目标。

第二次是中华人民共和国成立以后，其角色主要是“文化战线的革命战士”。这时虽然关于“批判”“继承”问题有了更明确的目标定位，但频繁的政治运动，使得古代文学研究很快与政治斗争结缘，“古为今用”成为那个时代古代文学研究的一条原则，而研究为无产阶级政治服务，更成了这个时代响亮的口号。于是，古代文学研究者很快便积极投入了新的政治斗争中。从五十年代的《武训传》批判、《红楼梦》研究，到六七十年代的批《海瑞罢官》、批儒评法、评《水浒》等，每一次都轰轰烈烈，而其目标指向无一不是政治的，“纯学术研究”受到了彻底的否定和批判。一批研究者，极力从古代文学中发掘所谓反剥削、反压迫并代表劳动人民利益的作品，同时还要与“资产阶级反动学术权威”做斗争。古代文学研究队伍从整体上表现出了从未有过的政治热情。

第三次是 80 年代后，随着“以经济建设为中心”目标的确立和经济建设的深入开展，搞四个现代化成为时代的最强音，经济与科技成了衡量社会发展的唯一尺度，全社会的目光都集中在了金钱上，政治斗争被淡化，古代文学研究随之被边缘化，而且不时地遭到责问：古代文学有什么用！好像古代文学研究已经变成了对现代社会毫无意义的无聊行为。古代文学研究者的角色便发生了根本性的变化。从 20 世纪初期的“文化先锋”、世纪中叶的“革命战士”，一变而为世纪之末的“时代弃子”。其间虽然也有一些学者积极追随时代潮流，下海做“儒商”，但“文化人”的角色却完全丧失了，变成了纯粹为金钱谋划的商人。

古代文学研究的边缘化，尽管有社会的原因，但不可忽略古代文学研究自身存在的问题。詹福瑞先生曾撰文指出当前的古代文学研究疏离主流、对当代文化建设漠不关心、对许多重大问题缺少必要回应的态度。[①]确实，从20世纪九十年代开始，古代文学研究者改变了过去积极投身于时代文化潮流的态度，对现实表现出了极大的冷漠，把背靠社会搞纯学术研究认作是学术健康发展的保证。随后，随着经济建设的深入与现代化步伐的加快，古代文学研究队伍中出现了四种令人担忧的现象。第一种是纯粹为了经济目的，与书商合作编撰有良好的经济效益的图书。第二种是屈从于经济建设，搞所谓服务于经济的项目，如承揽"文化旅游规划"项目，帮地方搞"文化产业"等等。其目的仍在金钱，只不过比商人体面点而已。第三种是在新的考核指标与职称体系、奖励制度的驱动下，研究者由"文化思考者"变成了"论文生产者""课题承包者"。在这个体系中的学者，几乎无一不在思考论文题目，无一不在关注论文的级别与数量、课题的层次、经费的多少等等。第四种是把学术研究变成了一种少数人的高级娱乐活动，研究的问题越来越狭小，只求高深，不求意义。前三种情况都是为了生活而研究文学的，把古代文学研究当作了一种求生的职业与手段。后者虽是为学术而研究，但在时代浮躁之风以及大量电子图书、网络图书的冲击下，也很难像古人那样认真读书、领会精神了。作为职业学者，当拿起《论语》的时候，看到的已经不是《论语》中孔门风范，而是会发现某一条注释有问题，某一个问题能够写成一篇论文。当面对论文题目的时候，一个关键词输入"搜索"对话框，几秒钟的时间就可以把几百部乃至上千部的古籍搜罗一过。再用几秒钟，就可以把近十几年的同类研究成果搜索一遍。大量的书籍已经不需要阅读，只要搜索就可以了。读书，修养已不是目的，目的全在"生产"。"著作等身"已不再是少数学者的专利。在这种形势下，学术腐败便成为必然，著名学者抄袭的丑闻频繁出现。在硕果累累的表象背后，我们看到的是精神空白。虽然每个学者都能找到适合于自己生存的空间，有的甚至还成为新型的"经济暴发户"、新的学术权威。虽然也有学

①詹福瑞《中国古代文学研究的边缘化问题》，《文学评论》2001年第1期，第148页。

者仍不失传统学者以道自任的精神，但作为一个整体，一个学科，在社会中却失去了位置，知识群体应有的文化使命感与社会责任感流失殆尽，基本丧失了对社会应有的意义。

当一群文化人只是考虑自己的生存问题，丧失了社会职责，也失去了社会意义的时候，还有什么社会角色可言呢？

二、古代文学研究的当代意义

在社会生活中，每一个群体的角色，都是以这个群体对于社会的意义来决定的。古代文学研究者的社会角色，也只能在当代古代文学研究的实践中才能体现。而要充分体现其当代意义，就必须走出狭隘的文学圈子，看到它与当代人生之间的意义联系。这里最少有五个方面值得思考：

第一、古代文学对于提升人类精神境界与文化品位的意义。或许有人认为，古代文学研究既然被边缘化，就证明不被社会所认可，它无关国计民生，自然会被淘汰。但是我们要看到，人不是单纯的经济动物，其与动物的最大区别在于人有一个广阔的精神世界。人生是有不同的境界与层次的，这境界、层次与人的素质、品位密切相连，但人的素质、品位不是表现在物质生活层面上，而是表现在精神层面上。比如人饲养的猴子，在物质上完全可以达到比一般人生活水平还高的享受，但它的精神世界却是空空荡荡的，它永远无法获得人的那一份精神愉悦。一个读书人面对金庸武侠小说的时候，他可以走进另外一个世界，在那里获得乐趣，可是猴子却不能，它也许只能看到白纸黑字，甚至不知道那是字。古代文学中蕴有一个无限广阔的世界，这个世界中有无数的门，每一个门中都有一份秘密。当我们打开这些门的时候，就会发现别一天地，我们可以和这个世界上的人进行对话、交流，从中获得陶冶、提升，获得不学无术者难以想象的精神愉悦。但这个世界的门不是每一个人都能打开的，古代文学研究者就是要设法打开每一扇门，让这个世界彻底向人们敞开，让更多的人能走进去，从中获得精神陶冶，并由此而提升人生的境界与层次。可能有人觉得古代文学无关生计，读过后会很快忘掉。大学学四年，毕业便全忘光。其实并非如此。这就像用土堆起的高台，因久经风吹雨淋土堆摊平了的时候，人们会感到高台已不存在了。但要知道高台已和大地融为一体了，它所在地方的地基已远远高出其他地方了。具体的知识表面上是忘记了，其实它已经变成了你的一种认识、分析事物的能力与眼光，变成了你的基本素质，提升了你的人生层次与文化品位。

第二、古代文学研究对于塑造民族灵魂的意义。文学是生命的一种存在形式，它不是死的，而是活的，它与当代人生之间存在着意义上的联系。它把“过去的世界”隐藏在了文字语言之中，向我们传递着一种文化生命的信息。当我们打开古代文学这本书的时候，面对的就是一个活泼泼的、充满着生命情感与生活情调的世界。这个世界用一种深沉而浑厚的声音呼唤着我们，使我们在一阵精神震动之中，发现了这个世界中徘徊着的自己的身影，我们由此感受到了自己与这个世界的联系。面对古代文学，我们可以建立三种不同关系。一种是“我与它”的关系，“它”是一客观物，我对它进行研究。二是“我与你”的关系，“你”是鲜活的存在，可以对话、交流。三是“我与我”的关系，“我”是从中发现的自己。这第三种关系所触及的才是文学的灵魂。探索这个世界的过程，就是认识我们自己的过程。只有认识自己，才有可能在“与时偕行”中用新的思想、新的观念不断改造自己，重塑民族的灵魂。

第三、古代文学研究对于重塑当代价值观的意义。当代人类价值观出现了极大的偏失，绝大多数人把科技与经济当作了价值判断的唯一标尺。比如认为中国落后、美国先进，美国代表了人类发展的方向，甚至有人以此来否定中国，认为中国既然“民族优秀”“文化传统优秀”，历史又悠久，为什么会远远落后于只有几百年历史的美国和西方国家呢？他们之所以认定西方国家先进、中国落后，就是看到了西方国家科学技术与经济比中国发达，西方人的物质生活水平要高于中国人。可是你要知道科学技术与经济的发展，只是外在于人的生产工具、生活工具与物质条件的发展，是人类创造力的一种体现，却不能代表或者说不能完全代表人类的发展。人类发展更主要的应该指内在的精神的发展、人性的发展，应该是人类精神向道德领域的不断提升。人类发展有两个轮子，一是科技，一是人文，两个轮子一起转动，人类才能真正走向和平、幸福、快乐与美满。只有一个轮子转，就会翻车。这种把科技、经济的发展认作是人类发展方向的价值观，显然是有问题的。而且这种价值观给人类带来的不是幸福的前景，而是“霍金难题”（人类如何才能继续生存一百年）的恐惧。如何重塑人类的价值观，使人类能够在健康、和平、快乐中稳步发展，这是一个不能不思考的问题。要重塑人类价值观，作为中国传统文化的主要载体——中国古代文学绝不能缺席。文学它不像历史、哲学，只讲一些干巴巴的事实或抽象的道理，而是用鲜活的生命以及饱满的激情，来展现一种价值观念与道德精神。中国文学中所展现出的“贵义贱利”的价值观，对西方文化所携带的以利益最大化为目标追求的价值观，无疑是有很大冲击力的。这两种价值观，前者示于人的是高尚，带给人类的是安定、和平、快乐；后者示于人的是庸俗，带给人类的是竞争、斗争、残杀。就人类的长远利益来说，前者无疑更有意义。

第四、古代文学研究对于修复民族精神家园的意义。经过 20 世纪的传统批判与观念变化，加之 20 世纪八十年后西方文化的冲击，中国人出现了信仰危机。一方面受唯物论思想的影响，无神论观念在社会上获得普及，大大淡化了中国人的神鬼信仰。另一方面西方追求利益最大化的价值观念，为中国大众所接受，利益追求被合理化，大大淡化了中国人传统的道德信仰。一方面是“彻底的唯物主义者”，什么神鬼报应全不管；一方面是以利益为目标，什么道德良心全属次要。不信鬼神报应，不讲道德良心，传统的精神家园在一个世纪的风雨中被破坏了，新的精神家园却建立不起来，也不知道该往什么地方建。于是一部分中国人行为失去了约束，人生失去了方向，精神失去了依托，生活在了空虚、焦虑、游荡、惴惴不安之中。从当前的流行歌曲中，我们听到的是“路迢迢水长长，迷迷茫茫一村又一庄”之类找不到前途、看不到希望的歌声。如何修复中华民族的精神家园，让每个心灵都得到安居，这应该是人文研究工作者考虑的问题。而这个精神家园的图景，就藏在中国古代文学中，从这个图景中我们可以看到往昔心灵宁居的影子。通过研究这图景，我们不仅可修复精神家园，同时还可从中找到回归家园的路径。

第五、古代文学研究对于承传中国数千年人类文明积累成果的意义。中国文明是世界上唯一一种经历五千年风雨未曾间断的文明。之所以没有间断而且始终影响着历史，它顽强的生命力来自人类数千年文明的积累与人类的明智选择。虽说在五千年的长途跋涉中，也蒙上了历史的尘埃，但经过20世纪大批判的洗礼，它呈现出的则是凝结着数千年历史智慧的厚重与沉稳。同时在人类面临“霍金难题”的当下，也体现出了这种文明对于人类不可或缺的意义。西方文明支配世界，不过短短的二百余年便使人类感到了种种毁灭性危机，而中国文明支配东方世界两千多年，却始终使这个世界保持着和平与稳定。越来越多的人认识到，人类要继续生存下去，就必须从中国传统中汲取智慧。中国文明的核心价值是“道德”，核心精神是“和谐”，这二者便是人类和平、稳定的保证。而中国古代文学则用最生动的方式体现了中国文化中的道德价值与和谐精神。在历史上，文学因为是用情感、形象感动人，比历史、哲学更易为人接受，因而在传承文化上起到了决定性的作用。今天要想使人类的这一文明成果获得传承，离开古代文学的研究则无从谈起。

一言以蔽之，古代文学研究的价值与意义，体现在人类的精神与文化领域。因此不能在物质领域对它有任何期待，必须抛开物质的层面，走出“学术研究为经济建设服务”的困扰，才有可能在文化与精神的领域寻找回古代文学研究者的社会位置与角色。

三、古代文学研究者应有的使命感

古代文学研究的当代价值与意义的实践，是建立在古代文学研究者群体的文化使命感与社会责任感的基础之上的。而实践其价值、意义的过程，也是其社会角色体现的过程。

我的恩师姚奠中先生曾说过：从中国现代大学学科分类上看，“历史系”研究的是世界史与中国史，中国古代史只是其中很少的一部分；“哲学系”面对的主要是西方哲学，中国哲学已沦为附庸，而中国丰富的古代思想，已被作为“边角料”放在一边；只有“中文系”以“中”字打头，研究的主要对象是中国的典籍与文化，因而这个学科承担着传承中国文化的主要使命。我认为这是非常有道理的。“中文学科”最大的一块就是中国古代文学，因此古代文学研究者应该有更强的传承文化的使命感。传承中国传统文化，并不是因为它是中国的，是中华民族的，更主要的是因为它是人类的一份宝贵财富，对人类未来的健康发展有极其重要的意义。西方文化所带来的现代社会中出现的一系列问题，只有中国文化才能给予解决。因此古代文学实际上又肩负着使人类精神获得充实、康宁、幸福、快乐的使命。只有在这种使命感受的支配下，才有可能实践其在精神与文化领域的价值与意义。

近十几年来，古代文学的研究成果，可能比过去八十年的总和还要多。但不可否认，在批量出现的研究著作中，真正怀着使命感而进行的研究并不多。不少研究者虽说不像一些庸俗的“文化学者”那样去以出场费的高下较量学术影响的大小，但却面向往古，背靠现实，嘴巴只向着一个狭小的学术圈子说话，无意面向社会，好像离社会生活越远，就越显得高雅脱俗。甚至认为：“我们能有惊无险而且自圆其说地论述一个奇特的问题，充分表现出自己的智慧来，也就体现出了自己的价值，自己从中得到一种乐趣，也就体现出了研究的意义。”这种所谓的“意义”到底有多少意义，实在值得怀疑。比如有人研究孟浩然，成果出来了，结论是孟浩然是个瞎老头，证据是他的《春眠》诗。“春眠不觉晓”，为什么？看不见；“处处闻啼鸟”，可以听见；“夜来风雨声”，听见了；“花落知多少？”不知道，因为看不见。这种推理固然可表现所谓的“智慧”，也能令人捧腹。但这种研究，意义何在呢？如果我们把其意义定位在“捧腹”之间，将此作为人生，不是太可怜了吗？我们是拥有高级文化知识的群体，社会把我们认作是知识的化身，而我们在社会充当的却是可有可无的角色，这实在有点悲哀。因此，要真正体现古代文学研究的意义，确立古代文学研究的社会位置与角色，就必须改变或调整近十几年来出现的“为生活而研究”或“为研究而研究”的学术风气与态度，把自己的研究与民族和人类的健康发展联系起来，把自己的命运与民族和人类的命运联系起来，跳出个人狭小的天地，以积极主动的态度和极大的热情关注人类发展，围绕时代课题作出更深层次的思考。我们要认识到自己的这个群体是社会的“大脑”，“大脑”有指挥四肢正确操作的职责。应该用我们的思考，引导人类走向健康发展的道路。尽管有人批判“精英意识”，强调“平民立场”，但要知道我们毕竟是人类千年文明的传承人。我们与社会一般民众的不同，就在于我们拥有了更多的人类数千年积累起来的思想与智慧，我们有责任将这些思想与智慧应用于人类的发展，而不应该只为自己活着。

当然笔者并不赞同“学术为现实服务”的口号，更不赞同将学术庸俗化去为所谓的“经济建设”服务。应该允许学术与现实生活之间的距离存在，既然是学术研究，就应该有学术的独立性，不应掺杂政治的或其他干扰学术研究正常运行的非学术性企图。但纯学术研究并不排除对学术意义的思考。社会文化的发展需要多方面研究成果的启动，如果我们能走出狭小的个人圈子，以博大的胸怀面对自己从事的事业，以人类文化发展的远大眼光来认识自己的研究，能感受到社会一旦缺少了自己的一份研究便会不完美，这样我们不但会有饱满的研究激情，而且会充满生命的活力，使自己的研究真正体现出它的社会价值与意义，确立自己显著的社会位置与角色。

作为一名学者，有四个不同层次的选择。第一是个我的人，一切为我，围绕我进行思考划圈，做什么样的课题对自己有利，什么样的课题容易出文章，什么样的文章好写，怎样才能使自己尽早达到职称要求的指标等等。这是最低级的一个层次选择。第二是群体的人，即意识到自己是群体中的一员，自己在这个群体中应处在何位置，能处在何位置，应对这个群体负什么责任，怎样才能得到这个群体的尊重等等。第三是历史的人，自己作为一个文化人，在历史上应留下什么纪念，怎样才能被历史所记忆，自己在历史上应占据什么位置，自己的研究成果百年后人们会如何评价等等。这是比较高的一个层次，不是一般人容易做到的。有这种意识，他的研究绝不会苟且，他会考虑一些重大的、能产生历史影响的课题来作。第四个层次是宇宙的人，这是一个最高的层次，这个层次的人会淡漠个人得失，淡漠功名观念，为宇宙的永恒和谐、为人类的万世太平作出思考，立德、立功于万世。要达到第四个层次，难度自然很大，因为那需要有很高的人生境界。但作为高级知识群体，起码应该有历史意识，这样才可能在课题选择、治学态度、研究方法、学术眼光上发生很大改变，使自己的研究体现出更大的价值与意义。

四、古代文学研究观念与方向的转换

影响古代文学研究社会角色确立的最大障碍，是20世纪中期以后形成的文学观念。

20世纪有三种理论支配并决定了百年来的文学观念。这三种理论，一是机械唯物论，二是进化论，三是遗产论。

先说“机械唯物论”。机械唯物论认为，存在决定意识，文学是社会生活的反映，是社会意识形态之一，它的特殊之处只是在于用语言塑造形象、用形象反映生活，并以这种方式表达思想感情。所谓“社会意识形态”，即指表现作者对世界和社会的系统看法、见解，是属于观念形态的东西。“形象”是手段，“反映生活”是目的，“表达作者思想感情”是附带。在这种理论的观照下，文学完全成了一种人类有意识、有目的、沾满功利主义色彩的行为，由此而被定位在了人类意识与社会生活操作的层面上。“反映生活”便成了文学的根本性任务与最核心的本质。同时，机械唯物论认为，事物发展是有规律的，而规律是可以认识并可以用来指导实际的。于是探讨文学规律，也就成了一个重要的研究课题。但我们发现，所谓的规律，除了便于教师讲授、学生记忆外，却看不出它有何意义来。没有一部不朽的文学巨著是在所谓规律的指导下完成的，相反把握了所谓的规律，却束缚了正常的创作。而且所谓的规律，无一例外的是将热情奔放、丰富多彩的文学作品冷化、僵化、抽象成了索然无味的教条。

其次是“进化论”。这种理论认为，文学史是一部文学发展、进化的历史。由诗到词到曲到戏剧、由神话到传奇小说到章回小说等，这就是发展的辙迹。在这种理论的指导下，研究者也务求用发展的眼光看问题，于是把文学史的变化统统归于发展，可是在文学史的写作中却遇到了两难的尴尬。一方面从进化发展的角度讲，先秦文学应该是最幼稚、最拙劣的，清代文学应该是最精美、最辉煌的；可是在面对文本时，却无法漠视《诗经》的妙然天成，《离骚》的精彩绝艳。于是在章节的分布上，也不得不以数倍于清代诗人的分量来介绍《诗经》与屈原。无论怎样探讨其发展，在辉煌的唐宋诗文面前元明诗文都显得黯然无光。

其三是“遗产论”。古代文学为什么被称作“遗产”呢？想来是因为它们是先人留给后世的精神财富的原因。但对任何文学作品来说，都是作者抛向世界的留存物，一经创作出来，便与作者脱离关系，成为一份精神财富，遗存于世界。在这一点上，是不分古代、现代和当代的。如果说李白、杜甫的诗作是“文学遗产”，那么鲁迅、郭沫若、茅盾等一批现代作家的作品是否也可以称作“文学遗产”呢？这在理论上该如何界定呢？再者，所谓“遗产”，乃是一种没有生命的遗存，是孤立的存在，你可以接受它，也可以转让它，它外在于我们的精神与生活，因此可有可无。然而古代文学却不同，它与当代人生之间存在着意义上的联系，它向我们传递着一种文化生命的信息。我们可以走进那个世界，并与那个世界徘徊着的灵魂，在弥散着同一种文化的气氛之中进行对话与交流。文学的这种特性，远远不是“遗产”二字所能涵盖的。

机械唯物论、进化论、遗产论，这三种理论的核心就是科学主义。在科学观念的指导下，文学研究被划归于哲学社会科学范畴，“古代文学”被认作了“古典知识”。用物理学的眼光分析文学的机械组合与功能系统，探讨所谓的文学规律，成了文学研究的主要方向。文学的创作背景、作者生平、思想内容、故事情节、艺术结构、语言特色、流派归属、时代特征等等，成了这个时代最时髦的研究对象。文学鲜活的生命激情，消失在了研究者分析、归纳、条理、认知之中。古代文学几乎完全变成了“古典知识”与“标本”，进入了“科学展览馆”，对其研究也变成了科学研究的一部分，对现实人类的精神生活几乎失去了意义。所谓“文学研究为政治服务”“为经济建设服务”的口号，都是在视文学为客观存在的“古典知识”的前提下提出的。

我们清楚地看到，科学主义所指向的是文学的外壳，是作为知识层面上的文学概念，而忽略了文学中所蕴含的无限广阔的精神世界。要知道，文学不是“科学”，也不是单纯的“古典知识”，而是生命的一种存在形式，是飞扬着的生命姿彩的展示。历史表现的是凝固的无法更动的过去，哲学是以抽象的方式寻求真理，而文学所展示的则是活泼泼的生命，是个体、群体乃至一个民族的心灵。历史是“死的”，哲学是“虚的”，文学则是“活的”。文学的价值重心不在其华美的外在语言，也不在反映生活的深度与广度，而在于由“活泼泼的生命”所展开的无限深邃的心灵世界。

我们要确立古代文学研究的社会位置与角色，就必须使“文学研究”从“科学霸权主义”的桎梏下解放出来，转换原先的观念、研究模式与方向，遏制强使文学屈从于物质生活欲望的妄想，最大限度地展现文学的人文色光，在精神与文化的领域凸显文学的巨大意义。

五、文学研究的两个新领域

古代文学研究观念转换的实质性，是将文学作为鲜活的生命存在，恢复其在人类精神生活中的地位。在这个前提下，可以有多种研究，但有两个最基本的领域则是不可忽略的，一是文学心灵，一是文学生态。这也是期待我们去关注、揭示的两个领域。

文学世界的构成主要有三个层面，一是语言层面，二是生活层面，三是心灵层面。优美的语言，构织出文学表层的色光，所谓文学是“语言的艺术”，即在这个层面得到体现；“言以载事”，所绘制出的是生活的内容，所谓“文学反映生活”，即是在这个层面中寻找出的意义；生活内容其本质的意义，则在于呈现心灵的图像，“生活”只是构织心灵图像的素材而已。因而心灵世界才是文学最深层、最本质的内容。文学心灵，是一个看不见的隐形世界。哲学、史学及科技著作，是有什么说什么，意义全在文字语言的表层，而文学的深刻意义则在文字语言的深处，在看不见的层面上。这正是研究古代文学最为艰难之所在。

文学的心灵世界有四个不同的层次：第一是个性的层次。这是表层的、人们接触作品首先能感受到的、研究者难以回避的一个层面。许多批评家评价作品艺术的高低，往往是在这个层面上立说的。形象越鲜明生动，感情越具活力，就说明作家的艺术手段越高，同时对于作家及作品个性心灵世界的展示也就越鲜明。第二是群体性的层次。这是在个性层面下覆盖着的一个层次。以前所谓的阶级性，就是这个层面上的东西，所谓的典型意义，也是在这个层面上立说的。社会有各个不同的群体、集团、阶层、行业、地域等等，他们的思想感情、性格特点、群体心理等等，必然要从每个个体中表现出来。文学作品在表现个体的形象及情感的同时，不可避免地要表现出其所属群体的思想与行为特点。20世纪中叶革命文艺界所大力倡导否定人性而张扬阶级性的行为，即是对文学表现群体性层面价值的充分肯定。第三是民族性的层次。这是一个最基本的叠压在群体性之下的层次，它所表现的是一个民族所共有的心灵世界与民族文化特征。一般说来，一部文学作品，只有在这个层面上有充分的展示，才具有与世界其他民族进行对话的能力，才有可能在更广阔的时空得到传播。否则，便不能成为传世之作。第四是人性的层次。其所表现的是人类共存的东西，因而有更广阔的空间。在世界民族之林中，文学作为各个民族的精神产品，“民族性”是其具备民族之间对话能力的基础，而其所展示的“人性”层面，则是民族之间能够沟通的依据。

文学心灵世界的四个层次是一个有机的整体，可以在一个“艺术个性”中同时张开。简言之，我是我，这是个性的层次；我是书生，这是群体性的层次；我是中国人，这是民族性的层次；我是人，这是人性的层次。个性、群体性、民族性、人性，都寓于“我”这个个体之中。“我”是一个活生生的、可以感知的个性生命存在。就像一棵树，我们所看到的它的独特的表现，形式只是露出地面的部分，它的下面则是深扎在土壤中的根，群体性、民族性和人性就是生长在不同层次土壤上有根，根扎得越深，树就越长得茂盛。扎根在花盆中的树，是绝对没有生命力的。“我”的鲜明的个性只有植根于深厚的民族文化以及人类文化的土壤之中，才能充满生命的活力。我们的研究在一定程度上，就是要打开心灵世界各个层次特别是民族性与人性上的门，因为文学在这个层次上是超越时空的，它对于人类精神的巨大价值与意义，也是在这两个层面获得最充分体现的。

关于“文学生态”，这是一个新的概念，其研究是以“文学是生命的一种存在形式”为前提的。“文学生态研究”，就是研究文学生命赖以生存的环境，是以一种有机融合的宏观视角，通过对有可能影响这一生命体生存、变化的诸多因素的考察，还原、构勒文学的原生状态。即以观察、反思文学的演变轨迹、整体风貌，诠释、开掘深藏其后的时代精神、文化底蕴。具体而言，像由地理环境、自然气候等所形成的影响着人群性格与生存方式的自然生态，由政治制度、官场规则、帝王创作等所造成的影响着行为原则、理想追求的政治生态，由生活方式、经济条件、物质追求等所形成的决定文学内容与文学表象的社会生态，由道德信仰、价值趋向、人际关系、社会风尚等所形成的影响文学心灵健康的人文生态，由社团组织、先代传统、意识形态、文化思想流派等所形成的影响文学精神的文化生态等等，都属于文学生态研究的范畴。文学史中任何一种特殊的文学现象的出现，都有与其相适宜的生态环境作为其必然的生存条件。当这种环境变得不适宜也就是生态遭到破坏时，赖以生存的文学生命之树，便会渐渐衰败、枯萎，别无选择。

我们可以把文学比作一棵树。以往对这棵“树”的研究有两条途径，一是研究树株的大小、花朵的颜色、树叶的形态、树冠的状貌，欣赏树外在的美丽，此即所谓的“审美”研究。二是研究木质的坚软程度及分子结构、木材曲直及其材用价值、纹理疏密及其形成的原因等等，此即所谓的“科学分析方法”。而文学生态与文学心灵则是，一研究土壤、地势、气候、温度、湿度、日照等一切影响生命成长的生态环境因素；二研究大树所造成的一方景观与气象的生态意义；三体悟大树所呈现出的生命姿彩，每一枝叶间所饱含的可以感受而不可捉摸的勃勃生机。审美研究所面对的是静止存在着的物体；生态研究所面对的则是鲜活的生命。前者所关注的是物体的外在表现与内在结构，是大树可以看得见的部分；后者所关注的是大树的生命力与生存需求，是看不见的部分。前者注重“因果”关系；后者注重生命条件。前者把树的价值落实在木材上；后者则将其价值落实在生态意义上。

一棵古老的参天枯树，它的木材可能一文不值，而它的生态价值却千金难买。如果对古代文学做所谓“科学研究”，犹如面对枯树评估其木材价值；文学生态与文学心灵，则是要研究这棵生命之树的价值，研究这生命之树对于人类文化生态形成的意义。

总之，古代文学研究者，其社会角色应该是文化传承者与精神建设者，应该肩负起传承千年文明成果、修复民族精神家园的使命，并为提升人类精神境界与文化品位、为价值观重建与思想改造做出最大贡献。要以最大努力遏制人类向经济动物方向的滑行，帮助人类沿着健康的道路发展。当我们明白自己的这种社会职责的时候，就不要也不会再怪社会对我们的冷漠了。

发表于 2008 年第 5 期《江西师范大学学报(哲学社会科学版)》

关于中华文明的承传问题

（高平炎帝文化研讨会发言稿）

在谈中华文明传人之前，有三个前提性问题需要交代：

第一、中华文明的前身是华夏文明，华夏文明本质是农业文明，支撑这一文明大厦的食物主要是黍稷，即谷子与黍子，而开发并发展种植谷子与黍子的是炎帝神农氏的族群。因此可以说，炎帝族群是中华文明的缔造者。

第二、黄帝与炎帝两个族群经冲突而融合，促成了华夏文明的形成，而华夏文明的主体，则是炎帝族文明。黄帝是来自草原的游牧族群，炎帝为内地的农耕族群。黄帝族战胜炎帝族而成为统治者，犹如满族战胜汉族而统治中原一样，只是于内地原有文明中注入了新的元素，丰富了这一文明的内容，并没有改变这一文明的性质。

第三、华夏文明最主要的载体是华夏语言，作为华夏语言体系，它的起源只能是一个点，而不可能多个点同时产生一种语言。960 万平方公里土地上的汉语，是由一个点扩散而出，这个点就是炎帝族群及其发祥之地。

由此而言，炎帝神农氏启动了中华农业文明的历史，也奠定了中华文明的基础，创造了五千年文明史的辉煌。而在当下，这一文明遭遇了前所未有的困境。中华文明的基础是农耕文明，农业文明的根在农村。在工业时代，以农业文明为基础的中华文明为何还要承传？在商业文明高度发达的时代，中华文明还有无传人？在全社会向工业化高歌猛进的文化氛围中,还能否培养出农业文明传人？如何才能培养中华文明精神的传人？这是我们要思考的几个问题。

一、承传中华文明是人类继续生存的需要

从炎帝神农氏时代开始，华夏先民就启动了以农业经济为主导的历史。由于农业生产对于风雨的依赖,产生了对于天的敬畏;由于种植对于沃土的依赖，产生了对于大地的敬畏；由于守护庄稼对于安定生活的依赖,产生了对于别的人群的敬畏;由于对于四时变化的依赖,产生了对于天道的敬畏。敬畏意味着善待,意味着对于和平的期待。长期的农业生活，对于人与万物的依赖和敬畏,形成了中国人特有的知识体系与价值体系。这个知识体系,就是“以天人一体为基础的仁学知识体系”;这种价值体系,就是“以仁义礼智信为基础的道德价值体系”。

简而言之,所谓“以天人一体为基础的仁学知识体系”,就是在“天人一体”哲学观念的基础上构建起的知识体系。习惯上人们称“天人合一”，其实这是有问题的。在中国传统思想中,天与人本来就是一体,而不是分开再合的。“天人一体”,是本来如此;分后再合,是人当所为。所谓“仁学”，是一种视世界为一个有机整体的学说。在这一学说中,事物间的关系不是物质性的结构关系,而是生命性的命运联系。之所以称之曰“仁学”,是因为“仁”有“万物一体”的意义。在中国传统文化中,“仁”是一种心灵状态，这种心灵状态便是由发自于生命意识深处的慈爱而呈现的,故《孟子》说：“仁,人心也。”韩愈《原道》说:“博爱之为仁。”用仁心接物,便能与万物相通、相贯、共生、共荣。仁中蕴含着天地万物的生机,故《释名》说:“仁生物也。”《太玄经·玄数》范望注说:“长养万物曰仁。”世俗把饱含生机的果核称作“仁”,如桃仁、杏仁、松仁之类,原因便在于其生机的生存,没有这个“仁”,生命之树便无由生出。《周易》中大讲一个“生”字,如《易传》说:“天地之大德曰生”;“生生之为易”。又说:“乾……是以大生焉”;“坤……是以

广生焉”,这诸多的“生”,所展示的便是天地的“仁”心。故《系辞》言易之道说:“仁者见之谓之仁,知(智)者见之谓之知(智)。”“仁学”这一知识体系中蕴含着超越科学知识体系并能够统摄科学的绝大智慧。这种智慧的最大特点,在于它视天地人为一体,即所谓“天人一体,物我一源”(真德秀《蒙斋铭》),“天地者,人之体;故人者,天地之心也”(卫湜《礼记集说·礼运》引长乐陈氏说),将人与天地万物的生命缩结在一起。在仁学智慧的视野下,天地间充满生机,“呦呦鹿鸣,食野之苹”,“嘤其鸣矣,求其友声”,“螟蛉有子,蜾蠃负之”,自然间充满爱,而不是残酷的生存竞争、优胜劣汰。这种智慧在当下的运作,“一带一路”倡议可为典范。美国人看到了中国强大,于是要“重返亚太”,大搞军事部署,此即“生存竞争”思路的反映,其结果只能加大地区摩擦,导致冲突发生。而中国人则以和平友好的态度面对世界,提出“一带一路”倡议,共同打造政治互信、经济融合、文化包容的利益共同体、命运共同体和责任共同体。其目标是争取人类永久和平安定,消除战争威胁。世界的生路在和平之中,死路在竞争之中。“科学”思维把知识分成了不同体系,把世界划成了不同利益的板块,不同利益集团之间的利益争夺,便成为常态。每一个国家为了维护和夺取更多利益,把最聪明的大脑用在了杀人武器的制造上。一旦大打出手,人类只能在无奈中等待毁灭。而“仁学”思维则是要看到分裂的世界其背后命运的联系,要使人类认识到天地万物是一个命运共同体,人与自然、人与人、人与社会之间,命运联系在一起,一亡俱亡。《韩非子》中有两头蛇的故事,一蛇两头,两个头各不相让,为争食物撕咬。一个头把另一个头咬碎了,可它却无法再吞下食物,因为它们本来就是一体的,身上的血已从另一个破碎的头部流尽。

所谓“以仁义礼智信为基础的道德价值体系”,是指以仁义礼智信为原则的价值取向与是非评判。“仁者,人也”,心中有人,爱人、宽容人之意自在其中;“义者,宜也”,行其所宜行,不伤害他人利益之意自在其中;“礼者,体也”,行为得体,不违背社会规范之意自在其中;“智者知也”,无所不知,变知识为智慧灵活运作之意自在其中;“信者诚也”,诚则能成,成己成物之意自在其中。这五者,古人称作"五常","常"则是恒久、坚持,不可更变,人人需要遵循。这是人类的道义,这"道义"不属于某一个人、某一个民族或国家,而是属于"天下"的。这道义就是天理,天理只能是一个,不能是双重的,它适合于一切国家与民族,不受国家制度、意识形态、文化背景的制约,只要是人就应该接受,这就是普世价值观。现在一些西方人或受西方思想殖民的人,把"民主""法制"等认作是普世价值观,要在世界强行推行,却没有看到"民主""法制"是以利益为原则并靠意识形态、政治制度、文化背景等支撑起的价值观,人类应当共同遵守的"道义"却缺席了,这在不同的文化中,不同的国家制度中,是很难被接受或被恰当实施的。美国在中东强行"民主""法制",结果导致中东诸多国家的更大混乱,这就是典型例子。人类之车只有在道义的轨道上行驶,才能至于久远,而靠"利益原则"撑起的价值观,最终必因利益争夺而使人类走向自我毁灭。

这个知识体系所蕴含着的智慧,是追求人类万世太平的智慧;这个价值体系所蕴含着的仁德,是世界共生、共存、共荣的精神。这是中华民族在五千年的风风雨雨中, 经历了无数次劫难并总结了劫后复生的无数经验而形成的文明之果。这一文明有非常强的抗灾难能力和应对人类困境的能力。当下人类正处在物欲的迷途中,片面地追求利益最大化,加大了人与人、人与自然、人与社会之间的冲突,使人走上了一条不归之路,故而霍金提出了"人类如何才能继续生存一百年"的难题。英国著名历史学家汤因比(1889—1975)博士认为:"近代物质文明的危机,本质在于'道德差距'。就是说,'善性'衰退,人类的伦理、道德水准低下。要克服这些,提高人类伦理性,巨大的力量是中华民族所具有的'世界精神'。"(《国际创价学会会长池田大作的贺辞》,收录于王新生主编的《21世纪东方思想的展望:国际学术研讨会论文集》,北京大学出版社,2005年版,第2页。)奥地利著名心理学家卡尔·荣格(1875—1961)在他的《东洋冥想的心理学》中指出:应该转换西方人已经偏执化了的心灵,学习整体性领悟世界的东方智慧,应该"让他们放弃一些令人毛骨悚然的技术,拆穿他拥有力量的幻象,远比强化他错误的观念,认为他可以随心所欲、为所欲为要重要得太多了。在德国,我们会听到一种滚瓜烂熟的口号'有意志处就有路',这句话已导致千百万人付出生命。"([奥]荣格著、杨儒宾译《东洋冥想的心理学:从易经到禅》,台北商鼎文化出版社,1993年7月版,第40—41页。)澳大利亚学者李瑞智、黎华伦在《儒学的复兴》一书序言中说:"北亚古老的神话和圣哲,看来更可能替代西方文化成为我们'地球村'未来的中心。"([奥]李瑞智,黎华伦著, 范道丰译《儒学的复兴》,商务印书馆,1999年版,第3页。)著名瑞典科学家汉内斯·阿尔文博士则提出:"人类要生存下去,就必须回到二千五百年前,去汲取孔子的智慧。"(顾犇《〈论语〉在海外的传播》,《北京图书馆馆刊》1999年第2期。) 人们把目光聚焦到了中国文化,正是因为中国文化有超越"科学"思维、求取宇宙和谐的仁学智慧,有与他种文化共生共荣的仁德精神。只有中国文化的这种包容与和谐,才能化解世界的相互仇恨,给世界上因生存竞争而弄得疲惫不堪的灵魂指明一条通向归宁之所的道路。因此,可以说世界未来的希望在以农业文明为基础的中国文化中,承传中华文明是人类继续生存的需要。

二、中华文明传人面临断裂危机

但是,中华文明的承传,当下却遇到了危机。

20世纪的百年间,中华文明经受了三次重大冲击。第一是"五四"前后,一个接受西方文化熏陶而生成的新型知识群体,为建造新文化的大厦,对以经学为核心的中国传统文化,进行了猛烈的冲击,中国传统的道德观念和价值体系,被一代新人从理论上彻底颠覆。不过这场运动只停留在知识群体中,并未能深入到世俗生活。第二次是六七十年代的"文革",当时称:"要与旧的传统观念彻底决裂","这是一场触及人们灵魂的大革命",号召"破四旧,立四新"。由于是一场政治运动,故其声势之大前所未有,但这场运动主要在意识形态领域进行,对社会民众的观念造成了很大程度的影响,而对于世俗生活的冲击仍然是有限的。最大的冲击是第三次,八十年代的改革开放使西方的物质文明与观念一齐进入中国,东西方物质层面上的巨大差距大大刺激了中国人。刚刚在温饱线上挣扎出来的瘦瘪着身躯的中国民众，看到一个个肥头大耳、大腹便便、胸前挂着高档照相机的洋人旅游者，不觉目瞪口呆，于是一种强烈的财富追求欲望勃然而兴，传统的“贵义贱利”的价值观念被抛弃，“有钱能使鬼推磨”变成了国人的第一信念。“富与贵人之所欲也，不以其道得之，不处也”的圣训被“不管白猫黑猫，逮住老鼠就是好猫”的功利主义原则所取代，由此中国进入了“经济建设新时代”。接着被西方精神殖民的所谓“精英”，提出了“黄色文明”（指中国文明）必将走向死亡、“蓝色文明”（指西方的海洋文明）必将成为地球主宰的“预言”，被大批青年学子信奉为真理。紧接着出现了全面西化的高潮，从观念形态层面到物质生活层面，中国传统生活几乎全方位地被西方风习所取代：婚礼，由红色服装变成了传统中只有死了人才穿的白衣；祝寿，由代表长寿的寿桃变成了国人从未见过、也从不知道其意义的奶油蛋糕；中国传统所不齿的婚外偷情者，而今冠冕堂皇的过起了情人节；被中国人奉为万世师表的圣人孔子遭到冷落，而成群的青年人却为西方的圣人过起了圣诞节……

在深化改革的今天，中国人正在兴奋的高歌“四化”，呼唤“与国际接轨”，但我们看得很清楚：“四化”正在变成“全面西化”，“与国际接轨”正在变成“全面接受西方价值观”。在这种文化氛围中，有三种趋向决定了中华文明必然面临的危机。一是中国人正在失去起码的自尊和自信。如中国的登机牌上，洋文占据了中心地位；中国的宾馆厕所，显赫的标志是 WC 之类；中国人的文化衫上，布满了英文字母；中国首都的标志性建筑，如大裤衩、鸟巢、鸟蛋之类，统统出自洋人设计师；青年学生以外语高分为荣，大学生、研究生以出国为荣，青年女性以嫁洋人为荣……这一切，无疑都是中国人丧失自尊和自信的反映。二是中国人的价值观念正被西方价值观所取代。传统是劳动致富，而今劳动者却成为最贫穷的人；传统以礼让为美德，而今则强调竞争，并以竞争获胜者为英雄；传统强调节操，而今则“笑贫不笑娼”；传统倡导勤俭节约，而今倡导消费刺激生产；传统赞美“道义原则”，而今则力行“利益第一”。三是中国人把西洋人的屁股当大脑，跟着人家走。在很多中国人的心目中,中国的今天,就是美国的昨天;中国的明天,只能是美国的今天。中国人只有跟着美国人走,而不能超越美国。在这样的文化大背景下,中华文明的承传如何能不危机?

中华文明如何才能承传?靠谁去承传?传人在哪里?我们必须严肃地面对这一问题。检点当代中国活动在历史舞台上的人群,“40后”“50后”是在农业文明基础上、在传统家庭中成长起来的两代人,这两代人对中国文化尚有感情,对民族文化的承传有一种使命感和责任感,然而他们即将退出历史舞台,已不能承担承传中华文明的重担。“60后”是在“文革”“批孔”中成长起来的一代人,他们对于传统文化非但没有感情,而且大多数人因长期受意识形态宣传与西方文化思潮的影响,本身对中华文明带有偏见,同时也坚信“由农业文明走向工业文明是历史的必然”,他们很难产生承传中华文明的意识,因而也无法承担中华文明的重担。70后、80后、90后,沐浴西风成长的新人,他们接受的几乎全是西方的概念与观念,他们是“一路向西”的一代,怎么能够承担承传中华文明的重担!

我们再来看当下中国社会的各阶层和不同职业的人群。活跃在高校与文化界的高级知识群体,他们中相当多的人,习惯于用西方概念规范中国学术与中国人的行为,特别是从事“西”字号研究的学人,他们几乎把西方的理论当作了真理,来要求中国。在21世纪“国学”从民间兴起之后,他们中的很多人不是抱着理解和同情的态度支持他们,指导他们,而是认作是“文化保守主义”回潮。在高校内,国学久久不能成为独立的学科,其根本的原因也在于用西方学科观念观照“国学”概念,认为“国学”不合于西方的学科规则。部分学者认为应该把“国学”改为“中国学”或“汉学”,或“中国古典学”,却没有看到“国学”这一概念中充盈着中国人的民族情感和文化精神,它是正在进行式,而不是一个单纯的、已成过去式的知识体系。尽管这个知识群体中有一部分学人对中国文化有清醒的认识,但无奈势单力薄。在民间推动国学运动发展的草根文人,他们大多是孩子的家长,无学术权威,无行政权力,他们虽有心肩负起承传中华文明的担子,可这个担子太重,他们只能摇旗呐喊,难以成为主力军。从农村走向城市的第一代城市人，他们身上携带着一些传统的习惯与观念，但他们的主要精力在“经济”目标上，无心力承传传统的文明；从城市成长起来的第二代城市人，脱离开了农村艰苦的生活环境，虽然从父辈的身上看到了残留的传统美德，如“艰苦朴素”“自力更生”“勤俭节约”之类，而自己很难有心思去继续这些美德，甚至将此当作不合时宜，更无心承传中华文明。到第三代城市人，中华传统美德已变成了古老的故事，唯西洋人的马首是瞻已成为时尚，失去了对中华文明起码的感情，又如何能去承传她呢？

不仅中华文明面临危机，中华文明的传人也面临断裂危机！这一文明的出路在哪里？

三、培养中华文明传人的难题

只有加速培养中华文明传人，这种文明才能延续。但是，当下的社会生态能培养出中华文明精神的传人吗？

从21世纪兴起的国学运动中，尽管我们看到了全社会为培养中华文明传人所做的努力，如大大小小的城市，出现了针对小学生、中学生办起的各种名目的国学班，在成人间也出现了不同层次的国学讲堂，民众自发地组织起了国学教育与传播活动。其中一个根本的原因，是社会道德滑坡、文化生态污染唤起了民众的忧患意识。但目前城市的各种国学教育，其所传授的多半是国学知识，是想用中华传统道德挽救下坠的民族灵魂。在更多人的心中，“中华文明”最多只能作为当下生活的补充，并无心培养这种文明的传人。虽然部分有社会担当精神的知识分子领衔组织起了以承传中华文明为使命的书院，然而却遇到了无法超越的难题。

难题之一：中华文明赖以生存的土壤遭到了破坏。中华文明的基础是农业文明，农业文明的根在农村。中华文明中所拥有的“以天人一体为基础的知识体系”和“以仁义礼智信为基础的价值体系”，都形成于农业生活之中。农村人与六畜五谷同生同长的自然生活环境，是天人一体观念发育的大棚；人对六畜田禾的呵护关爱，是仁爱发育的温床；一分耕耘一分收获的生活经验,培养了这个人群诚实守信的品格;四季循环如约不爽的季节更替,培养了人们的循规蹈矩的品格;“粒粒皆辛苦”的农业生产实践,培养了他们勤俭节约、艰苦奋斗的生活方式与作风;农村四季风物的变化与生活的多样性,培养了儿童机智善变的灵性。离开农村而接受中华文明教育,其所接受的只能是概念和概念中残余的滋味,很难全面理解这种文明的精神实质。玩橡皮猫塑料兔长大的孩子,其情感心态绝对与同六畜五谷诸多生命一起成长的孩子不同。而以仁为核心价值的中华文明,正是在生命的相互关爱中生成和发展的,离开农村这片土地,培养中华文明继承人,如同“无土栽培”,这只能传授国学知识,而很难传授这种文明的精神。“无土栽培”只能培养出绿叶蔬菜,不可能培养出承载中华文化精神的参天大树来。单纯的知识教育,城市无疑优于农村;而“成为人”的教育,农村则有优势。城市生活既缺乏将知识变成智慧的条件和机会,也难以体会到“物力维艰”并树立“爱人惜物”的观念。因此,最佳的教育模式是,小学在村,高中入城。从这个意义上讲,农村生活环境对于培养人才的意义是重大的。

但是,当下的中国农村,正在遭受着千百年来未曾有过的大劫难。根据西方模式制定出的“城镇化”方案,可以说是农业文明的断魂剑,它正在破坏着国家的新农村建设战略,已经导致千百万农村荒芜、空虚、死寂。一部分被西方精神殖民的社会学家和经济学家,按照西方国家的农村人口比:美国 1%,德国 2.3%,英国 1.7%,日本 3.4%等的标准,来推进中国的城镇化,让大批农民进城做市民。而城市的现代化建设、教育资源等与当下中国农村实不可同日而语。城市大路 500 米的绿化带所投入的经费,足以解决贫穷山区千口之村的人畜吃水问题;中等城市过“国庆”搞环境美化所投入的经费,也足以解决十几所乃至几十所千口之村的小学优质教师配备问题。这种资源配置的极度不合理,导致了浩浩荡荡的农民兄弟进城,望子成龙的迫切之心,使他们为儿子入城上学付出了高昂的代价,农村小学因没有好的教师配备而大批量消失。前几年出笼的教育资源整合的政策,在基层的执行中,变成了片面的“撤并学校”运动,加速了山区农村学校的消亡。政策的实施者只看到了学校的教育功能，却没有看到农村学校化民易俗、凝聚人心、提升品位、增强乡村活力的多种文化功能。一个村子没有了学校，听不到孩子们的歌声和笑声，看不到孩子们的影子，这样的村子还会延续吗？农村消失了，中华文明之树的根扎往何处？

难题之二：中华传统道德赖以形成的家庭环境正在消失。中国的伦理道德体系是以家庭伦理为核心而形成的，由父慈子孝兄友弟恭夫义妇顺的家庭伦理，生成了君明臣忠友信老安少怀的社会伦理道德。当下中国家庭发生的巨变，有目共睹。原初三世同居、四世同堂的家庭，已经消失；父子、兄弟分居，已成为常态。原先以老人为核心，在现实生活中变成了以孩子为中心，传统家庭的伦理关系，正在崩溃。“家庭”作为中国人的命运共同体，正面临前所未有的危机。高昂的生活成本，使得大批农村年轻夫妇外出打工，两地生活；西方个性自由、追求自我的价值观念，冲击着中国人原有的家庭责任意识，许多年轻夫妇可以不考虑孩子成长、老人赡养的责任而任意离异；国家的计划生育政策，导致独生子女家庭猛增。我们的教育对象是“以我为中心”的独生子女、失去父母温爱的留守儿童、家庭残缺的单亲子女、遭遇后娘后爹的心灵孤寂者，我们要把这样的人群培养为中华文明的传人，其可能性有多大？

难题之三：中华文明传人的培养缺少制度保证。当下的教育体制中，“国学”缺席，支离破碎的传统文化知识虽然在现在的中小学语文课本中可以见到，但作为中国文化精神的核心的“经学”体系，则被现代教育体制彻底抛弃。每一个民族都有自己的经典，西方国家有传授《圣经》的课堂，中东国家有传授《可兰经》的课堂。但在中国，作为民族经典的“五经四书”，长期处于被批判的地位。在当下的教育体系中，“五经四书”只是作为历史文献被分配到了相关的学科，《周易》归于哲学，《诗经》归于文学，《书》《礼》《春秋》归于历史，经典中所具有的文化精神在肢解中流失。大学没有“国学”学科，中小学体制中的课程没有“国学”。社会上的种种国学班，也只能在学生的业余时间传授国学知识而不能进入考试体系。同时，课余时间的传授，还随时有被加上“非法活动”的危险。没有相应的教材支撑,没有适当的制度保证,国学教育成了一种地下活动,如何培养出中华文明传人?

存在的难题,并非不可超越,但却不易超越。中华文明的传人并非不能培养,而是不易培养。只有解决了这些难题,才能培育出承载中华文明的大树。

四、中华文明需要植根的土壤

当下的中华文明之树,如同被大风拔起的大槐,它的根露于外,根部的土壤正在被风雨冲刷着,命运岌岌可危。要想让这棵大树获得生机,必须加厚其植根的土壤,必须保护其赖以生存的土地——农村!承载中华文明的大树,也只有在农村的生态环境中才能培养起来。就像绿化城市的无数树种,只有在旷野中育苗并长到一定年轮再移入城市的街道,才能起到绿化树的作用。如果将种子种在城市的街道旁,期盼其成长为大树,则会遥遥无期;因为城市污染的空气,有可能将其遏制在幼苗状态而无法长大。同样,中华文明的传人也需要在农村的土地上发育、培养,中学阶段求知欲望高涨、农村教育无法满足其精神需求的时候,再进入城市接受教育,这是一种最理想的方案。面对当下空虚残破、校舍荒芜的农村,我们急切期待国家出台相应的政策,挽救这片土地。

保护农村,就是保护中华文明的根,保护国家的稳定,保护民族的命脉。从保护"根"的意义而言,以上已有说明,此不赘述。从保护"稳定"的意义而言,农村与城市,如同事物的阴阳两端,农村"造血",城市"运化",如此而形成循环,使城市与农村都充满活力。而今在农村衰落的背后,是城市肥胖症的发生。城市与农村极不平衡的发展态势,促使浩浩荡荡的农村人口向城市单向流动,导致城市人口暴涨,秩序恶化,"瘀血"堆积,出现了"城市三高症":交通堵塞、雾霾重重、"城漂"满布。一场大雨,千城报灾,城市失去了应有的免疫能力。而且随着经济大潮高涨,漂入城市的农村人,靠着商业经营在城市扎根,一旦经济落潮,便会被搁浅在城市中无法生存，这必然给社会稳定带来威胁。只有使其回流，引导其回归本土，才能缓解城市压力，恢复城乡平衡。从保护“命脉”的意义而言，农村是生产粮食的地方，粮食安全是国家安全重中之重。当下因为农村的破败，粮食生产体系已遭到破坏，国家每年10%的粮食依靠进口。一旦国际上出现问题，粮路被断，其后果则不堪设想。尽管粮食局作为政府机关还存在，大规模的粮库还在政府手中，可以存粮备荒，但生产体系被破坏，粮库便会变成无源之水，国家安全也会受到重大威胁。因此加大新农村建设的力度和速度，应该成为国家的重大战略。而新农村建设，其必不可少的一环就是修复乡村教育。只有成功的新农村建设，调整农村与城市失衡的天平，才能保证中国社会的稳定。只有健康的乡村教育，才能培养出合格的中华文明精神的继承人。

但要使虚弱的农村恢复活力，有三项工作必须做：

一、引叶归根。国家出台相关政策，鼓励在城市安居的退休人员返乡定居，介入地方教育与地方管理，给他们创造第二次创业的条件和机会，使之将积累了一生的智慧贡献给家乡。即便他们回乡什么都不做，也会起到化民易俗的影响，提升乡村的文化品位。

二、引水归源。出台相关政策，鼓励漂浮在城市的大学生回乡从事教育，加强乡村学校的建设与师资配备，原则上村村设学校，使外流的孩子回本村上学，激活乡村的活力。这样，一部分家长便会随之回村安心建设家乡。同时，上学成本降低后，负担减轻，也会减少外出打工的人次，使一些家庭结束妻离子散的生活，避免更多家庭——“生活共同体”的破裂。这对于维护中国基层社会的稳定意义重大。

三、发展乡村企业。国家出台政策，鼓励大学生回乡创业，同时鼓励创办农村企业，使农民不离本土就有钱花。特别注意防止利用权力以办乡村企业的名义套取国家资金的不法行为发生。

中央政府一直倡导走“中国特色”的发展道路，这是非常正确的指导思想。应该结束“西化”之路，用中国智慧筹划自己的未来。在一般人眼里，城镇化、工业化、全球化是社会发展的必然。然而，以中国智慧观之，无论是什么“化”，都不能违背“天道循环”的规律。“城镇化”只有与“新农村建设”相统一，把农村建设得像“城镇”一样美丽，使入城人口出现回流，形成循环，缓减城市压力，协调城乡发展，才是健康之路。以牺牲农村为代价，激励农民进城做市民的发展道路，破坏了“循环”，违背了“天道”。“工业化”只有作为人类衣食住行基本生活的补充，以改善人类生活质量为目标，才是健康之路。追求经济指标、财富积累，必然导致灾难。早在五十年前，英国著名的史学家汤因比就说过：工业化是一条自我毁灭之路。因为工业生产所消耗的能源，绝大多数是不可再生的；所生产的产品，绝大多数是不能回归自然的。不可再生，就会枯竭；不能回归自然，就会成为污染物。如此便破坏了“循环”，违背了“天道”。“全球化”只有在保证自身“维生”体系不受破坏的前提下，有限的发展与外联系，才是健康之路，如果因与国际接轨，接受国外的廉价粮食，而破坏了本国的农业生产体系，把自己的命运交给别的国家，一旦出现国际变故，便会非常被动。此亦破坏了“循环”，违背了“天道”。违背“天道”，后果必然不堪设想。

因此，工业与农业、农村与城市的协调发展，才是中国的生路。只要充分认识到“农业是立国之本”，认识到农村对于平衡和稳定社会发展的意义，认识到农村生活环境对于培养中华文明传人的意义，损“城市”之有余，补“乡村”之不足，加大新农村建设的力度，便会走出真正“中国特色”的发展道路，为世界各国树立楷模，同时就可以成为人类走出当下危机的领路人。

近百年古代文学研究观念与方法之反思

近百年是中国古代文学与文论研究获得空前成就的一个时代。其成就的获得，主要有赖于西学东渐所引发的观念形态的大变革与研究方法的大更新。在科学精神的导引下，理性分析取代了感性体验，系统归纳与纵横论述的大块文章，取代了传统笔记、诗话、随感以及注解式的著述形态，使许多问题条理化、清晰化，由零散走向系统。同时，科学研究方法的大量引入，使文学研究呈现出了丰富性、多样性特色。然而，在轰轰烈烈的表象背后，我们却看到了由于观念的偏差而导致的文学研究领域的先天性缺陷。虽对“研究”而言，成绩卓著，而对文学真谛的探讨，则留下了深深的遗憾。

如果我们回顾一下 20 世纪的文学研究历史，就会清楚地看到，有三种理论支配并决定了百年来的文学观念与文学研究的方法及方向。这三种理论，一是机械唯物论，二是进化论，三是遗产论。无论是“唯物论”还是“进化论”，都是在科学研究实践中形成的理论。这三种理论引入文学研究领域，支配了研究者对于古代文学研究属性的基本认识，也决定了文学对科学的屈从。“用科学方法研究文学”遂成为一代人的共识。然而文学毕竟不是科学，科学面对的是物质世界，而文学则是精神产品，用科学眼光对待文学，势必导致文学精神与生命的流失。

一、机械唯物论对文学研究的影响

我们先从机械唯物论说起。唯物论认为,存在决定意识。文学是社会生活的反映,是社会意识形态之一,它的特殊之处只是在于用语言塑造形象、用形象反映生活,并以这种方式表达思想感情。所谓“社会意识形态”,即表现作者对世界和社会的系统看法、见解,是属于观念形态的东西。“形象”是手段,“反映生活”是目的,“表达作者思想感情”是附带。在这种理论的关照下,文学完全成了一种人类有意识、有目的、沾满功利主义色彩的行为结果,由此被定位在了人类意识与社会生活操作的层面上,“反映生活”便成了文学的根本性任务与最核心的本质。同时,唯物论认为,事物发展是有规律的,而且规律是可以认识并可以用来指导实际的。于是探讨文学规律,也就成了一个重要的研究课题。

这一理论的缺陷,第一是对文学本质认定的根本性错误。文学可以“反映生活”,但“反映生活”并不是文学的本质。甚至在某种意义上讲,文学性的体现,非但不在反映生活,恰恰在于远离生活。如明成化年间流行的词话《花关索传》,写刘备、关羽、张飞三人在子牙庙里对天发誓,结义为兄弟,要求有难同当,不求同日生,只求同时死。刘备说:“我独身一人,你二人有老小挂心,恐有回心。”关公说:“我坏了老小,共哥哥同去。”张飞说:“你怎下得了手杀自家老小?哥哥杀了我家老小,我杀了哥哥家底老小。”刘备道:“也说得是。”就这样张飞到了关羽家,一口气杀了关家老小十八口。这在现实生活中显然是不可能的事情。即使有,也会被认作是没有人性的野蛮行为,根本没有仁义可言。然而在通俗文学中,这却成了英雄之举!因为只有英雄才能斩断儿女情思,将一个“义”字横亘在胸中。在这些描写中,作者显然已忘记了情节的合理性与生活的真实性,只为了要体现一种忠义精神与英雄气慨。如果我们把这认作是现实反映,无疑是会上当的。叶梦得《避暑录话》曾言:“子瞻在黄州……未几,复与数客饮江上,夜归,江面际天,风露浩然,有当其意,乃作歌辞,所谓‘夜阑风静縠纹平,小舟从此逝,江海寄余生’者,与客大歌数过而散。翌日,喧传子瞻夜作此辞，挂冠服江边，拏舟长啸去矣。郡守徐君猷闻之，惊且惧，以为州失罪人。急命驾往谒，则子瞻鼻鼾如雷，犹未兴也。然此语卒传至京师，虽裕陵亦闻而疑之。”这就是把文学创作认作生活反映而闹出的笑话。显然东坡所谓“小舟从此逝，江海寄余生”，所表达的乃是一种解除人生痛苦的心灵期盼，并非生活事实。人们形容某人所叙述的事件富有“文学性”，并非指其所讲故事“反映”了“生活”的真实，恰恰相反，是指其故事的虚夸性，言其非生活中所有。中国传统中有大量以大团圆结局的小说、戏剧，其所表现的恰恰是现实中的缺憾。人们在现实中生活，不得不屈从现实原则，而在文学作品中，则可以冲破现实生活的制约，以快乐为原则，构制出现实生活中根本不可能存在的离奇故事，以满足自己心灵的缺憾。这说明，文学的本质并非反映生活。关于此，尽管文学理论家们可以做出雄辩的解释，如所谓源于生活高于生活、生活真实非事件真实等等，但这毕竟无法合理解释文学的超现实性本质。

第二是对文学价值定位的根本性错误。根据这种理论，许多学者将文学的价值重心定位在“反映生活”上。于是将《红楼梦》认作是阶级斗争形象史，将《水浒传》认作是农民革命史，一部中国文学史变成了政治思想史、社会发展史、生活反映史。从 20 世纪 80 年代后，虽说这种情况有所改变，但仍然可以看到用考证历史的方法为小说寻找现实根据、用逻辑推导的方法为《红楼梦》中人物勾勒新的结局的现象。我们并不否认，文学作品中有人类生活的基本内容。但要知道它所反映的家庭结构、社会制度、人际关系、集团冲突、婚姻形态等等的内容，我们在历史著作中同样也可以找到，而且还可以看到比文学中反映得更为全面、真实、深入的内容，那么又怎能将文学的“价值重心”定位于此呢？若从“形象反映生活”这个角度来讲，《红楼梦》以及几部中国古典名著，还有由名著改编的电视连续剧，确实都达到了一个相当高的水平。但是，要知道用形象反映生活的未必是文学。如林耀华的《金翼》，重在研究中国家族制度。在书的序言中，作者就声称他的书是“小说体人类学著作”，是“试图在其中真实地再现 30 年代前后中国农村生活的情景，科学地认识这一自然经济社会的剖断面。真实性、历史性、理论性的结合，是本书追求的宗旨。"庄孔韶的《银翅》也是一样，他是研究中国的地方社会与文化变迁的。这两部著作都是力图用形象反映生活的，其目的性非常明确。因而在生活情景的展示上，都把真实性认作了生命。显然对此类著作来说，一旦失去真实性，就失去了其存在的价值和意义。但你能说它们是文学吗？如果我们拿着《红楼梦》《水浒传》等文学作品与人类学的著作，在"形象反映生活"的价值上进行较量，那样文学便会显得一文不值了。再者，对于中国古代的抒情诗，像陈子昂的《登幽州台歌》、王之涣的《登鹳雀楼》、李煜的《虞美人》等大量著名的古典诗词，又该如何解释呢？它们"塑造"的是怎样的形象，反映的又是怎样的生活呢？

第三是文学研究目的的根本性失误。在唯物论的导引下，许多研究者把探讨文学规律当作了文学研究的根本目的，认为文学创作、文学发展都有规律可循。掌握了这种规律，就可以有效的指导创作实践，更深刻地认识文学的艺术性。于是出现了无数的规律探讨课题，如所谓文学继承与变革的规律、文学发展演变的规律、文体之间相互渗透影响的规律、文学批评与创作相互促进的规律、民族之间文学交流影响的规律、跨文化的文学共同规律、文学接受与传播的规律以及文学的内部规律、外部规律等等。有人还提出了"探讨文学规律，促进学术繁荣"的口号。但我们非常深切地感受到，规律总结，对于教师条理大纲、学生应对考试，确实有便讲授、便记忆的作用，却没有发现一部不朽的文学巨著是在所谓规律的指导下完成的。相反把握了所谓的规律，却束缚了正常的创作。而且所谓的规律，无一例外的将热情奔放、丰富多彩的文学作品，冷化、僵化、抽象成了索然无味的教条，对于理解作品的艺术感召力，没有任何意义。就如同懂得了"水向低处流"的规律，却丝毫无益于观赏黄果树大瀑布一样。以当代的数码电影为例，数码电影展现在观众眼前的是活生生的丰富多彩的影像，我们的情感在观看这些影像的过程中，或为之悲，或为之喜。而在数码电影的背后，则是简单的二进制的数学代码。没有一个观众会借助这些数学代码来理解影像艺术，也不会有一个导演会丢掉摄像机钻到办公室中用二进制代码来创作一部电影——这样做是不可能的,也是没有必要的。所谓的文学规律,正与这影像背后的二进制数学代码相同。文学艺术的魅力在于它所张扬出的生命姿彩,而不是它们背后的那堆数字或规律。

二、进化论对文学研究的影响

其次,我们来看进化论。进化论本是生物学领域的理论,到十九世纪后半叶被引入到社会史、文化学研究领域。这种理论认为,人类文化的发展是循着一定的规律进行的,有一个由低级向高级递进的过程,每一阶段互相衔接,不可缺少。在这种理论的导引下,文学史被认作是一部文学发展、进化的历史,由诗到词到曲到戏剧、由神话到传奇小说到章回小说等,都被看作是文学的发展,是文学前进的脚步。二十世纪前半叶,曾有一部文学史在开首的序言中就明确提出:文学之发展如生物之进化。这一理论,确实有相当的合理性,而且也确实能清晰地勾勒出文学史的一些里程和脉络,因而被知识群体所接受。

这一理论的缺陷,第一是将文学在历史长河中的变迁误认作是发展、进化,背离了文学史的实际存在。从具体的文学体裁看,确实每一种文体都有一个由不成熟到成熟、由低级向高级发展的过程。如诗由四言到五言、七言,由古体到格律,这中间确实有一种发展、进化的迹象。小说由先秦时代的《穆天子传》,到明清时代出现的四部古典名著,这确实很像是发展。我们知道,事物的发展,是新的生命体生成与旧的生命体消亡的过程。当一个人由幼年走向成年的时候,也就意味着他幼年时代鲜活生命的消失,同一个生命体,不可能同时处于两个不同的生命时段。但文学不是这样。当五言诗在四言的基础上诞生并作为一种新的文学形式光耀于文坛畅抒情怀的时候,四言诗并没有因之消亡,而是在神圣的祭坛上以肃穆庄严的声音表达着对神灵的礼赞,这却是五言诗无法替代的。我们很难说兴盛于公元十至十三世纪的宋词,就一定比公元七至九世纪的唐诗有了多少发展;盛行于明清以降的小说,就一定是六朝志怪的进化。如果我们用这种所谓发展的、进化的观点看问题,先秦文学理当是幼稚的,拙劣的,不值得一提的。然而事实却恰恰相反,像《诗经》的妙趣天然,《离骚》的浪漫雄奇,《孟子》的波澜壮阔,《庄子》的汪洋恣肆,《国策》的铺张扬厉、纵横捭阖,皆成了文学史上不可企及的高峰。尽管我们可以指责此时的文章结构不健全,体裁不完善,然而它们对人们心灵世界的巨大震撼,却无法做出合理解释。同时在书写古代文学史时,也遇到了两难的尴尬:一方面从进化论发展观的角度讲,清代文学应该是文学史上最精彩绝艳的一页;而当面对文本的时候,却无法漠视更为闪亮的唐宋辉煌。其原因就是在进化论的导引下,我们把文学史必然的变化,幻觉成了文学的发展和进化。

第二是把关注的目光投射到了文学形式的表层上,忽略了文学展示人类内在精神的意义。从文学体裁上看,尽管有一种发展的迹象,文学中所反映的人类物质生活水平,在历史中也出现了高低之别。然而古今人心、人情并不相违。在更多的情况下,文学创作是一种个体行为,是作者心灵世界与生命姿彩的展示,而人的个体之间存在着精神、气质、情感、性格、志趣、天赋等诸多的差异,这种差异并不是按高低次序排列于历史长廊、构成所谓的进化阶梯的。老子、孔子所创造的智慧高峰,现在有几人超越?我们现在的物质生活水平早已百倍千倍地超过了李白杜甫的时代,但有谁敢说他所创作的诗歌的艺术震撼力,超过了李、杜呢?虽然曾经有人不服气于李、杜的威望,呼唤要“各领风骚数百年”,然而那种局限于个人天赋的努力,那种风骚独领的辉煌,更多的只是昙花一现,当历史的风雨过后,文学史上留下的仍然是李、杜的鲜艳。千百年来所谓文学的发展,却没有人能够超越。这又该做何解释呢?

第三是关注新体裁,忽略旧文体。元明人有汉之文、晋之字、唐之诗、宋之性理、元之词曲的评论,这显然是对文化史不同时代不同成就的高度总括。在此基础上,王国维提出了“一代有一代之文学”的观点,他所说的是文学史上峰峦迭起的景观,并无进化之意。但20世纪相当多的学者,却将此与文学发展联系起来,新体裁认作是旧文体的发展,把新出现的“一代文学”认作是文学发展的结果。在这种思路下,最后兴起的戏剧小说,便自然成了文学发展的最高表现形式。于是在讲述文学史时，明清两代戏剧小说便占去了文学史四分之三的篇幅，至于诗文，认为其是走向衰亡的临时性存在，仅作简单地介绍、交代而已。这些研究者忽略了明清诗文其数量十倍乃至几十倍于小说戏剧的创作现实，更忽略了在这个时代诗文仍是文人表达情怀最主要的手段，一代士大夫精神世界的秘密，全隐存于其中。那种重小说而轻诗文的取舍与评价，既无法准确、全面地把握一个时代的文化精神，更无法走进一代人的心灵世界。

三、“遗产论”对文学研究的影响

我们再来看“遗产论”。“文学遗产”的概念，创始于1931年，源自苏联。当时其所指的是历史流传下来的文学史资料或社会思想史资料。1954年《光明日报》开辟了《文学遗产》专栏，专门发表古典文学研究方面的论文，后来创办了《文学遗产》杂志，成为本领域中最权威的杂志之一，对我国的古代文学研究作出了积极贡献。

“文学遗产”这一概念，反映了人们对于文学作为客观存在物作物理学分析认识的观念，所以出现了“批判”“继承”“去伪存真”之类的概念。但从理论上而言，“文学遗产”这一概念是非科学的。古代文学为什么被称作“遗产”呢？也许是因为它们是先人留给后世的精神财富的原因。其实对任何文学作品来说，都是作者抛向世界的留存物，一经创作出来，便与作者脱离关系，成为一份精神财富，遗存于世界。在这一点上，是不分古代、现代和当代的。如果说李白、杜甫的诗作是“文学遗产”，那么鲁迅、郭沫若、茅盾等一批现代作家的作品是否也可以称作“文学遗产”呢？这在理论上该如何界定呢？再者，所谓“遗产”，乃是一种没有生命的遗存，是孤立的存在、永恒不变的东西，你可以接受它，也可以转让它，它外在于我们的精神与生活，因此可有可无。然而古代文学却不同，它是一种文化存在，它与当代人生之间存在着意义上的联系。它把“过去的世界”隐存在了文字语言之中，向我们传递着一种文化生命的信息。当我们打开古代文学这类书的时候，我们面对的就是一个活泼泼的、充满着生命情感与生活情调的世界。这个世界用一种深沉而浑厚的声音呼唤着我们，使我们在一阵精神震动之中，发现了这个世界中徘徊着的自己的身影。我们感受到了自己与那个世界的联系，但又无法说清这种联系，我们与那个世界徘徊着的灵魂，在同一种弥散着的文化气氛之中，进行着对话与交流①。文学的这种特性，则远远不是"遗产"二字所能涵盖的。

机械唯物论、进化论、遗产论，这三种理论的核心就是科学主义。我们并不是说"科学"不好，而是说不能把科学视作万能的。"文学"不是"科学"，如果一定要机械地用"科学"手段对待"文学"，那自然会出问题。因此科学主义控制了文学研究领域，便导致了文学观念与文学研究方法的根本性改变，也导致了文学研究的机械形态。中国传统的"文章天地之元气""文章发阐性灵""文如其人"等观念以及感悟式、评点式的研究方法，把文学作为生命之物来对待的态度，被彻底抛弃，传统文论中诸多带有生命特征的关键词，如风骨、气韵、血脉、神理、主脑等，被形象、典型、情节、流派、主题等之类所取代。文学研究被划归于哲学社会科学范畴，"古代文学"被认作为"古典知识"。在科学观念的指导下，用物理学的眼光分析文学的机械组合与功能系统，探讨所谓的文学规律，冷静地研究它的创作背景、作者生平、思想内容、故事情节、艺术结构、语言特色、流派归属、时代特征等等，成了这个时代最时髦的研究内容。文学鲜活的生命激情，消失在了研究者分析、归纳、条理、认知之中。这种研究，就如同在手术台上对待一个病体一样，医生的关注点全在病灶上，并不关心携带这病变器官的主体丰富多彩的人生经历与精神世界。当然，我们并不是说这种研究完全没有道理，甚至我们还必须充分地肯定用科学方法研究文学所取得的前所未有的成就。但我们所要强调的是，文学不是"科学"，也不是单纯的"古典知识"，而是一种生命的存在形式，是飞扬着的生命姿彩的展示。科学主义所

---

①参见拙文《二十世纪文学观念对古代文学研究的制约》，《文学评论》2002 年第 2 期。

指向的是文学的外壳，是作为知识层面上的文学概念，而忽略了文学本体中所蕴含的无限广阔的精神世界。我们可以清楚地看到，“历史”表现的是凝固的无法更动的过去，“哲学”是以抽象的方式寻求真理，而“文学”所展示的则是活泼泼的生命，是个体、群体乃至一个民族的心灵。历史是“死的”，哲学是“虚的”，文学则是“活的”。文学的价值重心不在其华美的外在语言，也不在反映生活的深度与广度，而在于由“活泼泼的生命”所展开的无限深邃的心灵世界。可是在科学主义的关照下，文学标本化了。

笔者在《二十世纪文学观念对古代文学研究的制约》一文中曾经说过，面对文学，有两种不同的研究，一种是“研究文学”，一种是“文学研究”。“研究文学”是把文学作为一种研究对象，凡与文学相关的一切，如作家身世、时代背景、文化环境、社会思潮、艺术风尚、文学流派、文学规律等等，都在研究之列。但这是外在于文学的研究，研究的是作为思想史、文化史以及社会史资料存在的历史档案，并不是文学，或者可以称作是“前文学研究”。也正是在这一方面我们说 20 世纪取得了很大的成就。所谓“文学研究”，则是要在“前文学研究”的基础上，深入到文学的内部，把握、领悟和体验其内在的生命意义。我们现在要走出 20 世纪的阴影，就必须在文学观念上进行转变，使文学从科学主义的桎梏下走出来，用文学的眼光来对待文学，转换原先的研究模式，开创“文学研究”的时代。

四、文学新视野下的文学研究新领域

20 世纪的文学观念必须转变。这个转变实质的问题是，将文学作为鲜活的生命存在来对待。在这个前提下，可以有多种研究，但有两个最基本的领域则是不可忽略的，一是文学心灵，一是文学生态。这也是期待我们去关注、揭示的两个领域。

文学世界的构成主要有三个层次，一是语言层面，二是生活层面，三是心灵层面。优美的语言，构织出文学表层的色光，所谓文学是“语言的艺术”，即在这个层面得到体现；“言以载事”，所绘制出的是生活的内容，所谓“文学反映生活”，即是在这个层面中寻找出的意义；生活内容其本质的意义，则在呈现心灵的图像，其实生活只是构织心灵图像的素材而已。因而心灵世界才是文学最深层、最本质的内容。文学心灵，是一个看不见的隐形世界。哲学、史学及科技著作，是有什么说什么，意义全在文字语言的表层，而文学的深刻意义则在文字语言的深处，在看不见的层面上。这正是研究古典文学最为艰难之所在。心灵世界有多个不同的层次，笔者曾有专门论述，此处不赘①。

关于“文学生态”，这是一个新的概念。是在认定文学为一种生命现象的前提下，对其所作的环境关照。以往我们对文学作品产生的历史背景、文化思潮、时代特征等等所作的研究，是在把文学作为一种“遗产”的前提下，对文学所作的因果归类与价值定位。而“文学生态”的研究，则是对一种特殊生命的产生及其意义的关切。

在“机械唯物论”“进化论”“遗产论”三论所代表的思潮之下，“××是中国文学史中不可缺少的一环”或算是最为通行、最为普遍的评价意义，甚至也可称之为是无法驳斥的永恒判断。对于无法更改的历史存在，“不可缺少的环节”已然成为一种习惯的逻辑套式与评判话语，几乎古代文学的全部构成亦均可成为被置换的对象——既定历史序列中相扣的环节当然有着相似的构成属性，此既不能少，彼亦不可缺。然而，完全相似的历史共性并不足以诠释研究对象的全部意义，“不可缺少的环节” 实则是部分对于整体的一种普遍逻辑关系，而其作为哲学思辨所抽象出一种共同意义并不具备多少可供开掘的价值深度，一目了然的线性叙述亦很难构建出内涵丰富的客体形象。由此遂引出了“如果没有这一环节”的假设扩展，而“不可缺少”的意义亦在作为对立的假设命题中获得了容量扩展，在“如果没有”的历史推演中，因“缺少”而表现出的断裂、失序乃至崩溃，虽在不同层面丰富了“不可缺少”的意义内涵，然而，并不存在的历史虚构实为一种逻辑逆推，假设的“缺少”与事实的“不可缺少”构成了一种典型的二元

①参见笔者《古代文学的第三重世界》，《文学评论》2003 年第 3 期。

对立模式，在此思路下的意义推衍不免忽略了许多重要的中间过程，同时也可能因态度的对立而放大一些次要因素，以至在一定程度上影响了意义阐释和价值判断的原生性、真实性与准确性。其实，文学史乃至文化史的演变如同大河之有源，前后相继，滔滔入海，虽因流经地域的不同，会出现纷杂多样的水文现象，甚至会出现逆流，但始终一脉贯穿，不能任意截取。截之，非但其后之河流顿绝，即前段河源亦因中流塞断而不知所之。况且，注入生命的河流非比机械链条，本就无法裁截。历代各体文学作为中华文化长河中一段活水，自然有其作为华夏文明整体构成的历史意义，但其作为个体生命的存在意义，则需立足其流经地域的生态环境，即其所表现出的水文现象进行分析。如此，方可真正把握其于文化长河中的独立存在意义，而这正是文学生态研究的核心意义所在。

论及“一代有一代之文学”，唐诗、宋词、元曲以及明清小说作为毫无争议的一代文学当然难分轩轾，诗歌领域由来已久的唐、宋之争更是风格表现之殊，那么在此之后的诗史座次根据何种标准排列？乃至于一般观念中的“唐诗优于宋诗”又如何理解呢？是艺术风格的丰富多样，作家作品的数量？还是诗艺的创新突破，格律技巧的使用纯熟？是反映现实的深刻程度，社会反响的热烈程度？还是其他品评诗歌的尺度。这种整体性的定位评价显然并未遵循某种单一的衡量尺度，其表现出的实为一种整体感知、宏观把握的文学识度。其中虽也包含着一般诗学标准的价值参照，但以朝代分野的预设前提实际上已暗含了对于“时代”因素的特别关注，亦即列朝诗歌在自己的时代中是否处于生长适宜的生态环境。文学生态的是否适宜直接决定着诗歌生机的旺盛与否，而立足于此的生命力展现则是构成一代诗歌整体印象的基本元素——从某种意义上讲，传统诗论中倍受推崇的“元气”正是诗歌生命力于文学生态中的展现。即此而言，诗史座次的整体排序或可理解为以朝代为分野的生命力关注，文学生态的是否适宜则是直接影响排名的重要因素。甚至“一代有一代之文学”的文化遴选亦有着大体相同的思路。按照由低级向高等的生物进化模式，后起之作应该高于前辈作品，但苏轼的词未必就高过李白的诗，《红楼梦》也未见得就胜过杜诗。可见，文学的整体发展路径很难与由低到高的生物进化过程进行严格的类比。唐诗、宋词等并不是进化链条中的最后环节，如宋诗、清词的失选并不是因为某种文学标尺上的逊色，而是因为作为一代表征的文学种类当然是一代之中最具有生命活力、最能体现时代精神的文体类型，而这一文体必然在自身所处的时代拥有最为适宜的生态环境。所以，唐诗、宋词、元曲、明清小说才可成为宏观文学识度整体把握下的“一代文学”，并非如生物进化般的机械序列，乃是文学在适宜生态下的一种生命力彰显。

“环境与艺术既然这样从头至尾完全相符，可见伟大的艺术和它的环境同时出现，绝非偶然的巧合，而的确是环境的酝酿、发展、成熟、腐化、瓦解，通过人事的扰攘动荡，通过个人的独创与无法预料的表现，决定艺术的酝酿、发展、成熟、腐化、瓦解。环境把艺术带来或带走，有如温度下降的程度决定露水的有无，有如阳光强弱的程度决定植物的青翠或憔悴。与意大利文艺复兴期类似的风俗，而且是在那一类中更完美的风俗，在古希腊好战的小邦中，在庄严的体育场上，曾经产生一种类似而更完美的艺术。也是与意大利文艺复兴期类似的风俗，但在那一类中没有那么完美的风俗，以后在西班牙、法兰德斯，甚至在法国，也产生一种类似的艺术，虽则民族素质的不同使艺术有所变质，或者发生偏向。因此我们可以肯定地说，要同样的艺术在世界上重新出现，除非时代的潮流再来建立一个同样的环境。”①。丹纳这段精彩的议论虽是就文艺复兴的伟大艺术而发，但“一代文学”的形成学理却也可以于中略窥。然而，文学生态的研究视角却不仅限于“一代文学”的光彩夺目，同时更要看到光芒之外的“非一代文学”，考察这些文学生命在相似的大生态下的生存小环境。文学生态的还原、构拟是要在古人的世界中重新定位传统文学，开掘、诠释古代文学背后的生命存在、精神内涵、文化意义，并在社会文化、思想学术、士民心态、政治经济、生活观念等的综合考索、细致思辨中大致理出古代文学的嬗替过程及

①傅雷译[法]丹纳《艺术哲学》，人民文学出版社 1963 年版，第 144 页。

其背景原因，在宏观的历史理解识度与文化承续意识中引申出关于古代文学的人文格局与精神内涵的历史断制与认知结论，以一种大文学观、大历史观、大文化观，在整个中国传统文化的发展脉络中把握古代文学演变的文化历程，探究藏于其后的士人心态、社会风尚、历史变迁、人文底蕴。

关于“文学生态”的提法[①]，虽与近年来备受关注的生态研究有相通之处，但其落脚点与当下的生态批评并不相同。“文学生态研究”是将文学当作一种生命体，以一种有机融合的宏观视角，通过对有可能影响这一生命体生存、变化的诸多因素的考察，还原、勾勒文学的原生体，即此以观察、反思文学的演变轨迹、整体风貌，诠释、开掘深藏其后的生命存在、时代精神、文化底蕴，这与目前“生态文学”“生态文艺学”在文学与文艺理论中发掘、考索生态意识的研究思路、学术旨归并不相同。

对于文学生态研究而言，“视文学为生命”是其必然的逻辑起点。就古人而言，文学更多被视为寄寓志向情感的一种生命体，深刻地融入于其人生历程之中，成为传统文化中最为鲜活的心灵载体，传统文学理论中随处可见生命诠释已无可辩驳地证明了这一点。文学既然是鲜活的生命存在，古代文学便不是故纸堆中了无生气的古老文字所造就的遗产，而生机勃勃的性情、思想、精神才是其最具价值的核心部分。对于古人作品的真正理解，并不能依靠单一的审美评判以及彼此割裂的背景分析来完成。首先需要以一种“同情之理解”作为文学生态研究的基本态度。“盖古人著书立说，皆有所为而发；故其所处之环境，所受之背景，非完全明了，则其学说不易评论。而古代哲学家去今数千年，其时代之真相，极难推知。吾人今日可依据之材料，仅当时所遗存最小之一部；欲借此残余断片，以窥测其全部结构，必须具备艺术家欣赏古代绘画雕刻之眼光及精神，然后古人立说

①作为词汇的“文学生态”，算不得新鲜概念，从 20 世纪末，生态便被视为下个世纪的最大关键词，备受关注，诸如文化生态、政治生态、经济生态、社会生态等相似的语词在学者的各类研究中屡见不鲜，而“文学生态”在古代文学研究中的提出与使用亦有着大体相似的学术背景，虽已经有不少学者做出了极具学术价值的可贵探讨，但多数情况下仍是作为一个恰当的内涵丰富的学术表述而使用，尚未呈现出明晰的学理思路。

之用意与对象，始可以真了解。所谓真了解者，必神游冥想，与立说之古人，处于同一境界，而对于其持论所以不得不如是之苦心孤诣，表一种之同情，始能批评其学说之是非得失，而无隔阂肤廓之论”①。而对于“所处之环境，所受之背景”的完全明了则需要以还原生态的历史意识，“以汉还汉，以魏晋还魏晋，以唐还唐，以宋还宋，以明还明，以清还清；以古文还古文家，以今文还今文家；以程、朱还程、朱，以陆、王还陆、王……各还他一个本来面目，然后评判各代各家各人的义理是非。不还他们的本来面目，则多诬古人。不评判他们的是非，则多误今人。但不先弄明白了他们的本来面目，我们绝不评判他们的是非”②。不诬古人、不误今人的本来面目正是对于历史真相的高度尊重。将文学视为生命，以“同情之理解”的切入态度，还原历史，构拟一代文学生态，这便是文学生态研究的基本学理思路。

就文学赖以生成的生态而言，像由地理环境、自然气候等所形成的影响着人群性格与生存方式的自然生态，由政治制度、官场规则、帝王创作等所造成的影响着行为原则、理想追求的政治生态，由生活方式、经济条件、物质追求等所形成的决定文学内容与文学表象的社会生态，由道德信仰、价值趋向、人际关系、社会风尚等所形成的影响文学心灵健康的人文生态，由社团组织、先代传统、意识形态、文化思想流派等所形成的影响文学精神的文化生态等等，都属于研究范畴。文学史中任何一棵参天大树或特殊的文学形式的出现，都有与其相适宜的生态环境作为其必然的生存条件。当这种环境变得不适，生态遭到破坏时，赖以生存的文学生命之树，便会出现渐渐衰败、枯萎，别无选择。需要特别指出的是，如同生命体对周围生存环境的改造一样，文学生命对于自身所处的文学生态同样会产生一定的影响作用，二者之间，有着极为密切的互动关系。“文学生态”的还

---

①陈寅恪《冯友兰〈中国哲学史〉上册审查报告》，《金明馆丛稿二编》，三联书店，2001年版，第281页。

②胡适《国学季刊发刊宣言》，《胡适文集》第3册，人民文学出版社，1998年版，第371页。

原不仅要关注到文学作为一种特殊生命赖以生成的生态环境，同时还要注意到这种特殊生命对文学生态的影响、改变,有时甚至会造成新的生态环境。例如,玄言诗既是魏晋士人谈玄论道的产物,同时以诗谈玄的士人风习同样又推动着魏晋的玄风大炽。再如,唐代为诗歌的蓬勃提供了最为适宜的文学生态,唐诗成为当之无愧的一代文学。但是同样应该注意到,蔚然称盛的唐诗同时也在影响、改变、塑造着唐人的国家气质、时代风貌。更要特别指出的是,由于对文学之生命特质的充分认识,文学生态所体现出的是一种在科学思潮之外的独立思考,小心地避开了“科学切割”所带来各种片面性弊端,所采纳的是一种宏观视域下的全视角把握,所包含的是一种大文学观、大历史观、大文化观。

作为生命存在的“文学”与作为母体环境的“文学生态”有着双向互动的思辨意义。对“文学”的完整诠释需要还原“生态”,而文学生态的构拟过程中又需有“载道言志”“铺叙议论”的各体“文学”作为见证历史的心灵资料,由之所呈现的乃是一派生命活态。正是如此,文学生态的诠释意义与文化价值才格外凸显。于传统长河的历史段落中诠释文学的生态视野并非单纯审美视角下的线性叙述,于一般文学史视角之外,更吸纳、表现出了文化史、社会史、思想史、学术史、知识史等学术视角的多维关注。

我们可以把文学比作一棵树。在科学主义思潮下,对这棵“树”的研究有两条途径,一是研究树株的大小、花朵的颜色、树叶的形态、树冠的状貌,欣赏树外在的美丽,此即所谓的“审美”研究。二是研究木质的坚软程度及其分子结构、木材曲直大小及其材用价值、纹理疏密及其形成的原因等,此即所谓的“科学分析方法”。而文学生态与文学心灵的研究则是:一、研究土壤、地势、气候、温度、湿度、日照等一切影响生命成长的生态环境因素。二、研究大树所造成一方景观与气象的生态意义。三、体悟大树所呈现出的生命姿彩，及其每一枝叶间所饱含的可以感受而不可捉摸的勃勃生机。这两条不同的研究途径前者所面对的是静止存在着的物体,后者所面对的则是鲜活的生命。前者所关注的是物体的外在表现与内在结构,是大树可以看得见的部分;后者所关注的是大树的赖以存在的生命,是看不见的部分。印度的《唱赞奥义书》中讲述过这样一个故事:乌达勒恪·阿垄尼对儿子说:“孩子,从树上摘一颗无花果来。”儿子摘来了。又说:“把它打开!”“打开了,父亲。”“里面有什么?”“有籽。”“把籽破开!”“破开了,父亲。”“在里面看见有什么啦?”“什么也没有!”阿垄尼于是说:“孩子,看不见的才是最精妙的东西,一棵大的无花果树便是由此诞生的!”这个故事充满哲理,它说明真正有价值的东西不在事物的表层,而在其内在意蕴。同样,文学的价值重心,并不在表层的、看得见的、作者用艺术之笔精心构建的作品本身,而在于它注于其中的生命色素,即看不见但能感觉、体悟到的使生命世界充满灵性和活力的无限广阔的生命情感与精神力量。

一百年来的古代文学研究,成就固然煌煌,问题却也不少,但这只是开端,以后的路还很长。学术者,天下之公器也。既然有了天下之“公”的一般属性,各学科门类间的相通之道自也不少。科学主义所以风靡一代,当然有其不能回避的合理内核,我们不能否认,也不能忽视,当然也要继续继承。但我们必须看到,对于不同的研究对象并不能用单一的固定模式套用研究,必须充分尊重研究对象的主体特征。对于古代文学而言,生命本质的发掘、重视无疑是对这百年来的“科学研究”所进行的人文反思与观念突破。文学心灵是透过语言文字、生活表象的本质探寻,其核心关注在文学生命的内部世界;文学生态研究则是一种以文学生命为核心的文化诠释,其核心关注在文学生命的外部世界。需要特别强调的是,文学生命、文学心灵、文学生态作为经历了百年科学主义思潮之后的历史诉求,其所体现的是一种文学观念的突破转变,一种新的阐释策略的尝试,三者之间,交错关联,无法分割。文学生命的本质意义通过文学心灵与文学生态而呈现,文学心灵的真正感悟则要求必须在文学生态中真正把握文学生命,文学生态则是一个以文学生命和文学心灵为阐释核心的开放平台,注重传统延续的文学生态研究并非割裂时代的经验分析,而是一种在新的文学观念下全面诠释文学生命、文学心灵的策略。

文学生命、文学心灵、文学生态所表现的正是一种对于文学主体本质特征的充分体认关怀,是在科学主义思潮下的古代文学研究百年历程之后，面对得失成败的积极思辨与理性诉求。这一观念既包含着对五四以来传统学术现代化的经验吸收，同时更体现出一种直接承续千年文化传统、人文精神的历史关怀。因此，我们应该相信，古代文学研究由此起步，必将迥异于科学主义思潮下的机械形态，呈现出灵动飞扬的生命姿彩。

发表于 2008 年第 2 期《中国文学研究》第十二辑，与郭万金合作

明代《诗经》经学研究的演变与成就

提要：明代《诗经》学长期以来为学界所忽略与贬抑。本文则通过对这个时代《诗经》经学研究历史的考察，与对其成就、贡献的具体分析，彻底否定前人的印象之谈，对明代《诗》学作了重新评价。

关键词：明代诗经学　经学　汉学　考据学

胡朴安《诗经学》论明代《诗》学云：

> 明儒说《诗》，略分两派：一派演《集传》之馀，如胡广奉敕撰《诗传大全》，悉以刘瑾之书为主，颁为功令，学者翕然从之；一派杂采汉宋之说，如季本之《诗解颐》，李先芳之《读诗私记》，何楷之《诗经世本古义》，朱谋？之《诗故》。大概明人之学，在义理一方面言，不如宋人之精；在考证一方面言，不及汉唐之密。名物训诂之考证，惟朱谋?之《诗故》略善。当日《诗经大全》盛行之日，朱氏独能研究遗文，发挥古义，亦不可多得也。此明代之《诗经》学也[①]。

用百余字而概括一代之《诗》学，所提及者仅五人，所肯定者仅一家，其忽视之意已不待言。而在今之《诗经》学史论著中，此竟然是最权威的一

①《万有文库》本第100页。

家,其结论为各家辗转抄录。然此实乃印象之谈,其所据恐仅四库馆臣之言而益之以推断,故难究其实。其实明代乃是《诗经》学史上一个异说峰起、新著丛出、贡献卓著的时代。在这二百七十年间,竟产生《诗》学专著六百余部[①],比今所知的从汉迄元的《诗》著总和还要多,也超过了《四库全书总目》与《续修四库全书总目提要》所著录的清代《诗》著的总和。由此也可见明代《诗》学之盛况了!

明代《诗经》研究分两个方面,一是经学的,一是文学的。关于文学方面的研究贡献,笔者另有专文论述,本文主要论述明代《诗经》经学研究方面的情况。

一、明初百年"朱传独尊"的《诗》学状态

明代《诗经》经学研究,有前后两个截然不同的阶段。从洪武到弘治的百余年间,是一个演绎朱子《诗》学的时期。元朝开科举,朱子《诗集传》法定为教本,明朝制义试士,仍沿旧时传统。士子们研习"朱传",关涉着仕途前程,这也就给诠释"朱传"的著作,打开了广阔的市场。我们只要翻开《明史·艺文志》及《国史经籍志》《千顷堂书目》《经义考》之类与明人著述有关的目录著作,就会发现大量《诗集传音义会通》《诗传集解》《诗传通证》之类的书目,这其实是在证实"朱传"权威阴影的存在。详考文献,明初百余年间,说《诗》者约得 30 余家。今其中大多著作已无法找到,但就今知者考之,除杨守陈《诗私抄》外,其余皆是用各种方式羽翼"朱传"的。

演绎朱子《诗》学,主要有两种不同的趋势。一是主在诠释文字,疏通朱说,最具代表性的是梁寅的《诗演义》与胡广主编的《诗传大全》。前者完成于洪武十六年,其《凡例》中即称:"《诗演义》之作,本以申朱子《集传》之义,非敢违异。"后者始作于永乐十二年,如《四库全书总目》所云:"广等是

---

①见拙文《明代〈诗经〉著述考目》《文献研究》第 1 辑,北京图书馆出版社,1999 年 6 月。

书，亦主于羽翼‘朱传’，遵宪典也[①]。”不过它是荟萃诸说以羽翼“朱传”而已，带有汇注性质。二是探索《诗经》与“理欲心性”的联系，将经学推向理学。这实际上也是对朱子“《诗》学”的一种演绎方式。朱子自己对《诗》之义理，并没有作过多的寻绎，而只是强调“玩其理以养心”，强调“理会义理”。后儒则在朱子理论的指导下，向着义理的方向探索，阐发朱子未曾言及的意义。其间可以蒋悌生、朱善、薛瑄为代表。蒋悌生洪武初以明经官训导，著有《五经蠡测》六卷，其中有《诗经蠡测》三卷。他在对《诗》之义理阐发上，表现出了明显的理学化趋向。如其《秦风蒹葭说》，把“蒹葭”“白露”竟然与“道”联系起来，并把一篇怀人诗，变成了理学家的求道之思。朱善是洪武时状元，著有《诗解颐》，在“《诗经》学”史上颇有影响。其书不录经文，只以《诗》之篇题标目，推衍《朱传》，阐发义理。周中孚《郑堂读书志》云其：“虽亦阐明《集传》，而意主于垂世立教，姑借诗以发之，务求合于兴观群怨、事父事君之旨。于治乱兴衰之际，尤三致志焉[②]。”其在论述问题时，似乎早已将一个“理”字横亘于胸中，每篇诗必要大讲其理，即所谓人伦道理、天理人欲之类。薛瑄是永乐十九年(1422)进士，对有明一代的大儒影响非常大。《读书录》二十卷，锺惺将其中读《诗》录部分，收入《古名儒毛诗解》中。其说《诗》，几乎完全是顺着朱子“玩理养心”的路子向前走的。认为《诗经》中备有“天道人事”，从理学家的角度，抓住《诗经》与人生意义的联系，思考着它的存在价值，由此而推出《诗》之修身养性功能。他努力要把经典之理落实在行动上，以达到“修齐治平”的目的。这代表了明代经学理学化的又一种趋向。

二、弘治之后《诗》学的多元化趋势

明弘治、正德间，宋学走向僵死。阳明心学兴起，打破了朱子《诗》学的

①中华书局 1965 年版第 128 页。
②中华书局 1993 年版第 37 页。

一统天下,《诗》学呈现出活跃状态,出现了众多的《诗》学流派。其大宗主要有三:一是随着复古思潮出现的“汉学”;二是由杨慎开辟的考据学;三是阳明心学影响下出现的立异派。“汉学”主要是指在反对宋儒的斗争中出现的崇尚汉儒学说与学风的学术流派。一般认为汉学兴于清,实则在明中叶就开始复兴了。其间有三派,一是“尊序抑朱”派,主在申述《诗序》、阐发诗旨、贬斥朱说。其代表是吕柟、袁仁、郝敬等。吕柟有《毛诗序说》,袁仁有《毛诗或问》,郝敬有《毛诗原解》《读诗》《诗谈》《毛诗序说》等。他们皆以尊《诗序》之说为主,时亦出新见,而对朱子或避而不论,或大加攻击,表示着对宋学的反感。二是“杂采汉宋”派,主在折衷毛、朱,而其折中之中,则表现出了对朱子权威性的否定。因此,此派实际上还是倾向于汉学的,其代表是陈凤梧、陆深、王渐逵以及李先芳、姚舜牧等。陈凤梧著有《毛诗集解》,明确指出朱子“过惩《小序》之失,有可因者,亦辄改之”。陆深著有《俨山诗微》,自序中即明确指出:“是编盖折衷《传》(指朱子《集传》)、《序》,兼采众长,以明诗人之旨。”王渐逵有《读诗记》,所引述最多的是《小序》,其次有朱注、吕氏《读诗记》、严氏《诗缉》及胡氏《诗传大全》等。姚舜牧有《诗经疑问》,其释《诗》亦兼用《诗序》及毛、朱、严粲、伪《诗传》诸家之说,时亦自出新论。李氏《私记》与姚氏《疑问》,措辞、语气对朱子颇为不恭,表现出其反朱子权威的意识。三是“辩证汉说派”。此派不完全宗《毛序》,也不怎么考虑宋人的意见,而是主要就汉人之说进行思考,辩证其得失。其代表是朱睦㮮、朱谋㙔及胡绍曾。朱睦㮮有《五经稽疑》,其中有《毛诗稽疑》一卷。此书对宋人之说似乎不屑一顾,而就汉代毛、齐、韩、鲁诸家,辨其是非得失。朱谋㙔有《诗故》,其自序云:“说诗者,毛、韩、齐、鲁互异,非一传一说可得概也……予之说非敢尽诗之用,将以通夫毛、韩、齐、鲁之固也。”胡绍曾《诗经胡传》,其解诗,每于篇首,冠以《小序》《诗说》以及三家遗说,而后研讨诗旨。以上三派皆是与汉学之复兴相关者。

其次是考据学。考据学之兴是对宋儒空谈义理之风的驳正,对中国学术的发展影响甚大。大略可分为四派:一是异文考据派,即以考证文献中所引经文与传世本经文之异同为主的一派。陈士元有《诗经异文》八卷,周应宾有《诗经考异》二卷，皆属此。二是杂考派。此派关于文学训诂及制度、史实、诗旨方面的考证，多散见于其学术笔记中，象郑晓的《古言类编》、陈霆的《雨山墨谈》、陈耀文的《正杨》、马朴《谭误》，以及焦竑《笔乘》、张萱《疑耀》、周祈《名义考》、周梦阳《常谈考误》、郑明选《秕言》、张存绅《雅俗稽言》、程良儒《读书考定》、陈恂《馀庵杂录》、吕兆禧《吕锡侯笔记》等，都有关于《诗经》的考证文字。即使以专著形式出现的《诗经》考据著作，像陈耀文的《诗稽疑》与陈子龙的《诗问略》，也带有笔记杂考的性质，缺少像清儒那样的系统研究。杨慎有上千部的笔记，后人辑其中与经学有关者，编为《升庵经说》，其中关于《诗经》的有三卷，自然也是不成系统的。但此派新见甚多，特别是在文字训释上，多有发明，对清儒影响甚大。三是博物派，主在研究《诗经》名物。明以前关于《诗经》鸟兽草木之书也偶有出现。到明代万历之后，随着考据学的兴起，骤然出现了林兆珂《毛诗多识编》七卷、冯复京《六家诗名物疏》五十五卷、吴雨《毛诗鸟兽草木考》二十卷、沈万钶《诗经类考》三十卷、钟惺《诗经图史合考》二十卷、黄文焕《诗经考》十八卷、毛晋《毛诗陆疏广要》四卷，以及林世陞的《诗经人物考》、陈子龙的《诗经人物备考》等一批名物考据的著作。这些著作除两部关于人物的外，大多在搜集资料上下了很多的功夫，为清代学者的进一步研究提供了便利条件。四是古音考证派，代表是陈第、杨贞一。陈第《毛诗古音考》与《读诗拙言》，是《诗经》音韵学史上划时代的著作。他通过严密考证，从理论与实践上，推翻了长期以来占统治地位的“叶音说”，认为“诗无叶音”，“音随世变”，并在方法的层面上，为探索古音提供了新途径。杨贞一有《诗音辨略》二卷，步趋于陈氏，然在一定程度上考虑到了古韵归部问题，在陈第的基础上向前迈了一步，将古音学引向了古音韵学。其后顾炎武为古音分部，而考虑今韵之分合，与此乃是同一种思路。

其三是直接受阳明心学影响而兴起的立异派。此一派学者，对于传统的观点和研究方法，不作过多考虑，因而也极少羁绊。他们要凭着自己的学识与内心的领悟，对经典作出不同寻常的诠解。他们都有很强的标新立异意识，故而出现了《葩苑》《诗牖》《诗商》《诗镜》《诗采》《诗权》《诗弋》《诗逆》《诗磬正》《诗林伐柯》《毛诗六帖》《葩经约说》《葩经旁意》《葩经嫡正》《葩经心印》《毛诗振雅》《诗经永论》《诗经捷渡》《诗经默雷》《诗经鞭影》《诗经琅玕》《诗志度与》《诗经副墨》《诗经引跃》《诗经以俟录》《诗经弋获解》《诗经主意冠玉》《诗经水月备考》《诗经治乱始末注疏合抄》等一大批关于《诗经》的莫名其妙的书名。这些名字颇类汉代出现的《诗含神雾》《诗推度灾》《诗泛历枢》之类，这无疑反映着作者的创新意识，其间最大代表是丰坊、季本、何楷等。季本有《诗说解颐》，既攻击汉儒，又菲薄宋儒，对今本《诗经》，对《诗序》，对风雅颂的传统解释，对所谓之"四始"，一概提出怀疑或否定。其解经文，于旧说"多所破之，而一以经文为主"[①]。但征引该洽，足以自申其说。丰坊为出新说，而又怕世所不服，干脆托名子贡、申培，伪造《诗传》《诗说》，以出新见。又作《鲁诗世学》，谎称为其家世代治鲁诗的成果。其变乱经文，诋排旧说，又甚于季本，而其新说也每能发人深思。何楷《诗经世本古义》，不仅全打乱了《诗经》原有的次序，而且将《诗经》的时代上推到夏代少康之世。但何楷对于具体的名物训诂，却考证详明，典据精确。故四库馆臣说："百余年来，人人嗤点其书，而究不能废其书[②]。"尽管在正统经师们的眼里，他们多是不经之谈，而他们对于《诗经》学的贡献，却远远超出了有明一代的正统经学家。

在这三大宗势力中，"汉学"的贡献主在打破了朱子的一统天下，让为朱子《诗》学所遮蔽的人们发现了另一片天地，开拓了士子的视野。考据学的贡献主在打破了宋儒以来空谈义理之风，开创了用实证的手段诠释经义的路子。立异派的贡献主在冲破羁绊，摆脱旧说的困扰，凭着自己的思考，探讨诗义。这三股势力，从不同的角度，给僵死的明代《诗》学带来了生机。

---

①《诗说解颐序》，《四库全书》79—3。

②《四库全书总目》，中华书局版第 130 页。

三、明代《诗经》经学研究的贡献

但就整个《诗经》学史而言，明代《诗经》经学研究的贡献，主要有三个方面。一在考据上，二在诗旨探讨上，三在创立新说上。

考据学，清人确实做了大量的工作，成就卓著，但他们的许多成就都是建立在明代学者研究的基础上的。如对于古音的考证，首先是由明成化间的彭华，对宋代音学权威吴才老提出了怀疑，认为古音与今音不同，赖经典韵语得以保存。随后杨慎又做了大量的考证，到焦澹园明确提出了“古诗无叶音说”的理论，陈第《毛诗古音考》用具体的事实考据，证实了这一理论，彻底推翻了此前占统治地位的“叶韵说”，为清代古音学的研究开启了道路。清代训诂学能获得长足的发展，没有明代在古音学上的突破，是不可想象的。

在文字训诂上，明代学者不仅时有新见，纠正了前人的一些错误，而且也为后儒提供了文字训释的新方法。他们或考之文字形义，或求诸通假，或辩证于异文，或借助于方音，旁征博引，遍及群书金石，而且证据不厌其多。如杨慎关于《东山》篇“町疃鹿场”的考证，《毛传》训“町疃”为“鹿迹”，《说文》训为“禽兽所践处”，《朱传》以为“舍旁隙地”。杨慎则认为“町疃”二字从“田”，应该与“田”有关。接着引《左传》及干宝注、《文选·西京赋》注、王充《论衡》《石鼓文》《召伯敦铭》《庄子》等，以证“町疃”乃田亩而非鹿迹。以为此言“征夫久不归家，町疃之地，践为鹿场[①]。”再如关于《常棣》篇“鄂不□□”，郑玄读“鄂不”为“鄂柎”，指花蒂，孔颖达述毛氏意以为“不”训“岂不”，但他们都没有拿出证据来。后儒则仅据自己的理解择从一家而已。焦竑《笔乘》则云：

湖州有馀英溪，馀不溪，盖此地有梅溪、苕溪，其流相通，故曰馀

---

①《知庵经说》，《丛书集成初编》本第77页。

英、馀不，义可见矣。若作方鸠切，则本注《说文》：不，鸟飞上翔，不下来也，与溪水全不相涉。《左传》华不注山，人皆读入声，误也。古“不”字读作“缶”音，或作“附”音，并无作逋骨切者。今读如“卜”，乃俗音耳。惟伏琛《齐记》引挚虞《畿服经》作“柎”，言此山独秀，如花跗之注于水。深得之矣。太白诗：昔我游齐都，登华不注峰。兹山何峻秀，采翠如芙蓉。亦可证也①。

这样的考证都是很有说服力的。

在史地考据上，明人也能冲破旧说，大胆怀疑，广泛求证。如何楷对于《公刘》篇公刘起迁地的考证。传统认为周先祖公刘是从周的始封地邰（即今陕西武功）迁往豳（即今陕西彬县）的。但据《史记·周本纪》说：后稷之子不窋自窜于戎狄之间。公刘为不窋之孙，祖父辈即已离开了邰，其孙何得再有邰起迁？何楷提出的这个问题，也是史学家与经学家无法回答的问题。再从《公刘》诗中看，诗中言及公刘迁徙曾路过百泉。何楷据《广舆记》载百泉县属平凉府，庆州南三里有不窋城，认为公刘起迁当在庆州。他提出的这一问题，及在考证这一问题时所用的材料、所得出观点，都是前人所没有涉及的。尽管他的结果并不敢说十分正确，但起码他提出了一个值得思考的问题和解决此一问题的思路。清儒戴震正是从此思路思考公刘的迁徙的。今之考古发掘，也证实了邰（陕西武功）地没有先周文化遗物，显非周之起源地②。不难看出，明儒的考据对于清代《诗经》考据学的兴起与繁荣，具有先驱意义，他们将《诗经》学史引进了一个新的发展阶段。

明人关于诗旨的探讨，是被后人完全忽略的一项成就。其实明人在这方面的成绩相当突出。他们往往能打破汉、宋经师的陈说，凭着心底的一片灵明，对诗旨作出全新的解释。象丰坊伪《诗传》《诗说》，借申培、子贡之名，对许多诗篇作了与传统完全不同的新说。如认为《摽有梅》是“女父婿

①《丛书集成初编》本第42页。

②参见邹衡《夏商周考古学论文集》，文物出版社，1980年版第342页。

之诗”,《驺虞》是“美虞人之诗”等,都能别出心裁,发人深思。像季本《诗说解颐》,一扫前人关于正《小雅》中《四牡》等篇所谓“遣使臣”“劳还役”之类的千年陈说,而明确地指出这些诗作,或出自征夫思家,或为闺妇思夫,与君臣遣往劳来,没有关系。《凯风》篇,旧以为是卫国淫风盛行,虽有七子之母,犹不能安其室,故其子作诗以自责。季本则说:“卫有七子不能安其母之心,故作此诗。”《郑风·遵人路》篇,《毛序》说:“思君子也。庄公失道,君子去之,国人思望焉。”朱子说:“淫妇为人所弃,故于其去也,揽其祛而留之云云。”季本则说:“淫妇因所私者别去,而于大路中留之之诗。或以为弃妇之迫词。则妇既弃去,夫又岂肯出至大路送之而为妇所揽乎?”像锺惺评《诗经》所云:“《有狐》,思配也。”“《木瓜》,笃友也。”“《有女同车》,怀佳人也。”“《子衿》,思良友也。”“《野有蔓草》,晤好友也,即班荆之意。”等等,皆不落汉宋窠臼,且颇得风人之旨。像胡绍曾《诗经胡传》,探微索隐,尽废筌蹄。如《王风·扬之水》旧以为是刺平王遣兵戍守其舅家申国之诗,以为申侯于平王有杀父之仇,平知有其母不知有其父,知其立己为有功,而不知其杀父为可怨。胡氏则以为:“原作诗之意,则第谓其政教不行,既不能斥寇使远,又不能调发侯邦,乃劳师远屯,役遣不均,更番无期,所以怨也。”《中谷有蓷》,《序》以为“闵周”,朱子以为妇人自述其悲叹之词。胡则以为:“此行道所为伤心也(言见被弃之妇而心伤)。”皆较旧说合于情理。这些探讨不仅极有见地,而且在清儒的研究中也是难以见到的。

在创立新说上,明人似乎更有一种无拘无束的作风,前人多批评他们“游谈无根”,但认真分析起来,他们的很多创见都是很有启发性、开创性的,对《诗经》学来说,也是一个不小的推动。如关于《芣苢》篇,《诗序》以为“妇人乐有子”的诗,《毛传》则解“芣苢”为“宜怀妊”之草。丰坊在《鲁诗世学·芣苢》篇首章的《考补》中则说:

毛氏云:芣苢,车前,宜怀妊。考《本草》则曰:“车前子味甘,寒,无毒,主气癃止痛,利水道小便,除湿痹。久服轻身耐老。”乃神农本经之语,初无怀奸之说。至《唐本草馀》等,始云“强阴益精,令人有子”,盖

> 因毛说而附会之也。滑伯仁:“车前性寒,利水,男子多服,则精寒而易痿;妇人多服,则破血而堕胎。岂宜子乎?”毛苌陋儒,必欲以“二南”为妇人之诗,故妄为凿说如此。且强阴益精,宕子所欲,而妇人采之,则淫妇耳,岂文王之世所宜有哉[①]!

他的结论是:《芣苢》是“儿童斗草”的歌谣。这一见解非但甚新,且对传统的“芣苢宜子”之说,也是一个很大的冲击。

在一些重大问题上,明人也时有突破,如关于《大武》乐章的问题。周之《大武》乐曲,是与舜之《大韶》、禹之《大夏》、汤之《大濩》并提的舞曲。据《左传》说,《周颂》中的《武》《赉》《桓》,就是《大武》乐章中的三章。《大武》乐章一共六章,其余三章何在?先秦无人论及,所以后人也不知其去向。这似乎成了一个死结,汉宋大儒皆不能解决,到明代丰坊伪申培《诗说》,始提出了《武》《赉》《时迈》《般》《勺》《桓》等为《大武》乐章的观点,但没有作过细的考证。何楷则奋其智勇,遍索文献,终于窥得其秘而惊喜若狂。他于《周颂·武》篇注中兴奋地说:

> 愚按:《周礼》言舞《大武》,意即《大武》之舞,已作于武王之世,特其诗未备,及周公乃始成之耳。愚于《武》《赉》《桓》三诗外,更定《勺》为《大武》之再成,《般》为《大武》之四成,《时迈》即《肆夏》,为《大武》之五成,合此六诗而《大武》六成之乐章,俱无欠阙,真千古快事[②]!

可以说,这一研究是《诗经》学上的一个新突破。此后魏源、龚澄、王国维、高亨、孙作云等又在此基础上做了进一步研究。诸家肯定了《武》《酌》《赉》《般》《桓》五篇为《大武》乐章中的诗章,只是《时迈》与六篇的排列次序有分歧而已。

---

①《四库存目丛书》经第60—703页。

②《诗经世古本义》卷十,嘉庆文林堂谢氏刊本。

至于明人在诗义解释上的新说，更是不计其数。如《东方未明》“折柳樊圃”句，汉以来人皆释为折柳以为樊圃，因柳质柔脆，非作篱笆的好材料，所以此处表示无益于禁。但《齐民要术》中记有以柳作樊之法，显然汉宋儒者之说是难以成立的。袁仁在《毛诗或问》中则将此句释为折柳于樊圃之中，显然要比《毛传》《朱传》合理。清儒于鬯更进一步说，挈壶氏到樊园中折柳，是为了做漏箭，为计时用。使这一问题便接近于解决。他如象胡绍曾释《氓》篇之“垝垣”为高墙，季本释《小雅》“祈父”之为“司城”，何楷释《小雅·大田》之“蟊贼”为一物(旧以为蟊、贼为二物)，释《召南·采苹》之有齐国季女，释《唐风·椒聊》之“聊”为“朻”等，皆能不循旧说，自成一家。多为后人所称引。

总之，明代《诗经》经学研究的成就，是丰硕的，有其他时代不可替代的一面。前人给于一笔抹杀，显然是粗暴的、武断的，也是不切实际的。

注：此文写成于 2000 年，未曾发表。

如何读《诗经》

在中国文献典籍中，对中国历史影响最为深远者，莫过于“五经”。“五经”中影响最广、感人最深者，则莫过于《诗经》。故《诗序》说：“正得失，动天地，感鬼神，莫近于《诗》。”“正得失”，言其伦理道德功能；“动天地，感鬼神”指其情感功能。正人之行、动人之心的双重功能，确立了《诗经》在中国文化史上不可撼动的地位。然而我们今天阅读《诗经》，却感受不到这两种功能的存在，这原因便在于观念上的差距与价值取向上的变化。要想走近《诗经》，还须先破除观念形态上的障碍。

第一须破除的是 20 世纪对《诗经》性质的认定。几乎所有的中国文学史著作，以及语文教材、文学通俗读物，关于《诗经》都给出了这样的概念：《诗经》是中国最早的一部诗歌总集。这似乎已成为天经地义，而且这个结论被认作是 20 世纪《诗经》研究的最大贡献。因为历代都把《诗经》当作经来对待，只有 20 世纪的文化革命运动，才“恢复了《诗经》的文学真面目”。

这个观念最大的问题是，忽略了《诗经》对于构建中国文化乃至东方文化的意义。我们不否认《诗经》的本质是文学的，但同时必须清楚《诗经》的双重身份，她既是“诗”，也是“经”。“诗”是她自身的素质，而“经”则是社会与历史赋予她的文化角色。在二千多年的中国历史乃至东方历史上，她的经学意义要远大于她的文学意义。《毛诗序》说：“先王以是经夫妇，成孝敬，厚人伦，美教化，移风俗。”孔颖达《毛诗正义》说：“夫诗者，论功颂德之歌，止僻防邪之训。”朱熹《诗集传序》说：“《诗》之为经，所以人事浃于下，天道备于上，而无一理之不具也。”其在中国文化史上之地位由此可见。同时它还影响到了古代东亚各国。如日本学者小山爱司著《诗经研究》，在书之每卷扉页赫然题着“修身齐家之圣典”“经世安民之圣训”等。朝鲜古代立《诗》学博士，以《诗》试士。他们都以中国经典为核心，构建着其自己的文化体系，由此而形成了东亚迥异于西方的伦理道德观念与文化思想体系。这是仅仅作为“文学”的《诗经》绝对办不到的。作为“文学”，她传递的是先民心灵的信息；而作为“经”，她则肩负着承传礼乐文化、构建精神家园的伟大使命。一部《诗经》，它承载的不仅是几声喜怒哀乐的歌咏，更主要的是一个民族的文化精神与心灵世界；一部《诗经》学史，其价值并不在于它对古老的“抒怀诗集”的诠释，而在于她是中国主流文化精神与主流意识形态的演变史，是中国文学批评与文学理论的发展史。如果我们仅仅认其为“文学”而否定其经学的意义，那么，不仅无法理解《诗经》对于东亚文化构建的意义，而且也无法解释东亚的文化与历史。

钱穆先生说：“《诗经》是中国一部伦理的歌咏集。中国古代人对于人生伦理的观念，自然而然的由他们最恳挚最和平的一种内部心情上歌咏出来了。我们要懂中国古代人对于世界、国家、社会、家庭种种方面的态度观点，最好的资料，无过于此《诗经》三百篇。在这里我们见到文学与伦理之凝合一致，不仅为将来中国全部文学史的源泉，即将来完成中国伦理教训最大系统的儒家思想，亦大体由此衍生。”（《中国文化史导论》，商务印书馆 1996 年版第 67 页）钱先生对《诗经》的这一把握应该说是非常精确的。“文学与伦理之凝合一致”，更好的说明了《诗经》的双重价值。从“伦理”的角度言，《诗经》中所运载的观念形态，可以说是中国文化精魂之所在，其之所以有“正得失”的功能，有“止僻防邪”的社会功效，原因正在于此。如果抛弃了这个精魂，而只关注其“歌咏”，关注其所谓的“文学本质”，实无异于舍本逐末。因而要想正确的认识《诗经》的价值，走近《诗经》，就必须纠正 20 世纪形成的这种偏见，从“文学与伦理之凝合”的角度，把握《诗经》的真精神。

其次须破除的是把《诗经》作为“古典文学知识”的观念。20 世纪在文学研究领域出现了许多新观念，其中影响最深者有三，一是“唯物论”，认为文学是一种客观存在，它有其自身的规律，文学研究就是要研究文学的运动规律，用规律来指导当下的创作。二是“进化论”，认为文学是不断进化、发展的，中国文学史就是中国文学的发展历史。三是“遗产论”，认为古代文学是古人留下的一笔值得继承的文化遗产，有了这笔遗产，可以使民族文学宝库更丰富，成为我们今天创作的知识资源。在这三种理论的观照下，《诗经》便变成了一种古典知识。这种“知识”，她的意义重在认识上，即认识中国文学发生期的诗歌形态，认识赋比兴对后世诗歌艺术的影响，认识其在中国文学发展史上的位置，同时帮助理解和阅读古典文献等等。许多人阅读《诗经》是为了掌握知识，获取古代信息，《诗经》的精神意义在这种观念中丧失殆尽。显然这大大地影响了对《诗经》的正确、全面的接受。当然，我们并不是说这三种理论不好，而是说不能仅以此来认识《诗经》。在这种观念下，所发现的只能是《诗经》作为客观存在的意义，而难以把握其内在精神。要知道，文学中有知识，但文学不是知识，她是一种生命的存在形式，有思想，有情感，有灵魂。对于文学，我们不能用对待知识的方法去分析她，把握她，更重要的是要用心灵去感悟她，去感知她作为精神存在的意义。

第三须破除的是“创新”观念。“创新”是我们这个时代的一个关键词，在许多方面确实都需要创新。但对人文学科来说，更需要的是“务实”，是“守正”。在“守正”的基础上“出新”是可以的，而不能刻意去“创新”。只有在原有基础上自然而然生出的“新”，才是有生命力的。孔子说“述而不作”，“述”便是“守正”，“作”便是“创新”。“述”比“作”难，因为只有全面地把握前人的成果，才能准确地“述”出来；而“作”则可以不管别人怎么说，自己另搞一套。当下在人文学科中，“创新”意识过于强烈，好像“新”就是好的，“旧”便意味着没有意义。在这种意识支配下，有些人不从正路上去理解《诗经》，也无心去了解前人研究成果的合理性，而是锐意求奇、求深，近乎“脑筋急转弯”的方法。于是观之则“新说”丛出，按之则无一能落到实处。这些人“创新”的目的，不是为了解决问题，而是为了出成果，写文章。

一般读者则不能辨其是非,只是觉得新便好,奇便能刺激自己对知识的兴趣。这样自然很难把握《诗经》的精神实质,也不可能有耐心去领会《诗经》的真正意义。

总之,“诗歌总集”观念关注的是诗的艺术形式,“古典知识”观念关注的是《诗经》中的文化知识信息,“创新”观念关注的是自我表现,其目光投射皆是外在于《诗经》的东西,却忽略了诗歌的内在精神。只有清除了观念上的这些障碍,才有可能走进《诗经》。

就具体阅读方法而言,前人有不少值得我们继承、学习的成功经验。其中最重要的一个基本原则,就是孔子所提出的“思无邪”的读《诗》方法,即要从正面理解诗意,不能想歪了,想邪了。《诗经》是中华文明大厦的支柱之一,她与大厦的存在是联系在一起的,如果她歪了,那就意味着大厦倾颓。

其次是缩短与《诗经》的时间距离。也就是说,在观念中,不要把她当作古诗,要看作就是自己或身边人作的。即如朱熹所说:“读《诗》且只将作今人做底诗看。”“读《诗》正在于吟咏讽诵,观其委曲折旋之意,如吾自作此诗,自然足以感发善心。”“千古人情不相违”,纵然《诗经》是数千年前旧物,事态万殊,而人的情感反映则与今人无别。在略检注解、疏通大意的基础上,把她的意思品读出来,而后与自己及身边、眼前的人、事、物联系起来,其中的道理、情感自然会汩汩流出,使自己进入情景之中,去体会其心灵的脉动。在这种情景下,你可能会把外在的什么赋比兴之类,统统淡化,而感受的是她的精神力量。

其三是静心平读,反复涵泳,不可有丝毫私意掺杂。朱熹说:“读《诗》之法,只是熟读涵泳,自然和气从胸中流出,其妙处不可得而言,不待安排措置,务自立说,只恁平读着,意思自足。须是打迭得这心光荡荡地,不立一个字,只管虚心读他,少间推来推去,自然推出那个道理。”朱熹曾批评人说:“今公读《诗》,只是将己意去包笼他,如做时文相似,中间委曲周旋之意尽不曾理会得,济得甚事?”(上引皆见《朱子语类》卷八十)这就是说,不能把自己的意思强加在诗上,要通过反复涵泳,让诗意自然流出,而与自己的情感、思想相融汇。王阳明《传习录》中有训蒙的《教约》,他说:“凡歌《诗》,须要整容定气,清朗其声音,均审其节调,毋躁而急,毋荡而嚣,毋馁而慑。久则精神宣畅,心气和平矣。”(《王阳明全集》,上海古籍出版社 1992 年版第 89 页)这就是让《诗经》的精神汇入自己血液的一种方法。

前人的这些宝贵经验,在今人看来可能已经不合时宜。原因是 20 世纪西方学术思想的输入,彻底改变了中国学术原初以“修己”为第一要义的治学方向,而代之以知识开掘为第一目的。于是《诗经》由原初的鲜活的精神生命,变成了凝固的古典知识,其正人之行、动人之心的双重功能,也随之丧失。同时学术界也出现了学术与人格分离、学术与人生分离的现象。这不能不引起我们的深思,也不能不引起我们对古典的阅读方法的重新呼唤。

如何读《古诗十九首》

《古诗十九首》是昭明太子萧统所编的《文选》中一组无主名的五言抒情诗，它与《三百篇》同为历代诗家所重。《三百篇》创造了中国抒情诗的基型，而《十九首》则开创了五言诗的历史，故刘勰称它是“五言之冠冕”，锺嵘称它“一字千金”，其在中国诗歌史上影响之深远，也仅次于《三百篇》。从魏晋以降，如陆机、陶渊明、韦苏州等名家，每有《拟古诗》之作；而以“十九首”名题选诗者，亦复不少，如《文苑英华》中即有《中秋月十九首》《七夕十九首》《刘长卿十九首》《刘得仁十九首》《王维十九首》《宋之问十九首》《馆驿十九首》《征伐十九首》等目。十九首中的部分篇目，也曾被选入大、中学校的教材中。因此如何很好的阅读和理解这一组诗，便很重要，这里谈一点自己的体会。

第一背景还原。这是一组无作者、无时代说明的诗篇。它的内容大多是表现“思乡”或“闺思”的，如果不作背景还原，简单地把它归于“爱情”或“伤别”诗的范畴，诗中深厚的意味便会丧失。故前人每有推测，或推定某篇为傅毅作、某篇为枚乘作，或疑为建安中曹、王所制，或疑张衡、蔡邕作品杂于其中，或疑为文选楼中诸学士杂糅古诗句而成，但皆无确证。这里我们立说的基础是：这一组诗应当作一个整体来看待，因为其中所表现的内容、主题、情调等，都是相通或相同的，它们是同一个背景下的产物。在此基础上再谈还原问题。

如何还原它们的背景？这要从作品中寻找信息。先看其“地”。诗中有地名标识的共四处，如《青青陵上柏》提到“游戏宛与洛”，而重点说的是

“洛”，洛即东汉的都城洛阳。《驱车上东门》提到了“上东门”与“郭北墓”，“上东门”是洛阳东城三门之一，“郭北墓”指洛城北的北邙山公墓，这是东汉王公卿相的安葬之地。《凛凛岁云暮》中的“洛浦”，即洛水之滨，也在洛阳。《东城高且长》中的“东城”，从诗中的描写看，应当是指洛阳东城三门。这说明，这组诗产生的地理背景是东汉的京城洛阳。再看其“人”。诗中言“游子不顾返”，言“游子寒无衣”，言“荡子行不归”，言“客行虽云乐”，说明这是一个客居京城的群体。再看其“意”。从诗的情感表现看，一是功名欲望，如言“洛中何郁郁，冠带自相索”“何不策高足，先据要路津”“昔我同门友，高举振六翮。不念携手好，弃我如遗迹”“立身苦不早”“荣名以为宝”等；二是团圆渴望，如占比重最多的游子思乡或闺妇思夫诗。三是及时行乐，如言“不如饮美酒，被服纨与素”“昼短苦夜长，何不秉烛游”等。

如果把这些内容联系起来，就会发现，其作者是一群为追求功名客居东都洛阳的落拓书生，其时代则是在东汉末，因此诗中看不到一点欢快之情，充盈着的则是哀伤与相思，此即所谓的“亡国之音”。《风俗通义·佚文》云：“灵帝时，京师宾婚嘉会，皆作魁櫑，酒酣之后，续以挽歌。魁櫑，丧家之乐；挽歌，执绋相偶和者。”乐事而奏哀乐，这正是时代人精神崩溃的反映！十九首中的哀伤基调与此种哀丧之音正是同一种背景下的产物。汉末宦官擅权，纲纪大乱，“子弟支附，过半于州国”，“海内嗟毒，志士穷棲”（《后汉书·宦者列传》），大批会聚于京城以求仕进的书生，仕途却被塞绝，故而发出了无望的哀伤，用伤别的情怀，来表达圆满渴望破灭的悲伤。这便是十九首的背景。放到这个背景下，来理解诗中别离、相思、宴饮、乐游之类的内容，便会看到其背后蕴藏的一代士子的心灵颤动。

其次是探寻诗人的心灵世界。汉代是一个崇拜经典的时代。然而在汉末风雨飘摇之夜，落拓书生的情感与思想如同猛兽，冲破了经典价值观的束缚，在自由的天地里奔突、驰骋，用诗歌创造了内在生命的神话。以往人们多关注诗歌对生活的反映，实则用语言构建的生活世界之下所蕴藏的心灵世界，才是诗的重心所在。

在这里，我们首先听到的是从传统的价值观的樊篱中冲出的生命，要求抛弃虚假的人生模式，追求世俗人生意义的呼喊。《青青河畔草》写高楼中独处的少妇嗅到春天气息的心灵动荡。“昔为倡家女”，表示了对于生命原初本质的认识。“今为荡子妇”，揭示的是一种虚假的人生模式。这正是落拓书生发自心灵深处的声音，是一种冲破传统道德观念，寻求真实人生的冲动。《今日良宴会》写一群“穷贱”书生的宴会。这里没有“立德、立功”的冠冕堂皇，而是赤裸裸地呼吁追求名利。《驱车上东门》写白杨、松柏装饰着的死亡之门，才是人生的唯一归宿。人不过是寄存于世间的生命，只有到黄泉下才是其永恒的安顿，圣贤也无法逃避这条规律的支配。延长生命的长度只是空想，只有美酒华服，加强生命的密度，才是最实在的。

但这种对于生命世俗意义的积极追寻，却无法掩盖士子内心的剧烈痛苦。因而在这些诗篇中的最强音，是生命不能获得圆满的痛苦呻吟和理想幻灭的悲哀。如《涉江采芙蓉》，怀着美好的心愿和圆满的渴望，涉足于芳兰之地，然而面对漫漫的故乡之路，眼前却一片迷茫。在《孟冬寒气至》中，思妇在北风凄厉中，苦熬着一个个漫漫长夜，唯一能给其孤寂灵魂以安慰的是一封三年前的家书。《客从远方来》中，“相去万余里”的情人之间，只有半匹花绫安慰创伤的灵魂。《行行重行行》中，无终止的时间，无边际的空间，人们在辽阔的时空中艰难地旅行，看不到人生的尽头。由于希望破灭和心里的痛苦，人们感受到了不能把握命运的悲哀，整个世界都充满了秋的凄凉和冬的寒冷（如《明月皎夜光》《凛凛岁云暮》《孟冬寒气至》等）。

痛苦使人们感到了人生的无常，也将生命与死亡联系在了一起。如《去者日以疏》中，诗人感知今日之丘墓，是昨日之去者；今日之来者，明天也将走向墓地。这些诗作，表面上是消极的、颓废的，甚至是不健康的，而其深层却有对生命、对生存价值充分肯定的积极意义。它们以肆无忌惮的情感表现，打开了一个新的生命世界之门，揭开了中国诗歌新的一页。

其三观其艺术。《古诗十九首》不仅对旧的意识形态进行了疾风暴雨式的冲击，热情地讴歌了生命的意义，而且在艺术领域里，也彻底抛弃了传统的四言诗式，开辟了五言诗的时代。并且真情所致，随心所欲，浅语道来，自成奇文。读这些诗，不能像读唐宋以降的诗那样摘其佳句，论其工拙，那样便会觉得无一佳处，而是要感受它们平淡中的奇绝，因为它们是“浑然天成”的。且以《孟冬寒气至》为例来说明。诗写少妇在寒冷的冬夜，孤枕难眠。这样的长夜，她不知熬过了多少个，仰望星空，看到无数次的“月满”“兔缺”（月缺），心理唯一思念的就是远离的丈夫。她日夜期待着丈夫的归来，但等来的只是客从“远方”带来的一封“书札”：“客从远方来，遗我一书札。上言长相思，下言远离别。置书怀袖中，三年字不灭。一心抱区区，惧君不识察。”这已是三年前的事情了，三年来再没有第二封书札。三年前的“书札”中就说是“远别离”，而今还是不见人影，不知归期。这种旷日持久的别离与孤寂，闺门弱妇何以忍受？然而她忍受了。前三年书札中“长相思”三字已给了她孤寂的灵魂以安慰，透过这三字，她看到了丈夫一颗永恒不变的爱之心。她舍不得让这封运载丈夫之心的书札须臾离身，将它珍藏在“怀袖”中，而且像保护心脏一样不让受它到半点损伤。但自己“区区”之心，又如何传给丈夫呢？一种无尽的不可消解的愁苦油然而生，丈夫成了他心灵世界的全部。像如此浅白、自然、质朴、生动而蕴含又如此丰厚的诗，实非《诗》《骚》、乐府所能比，也非人力所能为。即使大家拟之，也难免有效颦之讥。如杜甫《太子张舍人遗织成褥段》云：“客从西北来，遗我翠织成。开缄风涛涌，中有掉尾鲸……”文士气十足，远无古诗之平淡自然。

不难看出，这些诗无一字奇，无一句奇，但却无诗不奇，决不可句摘。晋时王恭（字孝伯）曾摘其句而论其佳处，遭到了后人的讥笑。故清代学者张玉谷《论古诗》说：“众妙兼该十九章，津梁六代压三唐。怪他摘句论佳处，孝伯胸中欠主张。”这既是对《十九首》艺术的评价，也是对《十九首》历史地位的评价。

总之，《古诗十九首》以新的艺术形式与情感表现，完成了诗歌史上由“言志”到“言情”，由“叙事”到“抒情”，由民歌到文人创作的转变，开创了文人诗歌创作的新纪元。

以上两篇短文是应《中华读书报》之约而写的。

第二辑

韵在嘴上，不在书上

——关于古体诗词创作用韵的问题

近几年，古体诗词创作队伍不断壮大，频繁遇到朋友们关于诗歌押韵问题的讨论。格律诗创作依据什么韵，是平水韵？还是新诗韵？依据何书为是？在以前，我不觉得这是问题，可现在却成了问题。我想，一些问题只要理论上搞清楚，自然就会迎刃而解，不会在创作中再纠结。故在这里谈一点意见。

一、秦汉以前有诗无韵书

韵在嘴上，是读出来的，而不是韵书上写出来的。它是人发出的声音形成的一种自然节律，前面发出的声音与后面发出的声音相应，便有一种和谐顺畅的感觉，即如《御制音韵阐微·序》所说："天地有自然之声，人声有自然之节。"所谓"押韵"，是指两句以上句末的字韵母相同或相近，读起来顺口，即《文心雕龙·声律》所说的"同声相应谓之韵"。如"春眠不觉晓"一诗，晓（xiǎo）、鸟（niǎo）、少（shǎo）三字的韵母中都有"ǎo"，这就叫押韵。第三句最后的"声"字，韵母是"ēng"不是"ǎo"，读起来与晓、鸟、少有很大转换，这就不押韵。韵书的韵部，并不完全等于韵母。比如《广韵》206 个韵部，但有人统计过它的韵母，是 290 个。这就说明一个问题，押韵完全依据韵母还不行，嘴上的感觉很重要。我们在作诗的时候，只要把字的读音读准确了，是否押韵自己就能感觉到，不必“本本”上说押韵才叫押韵。诗歌押了韵，便顺口，有人把民间创作的大白话诗歌叫作“顺口溜”，就是因为读起来顺口的原因。民间的歌谣作者，如山东快书、晋南快板之类的作者，他们绝不是依照韵书来写作的，他们中间的一些人甚至大字不识一个，可是却能创作出优美的诗歌来，什么原因？就是因为韵在嘴上，不在书上，完全是嘴上的表现和听官的感觉。严羽《沧浪诗话》说：“押韵不必有出处，用事不必拘来历。”也是这个意思。如果怕字读不准，可以查一下字典，看看拼音，看韵母是否一样或相近，即可定夺。

在秦汉以前，有诗歌，无韵书，人们也不知道韵母为何物，全靠感觉，觉得顺口了，声韵和谐了，那便可以了，不像后世作诗有韵书可以翻检找合适的韵字。有人看到《诗经韵读》《楚辞韵读》之类讲上古诗歌押韵的书，不去认真读，便认为先秦两汉也有韵书。这就犯了常识性错误。先秦两汉诗歌的用韵，是后来归纳出来的，而不是照着韵书来写的。那时的文字读音与现在的读音有诸多不同。它们是否押韵，需要认真研究、归纳才能知道。比如《诗经·采苹》说：“于以奠之，宗室牖下。谁其尸之，有齐季女。”用现在音读就不押韵。最早研究《诗经》古音的陈第，在他的《毛诗古音考》中说这里的“下”与“女”押韵，读“虎”的音，用今天的拼音字母表示，这两个字的韵母都是“u”，所以押韵。为了证明“下”读“虎”音，陈第先举了《诗经》的证据，如《殷其靁》篇：“殷其靁，在南山之下。何斯违斯，莫或遑处。”“下”与“处”押韵。《凯风》篇：“爰有寒泉，在浚之下。有子七人，母氏劳苦。”“下”与“苦”为韵。《采苓》篇：“采苦采苦，首阳之下。”也与“苦”字为韵。《宛丘》：“坎其击鼓，宛丘之下。”“下”押的是“鼓”字。《东门之枌》篇：“东门之枌，宛丘之栩。子仲之子，婆娑其下。”“下”与“栩”（音甫）为韵。《四牡》篇：“翩翩者雏（zhuī），载飞载下，集于苞栩（音甫）。”也是与“栩”为韵。《北山》篇：“溥天之下，莫非王土。”“下”与“土”为韵，等等，这叫“本证”，证明“下”读“虎”。再举其他文献作“旁证”，如《周易·乾象》：“潜龙勿用，阳在下也。见龙在田，德施普也。”“下”与“普”为韵。《礼记·礼运》：“粢醍在堂，澄酒在下，陈其牺牲，备其鼎俎。”“下”与“俎”为韵。通过这种方式，把与它押韵的字找出来，以考证出它的本音。清朝学者汲取了陈第的研究方法与成果，并开始给《诗经》分韵部。如顾炎武《音学五书》分韵为10部，江永《古韵标准》分为13韵部，段玉裁分为17韵部，戴震分为25部，孔广森分18部。王念孙开始分为21部，晚年又分为22部。江有诰最初分为20部，后来又改为21部。章太炎分为23部，黄侃分为28部，王力分为30部，陈新雄分为32部。

从分10部，到分成32部，为什么差别会这么大？这是因为各家所分韵的宽窄不同。由于受各地方音的影响，字的读音也会在不同的地方发生变化，这就出现了复杂的押韵情况。有些字是经常押韵的，有些字是偶然押韵的。把偶然押与经常押的字放到一起，韵部便少；分开来，韵部便会多。像王力分成30个韵部后，就遇到了不同韵部的字在同一首诗中押韵的情况。为了合理的解释这种现象，便有了"通韵""合韵"之说。

尽管如此，有些押韵情况音韵学家还是不能归纳于其所构建的理论框架中。比如《诗经·葛覃》篇，第一章说："葛之覃兮，施于中谷，维叶萋萋。黄鸟于飞，集于灌木，其鸣喈喈。"王力认为，"萋""喈"二字在脂部，"飞"字在微部，三个字押韵，这是"脂微合韵"。"谷""木"二字相押，在屋部。第二章说："葛之覃兮，施于中谷，维叶莫莫。是刈是濩，为絺为绤，服之无斁。"王力认为"谷"字与上章"谷""木"遥韵，而"莫""濩""绤""斁"四字相押，属铎韵部。王力这也是总结了很多音韵材料才得出的结论。可是《史记·龟策列传》中有："鸟有雌雄，布之林泽；有介之虫，置之溪谷；收牧人民，为之城郭。""谷"与"泽""郭"为韵，"泽""郭"在铎部。马融《广成颂》说："至于阳月，阴慝害作，百草毕落，林衡戒田，焚莱柞木。""木"与"作""落"为韵，"作""落"亦入铎部。等于是"谷"与下面的莫、濩、绤、斁四字也相押。这种情况，王力的《诗经韵读》就未能考虑。再比如唐颜师古《匡谬正俗》中记的一首中古艳歌说："兰草自生香，生于大道傍。十月钩帘起，并在束薪中。""中"字与"香""傍"为韵，这在古代的韵书如《广韵》《集韵》中都找不到。只有吴棫的《韵补》根据颜师古的意见，认为它"叶陟良切"。所谓"叶"，是指为了押韵临时改读的音。这显然是错误的。这种情况，说明了古书押韵的繁杂性。这不见于韵书的用韵，你不能说它不是诗。

二、唐宋用韵不拘于韵书

韵书的出现与诗歌创作有关。中国古代文学史，始终是以诗歌为主体的。在周朝的礼乐文明时代，即出现了第一个诗歌高潮。到战国秦汉，这个高潮为散文所取代。到魏晋，诗歌创作又开始兴起，一路向前，到唐朝再度出现高潮。其后虽出现了宋词元曲之变化，但也都是韵文，且诗歌还是占据主导地位，其数量之多，远远超过其他文体。在魏晋诗歌创作再度兴起之后，韵书便随之产生了。

魏晋隋唐人写诗要用韵，但已无法用《诗经》《楚辞》的韵，只能依据现实语音来。要编韵书，自然要依据今音，适当考虑到遗存的古音。这就是前人所说的“酌古会今”。最早的韵书是魏李登的《声类》和晋吕静的《韵集》。据隋潘徽《韵纂·序》说：“《三苍》《急就》之流，微存章句；《说文》《字林》之属，唯别体形。至于寻声推韵，良为疑混；酌古会今，未臻功要。末有李登《声类》，吕静《韵集》，始判清浊，才分宫羽。”此书今已失传，但据唐封演《封氏闻见记》说：“魏时有李登者，撰《声类》十卷，凡一万一千五百二十字，以五声命字，不立诸部。”所谓“不立诸部”，就是没有立韵部，像后来的韵书出现的“一东”“二冬”之韵部，还没有分开。这里的“五声”所指的是什么，暂不敢定，但这种分类与诗歌创作演唱有关，则是可以肯定的。到南朝时，声律之说兴起，四声八病之说创立，韵书也相应地多起来。《隋书·经籍志》著录像《声韵》《声韵林》《群玉典韵》《韵略》《修续音韵决疑》《纂韵钞》《四声指归》之类，有十几种之多。这些书因失传，现已难得其详。但据当时颜之推、陆德明等人的说法，因为方音的原因，其间悬殊很大，自然错误也很多。如《颜氏家训·音辞篇》说：“南染吴越，北杂夷虏，皆有深弊，不可具论。其谬失轻微者，则南人以钱为涎，以石为射，以贱为羡，以是为舐。北人以庶为戍，以如为儒，以紫为姊，以洽为狎。如此之例，两失甚多……古今言语，时俗不同，著述之人，楚夏各异。”到隋朝时，陆法言与当时的刘臻、颜之推、魏渊、卢思道、李若、萧该、辛德源、薛道衡八人，共同商讨，参酌前人韵书，撰成了《切韵》。这部书在很大程度上有统一语言、纠正方音的性质。故陆氏在《切韵序》中说："吴楚则时伤轻浅，燕赵则多伤重浊，秦陇则去声为入，梁益则平声似去。""因论南北是非，古今通塞，欲更捃选精切，削除舒缓，萧颜多所决定。魏著作谓法言曰：向来论难，疑处悉尽，我辈数人定则定矣。"他们所定的即可认作是当时的官话。其后在《切韵》的基础上唐孙愐撰《唐韵》、宋陈彭年等《重修广韵》、丁度撰《集韵》等。

这些韵书，性质属于字典类，如《广韵》"东"字下注说："德红切。东方也。《说文》：动也。亦东风菜。《吴都赋》云：草则东风、扶留。又姓，舜七友，有东不訾。又汉复姓东方朔，《何氏姓苑》有东莱氏。""先"字下注说："苏前切。先后也。又姓，《左传》晋有先轸。又苏荐切。"只是释字简略，但作诗查字也较方便。其编纂之初虽也考虑到了诗歌的押韵问题，但在具体编撰时，制约他们的则是声韵自身。他们要严格按照声韵划分韵部，根据自己掌握的资料，进行分析，因各家的认识不同，便出现了分韵多少的不同。当时没有拼音，要用反切来表示，反切的下字相当于韵母，而同一个韵部的字，所用的反切下字又不一样，这样自然也会产生认识上的分歧。因此，陆氏的《切韵》分为 193 部，王仁煦的《刊谬补缺切韵》增为 195 韵，《唐韵》《广韵》则增为 206 韵，比现在通用的平水韵多整整 100 个韵部。

像这样细密的分韵，诗歌创作要严格根据它来，显然是不现实的。唐朝时，官方为了考试诗赋，需要定一个用韵标准，于是确定以《切韵》为准。唐封演《封氏闻见记》说："隋朝陆法言与颜、魏诸公，定南北音，撰为《切韵》，凡一万二千一百五十八字，以为文楷式，而先、仙、删、山之类，分为别韵，属文之士，共苦其苛细。国初许敬宗等详议，以其韵窄，奏合而用之。法言所谓'欲广文路，自可清浊皆通'者也。"一部要让大家都遵守的权威性韵书，而且要考试作为依据，这就必然官方出面决定才行。而像《切韵》这样的严格按声韵划分的韵书，以之为依据属文作诗，自然有诸多不便，故说"属文之士，共苦其苛细"。最后只好由许敬宗等出面，向皇帝奏请把相近的韵合起来用。四库全书收有两种《广韵》，一题《原本广韵》，一题《重修广韵》。在《原本广韵》前有唐孙愐的序，而《永乐大典》引此本皆曰“陆法言《广韵》”，于是有人认为此《广韵》即陆之《切韵》。此本《广韵》，于每韵下皆注有“独用”“某某同用”字样，如于“东第一”下注：“独用。”于“冬第二”下注：“钟同用。”因此有人认为，这就是许宗敬“奏合而用之”的结果，这种可能是完全存在的。但即便如此，也只能作为官方诗赋考试的标准要求，很难作为通常诗歌创作的依据，因唐代诗人的用韵，很多是不合于此所标的“独用”“同用”例的。近些年，有人研究唐代各地诗人的用韵情况，结果都发现存在不同程度的违例现象，并不合于《广韵》所标的“独用”“同用”规则。如唐山西晋南诗人用韵，在用韵上要求严格的近体诗，就出现了覃、谈、盐、添、衔五韵通用的情况，而《广韵》标注是：覃、谈同用，盐、添同用，咸、衔同用。在元结的诗文中，出现了上去相叶、平上相叶、平去相叶等异调相叶的现象。章太炎先生看到唐人用韵与《原本广韵》所注“独用”“同用”例不相一致，于是认为这些分注是晚唐人加添的。其实未必，恐怕最主要的原因在于它与实际语言有距离，故不能为人所遵循。科举判卷需要的是规则，诗人创作需要的是感觉。

宋人开始官修韵书，目的主要在正音。《重修广韵》《集韵》《礼部韵略》，都是官方在不同时期修订或编撰的韵书。《重修广韵》《集韵》是在前代《切韵》基础上的增删、修订、调整，变动不大，韵部还是 206 部。把“独用”“同用”加以归并，实际有 160 韵。《礼部韵略》的针对性较强，是为科举编撰的。因科举属礼部管理，因此官韵也由礼部颁行，故名之曰“礼部韵略”。《礼部韵略》撰于宋景祐四年(1037)，后来多次修订。它是国家颁发的用韵范本，对《广韵》所标注的“独用”“同用”做了重大调整，在很大程度上放宽了诗韵。如果加一并归，其实只有 108 韵。这就是后来“平水韵”的近祖。其后宋绍定庚寅庐陵进士欧阳德隆据此撰《押韵释疑》，针对科举用韵，详列“他韵他纽互见之字，详其音义点画之同异，而辨其可以重押、通用与否，多引当时程试诗赋某年某人某篇曾押用某字，考官详故事以证之。每韵之末，列绍兴中黄启宗、淳熙中张贵谟等奏添之字，或常用之字而官韵不收者。”(四库提要)这种方式也在强化着这部韵书的地位。《韵略》

的108韵对举子来说，自然比原来的160韵要方便得多。同时，编撰时参考了唐人的诸家韵书，与唐人的实际用韵情况也比较接近，故在当时很流行，有多种版本。200年后，南宋淳祐十二年（1252），自称江北平水刘渊的，编撰了《壬子新刊礼部韵略》，将108韵调整为107韵。而大略与此同时，金人王文郁编撰的《平水新刊韵略》，张天锡编撰的《草书韵汇》、阴时夫编撰的《韵府群玉》，都将108韵调整为106韵。这很难说是谁抄袭谁的，看来是音韵学家分析当时的用韵情况作出的共识。

但有一点需要说明，《韵略》因为是考试用韵的标准，与《广韵》比较，韵部少而便于把握，为士子作诗选韵所接受。但却无法制约不入考试科目的宋词。因此宋词的用韵不仅不合于《广韵》，与平水韵也有相当大的距离。清人戈载《词林正韵》归纳宋词用韵，列韵为十九部，其与平水韵的距离之大可想而知。考试要有规则，创作追求感觉，这中间自然会有距离。

三、平水韵面临的难题

《礼部韵略》，在宋朝盛行200多年，产生了106部的“平水韵”。关于“平水韵”有两种意见，一是由宋末平水刘渊编《壬子新刊礼部韵略》而得名，但此本为107韵，而今所用平水韵为106部，故有人以为其得名于金人王文郁《平水新刊韵略》。这些问题，非本文所当讨论。要说明的是，以此声韵系统为主体，产生了一批作诗押韵选字的工具书。即如四库馆臣于《韵府群玉》提要中所说：“押韵之书，盛于宋末元初。”其初有宋张寿翁《事韵撷英》、阴时夫《韵府群玉》等。其后又有《诗韵辑略》《诗韵辑要》《诗韵便捷》《诗韵珠玑》《诗韵异同辨》《诗韵音义注》《渔古轩诗韵》《诗腋》《诗韵集成》《诗韵合璧》等，清政府还组织编撰了大型类书《佩文韵府》。这些书大大地方便了作诗用典找字之需，在读书人中盛行，极大地强化了“平水韵”的地位。以致后来不少辞书之类也根据“平水韵”编排，如《经籍纂诂》《助字辨略》《辞通》等。

语音在历史中是不断发生变化的。脱胎于《广韵》的《礼部韵略》，是皇帝“诏度（丁度）等以唐诸家韵本，刊定其韵”的（李焘《续资治通鉴长编》卷一百二十），因此与唐人的用韵接近。有人认为，唐朝人作诗是依据的平水韵，这是缺乏历史知识的一种说法。但“平水韵”的前身《礼部韵略》是归纳唐人的用韵而形成的，这则是事实。因归纳的是唐人用韵情况，与宋时实践读音就不能没有距离。因此洪迈《容斋五笔》卷八有“《礼部韵略》非理”一则说：“《礼部韵略》所分字有绝不近人情者，如东之与冬，清之与青，至于隔韵不通用，而为四声切韵之学者，必强立说，然终为非是。”确实，“东”“冬”何以分为两韵？“清”“青”何以非同部？这在我们来说，实在很茫然，但现在通行的“平水韵”也是这样分的。一千年来作诗的人们就这样不明不白的遵循着。

“平水韵”在宋代就已成为脱离实践语音的用韵体系，又经过元朝民族大融合的冲击，其变化就更大了。这里有两部书可以说明问题。一是元泰定元年（1324）周德清根据当时戏曲的用韵编成的《中原音韵》，此书归纳韵部为十九部，其中没有入声韵，这是根据当时北方语言的实际情况而定的，而平上去不分，又是根据戏曲押韵的实际情况归纳的。这代表了当时口语语音。二是明朝洪武八年（1375）撰成的《洪武正音》，其编撰原则是“壹以中原雅音为定”。编撰时为慎重起见，六易其稿，最终归纳韵部仅得76部。这代表的是当时的官话，即读书音。这两部书与“平水韵”分韵之多寡悬殊，反映了从唐朝到元明五百年间的语音变化。《洪武正音》本来作为官方颁发的韵书，有意取代《礼部韵略》，但传统的力量过于强大，如果政治上没有强制措施，不把“平水韵”从功令中排除出来，它就很难退出历史。因此直到今天，一些搞旧体诗词创作的人，还在用平水韵。在社会学上有一种“路径依赖理论”，讲的是因为对旧的路径已经特别熟悉，人们对它产生了依赖，因此即便有新的更为便捷的路径，人们也不愿意花时间掌握它。“平水韵”在八百多年的诗歌创作中被文人一直沿用，就是这个原因。

作为一种历史的惯性，应该承认它存在的合理性。但面临的难题是，诗歌的艺术优势是在嘴上体现的，而不在纸上。只有读，而且大声地读，它的韵律之美才能体现出来。而“平水韵”，除与现代语音重合的部分外，好多音人们已经读不出来了。比如李白的《望天门山》:“天门中断楚江开,碧水东流直此回。两岸青山相对出,孤帆一片日边来。”用现代汉语读,“回”字就不押韵了。于是有人说应当读“怀”的音,但翻查各种韵书,无论《唐韵》《广韵》《集韵》《古今韵》《洪武正音》等,都不见有“怀”的音,只是父老相传可以如此读。像这样的读音,已经死去,用在诗词创作中,尽管理论上可通,但毕竟隔着一层。不过这也算,因为毕竟还有父老的传言在,同时用方言读押韵,也能说得过去。但有些就干脆没谱了。比如把东、同、铜、童、瞳等,与冬、农、宗、钟、龙、容等,分属两个韵部;鱼、琚、旟、疽、苴、樗、於等,与虞、愚、娱、隅、无、于等,分属两个韵部;官、团、鸾、姗等,与关、删、弯、山等,分属两个韵部;惊、平、鸣、明等,与刑、亭、星、宁等,及冰、凌、蝇、鹰等,分属三个韵部,应该如何读才能区分?把支、为、奇、规、龟、之、时、蛇等放在一个韵部,佳、牌、阶、厓、偕、怀、斋等放在一个韵部,元、言、魂、孙、门等放在一个韵部,应该如何读才能押韵呢?尽管音韵学家有一套理论可建立起它们之间的关系,但毕竟在口头上难以读出了。

其实因为语音的变化产生的韵书与实际语音间的隔离,在数百年前就开始困扰诗歌创作者了。因此一些关于诗韵的书,其作者总是要想办法,通过通用方式,让现实的语音能与诗韵接轨,纳入用韵系统。但因为方音干扰,各家又往往会出现矛盾。我们可以民国初广益书局出版的《诗韵合璧》为例来说明。在这本书的目录部分,韵部下有小字注讲通韵问题,而同时也批驳当时通行“时本”韵书之误。如上平声“十一真”下注说:“古通文、元、寒、删、先。时本作通庚、青、蒸、侵,转文、元。案:真、文、元、寒、删、先六韵通转,见郑庠本。杜、韩、白、柳诸诗皆然,从无通庚、青等韵者。”下平声“一先”下注:“古韵通详真。时本作通盐、咸,转寒、删。臆说,不可从。”下平声“七阳”下注:“无通。诸本作通江转庚。案:江韵字旁皆从东、冬,故不通阳。然邵本叶音收江、庚字颇广,毛氏《通韵》作东、冬、江、阳、庚、青、蒸七韵一通转,与郑庠六部协音之说合。且韩诗‘此日足可惜’,尝通用七韵,似非叶音。邵本真、文六韵从郑庠,而东、冬、江、阳七韵一部,独有异同,亦未详其故。”从这里也可以看出诗歌韵书之间相互的分歧。问题是,他们定“通用”的根据是什么？为何要指斥他人之非？其中除所据清代音韵学研究的成果外，很大程度上就是其所在当地的读音。比如说，真通青、蒸一说，这在很多地方都是如此，an 与 ang、en 与 eng、ian 与 iang、in 与 ing、un 与 ong 不分，这是带有普遍性的。像“东、冬、江、阳、庚、青、蒸七韵一通转”的情况，在晋南运城人就是如此，ang、eng 不分，红、黄同韵。像所谓和“时本”，便是根据这种情况来定的。这说明他们立说的根据还是嘴上的感觉。

严格地说，“平水韵”已成为语音化石，我们可通过它了解一千年前的语音。如陈子昂《登幽州台歌》：“前不见古人，后不见来者。念天地之悠悠，独怆然而涕下。”如果出自今人之手，谁敢说它是诗歌呢？原因是不押韵。但有平水韵，我们得知“者”“下”都在“马部”中，是一个韵。

四、今天的用韵选择

从以上的论述可以得知，语言在历史中是变化的，随着语言的变化，诗韵也在发生变化。《诗经》《楚辞》的押韵，不合于唐宋；同样唐宋人的韵谱，在今天也有了诸多的不合。《诗经》《楚辞》在唐宋时代变成了古典知识，变成了滋养文人成长的知识资源和精神资源，唐宋人可以学习《诗经》《楚辞》的语言写作，却没有人一定要坚持用《诗》《骚》的韵谱。同样我们今天学习唐宋诗词，搞古体诗词创作，是否一定用古韵呢？明、清人虽然读不出平水韵，诗赋考试的原因，使他们已经产生了“路径依赖”，故而从小就把平水韵背得滚瓜烂熟，要想改变很难，这就是《洪武正韵》不能通行的原因。而现在，一百年“科举试诗”的断裂，绝大多数人，对平水韵已经很陌生，是否还有必要坚持“平水韵”原则呢？

当下古体诗词创作押韵，应该以何韵书为准？这是使很多古体诗词爱好者纠结的问题。围绕这一问题，出现了三派不同的主张，一是古韵派，二是新韵派，三是折衷派。

古韵派认为，既然是古体诗词，就应该用古韵，用新韵不伦不类，就会变成大白话、顺口溜。这种观点忽略了一个问题，诗是否有古味，并不在用什么韵上，关键在语言，在意境。而且对于古韵今音之间的冲突问题，这一派也未能提出合理的处理方案。这种冲突，清初的傅山就已感觉到了，因此他在《再复雪开士书》中说："韵脚只求惬当，当押得稳处，即出韵，不妨为好诗。若被韵脚所拘，莽于韵中取一硬字押之，不顾妍媸，但称叶韵，一字便可累一章矣。切忌之！切忌之！"所谓的"出韵"，就是指与平水韵不合而在当时读音相叶的韵脚。他显然是不主张坚守平水韵的。鲁迅也曾嘲笑一些人作古体诗，坚持用古韵，有意地把"元"与"门""孙"放在一首诗中作为韵脚，表示自己有学问，懂得古韵。显然这样做是没有意义的。有人主张把平水韵中不合时宜的韵剔取出来，但这样韵字会变少，不利于创作。还有入声韵的问题，今大多地方已经没有了入声，普通话中入声演变散入了四声中。如果用入声韵，用今天的音读就有可能出现平仄互押不分的情况。对古韵派来说，应该把这些问题考虑清楚，并处理好才是。

新韵派认为诗韵要与时俱进，应该以《诗韵新编》为准。这种意见应该说是有很大合理性的。但一定要定一个"本本"作为标准，这就值得商榷了。因为韵在嘴上，"本本"是根据读音来的，不必舍本逐末。鲁迅说："诗须有形式，要易记，易懂，易唱，动听，但格式不要太严。要有韵，但不必依旧诗韵，只要顺口就好。"(《致蔡斐君信》)所谓"顺口"就是嘴上的感觉，而不是"本本"上的规定。"本本"的作用是帮助查找韵字，比如一时想不起来，这时可以拿韵书来查查，帮助自己选择，而不是说韵书有的才算押韵，韵书上没有的就是出韵。

折衷派是调和古韵与新韵派的，主张古韵、新韵皆可用，只要标注清楚即可。我想，这是一种宽容的态度。新旧交替有个过程，需要大家来探索。音韵学家唐作藩先生说："我们并不赞同现代人作诗必须属守'平水韵'的规定，最合理的要求是要通过诗人的努力发展一种符合时代声韵，又得到大家赞许的新的格律诗来。"这个意见是有道理的。

中国传统诗歌讲究"温柔敦厚"，诗教的作用也在于教会人做"温柔敦厚"的人。"温柔"便是温和柔顺，不刚不烈，不随意伤人；"敦厚"便是宽容厚道，不苛薄，能容人。我们学习作古体诗词，应该从精神上学习中国传统的做人精神，学会宽容厚道，把握中庸，用温和的方式讨论问题，用宽厚的作风包容别人，而不应该一听到不同意见便大动肝火，好像搞阶级斗争，来个你死我活。看到对方一处押韵、一处平仄与自己掌握的知识不合，便指斥对方出韵，不合平仄，甚至指斥对方不懂格律诗，这就不是“温柔敦厚”。作诗首先是为自己，表达自己的心灵世界，自己要先读，先找感觉，看看顺口不顺口，为口上叶韵，用方音也无妨。古诗中偶尔出现韵脚不合韵的情况，这是因为他们为了抒写心灵，用了方音做韵脚，像前面所举的“兰草自生香”一诗就是这样，你说它错，那只能证明你没有学问。说好听点，那是你立场过于坚定了，容不得诗的变通。在古诗中也常出现平声仄读、仄声平读的情况。一些大家高手，为抒心志，敢于打破常规用韵，也是常有的事。一个纯粹不懂格律诗押韵的人，如果韵脚不叶，你可以说他错。一个懂诗韵的人，作诗韵脚不叶，那一定是有原因的，千万不要轻易指责他错。每一个有意继承中国传统、学习作古体诗词的人，都应该有“温柔敦厚”的意识。“温柔敦厚”是对别人包容，也是给自己留有余地。

律在嘴上，不在纸上

近十几年来，古代诗词创作的队伍发展非常迅猛，特别是中华诗词大赛电视节目播出后，激起了一批中小学生古代诗词写作的热情。这种情况的出现，与中华文化的自信和复兴是联系在一起的，可说是大好事。但在这同时，也出现了一种不正常的情况：有一部分诗词作者抓住格律不放，不知变通。看一首旧体诗，不是先看内容，而是先看合不合平仄，是不是出韵。而且还有个别人把写格律诗当作一种本事和水平，对周边刚刚开始学习诗词写作的人横加指责，使得部分初学者自尊心大挫，遂致畏难而退。指责别人不懂格律的人，我们承认有一部分是格律诗高手，还有的其实他自己也不见得懂多少，甚至是一知半解。因为古体诗词虽有格律，但还有多种变通。现在一些介绍古体诗词入门的书，把话说得很绝对，使一些不研究的人，把这些“绝对化”的表述当作了“铁律”，实在是误人不浅。当然他们并不是没有根据地在说，而是把清代科举考试对于格律的要求，当作了金科玉律。要知道，清代考试文、诗，都有了僵死的“八股”套路，像所谓“孤平”“三平调”之类以前没有见过的概念，现在则变成了作诗的“戒律”。清翟翚《声调谱拾遗自序》说：“泥于声调者，不可以为诗。不娴于声调者，亦不可以为诗。”这是很对的。诗的好坏主要在内容表达，格律是为内容服务的，不能喧宾夺主。声律的形成，完全是为了语言抑扬顿挫的变化，读起来上口，听起来悦耳。诗句中的平仄交替，自然可产生这样的效果，但前提是要自然流畅，如云之出岫，不留迹痕，不可为格律而格律。现在有些人，为了合律，把语言变得别别扭扭，这实在不必要。据说有地方搞格律诗大赛，让计算机先判卷，把不合平仄的全刷下来。我不知道这样评出来的诗会是什么样子。还听说有人开发了写格律诗的软件，由电脑来写格律诗。古人言“诗言志”，电脑写出来的诗还能“言志”吗？如果能，那又“言”的谁之“志”？他们忽略了“诗者活物也”这一本质性问题，也忽略了诗律在嘴上，不在纸上。清人李重华在《贞一斋诗说》中说：“作诗曰吟、曰哦，贵在叩寂寞而求之也。”杜甫有名句说“新诗改罢复长吟。”为什么要吟？就是要找嘴上的感觉和心里的感觉。这就不是单纯平仄合辙所能解决的了。以下谈几点关于格律诗创作的意见，以供爱好者参考。

一、不合格律，未必不是好诗

有相当多一部分诗词创作者，把格律当作诗的第一生命。好像不合格律就不是好诗，作为古体诗词刊物，不合格律，就不应该刊登。他们认为这是最起码的知识，却不知现行的各种“中国文学史”，讲到了众多的佳篇，各种“中国古代文学作品选”，也选了无数的诗作，但没有一首是因为它严守格律而入选的，也没有一首格律诗因违律不选的。古今广为传播的唐诗名篇，比如妇孺皆知的“春眠不觉晓”，“千山鸟飞绝”，王维的“君自故乡来，应知故乡事”，孟浩然的“移舟泊烟渚”，李商隐的“向晚意不适”，李白的“举头望明月，低头思故乡”，这些被古人认定为绝句的诗，要么是失粘，要么是不合平仄，但这并没有影响它们的传播，也没有影响人们对它们的评价。因为诗的第一生命是内在的情志，而不是形式。因此写诗首先是要考虑内容，而不是先考虑格律。

元末文坛领袖人物杨维桢，经常有人向他求教诗法。他说：“余在淞，凡诗家来请诗法无休日，《骚》《选》外谈律者十九。余每就律举崔颢《黄鹤》、少陵《夜归》等篇，先作其气，而后论其格也。崔、杜之作，虽律而有不为律缚者。”（《蕉囱律选序》）别人向他请教律诗，他特意推荐崔颢《黄鹤》、杜甫《夜归》，这是两篇怎样的诗呢？我们先看崔颢的《黄鹤楼》：

昔人已乘黄鹤去,此地空余黄鹤楼。
黄鹤一去不复返,白云千载空悠悠。
晴川历历汉阳树,芳草萋萋鹦鹉洲。
日暮乡关何处是,烟波江上使人愁。

根据王士禛《律诗定体》“七言平起不入韵”格,第一句依律当作“平平仄仄平平仄”(凡字下带○者,是平仄可易者;不带者,是不可易者;有线者,是平仄必不可易者,),而今则是“仄平仄平平仄仄”;第二句依律作“仄仄平平仄仄平”,而今作“仄仄平平平仄平”;第三句当作“仄仄平平平仄仄平”,而今作“平仄仄仄仄仄仄”,连用六个仄声字;第四句当作“平平仄仄仄平平”,而今作“仄平平仄平平平”,犯了今人所谓诗家大忌的“三平调”。第五句当作“平平仄仄平平仄”,而今作“平平仄仄仄平仄”;第六句律作“仄仄平平仄仄平”,而今作“平仄平平平仄平”。八句中,只有最后两句合律。或有人认为,这是律诗未成熟时的作品,那么我们再来看被认作格律诗圣手杜甫的《夜归》:

夜半归来冲虎过,山黑家中已眠卧。
傍见北斗向江低,仰看明星当空大。
庭前把烛嗔两炬,峡口惊猿闻一个。
白头老罢舞复歌,杖藜不睡谁能那?

仄声韵被王士禛排斥在《律诗定体》外,而这首诗却是押仄声韵。第二句第四、六个字皆用平声,第五句第四、六、七字皆用仄声,第三句中间连用四个仄声,第四句中连用五个平声。第七句中连四个仄声字。可以说完全不合律。如此不合格律的格律诗,为什么作为一代诗歌领袖而且人们评价在“元诗四大家”之上的杨维桢还要作为律诗的佳作推荐呢?显然杨氏的标准不在形式,而在诗歌内在的生命情感。

武汉大学王兆鹏教授,根据历代选本入选唐诗的数据、历代评点唐诗的数据、20世纪研究唐诗的论文数据和文学史著作选介唐诗的数据,编写了一本《唐诗排行榜》,如果仅计算格律诗,排在前十位的是:

第一名:崔颢《黄鹤楼》(七律)

第二名：王维《送元二使安西》（七绝）

第三名：王之涣《凉州词》（黄河远上，七绝）

第四名：王之涣《登鹳雀楼》（五绝）

第五名：杜甫《登岳阳楼》（五律）

第六名：柳宗元《登柳州城楼寄漳汀封连四州刺史》（七律）

第七名：孟浩然《临洞庭湖赠张丞相》（五律）

第八名：常建《题破山寺后禅院》（五律）

第九名：王勃《送杜少府之任蜀川》（五律）

第十名：王湾《次北固山下》（五律）

第十名原本是李白《蜀道难》，因非格律诗，故除外，补上排在第十一名的王湾《次北固山下》。要注意的是，在这排名前十位的格律诗，完全合于格律的只有王之涣的两首和柳宗元《登柳州城楼寄漳汀封连四州刺史》共三首，其余皆有问题。排榜第一的崔颢《黄鹤楼》，背离格律之处非一，已见上述。排名第二的王维《送元二使安西》，第二句“客舍青青柳色新”与第三句“劝君更进一杯酒”失粘。排名第五的杜甫《登岳阳楼》，第一句“昔闻洞庭水”，正格当作“平平平仄仄”，而此作“仄平仄平仄”。此属五言平起不入韵格，王士禛《律诗定体》定第三字当作平声，而且“必不可易”，而“洞”字却是仄声。排名第七的孟浩然《临洞庭湖赠张丞相》，属仄起入韵格，第一句“八月湖水平”，正格当作“仄仄仄平平”，而此作“仄仄平仄平”，《律诗定体》定第三字当作仄声，而且“必不可易”，而“湖”字却是平声。第八名常建《题破山寺后禅院》，属平起不入韵格，第一句“清晨入古寺”，“入”字当平则仄；第四句“禅房花木深”，“花”字应仄而平；第五句“山光悦鸟性”，“悦”字当平而仄；第六句“潭影空人心”，属三平尾。第九名王勃《送杜少府之任蜀川》，第七句“无为在歧路”，“歧”字当仄而平。第十名王湾《次北固山下》，属仄起不入韵格，第三句“湖平两岸阔”，“两”字当平，且是王士禛所谓“必不可易”者，而此作仄。

格律诗排名前十位，自然是历史上认可度极高的好诗，竟然就有七首不合格律，占到70%，这说明了什么？说明历史在做选择的时候，根本不考虑你是不是合格律，而考虑的是其能不能唤起读者的内心世界，能不能展示生命的姿彩。

二、格律诗未必不能通韵

王力先生在《汉语诗律学》中说："近体诗用韵甚严，无论绝句、律诗、排律，必须一韵到底，而且不许通韵。"又说："出韵是近体诗的大忌。"王先生谈的只是一般情况。像科举考试，就要严格遵守这个规则。但在诗人平时的创作中，只能是尽量"一韵到底"，不"出韵"。但也不是绝对的，如果追求"一韵到底"影响了情感思想的表达，那一定是以达意为主，以嘴上的感觉为要，绝不会死守这些格套。用通俗的话说，"活人不能让尿憋死"。不妨举唐诗为例来说明。

唐玄宗《饯王晙巡边》：

振武威荒服，扬文肃远墟。
金坛申将礼，玉节授军符。
免胄三方外，衔刀万里余。
昔时吴会静，今日虏庭虚。
分阃仍推毂，援桴且训车。
风扬旌旗远，雨洗甲兵初。
坐见台阶谧，行闻祆祲除。
檄来须插羽，箭去亦飞书。
舟楫功斯着，盐梅望匪疎。
不应陈七德，欲使化先敷。

这是一首长律，韵脚墟、余、虚、车、初、除、书、疎，皆在鱼韵，而第二联的"符"和第十联的"敷"，则是虞韵，用诗家的话是"出韵"了。

李白五律《观胡人吹笛》：

胡人吹玉笛，一半是秦声。
十月吴山晓，梅花落敬亭。

愁闻出塞曲，泪满逐臣缨。
却望长安道，空怀恋主情。

声、缨、情在庚韵，“亭”则是青韵。

杜甫五律《雨晴》：

天水秋云薄，从西万里风。
今朝好晴景，久雨不妨农。
塞柳行疏翠，山梨结小红。
胡笳楼上发，一雁入高空。

在今人看来，杜甫是最讲究格律的。但在这首诗中，风、红、空用东韵，而“农”字则在冬韵。

白居易七律《三月三日》：

画堂三月初三日，絮扑窗纱燕拂檐。
莲子数杯尝冷酒，柘枝一曲试春衫。
阶临池面胜看镜，户映花丛当下帘。
指点楼南玩新月，玉钩素手两纤纤。

檐、帘、纤为盐韵，而“衫”则为咸韵。

阎丘晓五律《夜渡淮》：

舟人自相报，落日下芳潭。
夜火连河市，春风满客帆。
水穷沧海畔，路尽小山南。
且喜乡国近，言荣意未甘。

潭、南、甘，在覃韵，而“帆”字却是咸韵。

魏兼恕五律《送张兵曹赴营田》：

河曲今无战，王师每务农。
选才当重委，足食乃深功。
草色孤城外，云阴绝汉中。
萧关休叹别，归望在乘骢。

“农”属冬韵，而功、中、骢皆东韵。

王建七律《上武元衡相公》：

旌旗坐镇蜀江红，帝命重开旧阁崇。
褒贬唐书天历上，捧持尧日庆云中。
孤情迥出鸾凰远，健思潜搜海岳空。
长得萧何为相国，自西流水尽朝宗。

红、崇、中、空在东韵，而末联“宗”字则在冬韵。

刘禹锡七律《送蕲州李郎中赴任》：

楚关蕲水路非赊，东望云山日夕佳。
薤叶照人呈夏簟，松花满碗试新茶。
楼中饮兴因明月，江上诗情为晚霞。
北地交亲长引领，早将玄鬓到京华。

赊、茶、霞、华属麻韵，“佳”则是佳韵。

李商隐七律《楚宫》：

湘波如泪色漻漻，楚厉迷魂逐恨遥。
枫树夜猿愁自断，女萝山鬼语相邀。
空归腐败犹难复，更困腥臊岂易招。
但使故乡三户在，彩丝谁惜惧长蛟。

李商隐也是严守格律的人，但这首七律，漻、遥、邀、招皆在萧韵，而末联的“蛟”字则属肴韵。唐诗如此，其他的诗也是一样。如元好问七律《望王李归程》：

一褐霜寒晚思孤，眼中行李见归途。
虞卿仲子死不朽，石父晏婴今岂无。
义士龙沙元咫尺，累臣驹隙自舒徐。
何时斗酒欢相劳，惊看燕家头白乌。

用虞韵，而“徐”字则在鱼韵。

像这种情况还很多，不胜枚举。这说明一个问题，唐人并不认死理，需要融通时便融通。而且通融的原则是嘴上的感觉，嘴上读起来一顺而下，畅达无碍，通韵便无妨。如像东和冬、鱼和虞等韵，通韵比其他韵为多，就是因为其差别甚小，后来人几乎感觉不出来。有些情况我们可能还没有完全弄清楚，但如果说近体诗绝对“不许通韵”，而且把这当作“铁律”来批评人，就不合适了。更重要的是，有些韵今人已根本读不出来，只能死记。如冬和东两韵，在口语中宋朝人已不能区别，只是要应付考试，不得不分而已。诗是要吟诵的，嘴上区别不出来，却非要在纸上区分不可，这样做的意义在哪里，实在看不出来。

三、关于孤平、三平调

近体诗要讲平仄，这是常识。但过度讲平仄，变成了“平仄狂”，也不是好事，因为它会大大地影响表达。所以元人杨维桢《蕉囱律选序》说：“诗至律，诗家之一厄也。”像所谓“孤平”“三平调”之类的概念，就是过度讲平仄才产生的。“孤平”是指一句中除韵脚外，只有一个平声字；“三平调”是指一句中后三个字全都是平声字，也叫“三平尾”。在今人看来这是写诗的大忌。

为什么“孤平”“三平调”要避免？就是因为影响了声律的和谐。仄声包括上、去、入三个调，如果句尾是三个仄声字，音之高低还有变化，若三个都是平声字，这就没有变化了。如一句中仄声字太多，字音不是上，就是下，或短而促，少了平声，读起来也不好听。所以作诗时要尽量避免这种情况出现。但是否像有些人所说的这是“大忌”，就一定不能犯呢？也不是。任何事都不能绝对化。就拿“孤平”来说，我们前面所举的崔颢《黄鹤楼》“黄鹤一去不复返”、孟浩然《临洞庭湖赠张丞相》“八月湖水平”，不就是孤平吗？如果依王力《诗词格律》第二章第三节所说：“孤平是律诗（包括长律、律绝）的大忌……在五言‘平平仄仄平’这个句型中，第一字必须用平声；如果用了仄声字，就是犯了孤平。因为除韵脚之外，只剩一个平声字了。”那么像杜甫《翫月呈汉中王》“夜深露气清”、戴叔伦《送友人东归》“出关送故人”，也都是“孤平”。

至于“三平调”，那就更多了。如李白五律《听蜀僧浚弹琴》：

蜀僧抱绿绮，西下峨眉峰。

李白七绝《望庐山五老峰》：

庐山东南五老峰，青天削出金芙蓉。

九江秀色可揽结，吾将此地巢云松。

七绝《山中与幽人对酌》：

两人对酌山花开，一杯一杯复一杯。

杜甫七律《望岳》：

西岳崚嶒竦处尊，诸峰罗列如儿孙。

七律《卜居》：

浣花溪水水西头，主人为卜林塘幽。

七律《将赴成都草堂途中有作先寄严郑公》：

锦官城西生事微，乌皮几在还思归。

昔去为忧乱兵入，今来已恐邻人非。

七律《赤甲》：

卜居赤甲迁居新，两见巫山杞水春。

七律《长沙送李十一衔》：

与子避地西康州，洞庭相逢十二秋。

刘昚虚五律(阙题)：

道由白云尽，春与清溪长。

祖咏《终南望余雪》：

终南阴岭秀，积雪浮云端。

刘长卿《听弹琴》：

泠泠七丝上，静听松风寒。

李商隐七律《锦瑟》：

锦瑟无端五十弦，一弦一柱思华年。

罗隐《曲江春感》：

江头日暖花又开，江东行客心悠哉。

高阳酒徒半凋落，终南山色空崔嵬。

字下标线的都属“三平调”。这种情况在唐诗中很多，不胜枚举。甚至还有一句全仄者，如杜甫《去蜀》：

五载客蜀郡，一年归梓州。
如何关塞阻，转作潇湘游。
万事已黄髮，残生随白鸥。
安危大臣在，何必泪长流。

这是一首五律，第一句全仄，第二句四平。第四句“潇湘游”三平。再看杜甫《江雨有怀郑典设》：

春雨闇闇塞峡中，早晚来自楚王宫。
乱波分披已打岸，弱云狼藉不禁风。
宠光蕙叶与多碧，点注桃花舒小红。
谷口子真正忆汝，岸高瀼滑限西东。

第一句即是孤平。“晚”字宜平而仄。“波”字宜仄而平。第七句也只有“真”字是平声。

这说明一个问题，格律不能不讲，但不可死守规则，内容永远是居于第一位的。只要表达顺畅、自然，必要时不必过于顾及“孤平”“三平调”之类的禁忌。李颀七律《题璿公山池》云：

远公遁迹庐山岑，开士幽居祇树林。

明王世贞《艺苑卮言》从格律的角度考虑，以为“开山幽居”四个平声，声律不谐，“开山”当作“开士”，“言昔日远公遁迹之岑，今为开士（菩萨的异名）幽居之地。开士见佛书。”翟翚《声调谱拾遗》则说：“此诗文义亦断依原本，改易不得。盖‘开山’字本承上句一直说下。远公来遁迹庐山，而开山以居。故结用元度与远公故事，终始以比体暗照濬公。若添出‘开士’一层，便不成章法，笔力亦疲苶矣。”这就说明，诗当以意为主，不可生搬硬套格律。方回《瀛奎律髓》卷二十五说：“拗字诗在老杜集七言律诗中，谓之吴体……五言律亦有拗者，止为语句要浑成，气势要顿挫，则换易一两字平仄，无害也。”当然这是在熟练掌握格律的前提下才能做的，不能不懂格律，反拿此来作口实。

四、关于平仄拗救

格律诗讲格律，有人认为这个“律”是法律的“律”，不能含糊，必须遵守。于是便有了“正格”和“变格”。在清儒那里可看到复杂的分类，什么平起、仄起、平起不入韵、仄起不入韵、平起仄收、平起平收等等之类，记起来实在麻烦。王力先生又分了若干，用 a、A、b、B 以及甲、乙、丙之类标注。这样是“科学”了，但名词概念容易把人搞晕。我们可以简单化一下，不管平起、仄起、首句入韵不入韵，其中都有一个规律，即两个字一个音节，平仄交替，不是“平平仄仄”，就是“仄仄平平”。因为五、七言是奇字句，一定有一个字落单。落单的字只有两个位置，或最后，或在倒数第三位。如在最后，则可独立存在，如“平平仄仄”或“仄仄平平”。如果是在倒数第三位，则要与前面的音节联起来，作“平平仄仄”或“仄仄平平”。若是七言，则在句首加“平平”或“仄仄”，这自然就成了“仄仄平平仄仄”或“平平仄仄平平”。这就是一个基本格式，也可以姑称作“正格”（古人关于正格有另外的含义，为表达方便，姑且不管它）。凡不合此格式者，即可称作“变格”，也就是说，凡是在中间有落单的字者，都是非正常的，如：“平仄平仄平仄平”或“仄平仄平仄仄平”之类，都属变格。

在实际创作中，语言表现是多样的，灵活的，“正格”的规矩很难严守，这就要变通。如果看一下《唐诗三百首》中的五律，就会发现，起码有一半以上的诗是属“变格”。变，便不完全合格律，这就叫拗句。但为了音律和谐，拗便需要补救，这就出现了“拗救”的概念。在旧体诗词创作队伍中，相当多的人只知道平仄，不知道或者忽略拗救，不掌握变通之术。我有一首咏怀诗说：“东风无奈白髭须，唯有丹心不改初。万世太平心中事，一生勤苦架上书。”有一位诗人朋友批评我不合律，后来我给他做了解释，他默许了。因为我这里是对句相救的，出句是“仄仄仄平平平仄”，所以对句用“平平仄仄仄平”。其实我这里并不是不能调整，如果把“心中事”改为“心上事”，把“架上书”改为“架中书”也就合律了，但那样实在觉得不畅达，故宁可拗而救，也不愿去迁就格律。像这种情况，古诗中常有，如崔鲁《长安即事》：

一百五日又欲来，梨花桃花参差开。

第一句除韵脚外全是仄声，对句全用平声来救。王维《终南别业》：

中岁颇好道，晚家南山陲。

出句是“平仄仄仄仄”，对句则以“仄平平平平”来救。又《酌酒与裴迪》：

草色全经细雨湿，花枝欲动春风寒。

上三仄尾，下三平尾救。“春”字平声救“细”字仄声。杜甫《秦州杂诗》：

萧萧古塞冷，漠漠秋云低。

也是三仄尾与三平尾相互救的。杜甫《题省中院壁》：

落花游丝白日晚，鸣鸠乳燕青春深。

出句是“仄平平平仄仄仄”，对句则是“平仄仄仄平平平”。“花”与“鸠”互救，三仄尾与三平尾相救。又《赤甲》：

炙背可以献天子，美芹由来知野人。

出句是“仄仄仄仄平仄”，对句则用“平平平平仄平”来救。

杜甫《至德二载，甫自京金光门出，间道归凤翔，乾元初从左拾遗移华州掾，与亲故别，因出此门，有悲往事》：

此道昔归顺，西郊胡正繁。

“昔”字宜平而仄，“胡”字宜仄而平，成“仄仄仄平仄，平平平仄平”。这种情况实在太多了，不可不知，也不可不查。其间也有多种变化，有全拗而半救者，如杜甫《夜雨》：

小雨夜复密，回风吹早秋。

第一句全仄，第二句本当作“平平仄仄平”，而改为“平仄平”，这是以下句第二节拍点上的上字，救上句第二节拍点上的下字。也有干脆不救的，如杜甫《独钓》：

秋半百物晦，溪鱼去不来。

上句连用四仄声，下句则依律调不做变化。翟翚《声调谱拾遗》说：“凡律诗,上句拗,下句犹可参用律调;下句拗,则上句必以拗调协之。此不易之法。”这也是一种解释。还有一种似不救而实已相谐,如吴融《灵宝县西》:

碧溪潋潋流残阳,晴沙两两眠鸳鸯。

两句平仄不是相对,而是相同,都是三平尾,但读起来有一种重叠复踏的和谐感,这可说是不救之救。

拗救的方法不是一种,一个地方“缺”了,在适当的地方“补”上,这符合中国文化阴阳平衡的基本精神。诗家虽说有很多规定,但都不能违背这种精神。如王维“流水如有意,暮禽相与还”,孟浩然“落日池上酌,清风松下来”,杜甫“二月频送客,东津江欲平”“蔼蔼花蕊乱,飞飞蜂蝶多”等,这些句都是以下句第二节拍的上字来救上句第二节拍的下字的。因为像“有”“上”“送”“蕊”等字都在第二节点上,是古人所说的“二四六分明”的地方,所以需要救。但这种救的方式很特别,很容易被“误伤”。要是七言诗,则是在第三节拍上,如杜牧“南朝四百八十寺,多少楼台烟雨中”,是以下句第三节拍的上字“烟”救上句第三节拍的下字“十”的。也有本句中以第二节拍(七言是第三节拍)的上下字互换来协调的。如王勃诗:“无为在歧路”,本当作“平平平仄仄”,而这里则将“在歧”二字仄平互换以自救;孟浩然诗“开轩面场圃”,也是将“面场”二字仄平互换,这好像不合律,其实正在律中。如仇兆鳌《杜诗详注》于《早朝大明宫呈两省僚友》下注说:“七律中,有平仄未谐而句中自调者,贾幼邻诗‘剑佩声随玉墀步’,‘玉墀’二字,仄平互换。杜少陵诗‘西望瑶池降王母’,‘降王’二字亦仄平互调,此偶用变通之法耳。”还有本句自调作有规律的平仄而求和谐的,如李白《题东溪公幽居》“杜陵主人清且廉”,依律当作“仄仄平平仄仄平”,而今则调整为“仄平仄平平仄平”。杜甫《奉答岑参补阙见赠》“故人得佳句”、《暂如临邑,至山湖奉怀李员外率尔成兴》“野亭逼湖水”,依律当作“平平平仄仄”,今则调为“仄平仄平仄”,当然在后一首诗中的“逼”,还有救下句“歇马高林间”三平调的作用。像前面提到的崔颢《黄鹤楼》,在唐殷璠《河岳英灵集》、唐芮挺章《国秀集》、唐韦縠《才调集》以及宋人编《文苑英华》《唐文粹》和宋的各种类书中，首句都作“昔人已乘白云去”，则其平仄便是“仄平仄平仄平仄”，也是很有规律的变化（改“乘白云”为“乘黄鹤”，见于明人书中，可能因为“乘黄鹤”与下“黄鹤一去”能一气相贯）。这些句子虽然不合律，但变化带有规律性，读起来仍然是和谐的。

还有一种情况是干脆可以不救的。如数字对仗。因为在一至十的数字中，只有“三”是平声，如果要平仄相对就很难，因此就要以内容为主，放弃平仄考虑。如“洲渚四五曲，渔樵八九家”“田园一蚊睫，书卷百牛腰”“风檐燕引五六子，露井榴开三四花”“宝笥十八九，香缇千万重”“茅屋七五聚，沙汀八九盘”等，虽然不合平仄，但读起来自然和谐。

以上无非是要说明一个问题，格律诗的格律，虽有一定的套路，但他的变通方式也是多样的，原则是阴阳谐调，正奇互出，就像用兵一样。韩信背水之战，诸将疑其不合兵，而不知“置于死地而后生”，正在兵法之中。在现实中，如果对方懂格律，而他没有依律去写，那一定是有原因的，要理解他，千万不可随意指斥其误。

五、关于平仄易读

平仄易读是最容易被误会的一个问题。我写过一首《题娲皇石》的诗，最后两句是：“纵使红尘冷落久，壮心犹在娲皇年。”有一位老乡朋友告我：有人说我犯了三平调。其实那位诗人朋友当着我的面也说过，只是我笑而不言而已。这位朋友既然一本正经的告我，而且作为疑问提出来，我就不能不解释了。我问他：你念一下“娲”字，他念了。我说：你念的是几声？他一想，说：是四声。我说这就对了。我并非不知道书上标“娲”读平声，只是我自己方音太重，读不出来，所以我只有按仄声读了。再则，我还有另外考虑，“冷落久”是三个仄声，故即使“娲”读平声也无妨，因为上下可救。

像这种平仄易读的情况，古书中很多，就是因为“律在嘴上，不在纸上”。写在纸上是让人看的，而嘴上则是自己的感觉，从某种意义上讲嘴上的感觉比纸上更重要。如杜甫《秋日夔府咏怀奉寄郑监审李宾客之芳一百韵》，这是一首长律，中间有云：

缚柴门窄窄，通竹溜涓涓。

堑抵公畦稜，村依野庙壖。

清儒倪涛《六艺之一録》卷二百六十四说“稜”字“韵书作平声”，杜甫长律《寄刘峡州伯华使君四十韵》“凭久乌皮绽，簪稀白帽稜”，即读平声，而“公畦稜”则读成了仄声，原因是他用了方俗之音。其自注云：“京师农人指田远近，多云几稜稜岸也。音去声。”苏东坡的《石鼻城》诗：

平时战国今无在，陌上征夫自不闲。

北客初来试新险，蜀人从此送残山。

独穿暗月朦胧里，愁渡奔河苍茫间。

渐入西南风景变，道边修竹水潺潺。

第三联“苍茫”二字本是平声，但在这里则读为仄声。王十朋注说：“‘苍茫’读从上声，先生前篇亦云：‘苍茫旷奔流’。”陆游五律《杜门》：

寂寞山深处，峥嵘岁暮时。

烧灰除菜蝗，送芋谢牛医。

笕水晨浇药，灯窗夜覆棋。

杜门君勿怪，迟暮少新知。

“蝗”本平声，这里却读仄声。其自注云：“读如横字，去声。”他如“胜”字本仄声，而王维诗“仙家未必能胜此”，则读平声。“嫣”本平声杜牧诗“韩嫣金丸莎覆绿”，则读仄声；“庾”本仄声，许浑诗“独上高城望庾楼”，则亦读平声。“皱”本仄声，陆游诗“霜皱旋破如拳栗”，则按平声读。

清儒王士祯《池北偶谈》有一则“唐诗字音”，其云：

李子田举唐人诗用字，音与今人别者，如刘梦得“停杯处分不须吹”，分作去声。王建“每日临行空挑战”，罗虬“不应琴里挑文君”，挑皆上声。包佶“晓漱琼膏冰齿寒”，冰去声。段成式“玳牛独驾长担车”，长上声。予按：《白氏长庆集》中，此例尤多，如“请钱不早朝”，请作平声。“四十著绯军司马”，司入声。“红阑三百九十桥”，十读如谌。“为问长安月，如何不相离？”相，思必切。“燕姬酌蒲桃，烛泪粘盘垒”，蒲桃，蒲上声。“三年随例未量移”，量平声。“金屑琵琶槽”，琵仄声之类，子田皆未暇及。又刘梦得“几人雄猛得宁馨”，宁平声。“抛却丞郎争奈何”，争去声。独孤及“徒言汉水才容刀”，才去声。卢纶“人主人臣是亲家”，亲去声，读如靓。徐铉《骑省集》：“莫折红芳树，但知尽意看”，自注云：“但，平声。”予按《老学庵笔记》云：但，姓，音读如檀。又宋陶谷“尖檐帽子卑凡厮”，厮入声。宋文安《三十六所春官馆》“州军司马，也好画为屏”，亦如白诗。又《猗觉寮记》举李商隐“可惜前朝元菟郡”，菟去声。“九枝灯檠夜珠圆”，唐彦谦“灯檠昏鱼目”，《释文》檠音景；《前汉·苏武传》注：音警。唐人如此尚多，未能枚举。又陆游“烧灰除菜蝗”，蝗仄声。“拭盘堆连展”，连上声，今山东制新麦作条食之，谓之连展，连读如辇。东坡诗“左元放”，放作平声。司马相如，如作上声。

王力先生《汉语诗律学》第一章第十二节《声调的辨别》中，附注有《丛残小语》一段话，亦录来作参考：

诗中有字音平仄借读者，既经前人用过，亦可据以谐律。今就所见拈出之。杜牧诗“南朝四百八十寺”，白居易诗“红栏三百九十桥”，“十”读平声。姚合诗“每月请钱共客分”，白居易诗“请钱不早朝”，又“红楼许住请银钥”，又“当时绮季不请钱”，“请”读平字。包佶诗“晓漱琼膏冰齿寒”，“冰”读去声。武元衡诗“惟有白须张司马，不言名利尚相从”，白居易诗“四十著绯军司马，男儿官职未蹉跎”，又“一为军司马，三儿岁重阳”，“司”读去声。（原注：《容斋随笔》读入声，《野客丛谈》据《集韵》作去声。）卢纶诗“人主人臣是亲家”，“亲”读去声。陆龟蒙诗“莫把荣枯累，但知上下包”，又“得失任渠但取乐，不曾生个是心心”，徐铉诗“莫折红芳树，但知尽意看”，“但”读平声。杜甫诗“恰似东风相欺得，夜来吹折数枝花”，白居易诗“为问长安月，谁教不相离”，“相”读入声。王建诗“绿窗红灯酒初醒”，“灯”读去声。杜甫诗“会须上番看成竹”，独孤及诗“旧日霜毛一番新”，“番”读去声。李商隐诗“可惜前朝元菟郡”，“菟”读去声。白居易诗“烛泪粘盘累蒲萄”，又“燕姬酌蒲萄”，“蒲”读入声。李群玉诗“红芳点袈裟”，“袈”读去声。白居易诗“金屑琵琶槽”，又“四弦不似琵琶声”，张古诗“宫楼一曲琵琶声”，方干诗“语惭不及琵琶槽”，“琵”读入声。独孤及诗“徒言汉水才容刀”，“才”读去声。白居易诗“况对东溪野枇杷”，张祜诗“生摘枇杷酸”，“枇”读入声。白居易诗“金杯翻污麒麟袍”，李贺诗“银鞍刺麒麟”，李山甫诗“志公偏爱麒麟儿”，“麒”读去声。白居易诗“三年随例未量移”，“量”读平声。苏轼诗“闻道已许谈其粗”，又“寂寞闲窗易粗通”，“粗”读上声。陶毂诗“尖檐帽子卑凡厮，短革靴儿未厕兵”，“厮”读入声。今北地“亲家”之“亲”读去声，吾吴“蒲萄”之“蒲”，“枇杷”之“枇”读入声。诗人皆随方言入律，四声遂无定位矣。

“诗人皆随方言入律”，一语击中要害。像“但”字平读，“相”“乘”字仄读之类，今方言中还时见。有些字本来就有两种读音，原则上不同的音读表示不同的意思，是应该区别的。但有时因方音问题，也会相混。如“中兴”本读平声，而杜甫“百年垂死中兴时”则读仄声。“细草偏称坐”，“称”字义从仄声，而却读平声。当然，平仄易读，只能在特殊条件下用。如果过泛，那真是“四声无定位矣”，诗律也就乱套了。

总的来说，诗重在嘴上的感觉，而不是在纸上死抠文字。可看而不可吟诵的诗，无论如何也不能说是好诗。诗律可以变通，但不是随意变通。明艾南英《张龙生近刻诗集序》说：“诗之有律，犹兵之有法也。……不为律所缚而终归于律者，惟老于法者能之。”因此欲达到“无法”的境界，必从“有法”开始。

以上乃一得之见，仅供参考，不作讨论。

盆景:旧体诗词的当代角色

近年来,旧体诗词的创作可谓如火如荼,创作队伍之浩大亘古少见。据有关文章说,中国现有诗词刊物近600种,诗词组织2000余。仅中华诗词学会,其会员就多达1万余人,这个数字恐怕超过了世界上任何一个文化团体和学术组织的人数。据说有一次一个诗词评赛活动,投稿作品竟多达11万首。中华诗词学会创办的《中华诗词》杂志,发行量达到了两万五千份,超过了《诗刊》近一倍！在这种形势下,旧体诗词自然受到了评论界与学术界的关注,于是出现了多种不同的声音,或认为旧体诗词当复兴,或指责其无法反映时代生活当淘汰,或要求旧体诗词与时偕行而改革之……

无论持何种意见,旧体诗词的繁荣则是一个事实。有这个现实存在,就值得我们研究。正如一些学者所说,旧体诗词确实已不能代表时代文化潮流,也无法反映这个时代风起云涌的变化现实。古代的诗人以及他们的作品,已为古典诗词确立了审美标准,古雅的气质与含蓄的表现,已成为大众所认可。如果把股票、动漫、人肉搜索之类词语或WTO、MP3之类洋文纳入格律诗中,虽说也可以表达一定的意思,但却失去了旧体诗应有的滋味。更何况随着生活内容的丰富,传统的五、七言句式中已根本无法容纳大量新词汇了。但由此而得出旧体诗的繁荣只是陈渣泛起,最终必然会被淘汰的结论,未免为时过早。

我们可以把旧体诗词比作植物，现代社会的文化生态已不适应这种植物生长，就像热带植物无法在北方度过寒冬一样。但是北方很多人家家里却有几盆乃至更多的热带植物。冬天室外一片荒凉的时候，在室内的大厅中、卧室的窗台上、书房的角落里，到处都可以看到绿色的盆景，它几乎成了北方人生活中的一部分。就是蜗居的“北漂族”，也会在斗室中放置微型盆景。城市居民家里的花盆总数有可能超过了城中的树木，旧体诗词的繁荣正与此相同。对现代人来说，旧体诗词就像是“精神盆景”，尽管不能代表或反映时代的变化，却可以美化人们的生活，丰富人生的情趣，并可以消除在现实的名利追逐中带来的庸俗之气，使人变得高雅。如果以不能反映时代生活为理由排斥旧体诗词，那就如同以不能反映气候变化为由否定盆景存在的意义一样，显然是失之偏颇的。

“盆景”无法与室外随四季变化的大树相比，然而对现代人来说，它比小区的林木更为重要。因为它能调节室内的空气，还可以消除因现代式装潢所带来的甲醛超标对人体的伤害。同样旧体诗词虽不能反映生活的现代性，却可以满足更多人的精神需求。如果我们在墙上挂上一幅国画，上面题写一句或一首古诗词，给人的感觉就非常高雅。相反题上一首白话诗，便很怪味了。白话诗的滋味与旧体诗词相去甚远，它长于表现澎湃的激情，却拙于表现幽雅的情怀。因而文人雅士之间的唱和，更多的还是采用旧体。如2002年，我做铜镇尺礼品送朋友，在一对镇尺上书写了两首小诗，一首是姚奠中先生的《清明有感》，另一首是笔者有感于山西教育的落后期待多方支持、帮助而写的。诗言：“九州无处不风光，割断春光是太行。一川垂柳寒鸦色，只待东风展嫩黄。”学界有朋友很快用和诗的方式表示了同情、支持和鼓励。如周发祥先生和诗云：“茫茫霁雪溢清光，化入东风绕太行。莫道晋杨无碧色，春来幽并尽鹅黄。”赵逵夫先生诗云：“九州何处无春光，引领春光是太行。汾河垂柳连京阙，早已东风染嫩黄。”读到这些诗，我感到很欣慰。在这种场景下，如果用白话诗表达情感，便会使人感到俗而不庄，品位不高，很难收到这样的效果。

在旧体诗词的创作中，有两个问题比较麻烦，一是格律问题，一是革新问题。就前者而言，有人主张用古音、古韵。但古音如入声音在普通话中已经消失，如果一定要讲，便会带来很多麻烦。同样古今语音的变化，今韵与古韵也有不同。如依古韵，“元”和“门”在同一韵部，可是在普通话中相去很远。如果一味地强调用古音古韵，读起来听起来，就会有些地方不顺口、不顺耳，而且会把一部分诗词爱好者拒之门外。因此为适应现代的阅读适当地做些调整也是可以的。我觉得我们应该采取宽容的态度，一切以自然、妥切、利于思想情感表达为原则。不可因讲究格律影响诗的内容，也不可因完全失去规矩而导致古体诗趣的丧失。至于现在有些“专业诗人”，愣在别人诗的平仄、韵脚、粘连上挑毛病，那就大可不必了。我们在唐诗中也可发现不少拗体，形式应当服从内容，削足适履，并不是高明的行为。至于诗词革新的问题，应当考虑到旧体诗词应有之趣，在不失旧时规矩、合于今人口味的前提下，即可大胆创新。但要怀着把旧体诗词引入时代潮流、展现时代风貌的宏大志向去改革，其勇虽可嘉，其结果会如何，就很难预料了。如同置盆景室外，其是否能经受起严冬的考验，还要让事实来验证。

企喻歌(四首选一)

放马大泽中,草好马著膘。
牌子铁裲裆,钰全鸐尾条。

《企喻》是北朝乐府民歌,见于《乐府诗集》卷二十五中的《梁鼓角横吹曲》。原共四曲,这里选的是第二曲。至于"企喻"是什么意思,现在也无人弄得明白,《古今乐录》说:"企喻本北歌",看来很可能是少数民族语。这几支曲辞也当是由少数民族语翻译过来的。

这歌子中最后两句很费解。"牌子"有人以为是盾牌,也有人以为是片子,即甲衣上的铁片,看来后一说较好些。"裲裆"即背心,这里指护胸背的铠甲,就是秦始皇兵马俑中武士身上所著的不带袖子的铁甲衣。"钰",朱东润主编的《中国历代文学作品选》认为"钰"当从《古乐府》作铉,同弦,全是剑端。"北大编的《魏晋南北朝文学史参考资料》则说"钰全疑是头盔之类。"其实字书上就没有"钰"这个字,钰当作"镼",互、氐二字形近易讹,如郝懿行《山海经·大荒西经》疏云:"互人国即《海内南经》氐人国,氐、互二字,盖以形近而讹,以俗氐正作互字也。"可能原只作"氐牟"或"氐全",如"兜鍪"古书中也写作"兜牟"。因为是金属制作的,所以人们加了"金"字旁,导致出现了"钰"这个怪字。"氐全"即"鞮鍪",也就是头盔。《一切经音义》卷二十云:"鞮音低,鍪音莫侯反"。《急就篇》作"兜全"。鞮、氐与兜,一声之转,全、鍪音同。《汉书·扬雄传》"鞮鍪生虮虱",颜师古注云:"鞮鍪即兜鍪。"《广雅·释器》:"兜鍪谓之胄。"鷃是野鸡,此句是说头盔上插着野鸡翎。

显然这是一曲游牧民族之歌。前两句写马,后两句写人。"放马大泽中"写出了北国风光,也写出了北方民族的生活。字里行间散发出一种粗野的草原气息,仿佛可以看到广漠的大泽中,滚滚马群拥拥挤挤而来的情景。"草好马著膘"(上膘)一句,是对现实生活的描绘,也是对经验的说明,更是一种希望和乐观情绪的展示。"牌子"两句,写出了马群主人(或牧马人)的衣着装束,也写出了他英勇壮武的形象,反映了北方民族的尚武精神与豪迈气概。值得注意的是,诗篇在空间描写中表现出了极自然、极朴野又极富有变化和立体感的特色。在平面空间的展示上,先描绘出了葱绿广阔的草泽,随即收缩到草泽中滚动的马群,又由马群而凝聚到牧马人这个点上,通过空间的凝聚而突出了主宰草原、马群的人。其次在立体空间的表现上,大泽、马、马背上的人,形成了三个高低不同的层次,而人又由裲裆、头盔形成了两个层次,最后笔墨则凝聚在头盔的野鸡翎上。由远而近,由广而狭,由下而上,步步突显,在辽阔壮丽的草原、肥壮蕃盛的马群的陪衬下,使作为主宰的人更显得英勇、豪迈、壮武而富有创造力。

琅琊王歌(其一)

新买五尺刀,悬著中梁柱。
一日三摩挲,剧于十五女。

此歌载于《乐府诗集》中的《梁鼓角横吹曲》。原共八曲,这里是第一曲。它主要表现的是北方民族的尚武性格,但不像一般诗作通过描写北人的骑技、勇猛、草原、装束来表现,而是把笔墨集中在他们赖以杀敌的新武器的喜爱上。

“新买五尺刀”,“买”字意味着急需、渴求,意味着不惜付出代价,也意味着获得暂时性满足。而“新”字则蕴含着好奇、诱惑、神秘、未曾尝试,蕴含着一种力量和威力,同时也凝聚着主人公的无限希望和幻想。但无论是“新”的感受,还是“买”的举动,中心都在这已到手的“五尺刀”上。“五尺”,这个数字并不神秘,可是它却凝聚着主人公对武器关注、热爱、体察之心。“悬著中梁柱”,“中梁柱”一个抬头可望、伸手可及的地方,一个最引人注目、最显眼的地方,一个即使躺在床上也能看得见的地方。在这里我们仿佛感到主人公对周围的一切都淡漠了,他的心完全贴在了这把刀上。“一日三摩挲”,“摩挲”就是用手抚摩,这是一个最不用力的动作,可却是最富有情感、最能表现爱的动作。而且一日之间,多次抚摩,表现了极端热爱之情。“剧于十五女”,“剧于”就是甚于、超过,一语石破天惊。在平常人眼里,“五尺刀”和“十五女”是无法放到同一个天平上平衡的,能使壮男们如痴如醉如狂如癫的只有少女。可是诗中的主人公,不仅把“刀”与“女”相比,而且在他心里,“刀”竟然比“女”更可爱。刀可以杀敌,可以表现他的勇敢,可以展示他威武的风貌。这就把北方民族的那种尚武性格活脱脱地表现了出来。

王士祯《香祖笔记》评此诗云:“是快语,语有令人‘骨腾肉飞’者,此类是也。”信然。“买”字,将他人之物取为我所有;“悬”字,置新得之物于他物之上;“摩娑”,将新得之物视为心头之肉。从动作的变化中,表现出了激动和狂热。“五尺刀”,仅仅五尺;“一日”,仅仅十二个时辰;“三摩娑”,三言其多,但并不能充分表达喜爱之情;“十五女”虽为妙龄,但不及这只有“五尺”的刀。几个数字的变化,表现了难以言喻的激动心情。动作与数字的交互变化,把主人公的举止、心情、性格、精神一起活化,使诗篇充满了刚猛、英武、豪壮之气,读之真令人骨腾肉飞。

姜夔《角招》赏析

甲寅春①，予与俞商卿燕游西湖②，观梅于孤山之西村③，玉雪照映，吹香薄人④，已而商卿归吴兴，予独来，则山横春烟，新柳被水，游人容与飞花中⑤，怅然有怀，作此寄之。商卿善歌声，稍以儒雅缘饰；予每自度曲，吟洞箫⑥，商卿辄歌而和之，极有山林缥缈之思。今予离忧，商卿一行作吏，殆无复此乐矣。

为春瘦。何堪更绕西湖，尽是垂柳。自看烟外岫⑦。记得与君，湖上携手。君归未久。早乱落、香红千亩⑧。一叶凌波缥缈⑨，过三十六离宫⑩，遣游人回首。　　犹有。画船障袖⑪。青楼倚扇⑫，相映人争秀。翠翘光欲溜⑬。爱著宫黄⑭，而今时候。伤春似旧。荡一点、春心如酒。写入吴丝自奏⑮。问谁识，曲中心、花前友。

注：

①甲寅：宋绍熙五年(1194)。②俞商卿：即俞灏，商卿其字。号青松居士。绍熙进士，世居杭。③孤山：在西湖中。西村：又名西泠桥、西陵桥，在孤山后。此处多种梅树，故姜夔有句咏此曰："十亩梅花作雪飞。"④薄：迫、逼，此言梅香袭人。⑤容与：徘徊。⑥吟洞箫：《舒艺室馀笔》云："此吟当作吹。"⑦岫：峰峦。⑧香红：指红梅。⑨一叶：指小船。⑩三十六离宫：指杭州(临安)的宫殿。宋建炎三年设行宫于此。三十六是言其多。如韩子苍诗："三十六宫无粉光"。骆宾王诗："汉家离宫三十六。"⑪障袖：指游女以袖遮面或障风。⑫青楼倚扇：指青楼妓女，手持团扇。⑬翠翘：妇女之发饰。《山堂肆考》："翡翠鸟尾上长毛曰

翘,美人首饰如之,因名翠翘。”光欲溜:形容发之光洁。⑭宫黄:额上涂饰的黄粉,是古代妇女的一种妆饰。周邦彦《瑞龙吟》云:“侵晨浅约宫黄,障风映秀,盈盈笑语。”⑮吴丝:指琴弦。

这是一篇伤春怀人之作。据序所言,当作于绍熙五年的暮春。当时作者与合肥恋人别离已三年,又值与相得甚欢的朋友新别,因而增添了他心头的忧愁。面对充满生机的外在世界,他却感到了自己生命的萎缩,感到了外在与内心的不协调,故而把深深的忧思注入了词作。

“为春瘦”,开首一句即凝聚了无限的感伤。春天是美丽的,然而对于离人来说,美丽不仅没有意义,而且更增加了内心的孤寂感,使人为之而消瘦。“何堪更绕西湖,尽是垂柳”。柳,留也,其垂条依依,绵绵如情,故古人常用它象征惜别的情思。刘禹锡云:“长安陌上无穷树, 唯有垂杨绾别离”。刘邈诗云:“高楼十载别,杨柳濯丝枝。摘叶惊开驶,攀枝恨久离”。而如今绕西湖尽是令人断肠的杨柳,人何以堪!“自看烟外岫”,自己孤独地观赏着被薄烟笼罩着的山峦,回忆着过去湖上携手同游的日子。“君归未久,早乱落、香红千亩”。你走了,一切也变得没有了意义,满眼只有乱落的红梅。我架着一叶扁舟,在湖中飘荡,遥望南宋的座座行宫,又增多了缕缕惆怅。

如果说上阕是观“景”发出的感叹,那么下阕则是睹“人”而增添的忧伤。请看:画船上含羞遮面的游女,青楼里倚扇含笑的妓女,他们相互映照,争秀斗艳。云发上翘,青光可鉴,额上浅涂着宫黄,多么时髦!“伤春似旧”一句是对以上的总括,也蕴含了别离的无限忧伤。春日如旧,物是人非,此正是伤心处。然而春光毕竟是迷人的,它唤起了人内在生命的冲动,唤起了人内心的缕缕相思,故云“荡一点春心如酒”。这种冲动与相思,使心灵处于极不稳定状态,而又无人可与诉说,只好“写入吴丝自奏”,用丝弦来排遣忧愁。有谁知道这琴弦上跳荡着的一颗心呢?只有昔日一同赏花的朋友!

诗篇由伤春起,由怀人收。使伤春有自,怀人有因。情发于前,而底蕴揭于后。前后照应,中间又隐有许多曲折:先写静景,如垂柳,如烟岫,藏情于朦胧之中。次写动景,如香红乱落,如一片凌波,写出了心中的孤寂。一静一动,展示了画景的层次性。三写游女,如障袖,如倚扇,写出含情之态。四写妆饰,如翠翘,如宫黄,写出入时之美,天质美与妆饰美的结合,更为春天增添了生机。然而无论垂柳、烟岫,还是香红、倚扇,无处不藏着一个"情"字。正是这种"情",而使作者"伤"。外在热闹与内心孤寂的对立,形成了不可调和的矛盾,终于使作者由"伤"而"瘦",由无声的感叹,走向有声的弹奏。在反复曲折中,使人们感受到了他对友人的深深思念和无限感伤。

值得注意的是,我们透过词作的表层色光,窥测到了姜夔心灵上的深深伤痕。他的表层意义无疑是怀念俞商卿的。这从词序和词篇"记得与君,湖上携手"等句中都可以看到。而且他对春景、游女的描写,也无疑是展示的一种背景。然而在词的深层却暗示出了这种感情的心理背景和内涵。第一,"过三十六离宫,遣游人回首"。此句虽写人的活动,而也点出了作者心灵的伤口。"三十六离宫",象征着一个王朝的存在。它之所以能"遣"游人"回首",是因为它的存在维系着一个民族的命运。而在外族威逼于外,朝廷安逸于内的环境条件下,这个民族会怎样呢?这无疑是长期困扰着民族士大夫阶层心灵的一个问题。故在这一"回首"中,深深埋藏着作者对国家命运的关注和担忧。第二,"画船障面,青楼倚扇",写的是"争秀"的游女,但其背后却闪动着作者恋人的幻影。爱情的破灭,民族危急,这正是作者心灵上两道无法愈合的创伤。这两道创伤作为一种心理背景,给白石诗词蒙上了一层悲伤的色彩。《角招》篇的这种感伤情绪,正是以此为深层基础的。作者虽然在此两处没有做过多的停留和抒发感慨,然而在通篇的离情中,却融入了这种感情,故而使词作深沉、含蓄,表现出了深宛、沉郁的风格。

姜夔《姑苏怀古》赏析

夜暗归云绕柁牙①,江涵星影鹭眠沙。
行人怅望苏台柳,曾与吴王扫落花。

注:

①柁牙:柁同舵。牙指牙樯,即桅杆。如杜甫诗:“春风自行牙樯动。”“樯”因饰以象牙,故名,如《古诗》云:“象牙作帆樯。”柁牙代指船,如黄庭坚诗:“湾头东风转柁牙。”

这首诗是姜夔淳熙十四年(1187)流寓吴兴时所作。《乐府纪闻》云:“潘阳姜尧章流寓吴兴,尝暇游金阊,徘徊吊古,赋《柳枝词》,有‘行人怅望苏台柳,曾与吴王扫落花’之句,杨诚斋极喜诵之。”姑苏山在江苏吴县西南。山上有姑苏台,相传为吴王夫差(或阖闾)所筑。《吴越春秋》《越绝书》《吴地记》等书皆有记载。《洞冥记》所言尤详,云:“吴王夫差筑姑苏之台,三年乃成。周旋诘屈,横亘五里,崇饰土木,殚耗人力,宫妓千人,台上别立春宵宫,为长夜之饮,造千石酒钟。又作天池,池中造青龙舟,舟中盛妓乐,日与西施为嬉。又于宫中作海灵馆、馆娃阁,铜钩玉槛,宫之楹榱,皆珠玉饰之。”可惜如此美丽壮观的建筑,随着吴国的灭亡而毁于兵火了。故此地便有了深刻的历史内涵,吸引了许多骚人墨客,并诱发了他们对历史兴亡的回忆和对现实的深深思考。像任叔公《登姑苏台赋》、崔鹖《姑苏台赋》、李白《苏台览古》、曹邺《姑苏台诗》、刘驾《姑苏台诗》、卫万《吴宫怨》、李嘉祐《伤吴中》、许浑《姑苏怀古》等，无不是对历史变迁的感慨。而姜夔，身处南宋偏安之域，心怀“黍离麦秀”之思，战争与亡国的阴云，时时笼罩在他的心头。因此，面对昔日“三千宫女看花处”，他与前人那种隔靴搔痒式的感慨就大不相同了。因为他从中已看到了南宋王朝的幻影，故而流露出了无可奈何的悲哀。

“夜暗归云绕柁牙，江涵星影鹭眠沙”。这里描写了一个特定时间（夜暗）中的现存世界：暮云笼罩着归舟，江中映荡着数点寒星，无知的白鹭结束了飞翔，安眠在沙滩，一切都如此清冷。柁牙——江——江中的寒星——江边沙滩的眠鹭，空间渐次展开，游人的心随着空间的拓展，似乎走向了一个寂寞空旷的世界。“行人怅望苏台柳，曾与吴王扫落花”。一缕柳丝的牵引，却将“行人”引入了一个在时间中消失的历史世界里。柳，一个永恒的存在，曾看过昔日的繁华，曾为吴王拂动过台前的落花，而今却又经受着寂寞和孤独。它作为历史的见证，正向人民昭示着事物兴衰的规律：贪享乐者必速亡，无远虑者必有近忧。

无论“现存世界”，还是“历史世界”，在作者的思维运动中，都走向了沉寂、虚无，一切空旷，这无疑是作者悲伤、消极以及精神崩溃的反映。他的内心深处，对南宋王朝的振兴已完全失去了希望，因而在“现存”与“历史”两个世界的阴阳交感中，产生的只是失望的哀伤和悲叹。

透过诗篇情绪的层面，我们看到的则是潜伏在作者心理层次上的忧患意识和悲剧意识。悲剧意识是悲剧性现实在作者心里的投影。在长期笼罩着战争风云和血腥恐怖的岁月里，民族危亡忧患重重，作者感受到的是美好存在的暂时性，一切走向消亡、沉寂的必然性。这种心理感受发之于篇章，表现出的便是清冷、空寂和无可奈何的忧伤。而忧患意识则是中国士大夫所共有的心理意识。他们由于受着圣贤“立德立功”的传统教育，有着强烈的社会责任感，对民族、国家的命运过分担忧，因而便要用历史的教训关照现实。姜夔面对苏台垂柳，发出的不是对历史的思考，而是对现实的深深忧虑。

由于这种心理、情绪的作用，作者选择了归云、江水、星影、眠鹭、垂柳、落花等意象，构成了清冷淡雅的意境，并注入了含蓄、深沉的忧思，形成了明静暗动的两个不同层次。读之既使人感受到清雅之美，同时又使人产生无限的遐思，无穷的回味。正如陈廷焯所云："清虚骚雅，每于伊郁中饶蕴藉。"（《白雨斋词话》卷二）

姚奠中先生《论书杂咏》简析

用诗歌评论书法，在中国这是一个传统，是用艺术的形式评论艺术，最能体现中国人的艺术精神。像清儒王文治、近世康有为、当代书法名家启功先生等，都有论书绝句。《论书杂咏》十首，表达的是姚先生对于中国书法艺术的认识和理解，体现的是先生的书法史观与书法理论。这诗，这理论，与这书法相辅而成，别具异彩，确有珠联璧合之妙。曾见有书法家书先生诗作条幅于壁，但笔求怪拙，有气无力，既无“苍松古柏”之挺拔，也无龙腾虎跃之劲健，更少入木三分之骨力，徒学其形。正如板桥先生所说：“乱发团成字，深山凿出诗。不须论骨髓，谁得学其皮。”

其一

禹域重光世纪新，百花齐放满园春。
而今艺苑添翰墨，不让风流属古人。

先生对于书法艺术当今发展的信心和希望在这首诗中得到了充分的展现。

诗的首二句写当今书法艺术界春光再现的大好景象，后两句写书法艺术的发展态势。“禹域”指中国，“重光”指“文革”之后春光重现，“世纪新”指一个新时代的开始。中国大陆经过十年“文革”，冬天终于过去，而眼前出现的是文化复苏的大好时光，书法艺术界百花齐放、满园春色，一片生机勃勃的新气象。特别是一批中青年书法家开始活跃在书坛，展现出书法艺术良好的发展前景。这两句诗看起来并不为奇，写起来似乎也不费力，但是，假如经历过十年动荡，假如亲身经受过那十年漫长的冰冻，就会明白这十四个字实在是得来不易。语曰："只有经历过严冬的人，才能懂得春天的温暖。"只要仔细品味，就会感知到其中曾经有过的辛酸和辛酸之后甜美的兴奋。

由此而引出了下句，"而今艺苑添翰墨"——"艺苑" 这里主要指书法艺术之苑。"添"字下得有力，要添，就不是毫无意义、毫无价值的"以水济水"。同等标准、同等价值、同等效应的东西，再多也不是"添"，而是毫无意义的重复。"添"需要创新，需要在继承的基础上出新。由此而引出了超越前人的信念与信心，故说"不让风流属古人"。古人书法艺术为华夏文明创造了曾经有过的辉煌，如果仅仅止于赞叹，止于临摹，而不能"青出于蓝"，那么，我们的书法艺术也就没有了希望。也只有立志于超越古人，书法艺术才会发扬光大，才能有光辉的未来。但这句话并不是任何人都能说、都敢说的。只有用深厚的学问作底气，才能养就此浩然之气。犹如只有在浩茫的北溟，才能养就不知几千里的鲲鹏，而后才有冲天一起之举。我们从这里看到的是先生奋发向上的精神，是不断创新的勇气，是对中青年一代不断追求进取的信心与厚望。

其二

殷甲周金汉魏碑，钟王以下亦争奇。
工夫端在临池墨，骨力风神各异姿。

此数语可说是半部"中国书法史"。

说起中国的书法艺术，殷商的甲骨文和周代的钟鼎文，是这种艺术的摇篮，古朴稚拙、厚重典雅。而后有汉魏碑刻，秦篆、汉隶、魏碑，挺秀、大气、浑厚。从甲骨文到魏碑，随着文字的发展，随着时代艺术审美和追求的变化，书法艺术也在发展和变化着。以锺繇、王羲之为代表的书法艺术，是“魏晋风度”在书法艺术园地的表现。那是一个儒家经典被解构的时代，也是一个经典重构的时代。从汉末建安时期开始，古文经学大兴，以蔡邕、曹操父子和建安七子为代表的思想界、学术界、文学界和艺术界的士人，冲破汉儒说经的束缚，借助古文经学兴起的大潮，打破了陈陈相因的伦理道德的说教，把“人”这个最复杂而又最简单的“自我”存在，做了重新地阐释，对“人性”“人情”“人才”有了新的认识，尤其是个体与社会群体的关系，有了重新组合的理想和信念。正因为如此，那是一个人的觉醒、艺术觉醒的时代。个体性格开始彰显，追求个性美，追求个体价值，释放个体情感，成为文学、艺术的最大特征。我们在锺繇和王羲之的现存作品中看到的，正是一种似乎从来就有的、又似乎从来没有的精神。说“从来就有的”，是指从汉隶以来那些成熟的笔法、结构、章法；说“从来没有的”，是指完全表现自我的新的笔法、结构和章法。正如思想界的玄学一样，既有儒家传统的思想，也有老庄思想，是一种新的哲学系统；也如曹氏父子和建安七子对功名“不朽”的认识那样，既有春秋时期传统的认识，也有属于建安时期的新的理解——春秋至汉代的“不朽”，是把个体完全湮没在群体之中，而建安时期的“不朽”，则是把“我”“铭于锺鼎”作为生命的最高追求。所以，文学上的“以气为主”和书法上提倡的“书势”，就其审美本质而言，完全是一回事。苏轼所谓“锺王潇散”，正谓此也。也就是后世所谓“有法而无法”“无法而有法”。一句话，“人”的基本的社会伦理道德不能违背，但“我”作为社会个体成员的个性特征则要充分地体现出来。

下两句是这种认识的自然表露：要下功夫临摹前人的法帖，这是书法艺术传统的继承，也是任何一个书法家不可躲避的功夫，也就是说，基本的书法是“法”，是不可违背的。在这个基础上，发挥自己的“骨力风神”，自我的个性特征才能体现出来，那种自我的“异姿”，才是书法艺术的价值所在。

其三

笔法二王多要妙，薪传乃自卫夫人。
英才古已称三晋，今日推陈更出新。

此数语可说是一部“山西书法史”。

“二王”指王羲之、王献之父子。“要妙”又作“要眇”“幼眇”，即“微妙”。把这个词最初纳入书法理论的是汉末的蔡邕。蔡邕《篆势》云：“行要妙，巧入神。”既然是微妙，那就只能靠学书者自己去体会了。但是，王羲之的“要妙”是渊源有自的，他年轻时临摹卫夫人，习隶书，这才有了后来“书圣”的造诣。所以说“薪传乃自卫夫人”。可以说，没有卫夫人，也就没有书圣王羲之。看来，薪火传承是必不可少的。正如恩格斯所说，每个人都不能随意地创造历史，前辈的历史乃是新一代历史的基础和起点，王羲之也一样。卫夫人的《笔阵图》，是中国古代重要的书法理论著作，同中国古代的哲学著作一样，是一种“体认式”的书法审美理论作品。其奥妙多在身体力行之中才能得以认同和把握，并进一步地指导书法创作的实践活动。所以，没有一定的书法实践基础，说起来恐怕难于理解。所谓“中国功夫”，在古代中国的每个领域都有其共同的特征。

为什么说“英才古已称三晋”呢？这是因为古代山西的书法俊才，可谓云蒸霞蔚。以王羲之师范的卫夫人而言，她就是山西安邑人卫铄，是卫恒的侄女，而卫恒则是晋朝尚书令卫瓘的儿子。卫瓘、卫恒都是著名的书法大家，卫瓘善草书，卫恒兼善草书、章草、隶、散隶四种书体，并且有足以领袖后世书法理论界的理论著作《四体书势》；卫瓘与索靖并称为“一台二妙”（瓘为尚书令，靖为尚书郎，两人同时属于尚书省）。卫恒的弟弟卫宣、卫廷和儿子卫宝也都是一代篆书、草书大家，史称“家风四世不坠”，安邑卫氏对中国古代书法的贡献可谓大矣。从祝嘉所著的《书学史》中，我们从汉代的张敞往下数，一直到清代，可以排列出一个长长的书法名人表。古代山西人在书法界的贡献，可谓代不乏人：太原的王氏家族，河东的柳氏、裴氏家族，历代都有书法传人和书法名家。所以，这句诗是实事实写，毫不夸张。

结句“今日推陈更出新”，是对当下山西书法成就的肯定，同时也是嘱托今日的书法家们，万不可陈陈相因，也不要满足于已有的成绩——艺术的价值永远在于创新。

其四

入木三分惊骨力，龙跳虎卧见精神。
右军高躅谁能继，尚喜欧虞接后尘。

“入木三分”这一成语，出自晋穆帝时（一说成帝时），王羲之所书祭北郊文（祝版记），因为时间过久，需要更换，木工在刮削木板时，发现他的墨迹“入木三分”。这种惊人的笔力，绝非寻常人的书写能力所能达到。卫夫人《笔阵图》论书法“骨力”曰：“凡学书字先学执笔”，无论真书行草，“皆须尽一身之力而送之”，下笔有了力量，才能显现出字的筋骨，而有无筋骨，乃书法审美的关键：“善笔力者多骨，不善笔力者多肉。多骨微肉者谓之筋书，多肉微骨者谓之墨猪，多力丰筋者圣，无力无筋者病。”具体到每一种笔划，都需有一种力量的象征：“一如千里阵云，丶如高峰坠石。丿，陆断犀象；㇠，百钧弩发；丨，万岁枯藤；㇏，崩浪雷奔；㇆，劲弩筋节。”这当然需要在积年累月的练习中才能有所体会。王羲之在《题卫夫人笔阵图后》中说：“夫纸者，阵也；笔者，刀稍也；墨者，鍪甲也；水砚者，城池也；心意者，将军也；本领者，副将也；结构者，谋略也；飏笔者，吉凶也；出入者，号令也；屈折者，杀戮也……”这是把卫夫人的笔阵图具体化了，似乎更明白些，然而也还是需要花功夫练习：“昔宋翼常作此书。翼是锺繇弟子，繇乃叱之。翼三年不敢见繇。即潜心改迹，每作一波，常三过折笔。每作一点，常隐锋而为之。每作一横画，如列阵之排云，每作一戈，如百钧之弩发。每作一点，如高峰坠石。屈折如钢钩，每作一牵，如万岁枯藤。每作一放纵，如足行之趣骤。”古籍中记载了许多书法名家苦苦练习的事迹，包括王羲之本人，最终要达到的艺术效果就是“龙跳虎卧见精神”了。

所谓“龙跳虎卧”，出自梁武帝论王羲之的书法：“王羲之书字势雄逸，如龙跳天门，虎卧凤阁。故历代宝之，永以为训。”先生诗中“见精神”三字极明白地概括了梁武帝这段话的要旨——是“神似”，而非“形似”。当然，本质上还是一种龙虎精神的力量之美。

书法写到书圣王羲之的地步，似乎无法超越了，所以第三句提出了一个问题，也是书法艺术能不能继续发展的历史性难题。“尚喜欧虞接后尘”，直到近三百年后的欧阳询和虞世南，才接续了王羲之书法艺术的“后尘”。这中间并非没有书法家，他们也在努力接续锺、王的后尘，然而究竟没有再现辉煌。个中缘由，释栖霞说得好：“凡书，通即变。王变白云体，欧变右军体，柳变欧阳体，永禅师、褚遂良、颜真卿、李邕、虞世南等并得书中法，后皆自变其体，以传于世，俱得垂名。若执法不变，纵能入木三分，亦被号为奴书，终非自立之地。此书家之大要也。”（清·冯武《书法正传》卷五载释栖霞《论书》）栖霞之论用现在的话说，就是要表现书法家自己的个性，当然也就有了时代的风格，这才能突破前代的藩篱，不做“奴书”。

这首诗可作“中古书法史”看。

其五

南帖北碑圆异方，体兼南北出龙藏。
书家欲识河源路，发棹溯流自李唐。

古代把书写于竹木简牍上的文字称“简”或“检”，书写在丝织品上的文字称之为“帖”（读去声）。纸张发明后，也把写在纸张上的文字称为“帖”，碑刻文字称“碑”。南北朝时期，北朝多碑刻，而南朝严令禁止私家立碑，所以南方碑刻较少。流传于后世的书法作品，南方多“帖”，而北方多“碑”。就书法的风格比较而言，总体上看，南帖偏向于圆润清秀，北碑偏向于方正健劲;南帖偏向于空灵,北碑偏向于浑厚。于是,先生第一句先概括南帖与北碑的特点,怎么才能达到创新呢?先生的说:“体兼南北出龙藏。”“龙藏”盖指隋朝张公礼所撰《龙藏寺碑》,但不知何人所书,欧阳修《集古录》卷五称:“不著书人名氏,字画遒劲,有欧虞之体。”清李光暎《金石文考略》卷五引《石墨镌华》云:“碑书遒劲,亦是欧虞发源。”又引《销夏记》云:“其书方整有致,为初唐诸人先锋。”从古人的评论看,《龙藏寺碑》的造诣,就是先生所说的“体兼南北”了。就书法艺术的历史发展进程看,《龙藏寺碑》确实是开唐人书法艺术先河的力作。先生总结古人的评论,是说由王羲之到欧、虞,中间的桥梁就是《龙藏寺碑》。我们没有证据说明欧、虞就是学习《龙藏寺碑》而取得的成就,但我们完全可以说,欧阳询和虞世南应该是效法“龙藏”那种“体兼南北”的创作意识,才开创了一代书风。

“书家欲识河源路”研究书法艺术,要想探讨其来龙去脉,就须知道书法这一艺术长河的发源,此即所谓的“河源”。中国书法艺术由细流而成为翻卷着滔天波澜的大河,则是从李唐“体兼南北”开始的。《宣和书谱》卷九《大司寇帖》:“书法至唐,自欧、虞、柳、薛振起衰陋,故一时词人墨客,落笔便有佳处。”古人有“晋人尚韵,唐人尚法”之说,今之学书者,每先临唐人楷书。故先生说“发棹溯流自李唐”。所谓“李唐”,既是一个朝代、时代的符号,更是一种大胸怀和大眼光的代码。这是一切从事书法事业者都应该具备的“闳放”的襟怀,也是中国固有文化最值得承传的瑰宝。

其六

太原公子兼文武,书到贞观接二王。
独喜清臣多骨鲠,柳家瘦劲亦流芳。

此与上首可作“唐代书法史”看。

唐代书法家中对后世影响最大、声誉最高的是颜真卿和柳公权,世有“颜筋柳骨”之称,他们的楷书至今仍是书法学习者首选的法帖。但造就他们的是他们的时代，而时代的开创者则是文武兼备的一代英主唐太宗李世民，故诗便从唐太宗说。

诗首二句写唐初书法上接二王的成就。“太原公子”指的是唐太宗李世民。李世民的父亲李渊，隋时为太原留守，袭封唐国公，故称李世民“太原公子”。李世民文武兼备，酷爱书法，对二王——王羲之、王献之的书法更是情有独锺。贞观年间，天下无事，他下诏购求王羲之的书迹，置于内室，处理政务闲暇之余，留心翰墨，尤其对王羲之的名帖《兰亭序》《乐毅论》倍加推崇，他称王羲之的书法“尽善尽美……点曳之工，裁成之妙，烟霏露结，状若断而环连；凤翥龙蟠，势如斜反正”（《晋书·王羲之传赞》）。唐太宗书学渊源，主要来自王羲之楷正的书风，他工行、草，并自夸擅长飞白，常常写些作品赐给近臣，作为激赏。房玄龄《谏伐高丽表》称他“笔迈钟、张”。上有所好，下必趋之。故贞观侍臣，大都擅长书法，如虞世南、褚遂良、欧阳询、褚亮等人，特别是虞世南和褚遂良，竟因擅长二王书体而得到升迁。在唐太宗的重视和推动下，二王的书法在唐代广泛流行。“书到贞观接二王”，正是指此而言。其后高宗、睿宗、武后、玄宗等，皆能秉承太宗遗风，有力地推动了书法艺术的繁荣发展。

诗的三、四句则转评颜、柳。“清臣”指颜真卿，真卿字清臣，历官玄宗、肃宗、代宗三朝，官至吏部尚书、太子太师，封鲁郡公，人称“颜鲁公”。他的书法丰腴雄浑，骨力遒劲。欧阳修称“颜公书如忠臣烈士，道德君子，其端严尊重，人初见而畏之。”（《集古录·唐颜鲁公书残碑》）“骨鲠”正是指他书法所体现的“忠臣烈士”的刚烈之气。与颜真卿齐名的柳公权，历仕穆宗、敬宗、文宗三朝，官至太子少师，世称“柳少师”。他“用笔在心，心正则笔正”的高论，为历代传颂。康有为《广艺舟双楫》说：“柳公权出，矫肥厚之病，专尚清劲。”

颜真卿的“骨鲠”，柳公权的“瘦劲”，皆脱胎于二王而自成一家，形成了唐人自己的风格。

其七

苏黄米蔡互低昂，行草堪称一代雄。
妩媚圆熟赵孟頫，相沿成派女儿风。

此首可做宋元书法史看。

宋代书法，承继晋唐，突破前人法度，转而注重意趣，强调主观表现，开创一代新风。最能体现宋代书法意趣的是“苏黄米蔡”四大家。

苏，即指苏轼。苏轼书风丰腴跌宕，天真浩瀚。他在总结唐人尚法的基础上，提出“尚意”的书法理论。他曾言：“我书意造本无法，点画信手烦推求”，“心忘其手手忘笔，笔自落纸非我使。”（《小篆般若心经赞》）黄，即黄庭坚。黄庭坚书风重“韵”，风度持重。他的字“无平不陂”，下笔着意变化，收笔处回锋藏颖。笔势苍劲，拙胜于巧，肥笔有骨，瘦笔有肉，“变态纵横，劲若飞动”。米，即指米芾，其书风痛快淋漓，欹纵变幻。他在继承“二王”书法传统上下过苦功，用笔迅疾而劲健，尽兴尽势尽力，给人酣畅淋漓之感。《宣和书谱》说他“大抵书效羲之，诗追李白，篆宗史籀，隶法师宜官；自谓‘善书者只有一笔，我独有四面’，识者然之。”蔡，即指蔡襄，其书风端劲高古，容德兼备。他善于“以散笔作草书，谓之散草，或曰飞草，其法皆生于飞白，自成一家。”（宋沈括《梦溪笔谈》卷十八《技艺》）

“宋四家”书法互有优长，“尚意”是他们共同的审美取向。他们不像唐人以楷书的堂正或狂草的浪漫取胜，而是于行草的舒畅蜿蜒之姿中，透出一股雄浑之气，表现着那个时代士大夫群体积极向上的精神追求。故先生用“一代雄”三字，概括他们的书风。

宋元之际开始，书风发生了很大的变化，变化的关键性人物就是由宋入元的赵孟頫。他是宋四家之后，影响力最大的书法家。他的书法潇洒流美，遒媚秀逸，曾赢得元世祖的恩宠和朝野的好评，并形成了队伍庞大的赵派书家群。赵氏影响下的书法走向，虽说“妩媚圆熟”，技法上比以前更熟练，形态上比以前更优美，但却失去了先前那种遒劲清俊的阳刚之气，而呈现出柔弱妖媚的女儿之状。故先生说:“妩媚圆熟赵孟頫,相沿成派女儿风”。其实书法不只是书法家个性的表现,它还反映着一个时代、一个民族的精神。书法史上的这种“女儿风”,与元明时盛行的女人裹脚,同是中华民族精神出现萎靡病态的反映。

其八

巧媚排除始得真,苍松古柏肖为人。
旁参篆隶知奇变,不与宋元作后尘。

以下三首诗是先生在总结中国书法史的基础上,围绕“不与宋元作后尘”这一命题做出的理论思考。他从路径、方法与风格三个角度表达了自己的书法思想。这一首主要是从路径上考虑的。

明清书法很大程度上是对宋元书风的继承。明清追逐晋唐书帖,“以羲、献、智永、欧、虞、颜、柳等帖为法,各专一家,必务端楷”(《明太祖实录》)。在晋唐帖学的影响下,明初流行“台阁体”书风,台阁体“以简澹和易为主,而乏充拓之功”(王世贞《弇州四部稿》)。延续到清代,称之为“馆阁体”。这种书风“惟妍媚之极,易黏俗笔”,“馆阁之体,以庸为工”(马宗霍《书林藻鉴》),缺乏一种阳刚之气。故先生提出“巧媚排除始得真”,只有一扫婉柔巧媚之风,唤回秦汉书法中那种滔滔汩汩的浑元之气,才能使书法艺术展现“苍松古柏”般的人格精神来。

要摆脱元明以来书风,“旁参篆隶”是一条有效的路径。隶书与篆书,都有一股浑朴之风与雄浑之气,与元明以降书法的“女儿风”大异其趣。只有参悟到其中之曲折变化,才能获得书法艺术的真髓。即如明人汤临初《书指》所言:“夫行草不能离真以为体,真不能舍篆隶以为势,习尚不同,精理无二。譬之树木,篆,其根也;八分与真,其干也;行草,其花叶也。譬之江河,篆,其源也;八分与真,其滥觞也;行草,其委输也。根之不存,华叶安附?源之不浚,委输何从?故学书而不穷篆隶,则必不知用笔之方;用笔而不师古人，则必不臻神理之致。”也只有如此，才能跳出宋元人的窠臼，“不与宋元作后尘”，开创一代新书风。

先生强调“真”，“真”是生命力量的展现；强调精神气骨，要如“苍松古柏”之卓然挺立；强调“旁参篆隶”，恢复“篆隶”中所拥有的雄浑、敦厚、宽博、古朴的元气；强调超越“宋元”，变“女儿风”为丈夫气。这虽是论书，也体现出先生的人格追求与精神境界。

其九

重帖轻碑筋力微，扬碑抑帖亦奚为？
兼收博取形神具，无事矜奇自出奇。

帖、碑是学书的途径与方向。学帖，以宗尚晋王羲之、王献之以下诸帖为主，康有为《广艺舟双楫·尊碑》云：“晋人之书，流传曰帖，其真迹至明犹有存者，故宋元明人之为帖学宜也。”由于经济的发展，明清两代翻刻法帖多于历朝，如常性翻刻的《淳化阁帖》，周宪王刻的《东书堂帖》，文徵明刻的《停云馆帖》，莫是龙刻的《崇兰馆帖》，华东沙刻的《真赏斋帖》，董其昌刻的《戏鸿堂帖》，王肯堂刻的《郁冈斋帖》，陈眉公刻的《晚香堂帖》《来仪堂帖》等等。帖子再三传刻则与真迹相比，愈加失真，大量地推广，则使后人愈加无法见到古人真迹的本来面目。刻帖的泛衍，使后世学书者对于晋唐书迹，如隔云雾，难得真传，康有为说：“近世人尊唐、宋、元、明书，甚至父、兄之教，师友所讲，临摹俑引，皆在于是。故终身盘旋，不能出唐、宋人肘下。”（康有为：《广艺舟双楫》）死守帖学的书家笔力柔媚，日见衰微。故说“重帖轻碑筋力微”。“筋力微”即指筋骨无力，形容笔体软弱。

嘉道以后，汉魏碑版发现日多，开启了学书领域学习碑版的风气。故康有为《广艺舟双楫·体变》篇说：“今学（即碑学）者，北碑、汉篆也，所得以碑为主。”马宗霍《书林藻鉴》卷第十二综述中说：“嘉道以还，帖学始盛极而衰，碑学乃得以乘之。碑学不囿于唐、魏，而能远仿秦篆，次宗汉分，斯则所谓豪杰之士，固将移俗而不移于俗者。"像吴昌硕、赵之谦等皆是学碑学的。但碑学书家因取法的专一和个性的原因，同样出现了不足。如赵之谦，碑体行书在用笔上偏锋扁笔较多，俏媚而不古朴。吴昌硕的篆书，也被批评为"纵挺横张，略无含蓄，村气满纸，篆法扫地。"（马宗霍《书林藻鉴·霎岳楼笔谈》）。故说"扬碑抑帖亦奚为"，"奚为"即何为。

重帖轻碑或是扬碑抑帖，都是不可取的，帖学、碑学各有特色。阮元在《北碑南帖论》中指出："短笺长卷，意态挥洒，帖擅其长。界格方严，法书深刻，则碑据其胜"。打破碑、帖界限，"兼收博取"才是出路。而学书者真能在"兼收博取"上取得成就的是晚清的翁同龢等人。翁同龢幼年学欧、褚，中年用力于颜真卿，更出入苏、米。其书遒劲，天骨开张。沈曾植学书最初走的也是帖学道路，后转入碑派，融合碑、帖，故能自成一家。只有融碑帖于一炉，才能自具形神，表现出自己特有的风格来。不自求奇而"自出奇"，这是一个很高的境界。先生正是他这一理论的实践者，故而能集南北碑帖之大，卓然成一大家。"形神具""自出奇"也可谓是先生书法创作的真实写照。

其十

手挽狂澜非复古，山人落笔有新姿。
名公矫枉赓双楫，博厚方能树异旗。

清代从康、雍到乾、嘉，百余年的太平盛世，海内殷富，"人文日富，弦诵日繁，缙绅之族固多潜心向学"（吴翌凤《逊志堂杂钞》）。大规模的图书收集与编辑，以及学术研究之风的大昌，为总结前代文化成果准备了很好的条件。元明以来沿帖而形成的柔媚书风，已不能展现这个时代学者深厚的学问功底与明道救世的文化精神，于是出现了一位开风气的书法大家，这就是被曹文埴称作"四体书皆国朝第一"的邓石如（包世臣《艺舟双楫》）。

邓石如是乾隆时安徽怀宁人，原名琰，字石如，号顽伯。因居皖公山下，又号完白山人。他是清代碑学书家巨擘，擅长四体书，而以篆书成就最高。其书越宋元而上直取秦汉晋唐，篆学李斯及石鼓文、彝器款识、汉碑额；隶书学秦汉瓦当和汉碑额，楷书取法六朝碑版，兼取欧阳询父子体势；行草书吸收晋、唐草法。这表面上好像是书法史上的一次复古，实则是力挽狂澜、矫正元明以来柔媚书风的必要手段。故说："手挽狂澜非复古"。邓石如的造诣体现出书法进入总结阶段的特点，各体兼收并具有创新，不落宋元窠臼，故说"山人落笔有新姿"。清桐城方朔《为陶叔渊广文题完白山人四体书》曾云："吾乡完白山人四体书，皆高古绝伦。若如包慎伯大令九论书言之，则神品一人，惟以山人篆隶置之；妙品上一人，惟以山人分及真书置之；能品上八人，以山人草书置之；逸品上十四人，以山人行书置之。则诚如曹文敏公所定国朝第一，诚第一也。"(《枕经堂文钞》)赵之谦《邓石如书司马温公家信题记》亦云："国朝人书以山人为第一，山人书以隶书为第一。"

清代是一个中国文化成果全面总结的时期，邓石如的出现即是文化总结在书法创作实践中的反映。与此相应，在书法理论上也出现了一批理论批评著作，这为矫正当时书风流弊起到了积极作用。最具代表性的前有包世臣的《艺舟双楫》，继有康有为的《广艺舟双楫》，此即所谓之"双楫"，故说"名公矫枉赓双楫"。赓是续的意思。

包世臣是邓石如的弟子，他在《艺舟双楫》中深化了阮元的理论。阮元的《南北书派论》和《北碑南帖论》从书法史观上动摇了宋代以来帖学的正统地位，标举出北碑长期被忽视的体系。包世臣在阮元基础上，崇尚北朝碑版，提出"卑唐"的观点，呼吁："学者若欲学书，亦请严画界限，无从唐人入也。"康有为继承阮元、包世臣的理论，完成了他的《广艺舟双楫》(又名《书镜》)。在书法理论上，他不仅要"卑唐"，而且提出要"尊魏"。他说："欧、虞、褚、薛，笔法虽未尽亡，然浇淳散朴，古意已漓，而颜、柳迭奏，澌灭尽矣！""凡魏碑，虽取一家，皆足成体，尽会诸家，则为具美。"这些理论，显然都是为"矫"元明以降书法之"枉"而得出的。

对于包世臣和康有为的“矫枉”理论，先生没有多作批评，而是从书法创作的实践中，体悟到了“博厚”二字的意义。“博”指广博，“厚”指深厚。有博才能成就其大，有厚才能成就其重，博大与厚重指人的学问修养与精神内涵，呈现于书法创作则是一种风格。只有广博的知识与深厚的学养做基础，书法作品才能形成一种博大气象与厚重之风。这就是“博厚方能树异旗”一句的意义。

总之，“旁参篆隶”是摆脱元明柔媚书风的路径，“兼收博取”是推陈出新的方法，“博厚树异”是书家应有的素养与风格。若能如此，则可“出奇”“树异”，自成一家。

第三辑

《关雎》之新研究
——古代文学研究新尝试

对于古代文学的研究,我们以往所采用的多是还原法。这种静态的研究法,现在看来已经很不够了,因此,不少研究者都在作新的探索。有的想把"三论"引进古代文学研究领域,有的则企图用"协同学"或"模糊理论"分析艺术问题。这些新的方法,是否能够成功,现在还很难评定。但文艺研究方法的改革方向,却是值得肯定的。我认为要正确认识一篇古代作品的价值和意义,一要还原,二要整体把握,三要归结于现实。具体的方法是:第一,抛开陈见,排除"心理定势"的障碍;第二,训释文字,求合于时代的语言;第三,带读者于作品的时代探讨主题;第四,移作品于读者的时代,考察民族性;第五,分析艺术。我想通过对《诗经·关雎》篇的研究,对此方法进行尝试。

《关雎》原诗云:

关关雎鸠,在河之洲。窈窕淑女,君子好逑。
参差荇菜,左右流之。窈窕淑女,寤寐求之。
求之不得,寤寐思服。悠哉悠哉,辗转反侧。
参差荇菜,左右采之。窈窕淑女,琴瑟友之。
参差荇菜,左右芼之。窈窕淑女,钟鼓乐之。

共五章，章四句。

一、对旧说的清理

中国第一位研究《关雎》的学者是孔子。他对《关雎》篇有过几次评论，可是都没有涉及主题问题。在《韩诗外传》中记述了他的一番阔论：

子夏问曰：《关雎》何以谓国风之始也？孔子曰："《关雎》至矣乎！夫《关雎》之人，仰则天，俯则地，幽幽冥冥，德之所藏，纷纷沸沸，道之所行，虽神龙化，斐斐文章。大哉《关雎》之道也！万物之所系，群生之所悬命，河洛出书图，麟凤翔乎郊。不由《关雎》之道，则《关雎》之事将奚由至矣哉！夫六经之策，皆归论汲汲，盖取之乎《关雎》。《关雎》之事大矣哉！冯冯翊翊，自东自西，自南自北，无思不服。子其勉之！思服之！天地之间，生民之属，王道之原，不外此矣。"子夏喟然叹曰："大哉《关雎》！乃天地之基也。"（见卷五）

好家伙，没有《关雎》，简直宇宙都要毁灭了。如此神奇，"信而好古"的儒生，怎能不苦心揣摩，各出奇见呢？于是一桩公案开始了。总其意见，约有十五种之多。

（一）刺君内倾于色说。《后汉书·明帝纪》注引薛君《韩诗章句》云："人言雎鸠贞洁慎匹，以声相求，隐蔽于无人之处。故人君退朝，入于私宫，后妃御见有度。应门击柝，鼓人上堂，退反宴处，体安志明。今时大人内倾于色，贤人见其萌，故咏《关雎》，说淑女，近仪容，以刺时。"《史记·十二诸侯年表》云："周道缺，诗人本之衽席，《关雎》作。"当与薛君说同义。

（二）伤康王后说。《汉书·杜钦传》："是以佩玉晏鸣，《关雎》叹之。"注云；"李奇曰：后夫人鸡鸣佩玉去君所，周康王后不然，故诗人叹而伤之。臣瓒曰：此鲁诗也。"

（三）毕公思古讽喻君父说。张超《青衣赋》云："周渐将衰，康王晏起。

毕公喟然，深思古道。感彼关雎，德不双侣，愿得周公，妃以窈窕。防微消渐，讽谕君父。孔氏大之，列冠篇首”（《艺文类聚》三十五、《初学记》十九并引）。

按：以上三说，都以《关雎》为讽谕诗。但从《关雎》本身，丝毫也看不出有讽谕的迹象来。我们知道，汉儒讲诗是以政教为中心的。这大概是他们为了供皇帝老爷看，附加于诗德意思。是经师之意，并不是作者之意。

（四）淑女为后夫人说。《汉书·匡衡传》记匡衡上成帝疏说：“孔子论诗，以《关雎》为始，言太上者民之父母。后夫人之行，不侔乎天地，则无以奉神灵之统，而理万物之宜。故诗曰：窈窕淑女，君子好逑。言能致其贞淑，不贰其操，情欲之感，无介乎容仪；宴私之意，不形乎动静。夫然后可以配至尊，而为宗庙主。此纲纪之首，王教之端也。”匡衡学齐诗，此当为齐诗之说。

（五）乐得淑女配君子说。《毛诗序》云：“《关雎》，后妃之德也……乐得淑女，以配君子，忧在进贤，不淫其色。哀窈窕，思贤才，而无伤善之心焉。是《关雎》之义也。”

今按：匡衡说虽似无可籍，而情理可符；毛诗说虽违于人情，但可合于诗理，所以较韩鲁说为胜。后儒论《关雎》多出入于此二家之说。

（六）宫人美太姒说。朱熹《诗集传》云：“周之文王生有圣德，又得圣女姒乐以为支之配。宫中之人，于起始至，见其有幽娴贞静之德，故作是诗。”

今按：此说承之匡衡，后儒从之者甚众，然而文王、太姒之说，纯属凿空之论。

（七）诗人美世子娶妃说。姚际恒《诗经通论》驳朱子说：“《集传》因其不可通，则以为宫人作。夫谓王季之宫人耶？淑女得否何预其哀乐之情！谓文王宫人耶？诸侯娶妻，娙娣从之，未有未娶而先有妾媵者……此诗只是当时诗人美世子娶妃初昏之作，以见嘉耦之合初非偶然，为国家发祥之兆。自此可以正邦国风天下，不必实指出太姒、文王，非若《大明》《思齐》等篇实有文王、太姒名也。”

（八）乐官美文王、太姒说。程晋芳《勉行堂文集》卷四云：“窃意当时婚姻之始，和气翔洽，乐官作为是诗，奏之合卺而酳之時，遂世世用之房中。”

（九）文王继娶说。蒋湘南《七经楼文钞》卷二云：“曰《关雎》之义云何？曰：此文王继娶而求贤妃之時也。文王先娶姜氏，有淑德，继娶姒氏，亦有淑德。当姜氏初丧，姒氏未得之時，其心之哀，有不可言喻者。然而不伤，发乎情止乎礼也。”

按：以上三说皆从朱说变幻而来。

（十）不淫、不妬说。《孔疏》：“男过爱女谓淫女色，女过求宠是自淫其色。此言不淫（解序说）者，谓后妃不淫恣己身之色……凡有情欲莫不妬忌，唯后妃之心，忧在进贤，贤人不进，以为己忧。”严粲《诗缉》申此说云：“……求内政之助，以其不妬忌也……求而得之，以钟鼓欢乐之，亦谓不妬也。”并举楚庄王夫人樊共姬求美人进庄王之事以证明其说。朱谋玮《诗故》则以为雎鸠得鱼，“哀鸣求类，而后下集焉。盖状其不妬，非有别之谓也”。

（十一）后妃感文王遇艰而求贤说。范王孙《诗志》云：“商周之时，文王之遇艰矣，天运将兴，国囚初释，凡所以蒙难而正志，小心而临事，以承先志，以启后人。入庙思敬，非细故也。后妃之寤寐求贤，以备内宫，诚有见于此。区区不妬之说，乌足以尽之？”

（十二）太姒求媵说。何楷《诗经世本古义》云：“《关雎》，太姒之德也。太姒将归文王，思得淑女为媵，故作此诗。”

（十三）周公追称后妃说。何氏《古义》引冯元成说云：“冯元成亦以为周公制房中之乐，追称后妃，思得淑女以共理内治，所谓忧乐，皆设言其事。播诸管弦，以代箴铭。于理亦近似。”

（十四）求淑女自辅说。王闿运《缃绮楼全集·诗经补笺》云：“初笄之女，起家为后。总六宫之事，母仪天下，虽圣哲生知有所不足，既不胜任，又不可辞，故诚于求贤，以自辅也……而说考乃以为不妒不淫，此儒生之浅识也。”

（十五）求贤臣说。杨椿《孟邻堂近钞》卷八：“《关雎》为思贤，作序者言之，特未畅其说耳。汉儒以支辞解，盖为淑女泥也。夫淑女非他，喻贤也。君子好逑，言求贤之通于寤寐也。‘求之不得，寤寐思服，悠哉悠哉，辗转反侧。’言求之未见，如饥渴之于饮食，欲须臾忘而不可得也。琴瑟友之，钟鼓乐之……一朝飧之之意也。”

（十六）文王与纣之事说。章太炎《检论》卷二云：“风姪所陈文王与纣之事也。后妃淑女，非息侯女莫之任。案鲁连书及太史公《殷本纪》皆说息侯，一曰九侯，声相似。息侯有女而好，献之纣。息侯女不熹淫，纣以为恶，醢息侯。鄂侯争之强，辩之疾，故脯鄂侯。文王闻之而窃叹，故拘之羑里之库……夫不熹淫者，传所谓不淫其色，慎固幽深，若关雎挚而有别也。当是時，息侯与鄂侯、文王为三公。纣淫妲己，为长夜之饮，政治日嫚，息侯知其好内，冀妃以淑女，修其闺门，辅之仁义，正家而天下定。诗人以为乐得淑女用配君子，此之谓也……息侯女竟不见说，刑戮及身，是以序言哀窈窕。”

按：以上七家本《毛序》变化成说。

（十七）民间咏初昏诗说。方玉润《诗经原始》云：“《小序》以为后妃之德，《集传》又谓宫人之咏太姒文王。皆无确证。诗中亦无一语及宫闱，况文王太姒耶？窃谓风者皆採自民间考也。若君妃则以颂体为宜，此诗盖周邑之咏初昏者，故以为房中乐……然非文王太姒之德之盛，有以化民成俗，使之咸归于正，则民间歌谣亦何以得此中正和平之音也？”

按：此说比上十六种观点，大大的前进了，但仍未能彻底破旧藩篱。

在上列十七家中，仅作者的分歧就有周公、毕公、太姒、宫人、乐官、贤人、文王、民歌等八种，但在时代上却都安排在文、康二世。仅这一点，便可以看出旧说的不可靠了。《关雎》末章有“钟鼓乐之”之语，根据地下考古发掘的情况考察，康王之前，未曾发现有钟。有一件宗周钟，郭沫若以为是周康王之子昭王时器。若真如此，这便是目前发现的最早的钟了。可是据唐兰考证，认为这是厉王时器。《周颂》中有《执兢》一篇提到钟，可是篇中说：“自彼成康，奄有四方”，显然是成康以后的作品。其次，根据今所见到的金文考察，西周的钟多为乐神祈福之器。如《瘐钟》《宗周钟》《猶钟》《克钟》《昊生钟》《虢叔钟》《士父钟》《井人钟》等钟铭，都有乐神（包括祖先）降福的话，至今本人尚无发现西周有乐人的钟铭。可是到了东周后，乐人的钟铭便大量出现了。如《沇鬼钟》《王孙遗者钟》《许子钟》《子璋钟》《朱公牼钟》等铭，都有“以乐嘉宾”“以乐其身”之语。《小雅》中的《鼓钟》《白华》《彤弓》娱乐之事，但都产生在西周晚期以后。根据这些情况推断，《关雎》不可能作于西周中期以前，最早也不会早于厉宣之世。如果真是周初之作，也必然经过了后人的大修改。

今人研究《关雎》者也不在少数，但多出入于旧说，只是将后妃改为“采荇姑娘”，文王改为贵族少年，或乡村小伙。在全面研究上还很不够，许多问题还有待探讨。

二、字句的新诠

文字训诂，是保证研究的科学性的重要一环。最长于训诂的是清代的朴学，可是因为他们为陈见所囿，考据只能在有限的范围内进行；最善于评论的是今人，但却是建立在清儒训诂的基础上的。我们要正确认识《关雎》篇的意义，还必须对文字作新的审查，重新诠释。

《关雎》首章说：“关关雎鸠，在河之洲。”《毛传》说：“关关，和声也。”《诗集传》说：“雌雄相应之和声也”。今人多从旧说。但《诗集传》中形容鸟鸣声多用叠字，如“齐鸣喈喈”，“鸟鸣嘤嘤”，“交交黄鸟”等，“关关”也当是鸟声，不应独为“和鸣声”。孔颖达《毛诗正义》以为“声音和美”，《诗测》则说：“关关者彼此相关，是声中见意，未必是相应之和声。”（见范氏《诗志》引）这则正古人之误而又走向了另一极端。再就雎鸠的性质证之，“关关”也断非和声。据宋王铚《默记》、无名氏《禽经》、清邵晋涵《尔雅正义》、毛奇龄《续诗传鸟名》、多隆阿《毛诗识小》，雎鸠就是鱼鹰。古人以此鸟“挚而有别”“生有定偶”附会诗意。殊不知鱼鹰性格凶猛，以它的雄雌和鸣来比喻温柔的爱情，实在与气氛不相协调。前人也有看破此窦者，所以不敢相信雎鸠是鱼鹰。如郑樵《通志》以为凫类，钱文子《诗诂》以为杜鹃，《风土记》以为苍鹦，牟庭《诗切》以为玉鸠，闻一多《诗经通义》以为“性至谨慤”的鸠

（闻氏《诗选与校笺》又说：雎鸠喻女，关关而鸣，状女子笑语声），余冠英《诗经选》则说："未详何鸟。"

其实这里蕴含着原始礼俗的隐秘。在上古男女青年的交际中，常以捕鱼、钓鱼、食鱼象征恋爱、婚媾，有时也以食鱼的鸟兽隐喻爱情之事。如《曹风·侯人》篇就以鹈鸟（水老鸭）的伫立鱼梁，不肯湿咀，隐言男子不主动向己求爱（参见闻一多《神话与诗·说鱼·吃鱼的鸟兽》，闻氏虽详细论证了诗中水鸟吃鱼与男女恋爱的关系，却未能进一步窥破《关雎》首二句的奥秘，实属憾事）。《关雎》则是以鱼鹰在沙洲徘徊求鱼，隐言男子的求爱。故下文言"窈窕淑女，君子好逑"，又言"求之不得，寤寐思服"。

关于"窈窕淑女"一句，《毛传》说："窈窕，幽闲也；淑，善。"《释文》引王肃云："善从曰窈，善容曰窕。"孔颖达说："谓淑女所居之宫，形状窈窕然。"韩诗："窈窕，贞专貌"（《文选·颜延之秋胡诗》注引薛君章句）。高亨《诗经今注》："窈窕，容貌美好貌，淑，品德善良。"今人多同高说。今按：窈窕当是体态美好的样子。《楚辞·九歌》："子慕予兮善窈窕。"王注："窈窕，好貌。"《后汉书·列女传》："入则乱发坏形，出则窈窕作态。"注："窈窕，妖冶之貌也。"李斯《谏逐客书》："佳冶窈窕赵女不立于侧也。"此窈窕也是状妖冶之体态。音或转为窈纠，《陈风·月出》："舒窈纠兮。"《毛传》："舒之姿也。"《九歌》是楚国的古歌，李斯是楚国人，陈国浚来归于楚国，由此看此当是楚国的方言了。扬雄《方言》卷二说：窕，美也；陈楚国南之间曰窕。楚女多细腰，至今楚古都江陵的女性仍是如此。《后汉书·马廖传》说："楚王好细腰，宫中多饿死"，是楚人以身材苗条为美，所以用"窈窕"形容美女。窈窕声转为苗条。《晋书·皇后传》注："窈窕一作苗条。"《雍熙乐府》十二《新水令》："淡白梨花面，轻盈杨柳腰，满面儿铺准着俏，苗条。"《聊斋志异·董生》："十年不见，遂苗条如此。"皆言细长多姿。现在我们称女性身材美好为苗条，当即诗人之遗语。"淑女"的淑字，当即美好之意，也是从外貌上说的。因为这是男子偶然遇见此美貌的女性而产生的欲念，因此他的第一印象必然在貌，至于"品德善良"为内心的资质，是无法从表面看到的。《盐铁论·非鞅》："淑好之人，戚施（丑陋貌）之所妒也。""淑女"与"戚施"对言，当即美貌之意。张华《励志诗》:“虽有淑姿,放心纵逸。”“淑姿”即言姿态之美好。《剪灯余话·江庙泥神记》:“有淑人兮邦之媛。” 此淑人即美人。《穆天子传》:“为盛姬谥曰:哀淑人。”盛姬是穆王最宠幸的美人,因此“淑人”也当是美人。由此推之,诗的“淑女”相当于称“美女”,并非淑德之女。

《关雎》的第二章说:“参差荇菜,左右流之”;第四章说“左右采之”;第五章说:“左右芼之。”今人多据《毛传》释“流”为求,读“采”为采,释“芼”为择。如余冠英就将这几句译为“采荇菜左右东西”,“采荇人左采右采”,“采荇人左拣右拣”。他在注中还说采的主语是淑女。这也是今天最通行的一种说法,也是最缺乏科学性的说法。首先,“流”训为求,这是汉人的解释,在先秦古籍中绝对找不到旁证。《诗经》中“流”字约出现过二十二次,绝没有第二处作求解者。而大多却作流水、流动和漂流解。如“不流束楚”“不流束薪”“不流束蒲”的流,就是随流漂浮之意。“左右流之”的流当与此同。其次,“采”字读为採,虽有根据,但与前后章的意思不甚吻合。疑当训为滋长、蔓延。《后汉书·王符传》“葛采为緎”注:“采犹蔓也。”所谓“犹蔓”,就是说与蔓的意思相近。《左传》:“蔓难图也。”蔓即滋蔓之意。《秦风·蒹葭》云:“蒹葭采采。”注说采采与萋萋、苍苍同为“盛”的意思。根据《诗经》用词的习惯,除象声词外,叠字一般与单字之意有联系。如萋是草盛的样子,萋萋也是形容草木茂盛;苍是深浓的颜色,苍苍也是草盛色浓。霏是雨雪密的样子,霏霏也是形容雨雪盛密。那么“采采”为什么会有茂盛的意思呢?字书没有记载。但由一般推个别,采字也当与盛意有关。“左右采之”,既是向左右滋长,枝叶渐盛。其三,“左右芼之”的芼字,或以为本字作覒,但覒字从见,本意即《广韵》所谓的“邪视”,非选择之意。《尔雅》释为搴,姚际恒释为熟而荐之,于省吾释为摸,俱非确论。芼,即草覆盖的意思。《说文》云:“芼,草覆蔓也。从艸毛声,《诗》曰:左右芼之。”是许氏释诗与毛异。流、采、芼三字的主语,就是每章首句的荇菜。这几个字,准确地反映了荇菜生长的过程。“流”,指荇菜初绿,在水随流摇动,“采”是言荇菜渐茂,向左右滋延。“芼”是言荇菜茂盛,覆盖了水面。诗人以荇菜的生长,形象地描绘了时光的流逝,并以喻男子情思的发展,也展示了男子度日如年的愁苦心情。

古代的经师，因为以“经”读诗，不察诗的情韵，望文生义，先以采为採，遂以意逆志，解流为求，释芼为择，于是出现了“左右，助也，嫔御助后妃求之也”之类的玄说。今人虽有打破陈说的雄心，但受“心理定势”的阻碍，习惯于此种错误的认识，遂不以为误，所以使诗义千载莫明。

诗的第四章说：“窈窕淑女，琴瑟友之”，第五章说“钟鼓乐之”。这描写的是两个不同的发展层次。《广雅》：“友，亲也”，《王莽传》注：“友，爱也”，这里是有友爱、友好的意思。从文字形义的角度考察，友从二手（又）相交，有携手同好之意。从民俗学的角度考察，此句可能是指以琴瑟挑情相欢。胡适曾说过：南欧民族男子爱上了女子，往往携一大提琴，至女子的窗前弹琴引诱。我国西南少数民族中也有类似的风俗。如《苗族调查报告》说：“苗族之婚姻为自由结婚，男子于所恋女子之屋外吹笙，发美妙而有趣之音节，如能使女感动，则为夫妇。又于踏月吹笙之夜亦行之”（国立编译馆1936年出版）。“琴瑟友之”当即此类。“钟鼓乐之”可能是言结婚举行婚礼，因为钟是礼器，一般举行一些较大的仪式时用。匡衡上成帝疏，诫“婚姻之礼正，然后品物遂而天命全”，并举《关雎》诗来说明。古人解此诗也多以为作于初婚之时，都是据末章“钟鼓乐之”立说的。

三、还原与探索

从诗篇“淑女”“君子”“好逑”“寤寐求之”等词语中，我们基本上可以把握它的大略内容。显然这是写男女之情的。但是这种情是在怎样的条件下发生的，反映了怎样的一种心理状态，最后的结局又是如何？这就需要我们返回到作者的时代去考察。

我们知道《关雎》篇的时代，在西周晚期以后。在周代男女两性关系还是比较自由的。《国风》中许多表现赤裸裸爱情的诗就是证明。而且这些爱情诗往往要写到水，如《汉广》《汝坟》《江有汜》《柏舟》《匏有苦叶》《泉水》《新台》《桑中》《淇奥》《竹竿》《氓》《有狐》《扬之水》《褰裳》《溱洧》《蒹葭》《汾沮洳》《衡门》《东门之池》《泽陂》等皆如此，《关雎》也在其列。这就提出了一个问题:为什么写爱情要连及水呢?孙作云先生在《诗经恋歌发微》一文中认为,这种现象与春天在水边会男女,祀高禖有关,后来的三月上巳日在水边祓禊就是这种习俗的演变。这是非常正确的。《周礼》说:每年春天,国家机构中就有专人负责举行男女盛会。在这期间,男女之间是可以自由发生关系的,适龄男女,便可以借此机会找到自己喜欢的人,并与他结婚。已有情人的人,也可以在这盛会的日子里狂欢娱乐,像《郑风·溱洧》中的一对青年男女,就属于这一类。也有人等不到自己的情人,而又去另找新欢的。如《褰裳》篇就说:

> 子惠思我,褰裳涉溱。子不我思,岂无他人?狂童之狂也且!(你要爱我,就提起裤子渡过溱水来。你要不思念我,难道就没人爱我了吗?你真是个傻瓜蛋!)

当然也有求爱失恋的,像《关雎》《汉广》中的男子就是。因为这种盛会多在水边,多少青年男女的爱情都是在这里开始,多少情歌都是在这种场合下唱出的,所以《诗经》爱情诗中往往要提到水。当后来爱情发生裂痕的时候,也会联想到当日水边的密情。像《卫风·氓》篇中三次提到淇水,就是如此。正因为春天水边是爱情的"发祥",所以人们把情窦初开称作"怀春",形容情思缠绵叫"柔情似水"。

了解了上古社会的这种情况,我们便不会为《关雎》君子一见着迷的痴情感到惊讶了,便可以对诗的内容还原,探讨诗篇的主题了。《关雎》的主题是写失恋的。第一章"雎鸠""河洲""淑女""君子",点出了春日水边的嘉会与男子求爱之心,可能是男子当时演唱的。意思是:鱼鹰在沙洲上鸣叫着,徘徊着,它正在焦急的寻找河鱼(隐语男子求偶心切)。漂亮苗条的姑娘,你和君子是多么美好的一对!表达了男子见到"淑女"后的心情。第二章写追求。第三章写失恋。这二章是一篇的关要处。男子为"窈窕淑女"害得神魂颠倒,而又求之不得,竟至于神经衰弱,辗转难眠,卧如翻饼。但他终于在幻境(或梦境)中得到了满足。第四、五章便是写在幻境中恋爱、结婚的情景。现在不少研究者认为:末两章是写男子终于得到了“淑女”,并和她结了婚。可是诗的第三章已清楚地告诉我们“求之不得”了,为什么又突然写到了恋爱、结婚的欢乐呢?日本青木正儿认为,这是两篇诗的误合。其原貌当是:

甲、关关雎鸠,在河之洲。窕淑女,君子好逑。
　　关关雎鸠,在河之□。窕淑女,□□□□。
　　求之不得,寤寐思服。悠哉悠哉,辗转反侧。
乙、参差荇菜,左右流之。窈窕淑女,寤寐求之。
　　参差荇菜,左右采之。窈窕淑女,琴瑟友之。
　　参差荇菜,左右芼之。窈窕淑女,钟鼓乐之。

见《支那文学艺术考·诗经章法独是》

但这是《诗经》的第一篇,人们都很熟悉,可以背诵,可以弦歌,其误何其易也!孔子论诗说:“《关雎》之乱,洋洋乎盈耳哉。”这不正是指“钟鼓”而言的吗?因此错简的说法也是难成立的。这种说法的失误在于忽略了诗篇流传的特殊形式——复线流传(文字的与口头的)与诗篇的变化。这样描写更能表现男子对“淑女”的强烈感情和男子失恋后的特殊的心理状态。他不是像一般的女性那样哭泣,而是以对未来的希望解脱自己。

其次,我们来探索诗篇的民族性,立足现实,找古今的契合点。我认为,一篇好的文学作品,必须是具有“全息律”作用的。它要能反映民族时代的旋律,民族的心理、意识、性格及精神状态。过去我们讲古代文学,倡导批判、继承,倡导了多少年,人们对这个问题还是不大明白。一提到“批判”,就想到了封建的糟粕;提到“继承”,便想到了“人民性”。对于文学作品中所表现的民族性,却缺乏认识。其实文学就是国民精神的闪光,认识民族的特性,研究古代民族性在今天的遗存及其对今天民族发展的影响,也是一个非常重要的方面。《关雎》是一篇优秀的古诗,所以它也最能表现民族性。诗篇中的男子,就是一个典型的中国古代男性的形象。他执着地追求着“窈窕淑女”。不仅白天追求，梦中也在追求。可是他失恋了，他苦闷，他悲伤。但他没有消沉，没有堕落，也没像希腊神话中的山林大神那样，不顾女神绪任克斯的拒绝，追逐着去拥抱她。而是以美好的幻想解脱现实的苦闷，求得心理上的满足。即使在幻想中的恋爱，都是那样的有分寸，只是“琴瑟友之”“钟鼓乐之”。假如要放到一个欧洲人身上会怎样呢？请看下面这首诗：

爱上加爱，时辰接时辰，
说了又说，凝眸又凝眸，
忠诚的咀唇，吻了又吻，
透气又透气，幸福又幸福，
暮暮朝朝，都是如此！

《歌德诗集》下，钱春绮译

这是多么不同的两极性格！史密斯(A.H.smith)说：

中国人虽明明已在失望之境，而表面上却仍不露失望之色，甚而至于在毫无希望，或竟与所望适得其反的时候，还能挣扎者，生活着。中国人的心境，不如他国人民的浮躁，春春欲动，和十九世纪末叶的人民，全不相同。他们并不计画如何才能痛痛快快的享受一下。也似乎并不希望会有这样痛快的一天。

Chinese Characteris hie

是的，中国人不浮躁、不失望。他们富于理想，富于感情。这感情受着理性的制约，这理想受着感情的驱使。对于现实，他们不是在激情的冲动之下奋斗、竞争，而是停留在希望的岸边，等待着彼岸的到达。他们的心地太善良了，不愿意把现实想得太糟，总是以美好的前景，安慰创伤的灵魂。他们再大的痛苦都能忍受，而不想着寻找发泄的方式。感情、精神上的折磨尽管是猛烈的，但只要想到“淑女”，想到结婚，便一切都坦然了。

这便是《关雎》对于人生的理想态度，也是民族情感最充分的表达。这种情感，这种理想，这种心理，牢固地封存在现在中华民族集体的意识中，使我们的民族能够在苦难中顽强的生存、挣扎，在世界性的狂热中保持冷静、稳定。有悲怨，但没有愤怒；有牢骚，但没有批评；有欢乐，但没有狂热。“乐而不淫，哀而不伤”（孔子评《关雎》语）。这种“克己”的功夫是多么的过硬啊！可是我们要认识到，这种节制，这种民族特性，是和我们时代爆炸性的发展不怎么协调的，它限制了我们民族的手足，压制了我们民族的感情。我们要想在世界民族的竞争中发展起来，就必须用新的思想，新的观念，重新塑造我们民族的灵魂。

最后，我们再简要地分析一下《关雎》篇的艺术。现在我们不少同志分析古典诗词，往往强调艺术形象分析，这是很不妥帖的。因为中国古代注重的是“文章学”，讲究章法结构，而“形象学”是西方文论的一个重点，中国古代并没有人用这种理论去指导创作。因此将它用于研究中国古代诗文，就有点不大适宜了。我认为文学分析，一定要照顾到民族的特点。中国古代的诗文评点，便是适应民族文学的特点而产生的一种文艺分析法，是值得我们学习、继承的。我想参照评点法，对这首诗做些试探性地分析。

首章暗点出春天水边的嘉会。“关关”是春声，“河洲”是春地，“淑女”是春眼，“好逑”是春思。只消数语，便将耳中声、眼中景、意中人、心中情一并托出。由声音将眼睛移到鱼鹰，由鱼鹰移到河洲，再由河洲移到淑女。似赋非赋，似喻非喻。在朦胧模糊的认识中，加大了诗的容量。“窈窕淑女”一句，是要眼处，只为此，便害得许多相思。

次章写求爱，由荇菜一句，再补进一抹春色。“参差”二字工细，“左右”二字便由此生出，也见出诗人无聊。“流”“求”二字，化静为动。

第三章咬定上章末尾的“求”字，而却用“不得”二字折转笔锋，再急笔写出相思之苦。“思服”，苦不能忘；“悠哉”，苦思之长；“辗转”，苦不得眠。繁弦促节，是通篇精神扼要处。末二句笔势一扬一顿，一曲一直，遐叹深长。

第四章写幻想恋爱。由牢骚烦闷境况，忽幻化出一个欢欣愉快的光景，笔势腾空，化悲为喜。

第五章幻想结婚。由奏“琴瑟”而至于击“钟鼓”，由靡靡细音而至于简简大声，由柔媚友情而至于鼓舞乐婚。一事分作两层，两叠宣达一意。空中设想，空中传情，情有深度，有厚度，非寻常重叠可比。“窈窕淑女”连说它四遍，见出他精神贯注处。

一场相思，将诗人的感情凝聚在“淑女”“荇菜”两物上。“淑女”见神之凝，“荇菜”见时之迁。此诗的妙处在于入“山穷水尽”之地，忽逢“柳暗花明”之景，即已“求之不得”，忽现“琴瑟”“钟鼓”之乐。转悲为喜，化忧为乐，于幻境中完成结婚的事，达到心态的平衡，可谓绝处逢生。但这“生”，绝不是一般的生，而是对苦闷现实的超脱，也是对美好生活的追求和向往。

曾刊于《中州学刊》1986年第三期，刊時有删节

注：此文为30年前旧作，曾刊于《中州学刊》1986年第三期，当时曾有报刊转摘。这只能代表我那个时代的思考，并不能代表我现在的观点，今天所做的乃是走出20世纪学术的工作。

鲧禹神话与夏人的宇宙、人类创生发展观念

洪水滔天，怀山襄陵，大地一片汪洋。可怜的民人，有的棲身于山巅的窟穴，有的结巢于树巅，遭受着饥寒、恐怖的折磨。尧忧心如焚，召开了四岳之神的紧急会议。四岳皆以为鲧是治水最合适的人选。鲧用填塞堵截之法治理洪水，九年不见成效。于是盗窃了上帝的息石息壤。“息石”“息壤”是一种生长不息的石头和土壤，它可以自己长高阻挡洪水。然而被上帝发现了，将鲧处死在了终年见不到阳光的委羽之野。鲧尸三年不腐，他的腹中孕育了一个更顽强的生命，这就是禹。上帝让禹继续治水。禹在神龙的帮助下，劈山开河，疏通水道，导水流入大海，使大地重新恢复了生机。

这是鲧禹神话的大要，古籍如此记载了这个悲壮的治水故事。不过我们感兴趣的并非神话曲曲折折的情节以及历史与神话的纠葛，而是这个神话的底蕴及其反映的夏人对世界与其自身发展的认识。

一、鲧·鲧·浑沌神

《尧典》说：洪水泛滥成灾，帝尧急于求治水贤才，四岳齐荐伯鲧，结果九年不见成效。屈原《天问》曾对此发出疑问：“不任汩鸿，师何以尚之？佥曰何忧，何不课而行之？”说伯鲧不会治水，为什么大家要推荐他？众人齐

说用不着担心,为什么不让先试验一下?这确是问题的要害。在《尧典》神话中,各“职官”与其所司之事之间,都有形式上的联系。如帝让伯益掌管草木鸟兽,益就是燕子(杨宽、袁珂、朱芳圃等皆有此说)。燕子春来秋去,其去也天地萧条,禽兽敛迹;其来也万木回春,百兽率舞。因此古人认为它最了解鸟兽草木,故有“伯益知禽兽”之说(《汉书·地理志》),让其作百兽之长,自然是最合适不过的了。帝让夔掌管歌舞,因为夔传说是一条腿的怪兽,走路只能蹦着前进。古人认为它是最善于“舞蹈”的。故《庄子·秋水》说:“夔谓蚿曰:吾以一足趻踔而行,予无如矣!”让其作“歌舞团团长”,自然也是最合适的人选。那么鲧呢?四岳及帝为什么要让他治水呢?

其实从鲧字所从之“鱼”旁,我们也不难知晓其原形为何种之物了。在历史化的神话中,他是治水英雄大禹的父亲,是夏人的先祖。而在原始神话中,其实体实在是一硕大无比的大鱼。《说文》云:“鲧,鱼也,从鱼系声。”《玉篇》云:“鲧,大鱼。”《拾遗记》卷二更云:

> 尧命夏鲧治水,九载无绩。鲧自沉于羽渊,化为玄鱼,时扬须振鳞,横修波之上,见者谓为“河精”。羽渊与河海通源也。海民于羽山之中,修立鲧庙,四时以致祭祀,常见玄鱼与蛟龙跳跃而出,观者惊而畏矣。

论者以为所谓鲧化为玄鱼,乃是由鲧之别体“鮌”附会而成。这自然不错,不过谓其为鱼,于理则不大谬。因为鲧是水神,水神自然要有高超的习水本领,由益、夔二例推之,其自然非鱼莫属了。传说中的河神就是鱼身怪物:

> 禹理洪水,观于河,见白面长人鱼身,出曰:“吾河精也。”授禹河图而还于渊。
>
> 《太平御览》八二引《尚书中侯》

> 齐人有谓齐王曰:“河伯,大神也,王何不试与之遇乎?臣请使王

遇之。”乃为坛场大水之上，而与王立之焉。有间，大鱼动，因曰：“此河伯”。

河伯是水神，其形为鱼。水神鲧之为鱼，自然在情理之中。

不过，这位为四岳所倚重的水神，并不是一般的鱼。段玉裁《说文》注云：“此未详为何鱼……禹父之字古多作鲧作骸，《礼记》及《释文》作鳏”。按：鲧、鳏相通，而作鳏似乎更近于神话的原形。《孔丛子·抗志》云：“卫人钓于河，得鳏鱼焉，其大盈车。”鳏亦通鲲。《齐风·敝苟》“其鱼鲂鳏”，郑笺即读鳏作鲲。《太平御览》九四〇引作“其鱼鲂鲲”。《庄子·逍遥游》云：“北冥有鱼，其名为鲲。鲲之大，不知其几千里也。”《列子·汤问》云：“终北之北，有溟海者，天池也。有鱼焉，其广数千里，其长称焉，其名为鲲。”这显然是神话的夸张。但值得注意的是，此大鱼所在的“终北之北”的溟海、悲鸣，也正是神话中鲧所在的委羽之渊。

《帝王世纪》说：“鲧，帝颛顼子，字熙。”而《左昭二十九年传》则云：“熙为玄冥”。玄冥是水神之名，见于《左传》《国语》《祭法》等。《越绝书》说：“玄冥治北方。”《淮南子·地形训》注说：“玄冥将始用事，顺阴而聚，故曰幽都之门。”幽都为北方之地。《山海经·海内经》说：“北海之内，有山名曰幽都之山”。溟海即北海，幽都在北海之中，玄冥——鲧用事于幽都之门，此与鲲处北冥正相吻合。其次，《国语》《左传》《山海经》《楚辞》等，皆言鲧被杀于羽郊、羽野、羽渊。《墨子·尚贤中》云：“若昔者伯鲧，帝之元子，废帝之德庸，既乃刑之于羽之郊，乃热照无有及也。”羽郊、羽野，当即委羽之野，因飞鸟解羽而得名。《山海经·海内西经》云：“大泽方百里，群鸟所生及所解，在雁门北。”郭注：“百鸟于此生乳，解之毛羽。”《地形训》云：“北方曰积冰，曰委羽。”高注：“委羽山在北极之阴，不见日也。”《地形训》又云：“烛龙在雁门北，蔽于委羽之山，不见日。”是羽山、羽渊，乃日照所不及之地。实际上就是北极，也就是鲲所在的“终北之北”“穷发之北”。所谓北冥，疑亦是因日照不及，幽暗无光而得名的。《说文》云：“冥，幽也”，《广雅·释训》云：“冥，暗也”。《小雅·斯干》郑笺：“冥，夜也”。由冥而孳乳出溟，言水色之幽暗。因北极气候寒冷，积有坚冰，腐生菌难以生存繁殖，死尸在这里，犹如放入天然的冷藏库，因此《开筮》说鲧尸三岁都没有腐烂。

鲧、鰥、鲲相通，疑鲧与鲲的神话，都是以鰥为原型的。《本草纲目·鳡鱼》说：这种鱼"食而无厌也，健而难取，吞陷同类，其性独行，故曰鰥。"而《离骚》云："鲧婞直以亡身兮，终然夭乎羽之野。"王注说："言尧使鲧治水，婞很自用，不顺帝命，乃殛之羽山，死于中野。"《吕氏春秋·行论》《韩非子·外储说右上》《论衡·率性》等，皆言鲧耿直抗上，不服从尧的决定。《海内经》又言鲧"不待帝命"，窃帝息壤，此皆与鰥之"独行"相合。鲧有人把他列入四凶，杜预说他就是《左传》所说的"不可教训，不知语言，告之则顽，舍之则嚚"的梼杌。虽非的论，性格却颇相似。

《天问》说："鸱龟曳衔，鲧何听焉？"正因为龟、鱼同类，所以有鲧听龟言治水的神话。夏大霖以为"长堤联之，有如鸱龟之曳尾相衔"，鲧所听之法即此。此说近之。神话中言鲧障洪水，《淮南子》《吕氏春秋》《世本》等又说鲧作城郭，其实都是指作堤防水而言的。这当是先民对洪水采取的措施，而神话附会于鲧了。毛奇龄言清河、广宗等界，所在皆有鲧隄，今晋南则称河边防水坝曰："鲧垅"，此当是鲧筑堤说之遗存。

人们把治平洪水的希望，寄托给了水中的自由神——鱼，同时又把两种奇特的自然现象与鲧联系起来，这就是息石息壤。息石息壤，并非幻想物，确实存在于自然界。如：

则天时，新丰县东南露台乡，因风雨震雷，有山踴出，高二百尺。

《大唐新语》卷十三

某官于岐下，所居大柳下，雪方丈不积，雪晴，地坟起数寸，其疑是古人藏丹处。

《东坡志林》卷五

曲阳医者郭彦达，曾居大明川，闻一田夫董成者，扫地至门限，地即高起。以锸铲平之，已而复高，如是三、四。

元好问《续夷坚志》卷三

(咸丰)九年永昌大水,坏民□舍数处,施甸腾场村,苗田一夜高起数尺,广里许,周围有裂缝,有泉涌出,数日后仍旧落平。

《永昌府志》卷三

予家枫桥别业,港运河中,有青石一方,可长四五尺,盖塚墓间物,沦落于此,岁久为怪。每至秋间,能自行出河,出必有覆舟之患。

陆粲《庚巳编》卷二

仪峰山麓基石,道光季年有樵翁指告曰:此余幼时坐而尚子者,今渐高及腰,岂石亦长耶?同治初年又往过之,则过腰才许。

范寅《越谚》卷下

近日又有四川九寨沟石龟长大并生子的消息。顾颉刚先生三十年前就曾写过一篇《息壤考》,征引宏博。认为"息壤"现象与地下水膨胀有关。此种现象与救治巨大洪水,"鳏鱼"的神气只在于兴风作浪,这就决定了鳏失败并蒙有恶名的命运。

但从鲧之处地、行事而考察之,鲧实在是夏人的黑暗神、浑沌神。他所处的乃是"日照所不及"的黑暗之夜,他的职官乃是"玄冥","玄冥"本为黑暗之意,黑暗神就是浑沌神。所谓浑沌就是不开、不通、壅闭、不分之意。《左文十八年传》注说:"浑敦(沌),不开通之貌。"《鹖冠子·泰鸿》云:"无钩无绳,浑沌不分。"《山海经》言浑沌无面目,《庄子》言浑沌少七窍。《国语·周语》言鲧"称遂共工之过","壅防百川,堕高堙庳,以害天下"。所谓壅、防、堕、堙,就是壅闭杜塞,也正是不开不通浑然不分之意。《说文通训定声》云:"鲧,或曰即鲲字,从鱼系,会意,犹言鱼子也。"鱼子即鱼卵,而卵则是浑沌未分之物。《庄子》之鲲化为鹏,实际上是浑沌中孕育伟大生命的寓言。我们还可以检索一下从昆得音之字:合同曰昆,水不清曰混,木圆而横长曰棍,山广大无垠不知其貌曰崐,浑合近身之短裤曰裈,虫之属眉目难分故曰蜫,鱼之卵则曰鲲。无疑在鲧(鲲)之命名中,即已蕴含了浑沌之意。正是这浑沌神,使大地水陆不分,宇宙处于浑茫状态。这象征着夏人曾走过的曚昧历史。

二、禹·穿山甲·开辟神

“鲧”的失败，使人们把视线转到了一种“能平水土”的奇特动物身上，这就是“禹”。

21世纪初，著名史学家顾颉刚先生曾大胆地否定陈说，提出了禹是一条虫的观点，使学术界大哗。经过半个多世纪的研讨，学术界基本上公认夏人图腾是龙，神话学界也认定禹就是龙。但上古龙无定形，禹究竟为何物呢？或以为鳄，或以为蛇，或以为蜥蜴，见仁见智，莫衷一是。我以为禹之原形，实为鲮鲤，即俗谓之穿山甲。

《说文》说：“禹，虫也，从厹，象形。”段玉裁根据从厹字的特点，以为禹是四足动物。甚是！《国语》《左传》《天问》等，皆言鲧死化为黄熊，沉于羽渊。《山海经·海内经》注引《开筮》说：“鲧死三岁不腐，剖之的吴刀，化为黄龙。”《初学记》引《归藏》则曰：“大副之吴刀，是用出禹。”《天问》亦云：“伯禹愎(腹)鲧，夫何以变化。”可知诸书所说的鲧化为熊、龙，实际上就是禹。《天问》注引《淮南子》说：

> 禹治鸿水，通轘辕山，化为熊。谓涂山氏曰：“欲饷，闻鼓乃来。”禹跳石，误中鼓，涂山氏往见，禹方作熊，惭而去。

《绎史》引《随巢子》略同，《左昭七年传释文》说熊亦作能，《论衡·是应篇》《尔雅·释鱼》等皆曰：“鳖三足曰能。”任昉《述异记》卷上云：“江淮中有鮌名熊。”鮌字字书无，疑是“鲮”之坏字。《海外西经》云：

> 龙鱼陵居在其北，状如狸(鲤)，一曰鰕，即有神圣乘此以行九野。一曰鳖鱼，在沃野北，其为鱼也如鲤。

龙鱼就是鲮鱼，龙、鲮一声之转，与龙门之亦称凌门同。《海内北经》作

“陵鱼”，这是因为它陵居的缘故。因形似鲤，故又称鲮鲤。“其形似鳖，故又称鳖鱼”(《尔雅义疏》下之四)。《本草经书》又称作“鳖鲤”。《临海水土物志》称作陵龙，云：“陵龙之体，黄身四足，形短尾长，有鳞无角。”(《太平御览》九四三引)《天问》“鲮鱼何所”注云：“鲮鱼，鲮鲤也，有四足，出南方。”《文选·吴都赋》“陵鲤若兽”注：“陵鲤有四足，状如獭，鳞甲似鲤，居土穴中。”《尔雅翼》云：“鲮鲤四足，似鼍而短小，状如獭，遍身鳞甲，居土穴中，盖兽之类，非鱼属也。特其鳞色若鲤，故谓之鲮鲤，又谓之豸，野人又谓之穿山甲。以其尾大能穿穴故也，能陆能水。”《本草纲目·鳞部》云：“郭璞赋谓之龙鲤，《临海记》云：尾刺如三角菱，故谓之石鲮。”

鲮鲤从其“穿山甲”的俗名中，亦可知晓它是穿山通穴的能手。而其别名“鳖鱼”“鳖鲤”，亦暗示了它与所谓“三足鳖”的“能”之间的关系。神话中大禹通轘辕、凿龙门、疏河道，此与穿山甲的行事绝相吻合。可以说禹之原形本是穿山甲。黄能、黄熊、黄龙等，皆是穿山甲的化名！《临海水土物志》称穿山甲为陵龙，而云其“黄身四足”，即可证穿山甲就是龙。刘尧汉先生《文明中国黎族十月历》亦云：黎族“猎获穿山甲时，便在碑文上的虎、龙二字上各粘贴穿山甲壳一枚。它粘在虎字上，表示虎在身默佑下才能猎获；它粘在龙字上，表示穿山甲就是龙。”又说：“黎族的龙字，画的就是穿山甲的鳞甲壳。”所谓黄熊、黄能为“三足鳖”，实在是神话的虚拟。三是一个成数，即清汪中《释三九》所云：“三者，数之成也。”它可以表示多的意义。“三足”可能有喻其多力之意。

这里，我们还找到了一个非常有力的佐证，这就是鳖灵神话。鳖灵神话实在是大禹神话的演化。《蜀王本纪》《华阳国志》《水经·若水注》《竹书纪年》《帝王世纪》等，都说大禹是四川人，《海内南经》则说夏后启的臣子孟涂“司神于巴”，四川境内还有许多大禹的传说。这反映了夏人传说在四川的影响。《太平广记》三七四引《蜀记》云：

鳖灵于楚死，尸乃溯流上，至汶山下。忽复更生，乃见望帝。望帝立以为相。时巫山壅江蜀民多遭洪水，灵乃凿巫山，开三峡口，蜀江陆处。后令鳖灵为刺史,号曰西州皇帝。以功高,禅位与灵,号开明氏。

这段记载,可注意者有四点。第一,鳖灵复生的汶山,正是传说中禹的故乡。《蜀王本纪》说:“禹本汶山郡广柔县人,生于石纽。”《水经·若水注》说:“(广柔)县有石纽乡,禹所生也。”这已暗示了鳖灵与大禹的内在联系。第二,鳖灵开三峡,凿巫山,正与禹之凿龙门,通轘辕合。龙门、三峡分别又是黄河、长江两大河流最壮观之地。第三,鳖灵死而复生,与鲧死化生为禹相合。第四,鳖灵之名,与禹所化之熊——三足鳖,也有联系。此外,《蜀王本纪》说:“鳖灵即位,号曰开明帝,帝生卢保,亦号开明。”此与禹传位于其子启(开)也十分相似。可以说鳖灵神话,乃黄河流域神话在长江流域的翻版。神话虽已非旧貌,而其基本精神却仍未变。鳖灵无疑即大禹。所谓鳖灵,当即鳖鳞,即鳖而有鳞者。灵、鳞,皆切来母,古韵亦相近,可通。如《后汉书·张衡传》鳖灵作鳖令,《诗》“卢泠”,三家诗作獜、鏻。是灵与从粦字相通之证。而鳞又通鲮,如鲮鲤,《证类本草》即作鳞鲤。因而当就是《山海经》所谓之鳖鱼,亦即《本草经疏》所谓之鳖鲤。

由禹化为“三足鳖”开山,再变为鳖灵开山,后来又演化出了巨灵开山的神话。《文选·西京赋》云:“巨灵赑屃,高掌远蹠,以流河曲,厥跡犹存。”注:“巨灵,河神也,巨,大也。古语云:此本一山,当河水过之而曲行。河之神以手擘开其上,足蹋离其下,中分为二,以通河流。”

所谓巨灵,当就是巨鳞、巨鲮,是一神力无比的大穿山甲!

大禹有个奇怪的名字叫文命,见于《夏本纪》《大戴礼》《帝王本纪》等。前人或以为是禹的谥号,实未必然。文命与穿山甲之间也有些微妙的关系。《九歌·河伯》:“乘白鼋兮逐文鱼。”王注文鱼为鲤鱼。“鲤鳞有十字文理,故曰鲤”(李时珍语),又曰文鱼。《本草纲目·鳞部》引陶弘景云:“鲤为诸鱼之长,形既可爱,又能神变,乃至飞越山湖,所以仙人琴高乘之也。山上水中有此,不可食。”《尔雅翼》鲤条云:“崔豹云:兖州人谓赤鲤为赤骥,青鲤为青马,里鲤为里驹,白鲤为白骐,黄鲤为黄骓。皆取马之名,以其灵仙所乘,能飞越江湖故也。”所谓“陵居”,所谓“山上水中有此”,都极像鲮鲤。所谓“不可食”,则更有点像了。李时珍引张杲《医说》云:“鲮鲤肉最动风,风疾人才食数脔,其疾一发,四肢顿废。”此代表了古人对穿山甲肉的认识。《山海经》言龙鱼“其为鱼也如鲤”,言“神圣乘此行九野”,《淮南子·地形训》注言:“硥鱼如鲤鱼,有神圣者乘行九野。”则更与鲤鱼“飞越山湖”“仙人所乘”之传说无别了。显然古人有把河中之鲤与穿山甲相混淆的迹象。我的一位朋友告诉我,他的老家湖南的一些地方,称穿山甲就叫土鲤鱼。这更证明我们以上的论点了。鲤鱼有文鱼之名,而陵居之文鱼,无疑就是指穿山甲了。大禹文命之名,当就是来自文鱼之号。命当读作鳞。命,从口令,令亦声;鳞,从鱼粦声。从令声字与从粦声字,古多相通。如憐,亦写作怜;磷,《论语》:“磨而不磷”,即借为零。《韩诗》“卢泠”,《说文》引作卢獜。以此,所谓文命实际上就是“文鳞”之雅号。是由穿山甲之甲壳有文理而得名的。

穿山甲的特点就是“穿山”。大禹劈山开河,显然是一位辟地大神,也就是夏人的开辟神。他代表着夏人由黑暗走向光明的历史。

三、黑暗·开辟·光明

必须指出,鲧、禹治水传说,实是神话与历史的混合物。犹如水乳交融在一起,既有历史的投影,也有人类的思考。所谓鲧、禹,有可能是图腾,鲧、禹父子关系,暗示着图腾的变化,也反映着夏人对世界的观察及对宇宙、社会发展的哲学认识。

不少神话研究者(如袁珂、冯天瑜等),将鲧比作希腊神话中的普罗米修斯,认为他的盗取息壤而被诛,犹如普罗米修斯盗取天上火种而被宙斯用铁链锁在高加索山崖一样,他们都是为人类的幸福而与天帝抗争的。普罗米修斯在古希腊、古罗马的文学作品中,被歌颂为最崇高的殉道者,而鲧在中国却被贬斥和丑化, 这是因为东方的专制政体与西方的民主制度不同造成的。这种观点的最大缺陷,在于没有看到东西方民族心理、性格的差异,也没有看到神话深层的蕴涵。中华民族崇尚的是德,是善,是堂堂正正，故而神话中的最高神——上帝，都有一身正气。无论黄帝，还是神农、尧、舜、帝俊，他们都是有大功于万民者。不同于希腊神话中的宙斯，一身邪气，欺诈、偷情，不择手段。因而鲧之被诛，另有奥义，实不同于普罗米修斯之被缚。

前已言之，鲧是黑暗神、浑沌神，他是痛苦、灾难的象征。他的被杀，乃是人类走出黑暗，获得再生的寓言。神话中，他是治水者，同时又是扼滔洪水者，即《周语》所云“壅防百川，堕高堙庳，以害天下”。而这洪水，这洪水中的“玄冥”神——鲧，却化育出了新的生命。《云笈七籤》十一云：“肾神（肾属水，是人体之水神）玄冥，字育婴。”玄冥即黑暗之意，而字曰“育婴”，正蕴含了黑暗孕育新生命的意义。黑暗神鲧——鲲，他是一个巨大无比的卵，他的死亡，乃是浑沌的分裂，是伟大生命诞生的前提。“伯鲧腹禹”，乃是生命诞生过程的神话表述。而洪水，则是这生命诞生前必不可少的现象，洪水就是分娩时血水的象征。

在世界各民族中，几乎都有洪水泛世的传说。大致情节都是洪水泛世或上帝为惩罚人类祖先而泛起了洪水，有一对夫妻或兄妹，乘着小船或木桶、葫芦之类，逃过了水灾，重新繁衍了人类。闻一多先生曾统计了四十九个洪水故事，这些故事所用的避水工具皆是葫芦、瓜、鼓、瓮、木桶、木臼、箱、床、舟等。人类之再造，也皆与瓜、葫芦、鼓以及浑沌之物如肉团、卵状怪胎之类有关。汉族神话中虽没有避水工具，却有水神即浑沌神话育夏人之祖大禹的故事。《吕氏春秋·本味篇》还记有洪水之后，空桑生人的故事：

> 有侁氏女子采桑，得婴儿于空桑之中，献之其君，其君令烰人养之。察其所以然，曰：其母居伊水之上，孕，梦有神告之曰：“臼出水而东走，毋顾。”明日，视臼出水，告其邻，东走十里，而顾其邑，尽为水，身因化为空桑，故命之曰伊尹。

原始生民的思维特点之一，是善于在人与宇宙之间建立形式上的联系，将宇宙及万物人格化。在这里，显然他们是把个体生命诞生的现象，通过不自觉的艺术加工，重构成了人类再生的神话。所谓葫芦、瓜、鼓以及舟、床、箱、空桑、臼等，实际上都是子宫或胎盘的象征。“洪水暴发以及特殊器物出现的怪异现象，象征着女性生育的痛苦和灾难的降临”（辛立《男女·夫妻·家园》，国际文化出版公司1989年版第3页，按此节中关于洪水之解说，多参考此书）。人类从洪水中获得解脱，意味着新生命的降生。而这象征着血水的洪水，自然是不可阻挡的。神话中鲧之所以既是治水者，又是泛洪者，就在于他是孕育着新生命的个体。所谓息壤治水，乃是产门收缩的暗喻。他的死亡被描写为违背神意的报应，实则有为免除痛苦抗拒生育的意义。他的死亡和剖腹产子，是原始分娩中死亡和剖腹产的再现。禹的疏山、退水，拯救人类，则意味着顺应生育规律及自然规律的胜利。以上当即是洪水神话的原始意义。

在神话中，蕴含着最朴素的哲学思想。从“大鱼”治水，到“穿山甲”治水；从筑堤防水，到疏河通水；从浑沌，到开明；从失败，到成功；从死亡到新生，这正是古代道家顺其自然思想及古人“失败乃成功之母”思想的发轫。《国语》邵公谏厉王弭谤曰：“防民之口，甚于防川。川壅而溃，伤人必多，民亦如之。是故为川者决之使导，为民者宣之使言。”这无疑是“防乱疏治”思想在政治上的体现。这里蕴有人类历史的创伤和深刻的教训。这创伤，这教训，便是未能认识规律而遭受挫折和失败的痛苦。失败、黑暗、灾难、痛苦，乃是新生命的母胎。痛苦——解脱，死亡——再生，失败——成功，黑暗——光明，这也是规律的展示。

从人类历史的角度来考察，鲧禹神话反映了先民对于宇宙起源及历史发展阶段的认识。不少神话研究者认为中国原始神话中，缺少对宇宙起源的认识，这实在是一个不小的疏忽。鲧——浑沌神，即代表了先民对宇宙及人类原初状态的思考。浑沌原初主宰世界，这似乎是各民族的共同认识。埃及神话说，世界原初浑沌一团，此中生出拉神（太阳神），使大地见到光明。古巴比伦神话说，起初宇宙只有浑沌与化身为恶魔的梯阿马特的太初深渊。梯阿马特生了诸神，诸神杀梯阿马特，用其尸体造成了天地。印度神话说，当初宇宙沉浸于黑暗之中，有神创造了水、空气等，创造了万物，扫除了黑暗。希腊神话说，天地原初浑沌一团，无形、无色、无明，主宰者名chaos（浑沌），生子爱莱蒲司（黑暗），爱莱蒲司又生了光明神。北欧神话说，宇宙原初无天无地无海，混沌一团，其间有神与冰巨人相仇杀，神之子孙战败冰巨人，引起洪水，随后又逃水、造万物。因而作为浑沌神兼黑暗神的鲧，亦当是夏人神话中最早的宇宙主宰者。《山海经·海内经》说："黄帝生骆明，骆明生白马，白马是为鲧。"这只能认作是各不同体系中神话融合的产物，并非一定是夏人的原始神话。因为在鲧的神话中，鲧所在的乃是一个没有太阳的黑暗空间，其自身——鲲——乃是一个浑沌未分的太初巨卵。而禹乃是从这黑暗空间，从太初巨卵中化育而出的开辟神。这于希腊神话中浑沌神生黑暗神、黑暗神生光明神的神系秩序，非常相似。不难看出，鲧、禹神话实在就是夏人宇宙起源与人类发展观念的反映。

中国大陆的原始居民，族系众多，各民族都有自己的神话。在各不同的神话系统中，我们发现了这样一个规律，氏族的创始神，往往由黑暗（浑沌）、开辟、光明三者构成。如黄帝氏族的神话中，创始神有黄帝、昌意。黄帝，《左传》注以为帝鸿氏，《山海经》中有一名帝江的怪物，"浑敦无面目"。毕沅以为即帝鸿。《淮南子·说林训》云："黄帝生阴阳。"高诱注说："黄帝，古天神也，始造人之时，化生阴阳。"显然黄帝是具有浑沌神格的大神。《河图》说："黄帝以雷精起。"《春秋合诚图》说："轩辕主雷雨之神。"雷有霹雷、霹雳之名。霹者，辟也，是黄帝也兼有开辟神的神格。《海内经》说黄帝生昌意，《说文》说："昌，一曰日光也。"《广雅·释言》及《玉篇·日部》则训为"光也、明也"。是昌意即黄帝氏族的光明神。有虞氏的神话中有瞽叟、舜、商均。《五帝本纪》说："舜父瞽叟盲。"所谓瞽，所谓盲，都是目不能明物之谓。这里是以瞽、盲，代表了黑暗。舜又名重华、重明，《淮南子·修务训》云："舜二瞳子，是谓重明。"重华、重明皆是目明之谓，这是以目明代表着开辟和光明的降临。舜之子曰商均，均字不见于西周前之金铭、卜辞，《诗》《书》中每以"旬"字代之。均，其初亦当写作旬，旬从日，通昀。《玉篇》云："昀，日光也。"《金娄子》云：商均名章鷁。章、商古通，鷁即益鸟，即燕子，燕子乃太阳神的早期形象，后则演变为乌。是商均即有虞氏的光明神。陶唐氏神话有陈丰氏庆都、尧、丹朱。尧之母陈丰氏曰庆都。陈者，久也。“丰”与朦通。《方言》云：“朦庬，丰也。”朦有暗意。庆都者，“都”有聚合之意。《春秋合诚图》说：庆都常有“黄云覆盖，梦食不饥”。《易坤灵图》云：“其(尧)母萌之，玄云入户。”注云：“母为庆都也，天皇之女，天帝以玄云覆卫之。”据此，她是具有黑暗神或浑沌神性质的了。尧者，晓也，有破明之意。《春秋元命苞》云：“尧眉八彩，是谓通明。”《五帝本纪》说帝尧，“就之如日，望之如云”。《潜夫论·明闇》云：“尧舜之治，辟四门，明四目，通四聪。”是尧具有开辟神的神格。尧子曰丹朱，或写作朱启明、丹朱开明，又变为朱明(见《古史辨》第七册，杨宽《中国上古史导论·丹朱驩兜与朱明祝融》)。《广雅·释天》云：“朱明，日也。”是丹朱即日神，也即光明神。商人神话中有契、昭明。契又称玄王，玄者，里也，玄王即黑暗神。杨公骥先生认为契又契开黑暗之义，《商颂》：“玄王桓拨”，即指拨开黑暗。如此则契与黄帝一样，也兼有了开辟神的神格。契子昭明，其意甚明，显然是光明神。

毫不例外，夏人的神话也是如此。鲧是黑暗神兼浑沌神，禹是开辟神，禹之子启则是光明神。启者，开也，其与开明、昭明之意实不相殊。神话中多言夏启乘龙。在二里头、夏家店两处夏文化遗址中，都发现有一首二身的肥遗龙。《北山经》云：“有蛇两身，名曰肥遗。”水一源分为二流叫作“肥”，遗有离意。两身蛇二体分离，所以叫肥遗。而其二体分开，也正是“启”的意思。《夏小正》说：“启，别也。”《广雅·释诂》说：“启，开也。”《山海经》言夏启乘两龙舞于“大乐之野”，又叫“大遗之野”。《文选·东方朔画赞》注曰：“肥，乐也。”名“乐”名“遗”，是否与肥遗有关呢？窃有疑焉。肥遗之二体分开，或正象征开明之意。

黑暗、开辟、光明，这既是先民对宇宙创生的认识，也是对人类发展从蒙昧到文明的神话表述。黑暗象征着死亡的恐怖，它的消除，伴随着的是洪水，是人类的再生，人类走出黑暗，犹如个体生命脱离母体而降生，伴随着的是痛苦、灾难。洪水——血水，就是这灾难的表示。开辟神的出现，是消除灾难的力量，他是人类奋发向上、开拓创造的象征，代表着人类精神振发、蓬勃发展的时代，也是人类意志、精神、道德、智慧的黄金时代。因而神话中这个时代的氏族神，皆是最圣明最有作为的大神，如尧、舜、禹等。开拓时代的过去意味着一个安乐时代的到来，光明神所代表的就是一个有了新的文明可供物质享乐的时代。这个时代也就出现了邪恶，故神话中的光明神多蒙有不令之名。如黄帝氏族的光明神昌意，曾被“降处若水”(《海内经》)降有贬义，暗示着他罹有罪过。陶唐氏的光明神丹朱，“惟慢游是好，傲虐是作”(《尚书·益稷》)。有虞氏的光明神商均，也有不肖之名。夏之光明神启，则更有耽于欢乐之名。《离骚》就曾云：“启《九辨》与《九歌》兮，夏康娱以自纵。”

黑暗神——灾难与死亡，开辟神——开创与崛起，光明神——享乐与衰落。这是一条生命的路，也是一条历史兴替的路。神话对于光明神的贬义，实际上是对于人类文明的怀疑。反映了民族的怀旧意识及其对文明携带的罪恶所感到的不安，同时也是对人类前途的困惑。文化的融合，将不同系统的神话，排列在历史的有序之中，使之以唐而虞，虞而夏的嬗递，表现出了由“黑暗”而“开辟”而“光明”的一次次循环。这种循环为历史所延续，使每一个王朝在灾难中崛起，又在安乐中走向衰落，构成了一个突不破走不完的怪圈。神话所体现的怀旧意识与对前途的困惑封存在了民族的心理深层，而历史没有前途的循环，又加固了民族的这种意识和心理，使得民族将希望之光放到了遥远上古的回归，形成了以“古”为美的价值判断标准。神话中对“光明神”的贬斥，变成了民族对于自我发展的悲哀！而“开辟神”的奋发精神与郁勃之气，在民族走向死亡的历史关头，又震发起了志士仁人的心灵，为民族历史书写着英勇悲壮的章节！

注：此文写于 20 世纪 80 年代，是拟写的《中国神话解读》中的一篇。后来将文中的主要观点另撰成文，发表在《中州学刊》1990 年第 1 期。

愚公神话与中国人的三重精神

《愚公移山》神话，见于《列子·汤问》。略云：

太行、王屋二山，方七百里，高万仞，本在冀州之南，河阳之北。北山愚公者，年且九十，面山而居。惩山北之塞，出入之迂也，聚室而谋曰："吾与汝毕力平险，指通豫南，达于汉阴，可乎？"杂然相许。其妻献疑曰："以君之力，曾不能损魁父之丘，如太行、王屋何！且焉置土石？"杂曰："投诸渤海之尾，隐土之北。"遂率子孙荷担者三夫，叩石垦壤，箕畚运于渤海之尾。邻人京城氏之孀妻，有遗男，始龀，跳往助之。寒暑易节，始一反焉。河曲智叟笑而止之曰："甚矣，汝之不惠！以残年余力，曾不能毁山之一毛，其如土石何！"北山愚公长息曰："汝心之固，固不可彻，曾不若孀妻弱子！虽我之死，有子存焉；子又生孙，孙又生子，子又生子，子又生孙：子子孙孙，无穷匮也，而山不加增，何苦而不平？"河曲智叟亡以应。操蛇之神闻之，惧其不已也，告之于帝。帝感其诚，命夸蛾氏二子负二山，一厝朔东，一厝雍南。自此冀之南，汉之阴，无陇断焉。

这个神话散发着浓郁的寓言气息，唯神话的真气未散，而表现出了与诸子寓言迥异的精神风貌。抛弃其哲学化的寓言意味，我们从愚公的身上，看到了先民设计的自我形象。愚公体现着中国人的三重精神，即忠爱、进取、抗争精神。

一、安土:忠爱精神

刘基有诗云:“愚公志移山,精卫思填海。山高海茫茫,心事金石在。”(《诚意伯文集》卷二)无疑愚公金石般坚定的意志,是这个神话的生命内核。然而我们不可忽略,这个神话的生命基点,仍在于对故土的忠爱,即“安土重迁”的意识。一个英国人,曾为愚公的移山,大惑不解,说:“愚公为什么要移山呢?搬家不更好吗?”恐怕只有远离中国文化圈的人才会提出这样的问题。在基督教神话中,亚伯拉罕为摆脱困境,寻找新的牧场,携家带口忍受饥寒,从幼发拉底河西岸出发,走进了一个陌生的环境中。而愚公尽管生活于深山峡谷之中,却宁愿移山,也不搬家。这两种行为的差异,体现着民族性格的差异。愚公“安土重迁”的行为表现,也是民族共性的行为表现,蕴含着对生命原创“母性”的虔诚和忠爱。

我们这里需借用弗洛伊德的“恋母情结”概念,对愚公“宁愿移山而不搬家”的潜意识作出阐释。“恋母情结”是弗氏从男女孩性本能活动出发而提出的。他认为一个男孩在很小的时候就对于自己的母亲怀着一种性的欲望,而怨恨同性的父亲。原始的社会和文明的社会都有反对乱伦的严厉禁忌,每个人都知道这个禁忌,因此这渴望在暗中被感觉,却一生永远地埋藏在潜意识深处。在道德背景下,这种感觉被视作罪恶,人们为这种罪恶的感觉而感到恐惧,严密地封锁着。这便形成了“恋母情结”。不过我们这里接受的并非此种与性本能缩结在一起的“恋母情结”概念,而是寻求营养、保护和温暖的生命意识。胎儿依附于母体,受着母体的保护和营养供给,婴儿同样有赖于母亲的抚育,在母亲的怀抱中,有一种甜蜜感、幸福感和安全感。人天生有恋母的心理倾向。故《增韵》云:“母,慕也,婴儿所慕也。”《诗经·蓼莪》云:“父兮生我,母兮鞠我,拊我畜我,长我育我,顾我复我,出入腹我”。表达出对母爱的深情。因此我们所谓的“恋母情结”,乃是指对创始个我生命母性之眷爱,是寻求满足、归属、温爱与安顿的生命意识。

佛洛姆在《逃避自由》一书中，曾把婴儿与母亲的关联称作“原始关系”。并认为：“这些关系是正常人性发展的一部分……这些关系把婴孩与母亲，把原始社会的人与其家族及自然，或者把中古时代的人与教会及其社会阶级，连接在一起。”（北方文艺出版社 1987 年版第 2 页）人与家族及自然的这种“原始关系”，就是“恋母情结”作为集体潜意识在群体行为中的展示。原始群居的生活方式，使人由恋母而延伸为对群体的依恋；依附于土地的农业经济，促成了人对于故土的依恋。面对熟稔的环境与人群，人们感到从容、坦然和亲切，有一种安定感和安全感。因而人们往往把故乡或大地比作母亲，把自己与氏族的关系用姓来表示，而汉文中的“姓”字从女从生，女者母也，即表示了个人与家族间的关系。

虽然“恋母情结”作为集体潜意识，封存于人类心理深处，但因民族文化环境、生活方式的差异，各自又表现出了不同的行为倾向。文化生态学的研究认为，文化生态环境决定着文化群体的行为和性格特点。一个文化群体的性格可以看作是这个群体的文化模式的功能，这种功能是由于这些群体成员对生态环境的适应而逐渐形成的。为了适应生态环境的特点，具有特定形态、生理、心理特征的群体成员，会通过一代代人的努力，产生与生态环境相符合的经济模式，而这种经济模式又需要一个与它相适合的社会结构；已形成的社会模式又会促使一代代的人形成一套与社会结构、社会功能相和谐的个性和行为特点（〔英〕迈克·彭等《中国人的心理》新华出版社 1990 年版第 139 页）。几千年来，中华大陆的生态类型主要是适合于农业的经济生活。早在传说中的神农时代——考古学上的新石器时代，中国就出现了自给自足的农业系统。这个系统历经数千年的沧桑而持续未变，形成了中国社会特有的结构形式与生活方式。农业经济的生活方式主要是以土地为核心的。人利用土地种植作物，固守着土地，关注着作物缓慢的生长、成熟。他们不像游牧民族那样随处游荡，也没有商业文明所具有的外向经济，而是勤勤恳恳地在固定的土地上除草、耕作、播种、收割，土地就是他们的生命。在土地问题上，他们会与邻人“寸土不让”。同时为了胜任繁杂的农业生产，长期监护作物生长，还必须以稳定、持久的小团体为运作单位。而最稳定的小团体便是家族，只有家族的团结合作，才能获得基本的生活条件。这种经济形态，决定了中国社会化的主要实践方式："a、对依赖性的培养；b、对一致性的培养；c、培养谦虚的品德；d、进行自我克制训练；e、培养自我满足感；f、接受处罚；g、羞耻感；h、父母中心性；i、长者为父惯例。正是这些因素促使中国人成为具有强烈集体倾向的人类群体"(迈克·彭等《中国人的心理》第140页)。使中国人个体与群体、与生态环境间持久地保持着"原始关系"，"恋母情结"始终深深地潜存在民族的意识深处。故神话中，亚伯拉罕想到的是搬家，而愚公想到的则是移山；洪水到来之时，丢卡利翁想到的是乘舟逃跑，而大禹想到的则是治水。丢卡利翁拯救的只是他们夫妻二人，而大禹拯救的则是这片土地以及土地上生存的文化群体；亚伯拉罕的搬迁带有极大的冒险性；而愚公所考虑的则是群体的安全乃至子孙后代的平安与幸福。无论愚公还是大禹，他们都把自己的命运与脚下的土地以及土地上生存的文化群体联系在了一起，用极强的自信心和责任感，对待这个群体和这片土地，表现了伟大而坚定、高尚而充满斗志的忠爱之心，以及坚厚而执着的"恋母情结"。

愚公并非没有别的出路，而是文化生态环境所规定的个体与群体、自然间恒定的"原始关系"，那种经久不衰的"恋母情结"，那种高尚的忠爱之心，使他必然做出如此选择。因为在这个熟稔的世界里，他感到安全、温暖、安定、满足，犹如婴儿躺在母亲的怀抱，有无比幸福感。尽管"我的家乡并不美"，但它毕竟养育了自己的祖祖辈辈，它的一草一木，皆凝聚着爱的深情。他有义务为这片热土洒下辛勤的汗水。离开这个环境，感到的便是陌生、冷漠、恐惧、孤独和不安全感，是敌意的目光和危险的警告，是失去乐园的悲哀和绝望。愚公的行为倾向，就是民族的行为倾向。由于"恋母情结"的潜在作用，中国人表现出了极强的安土重迁观念。他们把背井离乡认作是令人羞耻的无可奈何的选择，或为牟取功名利禄所做出的暂时性牺牲。人最终最理想的归宿是"叶落归根"。无论成功者还是失败者，都会表现出"归根"意识来。项羽起于草泽而霸天下，四海震动。他想到的是"富贵不归故乡，如衣绣夜行”。刘邦威加海内，得至尊之位，而曰：“游子悲故乡，吾虽都关中，万岁后吾魂魄犹乐思沛。”文学史上《归田赋》《归去来兮辞》《归田诗》《归园田》以及大批思家怀乡之作，无不表现着一种“恋母”心态和对故土的忠爱精神。

古籍有言人死魂归泰山之说。如：《后汉书·乌桓传》云：“中国人死魂神归岱山（泰山）也。”《援神契》云：“太（泰）山，天帝孙也，主召人魂。”刘桢诗云：“常恐游岱宗，不复见古人。”曹植诗曰：“拊剑西南望，思欲赴太山。”应璩诗曰：“年命在桑榆，东岳与我期。”顾炎武《日知录》、赵翼《陔馀丛考》皆有“泰山治鬼”之论。这种观念仍源自“恋母情结”。泰山一带是太阳文化的发祥地，太阳文化居民认为泰山就是天地中心亦即故乡的一座神山（参见《华夏日月神话及其文化内涵》篇）。魂归泰山实际上就是魂归故里的神话表述。在中国人的意识中，魂归故里犹如西人的上天堂，乃是对死亡的超度，对为死而悲哀的人们的宽慰。

二、取路：进取精神

愚公移山的目的非常明确，就是为了开路，冲出被大山封闭的狭小天地，打通与外部世界联系的通路，去更广阔的天地里，寻找生命的意义，探索未知的领域。虽然这一层意义神话没有过多的渲染，但从愚公的移山举动中，已清楚地显示“愚公”那种不可遏止与无法泯灭的进取精神。

古希腊著名诗人品达在《颂歌》中写道：“我的灵魂并不追求永恒的生命，而是要穷尽可能的领域。”“穷尽可能的领域”，乃是生命带有共性的追求。人生需要建立自我与外在世界的联系。一个充满活力的生命，总是在不断探索新的未知领域、不断获得新的信息而达到精神的充实的。自我封闭，并非人的本质，而进取、探索却是生命意识所规定的。生命的成长就是在进取、探索、学习、创造中，不断获得独立、自由、发展的过程。愚公并非在大山封锁的小天地里无法生存，也并非有一种外在的力量强使他非如此不可。只是那种蜗牛般的生存，太缺少生命的光彩。生命意志的内在冲动，对大山外世界的神秘与幻想，山外吹来的风，飘来的云，传来的雷电，这一切都足以唤起他探索山外世界的欲望。欲望的产生便使得四平八稳的存在形式坠入荒唐、可笑乃至可悲的感觉之中。《古诗十九首》中有一篇写不甘寂寞、不甘在平淡中枯萎青春的诗，诗云：

青青河畔草，郁郁园中柳。
盈盈楼上女，皎皎当窗牖。
娥娥红粉妆，纤纤出素手。
昔为娼家女，今为荡子妇。
荡子行不归，空床难独守。

一个年轻美丽的生命被封闭在了远隔人世的小楼里。充满生机的大自然通过"窗牖"给她送去春天的气息。于是她兴奋了，冲动了。美不容寂灭，青春不能无为的枯死，人不能墨守一口干涸的井而梦想奇迹的出现，应该寻求有意义、有价值的人生。这首诗是以象征的手法来表现生命寻求自由的冲动的。表面上看它与愚公移山没有任何的联系，而内在所表现的却是无法遏止的生命力的冲动，是对于封闭、缺少光彩的生存形式的厌倦和悲哀，是对新生活的热望和追求。诗歌的形象表现，可以帮助我们对神话意义的理解。所不同的是，《青青河畔草》所表现的是一代士子的心绪与追求，而神话则反映的是民族早期的精神风貌与进取精神。因而在神话中表现的不是个体生命的忧虑与冲动，而是愚公聚落——这个小世界中全部成员的焦虑、兴奋与冲动。这种求索、进取、展示人的力量的欲望与冲动，大山不可遏止，来自"智叟"——理性的嘲讽也不可遏止。他们的目标是"指通豫南，达于汉阴"，打开视野，与世界建立广泛的联系，由封闭走向开放。

虽然追求、进取是生命意识所规定，为每个青春生命所拥有。但因生态环境、民族根性、文化心理的不同，东西方民族表现出了迥异的倾向。处于地中海北岸与爱琴海西岸的巴尔干半岛的古希腊人，面对烟波浩渺、气象万千的大海，生发的是对惊涛骇浪的沉思，是富有抒情色彩的冒险。在希腊神话中，赫拉克勒斯为追求功名，选择了艰险的人生之路，扼杀猛狮，杀九头蛇，捉大野猪，擒疯牛，把冥府的三头狗带到人间再送回地府等等，最终加入了奥林波斯神系。伊阿宋为了获得王位，历经海上的惊浪，人间的陷阱，怪禽的袭击，神兽的威胁，终于取回了换取王位的金羊毛。他们的追求，充满冒险精神与紧张激烈的气氛，表现出情感勃发的力量。而中国，大山纵横的生态环境，养就了古文化的发祥地——黄河流域初民的坚韧、顽强性格，他们的进取表现为与大山的抗争，有冲出封闭、艰苦创业的倾向。因而出现了一系列开山、移山的神话。《水经·河水注》四引《魏土地记》云：

梁山北有龙门山，大禹所凿，通孟津河口，广八十步，岩际镌迹，遗功尚存。

《搜神记》卷十三：

二华之山，本一山也。当河，河水过之而曲行。河神巨灵，以手擘开其上，以足蹈离其下，中分为两，以利河流。

虽然大禹、巨灵是为水开路，愚公是为人开路，而那种郁郁勃勃的浩然元气，那种惊天动地的开创精神，那种百折不挠的意志体现，那种求索、奋进的人格力量，不正是一脉相通的吗？

其次、希腊神话中所表现的追求目标，是金苹果、金羊毛、财富、美人以及国王的荣誉。而中国神话中的追求，却不带有任何的经济目的或个人目的。愚公神话所表现的是对生存空间的探索，是要将自己生存的天地与大山那边的豫南、汉阴——一个更广阔的世界沟通。愚公的这种以拓展空间知识与生存环境为目的的探索，在神话“总集”《山海经》中得到了更好的补充说明。所谓“山海经”，就是所“经”的“山海”，这里有更广阔的空间概念。经分为“山经”“海经”两部分。“山经”记天下之山及物产,“海经”记有“海内”若干国,“海外”若干国,“海外”还有“大荒”,其中又有若干国。这实际上所勾勒的是当时所感觉到的天下的情形。在古人的观念中,中国版图以内的地方,就是世界的全部。因此《山海经》对于空间的进取意识,实际上就是“全球”意识,所体现的乃是中国生民的大精神、大胸怀。尽管《山海经》对于“地球”全貌的探索,与愚公的空间开拓一样,没有经济目的,而它却能给人一种精神的满足,也表现了初民天下一家大一统的观念。《易经》有言:“可大可久”,中国能成就其大,并历久不衰,不能不归功于民族的这种文化心理,而且这种文化心理与进取意识,也规定了民族数千年的行为意义。周穆王西征,取得的是西方各部落与周王朝的联系;张骞出使西域,赢得的是西域三十六国的朝贡;郑和七下西洋,也是以政治上“耀兵异域,示中国富强”为主要目的的。这与阿戈耳英雄为无价之宝金羊毛远征,哥伦布为黄金香料远航美洲,麦哲伦为新的贸易通道环球航行,是多么的不同!

其三、希腊神话更多的是智慧的闪光。无论是赫拉克勒斯完成欧律斯交给的十二件差役,还是阿戈耳英雄远求金羊毛,他们战胜困难往往凭借的是智慧和手段。他们的进取,蕴含着对事物的分析和判断,高扬的是理性思考的力量。中国神话则注重张扬一种意志,体现意志的力量。愚公的聚落作出移山的决定,第一没有思考用一种巧妙的方法对付困难;第二没有想到发明先进的生产工具和技术;第三没有思考时间、效率,更缺乏计划;第四除坚定的决心和意志外,没有任何成功的保证。在中国一系列体现进取精神的神话中,似乎都表现出了这种倾向。夸父追日,并不考虑日是否可追;精卫填海,并不考虑海是否可填。他们所考虑的是自己应该做什么,而不是怎样做。他们向世界坦露的是无畏的精神,不灭的意志,精诚之心,浩然之气。愚公神话显然披露了这样一种观念:有志者事竟成。这种观念凝固为构成民族文化心理的潜因子,影响着民族的思考。故谚曰:“只要功夫深,铁棒磨成针”;“世上无难事,只怕有心人”;“功夫不负有心人”;“苍天不负苦心人”。中国人认为,意志的力量是无穷的,它可以惊天地、泣鬼神。愚公便是以此而感动上帝的。神话曰："帝感其诚，命夸蛾氏二子负二山。"这个"诚"，就是矢志不移、势在必夺的精诚之心，它蕴有无坚不摧的内在力量。中国历史上流传着一连串"中石没镞"的故事，如《吕氏春秋·精通》云："养由基射兕，中石，矢乃饮羽。"《史记·李将军列传》云："见草中石，以为虎而射之，中石没镞，视之石也。"《新序·杂事》云："楚熊渠子夜行，见寝石，以为伏虎。开弓射之，灭矢饮羽。下视，知石也。却复射之，矢摧无迹。熊渠子见其诚心，而金石为开，况人心乎。"这就是所谓的"精诚所至，金石为开"的典故。这里所强调的是意志力量的作用，与愚公之"诚"感动上帝，乃出于同一文化心理模板。

总之，愚公的开山取路，反映了民族冲出封闭、锐意进取的精神。这种进取，重创业，重开拓，重精神，重意志的力量，与希腊神话之爱冒险、重金钱、重智慧，表现出了迥异的特色。

三、移山：抗争精神

没有什么力量能够扼制人类进取、追求的欲望。有进取，便会有障碍、有阻力，因而也就有抗争。抗争是锐意进取的生命对障碍、阻力做出的必然反应。愚公之移山，所展示的正是中华民族的抗争精神。

进取、奋斗、抗争，这是中国神话的主调，也是愚公神话的生命内核。抗争，这是多么简单的举动，而它的内涵却很复杂。从愚公移山以及中国的抗争神话中，我们可以分析出中国人心灵深处的抗争精神，其行为的倾向与特点，及其呈现出的民族特色。

第一、抗争的潜在性与突发性。愚公的移山决定，固然是惊天动地之举，带有突发性。而此前的沉默，抗争未尝不存在于心里。愚公的抗争分三个阶段。一是内心抗争期。这是一个相当长的阶段。移山的行为是"年且九十"才爆发的。九十以前就是一个长期的内心压抑与抗争的过程。尽管行为中没有表露，而心中却无一刻平静。故曰"惩山北之塞，出入之迂"。"塞""迂"是外在压力，"惩"是内心感受。惩，苦也。如此者九十年！肉体虽然接受了“塞”“迂”的现实,而却无法消除内心的痛苦。“苦”的感受,本身就是不满和对抗。寓抗争于无言之中,这也是中国人最普通的存在方式。虽然可使他们的肉体屈从于压力,但却无法征服他们的心。故孟子说:“以力服人者,非人服也,力不赡也。”这表面是忍耐、屈服,实际上是心理反抗能量的积蓄过程。愚公经九十年的心理能量的积蓄,终于近于爆发。二是酝酿抗争阶段。愚公终于向家人提出了“平险”移山的设想和决心。“杂然相许”,表现了生活在这个世界的人们共同的心理感受和认识,即经过长期心理能量积蓄力求释放的心情。第三个阶段是燥发期,即移山工程的开始。这是用一种极端的方式表现出的反抗,是长期反抗情绪积蓄的释放。一旦这种反抗诉诸“武力”,就不可调和,不可遏止,其结果不是悲剧就是喜剧。抗争由心理向行动的转化过程,也是抗争情绪运动发展的过程,是具有民族特色的抗争表现形式。在希腊神话中,与困难抗争,与神抗争,与命运抗争,随时随处都是诉诸行动的,没有积蓄过程,是即发性的。而中国式的抗争则是燥发性的。故《袁氏世范》云:“人之犯我,我藏蓄而不发,不过一再而已。积之既多,其发也如洪流之决,不可遏也。”

第二、抗争的精神性。任何一个健康发达的生命,都有抗争压力、障碍的冲动,否则便不成其为人。问题是愚公所面对的不是“魁父之丘”——一般性的障碍、压力,而是“方八百里高万仞”的太行王屋二山——天生不可克服的压力与障碍。愚公聚落的实力是:年且九十的老夫老妻,七岁童子,弱小孀妇,“荷担者三人”。矛盾双方的对垒,是多么的不相称!尽管这种对抗如卵之击石,绝对没有取胜的可能,然而他还是要“击”。他认为,应该“击”,必须“击”。“击”是义务,是生命姿彩的展示,而且要无休止地进行这种抗争。著名的精卫填海神话,与此表现出了同样的光彩和基调:

> 发鸠之山,其上多柘木。有鸟焉,其状如乌,文首,白喙,赤足,名曰精卫,其鸣自诙。是炎帝之少女曰女娃。女娃游于东海,溺而不返,故为精卫。常衔西山之木石,以堙于东海。
>
> 《山海经·北次三经》

区区小鸟欲填平苍茫大海，其结局是不言自喻的。然而在九旬老人、孀妇、弱子、小鸟等微不足道的体力与行为中，我们却看到了一种无限伟大的精神力量。这种精神不可估量也无法估量，不可战胜也无法战胜。愚公、精卫神话所高扬的正是这种精神。雅思贝尔斯《悲剧的超越》英译本序云："悲剧可以说是发生在意识超出了能力的虚空地带，在那里，人们可以体验到自己毫无能力行动和取得成功，并经受着由此而来的痛苦。"然而在中国神话中，"意识超出能力的虚空地带"演出的不是悲剧，更多的是喜剧，是精神力量无限放大而战胜巨大困难的喜剧。愚公移走了山，女娲补全了天，大禹平整了地，后羿射落了日。精卫填海还在继续。"我愿平东海，身沉心不改！大海无平期，我心无绝时"（顾炎武《精卫》诗）。精神与意志的力量是无穷的，也是无敌的。这就是神话的回答。

第三、抗争的顽强性。愚公与大山的心理对抗达九十年之久，终于诉诸行动。但他并不想到马上获得成功，而是要祖祖辈辈、一代一代无休止地进行下去，直至胜利。老妻的献疑，智叟的嘲笑，大山的威胁，都无法动摇他的意志。他知道，如不移山，一代一代的生命将会在大山下永远委屈地生存下去。要改变命运，必须反抗、斗争，并持久地斗下去。这种决心，发自一个垂暮之年的老人，身体的衰弱更衬托出了意志的顽强。

对民族性格的这种顽强性，《山海经》中有更好的表现。《大荒西经》云：

有人无首，操戈盾立，名曰夏耕之尸。故成汤伐夏桀于章山，克之，斩耕厥前。耕既立，无首，走厥咎，乃降于巫山。

《海外西经》云：

刑天与帝争神，帝断其首，葬之常羊之山。乃以乳为目，以脐为口，操干戚以舞。

夏耕、刑天，他们失败了。敌人砍掉了他们的脑袋，然而他们没有倒下，那颗顽强的充满仇恨与斗志的心，是无法征服、不可征服的。正如一个诗人所说："你剜掉我的双眼，我就长出第三只眼；你砍掉我的双腿，我就遍地飞"。中国历史的发展，也在证实着民族的这种顽强性。一次次的异族入主，一次次的亡国，汉族非但没有灭亡，却在亡国中一次次的壮大、发展。愚公永不泯灭的抗争精神，使民族一次次获得再生，也使入主中原的异族同化、消灭，给汉族补输了新的血液。

第四、抗争的极端性。愚公与大山抗争，不是要大山让出一条路，而是要让它在这片土地上彻底消灭；精卫与大海抗争，不是向大海索取赔偿，而是要彻底填平；后羿与太阳抗争，不是要太阳屈服，遵循老规矩轮流值班，而是让它毁灭。这种抗争带有明显的极端性。在历史上，我们看到了这种极端行为的延续：白起战败赵军，一次坑降卒四十万；项羽在新安，坑降卒二十万。曹操攻彭城，坑男女数万。一个王朝被推翻，这个王朝的一切都会随之毁灭。如曹植《毁鄄城故殿令》所言："汤之隆也，则夏馆无余迹；武之兴也，则殷台无遗基；周之亡也，则伊洛无只椽；秦之灭也，则阿房无尺梠。汉道衰则建章撤，灵帝崩则两宫燔。"显然，这不是偶然的行为偏斜，而是有文化心理原因的。

在民族性的讨论中，有人指出了中国人的野蛮、偏激、走极端的一面，也有人认为中国人折衷、调和、中庸。我们在神话中看到的是前者，而在先哲著述中则见到的是后者。这反映了中国文化的两个层次：世俗文化与精英文化。世俗文化表现的是偏激、极端，是反抗的彻底性。精英文化出自先哲们纠正世俗的思考，故强调的是中庸、和谐。孔子说："君子中庸，小人反中庸"(《中庸》)，即指出了两个不同层次的文化特点。神话所代表的乃是世俗文化，这种文化发迹于人类早期生活。"斗争"是人类在自然界残酷的生存竞争中的一种本能的自卫手段，甚至食其肉，寝其皮，才能延续个体生命，开拓生存空间。人类早期的威胁主要来自自然，因而神话中愚公移山、精卫填海、夸父追日、后羿射日、大禹治水、女娲补天等，其表层意义都是关于人与自然抗争的。随着人类社会的发展,人类的敌人反而成了人类自己。因此斗争便由人与自然的冲突,转而为人类自己的残杀。人类的残杀主要由政治、经济利益冲突而引起,如得不到控制,其结果只能是人类自己毁灭自己。因此中国的先哲们强调中庸、和谐的意义。先哲们的心灵固然伟大,精英文化固然不同凡俗。然而神话中极端性的抗争方式,正是在极端社会中获取自由、发展不可或缺的手段。

注:此文写于20世纪80年代,是拟写的《中国神话解读》中的一篇。

第四辑

《尚书注译》序

一、《尚书》的性质和时代

《尚书》是中国最古老的一部文献典籍。据《春秋说题辞》解释："尚者上也，上古帝王之遗出也。"在先秦时单称作《书》。"书"是著的意思，即如《说文》所说："书，著也。从聿者声。"《说文序》又说："著于竹帛谓之书，书者，如也。"就《尚书》的性质而言，它实是一部上古三代的政治档案资料汇编。其中有政治领导人的训话，有座谈会纪要，有君臣谈话，有诰命，有誓辞，有大臣的谋略及训诫等等，总之多是与军国大事相关的。故《荀子·劝学》说："书者，政事之纪也。"《史记·自序》也说："《书》记先王之事，故长于政。"

在中国文化典籍中，《尚书》与《周易》《诗经》《礼》(《礼》有三，即《周礼》《仪礼》《礼记》。最早列入"五经"的《礼》当是《仪礼》，唐宋以后始更为《礼记》《春秋》，共同构成一个经典系统，此即所谓的"五经"。故《尚书》又称作《书经》。先秦时有"六经"之称，是因把失传的《乐经》也包括在内。在这个经典文化系统中，《尚书》主要承载着讲述事理、"疏通知远"的功能。故《庄子·天下篇》说："诗以道志，书以道事，礼以道行，乐以道和，易以道阴，阳春秋以道名分。"《礼记·经解》也说："孔子曰：入其国，其教可知也。其为人也，温柔敦厚，《诗》教也；疏通知远，《书》教也；广博易良，《乐》教也；絜静精微，《易》教也；恭俭庄敬，《礼》教也；属辞比事，《春秋》教也。"所谓“疏通知远”，是指疏通豁达，不蔽于物，而能见识深远。因为《尚书》记述二帝三王政治始末，可使人考古验今，不仅能明晓历史，而且可推知未来。唐代刘知几说：“《尚书》者，七经之冠冕，百氏之襟袖。凡学者必精此书，次览群籍。”也正是从这个角度立说的。

《尚书》五十八篇，所涉及的时代，上起尧舜，下至秦穆公。有的篇章是通过前代口传而留下来，有的是后世史官根据材料、传说所作的追述。以前人认为《尧典》是时代最早的一篇。但《尧典》开首即云：“曰若稽古，帝尧曰放勋。”“稽古”就是“考古”，这显然是后人的追述，而不是尧时候的文献。有可能是周朝史官整理的尧时的档案，具体时间则不好定。像《虞书》《夏书》《商书》中的大多篇目，都有可能写定于周朝史官之手。只有《周书》，多保留的是原始档案。因此在语言上，《周书》反而比虞、夏《书》更难懂。《秦誓》是秦穆公时的一篇誓辞，这应该是时间最晚的。关于《尚书》的编辑，传统认为出于孔子之手。近人又有以为是秦人者，因为最后一篇是秦国的作品，目前学术界尚无定论。

二、《尚书》的内容与体例

《尚书》五十八篇，内容分为四部分：“虞书”“夏书”“商书”“周书”，涉及上古的政治、哲学、历史、天文、历法、地理、刑法、军事等多方面内容，是后世了解二帝三王历史文化的必读经典。

《尚书》主要有典、谟、训、诰、誓、命六种体例：

典，是记载五帝历史事件的重要文书。有《尧典》《舜典》，记载尧帝、舜帝治理天下之事。

谟，是记载大臣重要谋略的文书。如《大禹谟》《皋陶谟》等。《大禹谟》篇大禹提出了注重“养民”的政治谋略，《皋陶谟》篇皋陶提出了“知人安民”的行政主张。

训，是大臣教诲君王的训诫。如《五子之歌》《伊训》《高宗肜日》《无逸》等。

诰，是君王诰谕臣下的文书，如《汤诰》《康诰》《酒诰》等。这类文体有近二十篇，是《尚书》的主要内容。

誓，是作战前鼓舞士气、宣明纪律的誓辞。如《甘誓》《泰誓》《牧誓》等。此类文体一般先声明敌方的罪行，再说作战纪律，最后说赏罚。

命，是君王任命官员的册命辞。如《说命》《毕命》等。

另外还有地理著作《禹贡》、阐述治国大法的《洪范》、祝祷之辞《金縢》、法律著作《吕刑》等。

三、关于《尚书》的今、古、伪问题

《尚书》在先秦时具体是什么样子我们无法见到，《汉书·艺文志》言"故《书》之所起远矣，至孔子纂焉，上断自尧，下讫于秦，凡百篇而为之序。"谈到《书》有百篇，两汉学者多同此说。刘起釪先生曾对先秦文献引用《尚书》的情况做过统计[①]，从引用情况来看，先秦所见到的《尚书》篇目极有可能有上百篇。

秦始皇时，颁布焚书令，要将《诗》《书》等典籍统统烧掉。博士伏生便将一部《尚书》藏在自家的墙壁中。一直到汉初免除挟书令后，伏生才取出壁中的《尚书》，教授于齐、鲁之间。汉初，孝文帝征求研究《尚书》的学者，听到了济南人伏生的情况。此时，伏生已九十多岁，不便行走，于是朝廷就派晁错去伏生家学习《尚书》。伏生所传授的《尚书》仅二十八篇，据说有十余篇已经遗失。晁错记下此二十八篇，带回了朝廷。到汉武帝时，鲁恭王拆修孔子旧宅，从墙壁中发现了几部用先秦古文字写的书籍，其中有一部就是《尚书》。经孔安国与"伏生本"比对后，发现比"伏生本"多出十六篇。因为是用先秦古文字写成，没有经过官方组织作文字的规范化的整理，于是就称作古文《尚书》；"伏生本"是用汉代通行的文字整理的，故作今文《尚

①刘起釪，《尚书学史》第62页，中华书局，1989。

书》。武帝末年，得《泰誓》篇，用隶书写成，据推断是属于秦朝官方的藏本[①]。此篇不在伏生的二十八篇中，当时的博士便把这篇加入其中，以成今文《尚书》二十九篇。

关于"今、古文"的命名，最初当然是依据文字，但这并不意味着"古文"本就一直以古文的姿态流传于两汉。实际上，"古文"本被发现之后，孔安国就比对今文《尚书》，将古文《尚书》可以读懂的篇目用当时通用的隶书重新摹写。所以，应该说两者都是今文。古文学派与今文学派最大的不同并不来自文字，而是来自是否立于学官。

西汉时，传授今文《尚书》的主要有欧阳家、大夏侯家、小夏侯家。三家各立门户，自有讲章，并分别于武帝、宣帝时立于学官。因此，今文《尚书》在汉朝取得了正统地位，在官方的支持下，获得了广泛传播，并与利禄之途联系了起来，成了知识群体进身官场的一条途径。古文《尚书》虽在王莽时因为政治原因被立于学官，但随着王莽政权的崩溃，又被冷落，作为一个民间学术流派而存在着。到东汉后期，随着汉家政权的衰落，今文《尚书》也开始失去强有力的政治靠山，而长期的"官养"，使这个学派失去了竞争能力。古文《尚书》则在没有政治力量支持的背景下，凭借自身的学术实力在民间发展，培养起了顽强的竞争能力。在"官养学术"走向衰落时，经大学者贾逵、马融、郑玄等的发现与提倡，便逐渐走向兴盛。到魏文帝曹丕重新设立"五经"博士时，古文《尚书》便自然走向圣坛，被立于学官。这时今文《尚书》便很少有人问津，汉代的今、古文之争，被古文学派内部的郑（玄）、王（肃）之争所取代。

西晋永嘉五年（312 年），匈奴攻陷洛阳，掳走怀帝，此即著名的"永嘉之乱"。经过这场战乱，伏生所传授的《今文尚书》彻底失传，《古文尚书》所多出的十六篇也佚失，只剩下立于学官的三十四篇[②]。到东晋，谈玄风盛，

---

①马雍，《尚书史话》第 11 页。

②与今文《尚书》相比，古文《尚书》将《盘庚》《泰誓》分为上、中、下三篇，将《顾命》末分出成《康王之诰》，共三十四篇。

经学不受重视。元帝时，梅赜献上自称是汉代孔安国传本的《古文尚书》五十八篇。这本《尚书》被后世称作《孔传古文尚书》，也就是今本《尚书》。孔传本《尚书》南朝梁武帝时开始盛行，到唐代，孔颖达奉敕撰《尚书正义》，以之作底本，由此而确立了它在经学史上的正统地位。

但孔传本《古文尚书》因来路蹊跷，因此从唐代开始就引起了人的怀疑。到宋代，疑经之风兴起，吴棫著《书裨传》，对其进行考辨，提出了《书》中某些篇目晚出的怀疑，朱熹在其基础上又有所发展。到明代，梅鷟著《读书谱》《尚书考异》，从多方搜寻证据，力证《古文尚书》为伪书，是皇甫谧之伪作。到清朝，阎若璩著《尚书古文疏证》，提出了一百二十八个疑问，最终将《古文尚书》本钉在了十字架上。其后虽毛奇龄等为之申冤，但相应者甚少。民国以来的《尚书》注本，多注今文不注古文，《古文尚书》明显地被冷落、抛弃。

关于《孔传古文尚书》的真伪问题，近些年来又成为《尚书》学研究上的一个热点。随着地下出土文献的新发现，以及新的科学研究手段的应用，为《古文尚书》翻案的声音逐渐高了起来。但不论真与伪，有一点毋庸置疑，即《古文尚书》作为帝王的教科书，它参与了中国文化的营建工程，并起到了积极的作用。我们不应该只关注它的史料价值，更应该关注它在文化思想上的意义。不能因为它有作伪的嫌疑就判处它死刑，忽略了它曾经有过并将继续产生的历史作用。

四、《尚书》研究要籍简介

历代研究《尚书》的著作浩如烟海。仅《四库全书总目》著录就多达 134 部，1081 卷。《续修四库全书总目》著录达 274 种。日本江户时代的《尚书》学著作也多达 260 余种。现拣选其中具有代表性的几部，略做介绍，以供参考。

（唐）孔颖达《尚书正义》二十卷。孔颖达，字仲达，河北衡水人。唐武德九年（626 年），授国子博士。贞观初，封曲阜县男，转给事中。贞观六年

（632年）除国子司业，迁太子右庶子，与魏徵著《隋史》，加位散骑常侍。十一年（637年），与当时著名的学者修定《五礼》。十二年（638年），拜国子祭酒。十六年（643年）与颜师古等受诏撰定《五经正义》。二十二年（648年）卒，赠太常卿，谥号"宪"。此书的主要特点是：一、以东晋梅赜所献的《孔传古文尚书》为本，参考隋代大儒刘焯、刘炫等的注释作"正义"，择善而从，削烦增简。二、保存了马融、郑玄、王肃等多家《尚书》注，辨析各家得失，并参考各家注来补充、疏解"孔传"。三、疏解经传注重"文势"，开始强调文学性。

（宋）蔡沈《书集传》六卷。蔡沈，号九峰，福建建阳市人。师从朱熹。朱子对群经都有训传，唯缺《尚书》，临终前嘱托蔡沈作《书集传》。蔡氏以朱子说《书》纲领为本，又参考各家注释，融会贯通，著成此书。《书集传》代表了宋代《尚书》学研究的最高成就。该书的特点是[①]：一、"严守师道又不泥于师说，博采众长，敢创新识"；二、"析分今古文而又不拘今古文《书》说，坚持以义理说《书》"；三、"重视汉宋注疏传统又不囿于成式，传语易简畅达"；四."保存了大量已失传的重要《书》说"。

（清）阎若璩《古文尚书疏证》八卷。阎若璩，字百诗，太原人，后迁居江苏淮安。《疏证》针对东晋梅赜所献的《孔传古文尚书》提出一百二十八条论证，有文献、史实方面的证据，有《孔传古文尚书》内容上的矛盾，又旁征博引多家说法，最后判定《孔传古文尚书》为"伪书"。虽然"引证过于庞杂，时常拉扯到一些不相干的论题上去，从而使自己的主要论点不够突出"[②]，但他的观点产生了巨大影响，后来的学者多遵从其说。

（清）孙星衍《尚书今古文注疏》三十卷。孙星衍，字渊如，阳湖（今江苏武进）人，乾隆五十二年（1787年）进士，授翰林院编修。乾隆六十年（1795年）授山东兖沂曹济道，次年补山东督粮道。嘉庆十二年（1807年）任山东布政使。孙氏博览群书，勤于著述。以《尚书今古文注疏》最为有名。

---

①钱宗武《书集传·前言》，见《书集传》，凤凰出版社，2010。

②马雍，《尚书史话》第68页。

此书篇目同今文《尚书》，仅多《书序》一篇。“注疏”重在训诂考据，故尽收汉魏佚说，兼采清儒王鸣盛、江声、段玉裁及王念孙父子等时人考据成果，独弃宋明人注而不取，以其无师传，恐滋臆说。清人《尚书》注本以此书用功最勤，故皮锡瑞《经学通论》说：“治《尚书》当先看孙星衍《尚书今古文注疏》、陈乔枞《今文尚书经说考》”[①]。此书被列入清《十三经注疏》中。

杨筠如《尚书覈诂》四卷。杨筠如（1903—1946），字德昭，湖南省常德县人。大学时代，就读于南京东南大学国文系。后考入清华大学，师从王国维。著有《中国通史》《九品中正与六朝门阀》《荀子研究》等。此书是他的毕业论文。仅注今文篇目，注解每以用甲骨文、金文及汉唐旧注为证，并不逐字逐句详说，只选取疑难艰深的字词作考释。不墨守师说，多有创见。

顾颉刚、刘起釪《尚书校释译论》。顾颉刚（1893—1980），字铭坚，江苏吴县人。为20世纪疑古派的领军人物。刘起釪（1917—），湖南安化人，中央大学历史系研究生毕业，师从顾颉刚先生。1976年进入中国社会科学院历史研究所，研究上古史，主攻《尚书》。著有《尚书学史》《尚书校释译论》《古史续辨》等。此书是刘起釪先生依据顾颉刚先生的《尚书大诰今译（摘要）》的体例而作，选取今文《尚书》二十八篇，依次作“校释、今译、讨论”，故取名“校释译论”。“校释”，是校勘文字的异同正误，解释疑难的字词。“今译”部分，采用意译，力求合情合理、文从字顺。“讨论”是对篇目所存在的问题进行分析探讨，包括篇目的年代、作者等。该书资料宏富，考证翔实，用历史学的眼光重新审视《尚书》，有很多新见，也提供了大量的相关资料，是研究《尚书》者的必读书籍。

江灏、钱宗武《今古文尚书全译》。钱宗武，扬州大学文学院教授。著有《唐前传奇笺释》《帝王政书尚书》《今文〈尚书〉语法研究》《〈尚书〉新笺与上古文明》《今文〈尚书〉语言研究》《汉语论丛》等。该书对《孔传古文尚书》五十八篇全部作了译注。每篇前有题解，经文前分列《书序》，注释简洁，翻译流畅，是适合大众阅读的通俗版本。

---

①（清）皮锡瑞，《经学通论》第103页，中华书局，2003。

五、《尚书》的当代意义

在“五经”中，《周易》谈天道，《礼》讲行人道，而《尚书》则重在王道，它的政治意义与历史意义堪为“五经”之首，故子夏称：“《书》之论事，昭昭若日月之代明，离离若星辰之错行，上有尧舜之道，下有三王之义。”（《孔丛子·论书第二》）《尚书》中所倡导的以道德为核心的价值观念和以中和为核心的文化精神，直接影响了中国历史的运动模式和方向。在中国人颠覆旧经学体系的文化革命进行了一个世纪的今天，我们重新提出《尚书》的当代意义，似乎不合时宜。然而在应对西方价值观伴随着武力与文化侵略向全球推开的挑战中，我们发现《尚书》所运载的人类积累了数千年的文明成果——价值系统与生存智慧，对于解决当代社会与人类面临的诸多难题具有重要的意义。因为它给我们提供了另一种思路，使人类有了更多的选择。我们可从以下三方面来思考这个问题。

（一）“敬德保民”的治平原则

古来朝代的兴衰、战争的胜败、治理的得失都是后世借鉴汲取的教训。《尚书》强调“学于古训乃有获”，在君臣的告诫劝勉中，很自然地多有对历史的评判、对后世的规诫，而功过是非最终都归结到“有德”与“无德”上。《太甲（下）》篇，伊尹说：“德惟治，否德乱。”凡是秉德而行，国家就太平；凡恶德暴行，国家必亡。在这里，不强调文韬武略，不强调兵力雄厚，不强调国土广袤，只强调“德”在治世安民上的决定性作用。孟子所云“得道者多助，失道者寡助”，也是同样的道理。

这个价值系统，在社会生活的取向上，自是贵义而贱利，这与西方追求利益最大化的价值观自然背道而驰；在治国方略上，强调“德政”，有“皇天无亲，唯德是辅”之说，这与西方所谓的“法治”自然也如同天壤。在今天，“法治”被许多人认作是最佳的治世方略，故而大喊要推进法治进程。《尚书》所倡导的这个价值系统对我们的启示是，在“敬德”观念所营建的文化生态中，人可能感到的是人间的温情，是真正的幸福感受。当然这种文化生态也是很脆弱的，经受不起利己主义的精神污染。如何德、法并举，修复世道人心，这是值得思考的问题。“德”能唤起人内心向善的追求，是深沉的、引导性的教化。“法”则是外加的、强制实行的，是对利己行为的限制。孔子说：“道之以政，齐之以刑，民免而无耻；道之以德，齐之以礼，有耻且格。”这里明确地指出了道德礼义与刑法政治的区别。道德教化的政治方略是让人明是非，知礼义，而“法治”则无是非可言，只有绝对遵守。道德良心之网疏而不漏，法律之网则是密而有缺。因此在一再强调“法治”的今天，三聚氰胺毒奶粉、苏丹红毒鸭蛋之类的事件仍频频发生。

（二）“协和万邦”的世界精神

《尧典》说尧帝“光被四表，格于上下……百姓昭明，协和万邦”；《大禹谟》言“万邦咸宁”，谓禹“奄有四海，为天下君”，“朔南暨声教，讫于四海”；《益稷》篇言“烝民乃粒，万邦作乂”；《仲虺之诰》言“表正万邦，缵禹旧服”；《洛诰》言“万邦咸休”。在这里，淡漠了狭隘的民族主义和国家观念，体现出的是博大的天下观念和与世界共存共荣的精神。由于淡漠了狭隘的民族主义和国家观念，因此在成汤平定天下时，出现了“东征西夷怨，南征北夷怨，曰：‘奚独后予’”的现象（《仲虺之诰》）；在武王伐商时，战场上商人军队中也出现了“前徒倒戈，攻于后以北”的现象（《武成》）。狭隘的民族主义的破除，便意味着天下观念的确立。我们应该看到，民族观念太强，必会导致民族之间的利益冲突。西方人强调的爱国主义观念，表面上是一种道德精神，但那种狭隘的爱国行为，必然会造成对别国的伤害。即如墨子所说：“独知爱其国不爱人之国，是以不惮举其国以攻人之国。”第二次世界大战中的日本、德国等就是例子。只有天下观念才能带来世界的和平与稳定。如今西方发达国家动不动就以各种理由向不发达国家（特别是有丰富资源的国家）发动战争，其目的不外乎在“国家利益高于一切”的幌子下，掠夺别国资源，损人以利己。这种掠夺战争的加频，其后果必然导致世界性灾难的出现。如何在中国传统天下观念的导引下，实现人类的和平统一，这是人类一种避免自杀之路。著名历史学家汤茵比之所以把世界未来的希望寄托在中国文化上，原因正在于此。

（三）圣王楷模贤与王道政治

《尚书》记事从尧开始，历记舜、禹、汤到文王、周公，这是一个政治统治合法性的天命传承系统，也是中国文化道统与治统统一的王道典范。宋明以来所说的道统，就是在《尚书》所记载的这个系统的基础上提出的。在这个系统中，最核心的思想就是一个“道”字。尧、舜、禹、汤、文、王、周公，他们都是道的坚持者，这道就是人间的正道，酝酿着天地间的温爱。君王拥有这个道，便是“有道明君”，他所代表的便是天下人民的利益；一旦失道，便成为“无道昏君”，就失去了王权拥有的合理性，天下百姓便有权利将他推翻。三代以上大多情况下是政教合一的，圣君同时拥有道。秦汉以后中央集权制的形成，加大了皇帝的权威，但在理论上“道”仍居于皇帝之上，臣下可以“道”为根据来制止皇帝的无道行为，对皇帝实行强谏；天下万民仍可以道的存亡，来决定皇帝的命运。中国古代王朝约三百年一个周期的循环规律，便是在道的存亡之间进行的。现在许多人把中国古代的这种制度称为专制，而呼吁西方的“民主”。但我们要看到“道”与“民主”之间的不同的性质及功能。“道”重在“德”，是以和谐为旨归的；“民主”则重在“利”，是以物质利益为目标的。道的出发点是天下，民主的出发点是自己。民主表决一件事情，每一个表决者都以自己的利益为出发点，最后少数服从多数。这样众多人为了一个共同的利益努力，必然会增强一个群体的实力。因此“民主”可增强集团——包括国家、民族的竞争力，但却无法消除国家、民族间因利益竞争而导致的冲突。中国之道虽不利于民族、国家物质竞争力的增强，但却有利于天下和平，因为它讲的不是集团的小利，而是天下的“大利”。而对全天下的人都有好处的莫过于“和平”，这和平只有在“道”中才能获得。在全世界都在强调民主的今天，我们不应忽略道是一个比民主更高的层次。

总之，《尚书》所呈现的是一个以道德为核心的价值体系，对一切事物的评价都以是否合道德为原则。而近代从西方输进的价值观念，无论是“法治”，还是“爱国”“民主”，都是以个人和集团利益为前提的。我们每一个人面对“道德”与“利益”作选择时，可能会遇到良知与欲望的冲突，但我们期待别人的选择时,你会希望他抛弃道德吗?

按:《尚书译注》,唐婷编著,为通俗读物,收入三晋出版社《中国家庭基本藏书》丛书。

《礼记译注》序

谈到中国文化与西方文化的最大差异之处，许多人都会想到在西方语言中找不到的一个概念“礼”。在近代东西方文化的交流中，西方文化界曾试图将中国的礼介绍给西方社会，但却苦于找不到对应的词语。而这个西方文化中找不到的东西，却统治了中国社会三千年。早在三千年前后的周朝，礼就作为一种政治制度确立了。记录这种制度的书有三部，这就是《周礼》《仪礼》与《礼记》。这三部书作为礼乐文化的理论形态与礼制的渊薮，确立了两千年中国社会以礼为核心的组织形态，对中国历史产生了极大影响。《说文》说：“礼，履也。”《释名》说：“礼，体也，得其事体也。”《礼记·乐记》说：“礼也者，理之不可易者也。”合而言之，礼就是治身治国治家之主体，是要履而行之之道，是不可更易之理。故《左传·隐公十一传》说：“礼，经国家，定社稷，序民人，利后嗣者也。”《孝经》说：“安上治民，莫善于礼。”今传的这三部关于周朝礼制的书，最条理的是《周礼》，最古奥的是《仪礼》，而最庞杂的便是《礼记》，对后世影响最大的也是《礼记》，因为它被唐以后的儒者编定在了“五经”序列中。

一、《礼记》的编定

先秦时期有“六经”之说，到汉代因《乐经》失传，故多称“五经”。“五经”中的《礼》，均指的是《仪礼》。《礼记》是对《仪礼》解释、说明或补充的文字，一般附于《仪礼》之后，或单独流传，非一人一时之作，没有固定的篇名。据说西汉流传的关于说礼的文字有二百多篇。《汉书·艺文志》亦云："《礼古经》五十六篇，经七十篇，记百三十一篇，七十子后学所记也。"可见其数量之多。

《礼记》由说解经文的传文升至为经文，得益于东汉大儒郑玄的注解。先有西汉礼学家戴德、戴圣叔侄二人从历史上流传下来的礼学遗说中选编了两个不同的《礼记》本子，后人称戴德编的为《大戴礼记》，戴圣编的为《小戴礼记》。东汉末大儒郑玄为《小戴礼记》作注，大大提高了《小戴礼记》的地位，后世《礼记》之名便专属《小戴礼记》了。到了唐代，孔颖达等人奉敕撰写《五经正义》，其中之一就有《礼记正义》，《礼记》第一次以朝廷的名义被确立为经典。此后宋元人编《五经》，《礼记》便堂而皇之代替《仪礼》进入了其中。南宋时，朱熹将《礼记》中的《大学》《中庸》两篇抽出来，与《论语》《孟子》合称"四书"，并为其作注。从此这两篇便脱离了《礼记》单独流传了。宋元以后人注释的《礼记》，多不包括这两篇在内。

二、《礼记》的内容分类

《礼记》全书 49 篇，约九万字，内容极为庞杂，涉及政治、法律、道德、哲学、历史、祭祀、文艺、日常生活、历法、地理诸多方面，是研究先秦社会的重要资料。其内容分为以下几个方面：

（一）解释《仪礼》或与《仪礼》有关的文字，如《冠义》《昏义》《乡饮酒义》等。有些虽非直接解释《仪礼》的意义，但仍是围绕《仪礼》记述的，有点类似"外传"的性质。如《檀弓》《曾子问》《丧服小记》等，都是关于丧服丧事的。这类文章有十二篇，这可能与儒家重视丧礼有关。

（二）记述各种礼制与礼节的文字，如《王制》《礼器》《祭法》《曲礼》《内则》《少仪》《月令》等。《王制》像一篇完整的施政纲领，《月令》像是古代政令与农事活动的记录，《内则》言家庭礼节，《少仪》记相见、适丧、饮酒等种种礼节，可以补《仪礼》之不足。

（三）杂记孔子及其弟子言论的文字，如《坊记》《表记》《缁衣》《孔子闲居》等。这些当是根据当时传闻记述的，也不排除假托的可能。

（四）专题论文，如《礼运》《学记》《经解》《乐记》《大学》《中庸》等。这些是一组理论性很强的文章，有些论述相当精彩，可以反映战国时儒家的理想与理论水平。

在上述的四类内容中，从礼的角度看，最应该注意的是第一类，它是《礼记》的主体部分。其中有些部分是从理论上阐释礼的，这对于我们认识礼的意义很有帮助。

三、历代关于《礼记》的注本

历代关于《礼记》的注本很多。现仅拣选出其中 7 部，略做介绍：

1.孔颖达《礼记正义》63 卷

孔颖达，字冲达，河北衡水人，生于世代书香的仕宦之家。隋大业初，选为“明经”，授河内郡博士，补太学助教。入唐任国子监祭酒。撰有《孝经义疏》，与魏徵著《隋史》，修定《五礼》，奉唐太宗命与颜师古等人编纂《五经正义》。《礼记正义》以郑玄注为本，坚持“疏不破注”的原则，对郑《注》或疏解，或补阙，或考郑《注》的依据来源，尤长以礼注礼，以《三礼》经文及郑玄注互证，考证详博。唐以前有关《礼记》研究的书，均在引证之列，因此保存了不少佚书的材料。

2.卫湜《礼记集说》160 卷

卫湜，字正叔，昆山人，曾知袁州。《礼记集说》约完成于宋嘉定、宝庆间，历时二十余年。四库馆臣称此书“采摭群言，最为赅博，去取亦最为精审。自郑注而下所取凡一百四十四家。其他书之涉于《礼记》者所采录，不在此数焉。今自郑《注》、孔《疏》而外，原书无一存者”。因此要了解宋以前《礼记》的研究情况，这是必不可缺少的典籍。

3.陈澔《礼记集说》10 卷

陈澔，字可大，号云庄，都昌人。宋末不求闻达，博学好古，教授乡里。

所著《礼记集说》，为明清以来科举所定教本。四库馆臣说："盖说《礼记》者，汉唐莫善于郑、孔，而郑注简奥，孔疏典赡，皆不似澔注之浅显。宋代莫善于卫湜，而卷帙繁富，亦不似澔注之简便。"此书疏于考证，而在义理方面用功颇多，故为明人《礼记大全》所宗。

4.孙希旦《礼记集解》61 卷

孙希旦，字绍周，号敬轩，瑞安碧山桐田人，乾隆三十四年参加礼部会试，中正榜，因限于名额，别为一榜，以内阁中书候缺。三十六年，补授内阁中书，时四库全书馆开，担任分校官。所著《礼记集解》，代表了清儒《礼记》研究的最高成就。书取郑玄《注》、孔氏《疏》，删其繁芜，撮其精要，又博采宋、元以来诸说，旁征博引，考证详备，颇多创见。

5.钱玄《三礼通论》

钱玄（1910—1999），江苏吴江人，南京师范大学教授。曾任《汉语大辞典》编委。长期从事文字、训诂、校勘之学，于"三礼"研究用功尤勤。其《三礼通论》是一部通论周之"三礼"的著作，内分"礼书编""名物编""制度编""礼仪编"四部分，每编下列若干细目。于"三礼"经注疏及其相关研究，旁征博引，穷原竟委，是不可多得的礼学佳著。有书评称"自鼎革以还，治三礼之学者盖尠，通论性质之三礼专著，惟先生此书。"

6.王梦鸥《礼记今注今译》

王梦鸥（1907－2002），福建长乐人。历任国立厦门大学、政治大学教授，台湾"台中央研究院"历史语言研究所研究员，辅仁大学文学院讲座教授等职。著有《邹衍遗说考》《初唐诗学著述考》等。《礼记今注今译》以阮元校《礼记注疏》为底本，全书共四十七篇，不包括《大学》《中庸》。每篇开头有题解，后依次列原文、今注、今译。每节除沿用《郑》注、《孔》疏外，博采众说，务求通达，是《礼记》比较好的通俗读物。

7.王文锦《礼记译解》

王文锦先生曾长期担任中华书局编审，主持并自己点校过多种古籍。《礼记译解》是《礼记》文白对照的普及性读物，服务对象是认识繁体字的文史爱好者。原文以黄侃先生批校的《礼记》为底本，采用新式标点，调整了段落，用同音字标音。若《礼记》正文中有讹、脱、衍、倒及错简的地方，则必出校，博采自郑玄以来的诸家成果，尤其以引据郑玄与王引之的说法最多。译文依据校文，而正文仍保持原貌。凡平文大意，即采用直译方式；若遇到简奥、艰涩或涉及名物制度的语句，不便直译时则据情稍做变通。

四、重新认识礼的意义

近百年来，中国社会出现了空前的变化。由于西方价值的冲击，中国传统礼俗正走向消亡。从物质层面上的西服革履、生日蛋糕、白色婚纱、黑色丧纱，到精神层面上对民主、法治的呼唤，无一不体现着西方文化的霸权。中国社会两千多年的礼制，被认作是封建的东西遭到了抛弃。从五四时期的反孔，到文革时期的批孔，其针对的目标在所谓的“封建礼教”。今天反传统的暴风骤雨已基本过去，经过风雨冲洗的千年传统，开始呈现出长期被尘埃蒙盖着的风姿。学术界开始了对传统的再度反思，而礼作为长期维持中国社会秩序的支柱，引起了更多人的关注。

《礼记》记载了周代人的各种行为规则和理论，但就礼的本质言，不外乎依天道而顺人情，即孔子说：“夫礼，先王以承天之道，以治人之情。”(《礼运》)这天道便是道德原则；这人情便是人的好恶之情。情有善恶，善者须扬之，恶者须节之。因此这礼便是对人行为的节制。这种节制便是“修”，人只有“修”行，改掉自己不良的作风，使自己的行为合于道德原则，才能为社会所接纳。故《曲礼》说：“行修言道，礼之质也。”这其实是在追求人性与道德的统一。

就礼的基本而言，只有一个字“敬”，即孔子所说的：“礼者，敬而已矣。”(《孝经·广要道》)这敬是建立在道德基础上的一种心理感受和行为表现。“敬”发自于内心，表现于行为，体现为对人、对事、对物的敬畏和慎重。人与人之间只有互相尊重，并且通过一种行为礼节，表示出尊重之情，礼的本质才能得以体现。《礼器》篇说：“先王之立礼也，有本有文。忠信，礼之本也；义理，礼之文也。无本不立，无文不行。”所谓“忠信”，就是敬——

“忠”是内尽于心，“信”是外不欺于物。所谓“义理”，就是“得理合宜”，是合于伦理道德的礼的行事。

就礼的功能而言，也是一个字——“和”。有子说：“礼之用，和为贵。”（《论语·学而》）礼使人有了文明的举止而与动物区别开来，有了相互间的尊重，构建起了人与人之间的和谐；礼将人的位置、社会秩序规定下来，使相互间亲疏尊卑有别，避免了僭越侵凌，构建起了和谐的社会关系；礼将人的欲望限定下来，使之不能有过多贪欲，不能无限度地向人与自然索取，由此构建起了人与自然的和谐。

由此看来，百年来对礼的批判，批的只是礼在历史长途中所蒙上的厚厚污垢，而不是礼的实质。当代中国，旧传统解体，新秩序未成，正处在一个需要重新制礼作乐的时代。如何坚持礼的道德原则，把握礼以敬为核心的基本精神，达成礼以“和”为目的的社会效果，这对我们今天来说，无疑是有现实意义的。当然“三代不同礼，五帝不同法”，礼是需要随着时代变化的，但礼的本质属性、基本精神、社会功用，则是永恒的。

按：《礼记译注》，贾娟娟编著，为通俗读物。收入三晋出版社《中国家庭基本藏书》丛书中。

《荀子日本十家注》序

在中国古代思想家中，真正在制度的层面对中国历史进程产生巨大影响的，荀子无疑是最突出的一位。梁启超在《论支那宗教改革》一文中曾说："二千年政治，既皆出于荀子矣，而所谓学术者，不外汉学、宋学两大派，而实皆出于荀子。"这虽有些偏激，但也不无道理。

在汉唐时期，尽管《孟子》一书曾被列于经书之列，但其对于学术及政治思想的影响远远小于荀子。荀子在经学史上的地位几乎无人能替代。孔子亲定的"五经"能够传之后世，最大的功臣便是荀子。关于这个问题，清儒汪中《荀卿子通论》言之甚详，其云：

> 荀卿之学，出于孔氏，而尤有功于诸经。《经典叙录毛诗》：徐整云：子夏授高行子，高行子授薛仓子，薛仓子授帛妙子，帛妙子河间人大毛公，毛公为《诗故训传》于家，以授赵人小毛公。一云：子夏传曾申，申传魏人李克，克传鲁人孟仲子，孟仲子传根牟子，根牟子传赵人孙卿子，孙卿子传鲁人大毛公。由是言之，《毛诗》，荀卿子之传也。《汉书·楚元王交传》：少时尝与鲁穆生、白生、申公同受诗于浮丘伯。伯者，孙卿门人也。《盐铁论》云：包丘子与李斯俱事荀卿。刘向叙云：浮丘伯受业为名儒。《汉书·儒林传》：申公，鲁人也，少与楚元王交俱事齐人浮丘伯，受诗。又云：申公卒以诗、春秋授，而瑕丘江公尽能传之。由是言之，《鲁诗》，荀卿子之传也。《韩诗》之存者，《外传》而已，其引

荀卿子以说《诗》者四十有四。由是言之,《韩诗》,荀卿子之别子也。《经典叙录》云:左丘明作传以授曾申,申传卫人吴起,起传其子期,期传楚人铎椒,椒传赵人虞卿,卿传同郡荀卿,名况,况传武威张苍,苍传洛阳贾谊。由是言之,《左氏春秋》,荀卿之传也。《儒林传》云:瑕丘江公受《谷梁春秋》及《诗》于鲁申公,传子,至孙为博士。由是言之,《谷梁春秋》,荀卿子之传也。荀卿所学,本长于《礼》。《儒林传》云:东海兰陵孟卿善为《礼》《春秋》,授后苍、疏广。刘向叙云:兰陵多善为学,盖以荀卿也。长老至今称之曰:兰陵人喜字为卿,盖以法荀卿。又"二戴礼"并传自孟卿,《大戴礼·曾子立事》篇载《修身》《大略》二篇文,《小戴·乐记》《三年问》《乡饮酒义》篇载《礼论》《乐论》篇文。由是言之,曲台之礼,荀卿之支与余裔也。盖自七十子之徒既殁,汉诸儒未兴,中更战国、暴秦之乱,六艺之传赖以不绝者,荀卿也。

由此可知,荀子对汉儒的影响,远非孟子能及。刘向提到"兰陵人喜字为卿,盖以法荀卿"。我们在《汉书》中发现,不只是兰陵人,其他地方的文人学者也喜欢以"卿"为名字,辞赋大家兼学者的司马相如,其字长卿;《尚书》学者夏侯建,字长卿;冯野王字君卿,受业博士,通《诗》;施雠字长卿,从田王孙受《易》;蔺卿,倪宽门人,学《尚书》;周堪字少卿,论于石渠,经为最高;炔钦字幼卿,为文学;《鲁诗》学者中有张游卿,为谏大夫,以《诗》授元帝;《毛诗》学者中有贯长卿、谢曼卿等。经学家之以"卿"名字,正说明了他们对荀卿的崇拜。

荀子传经,并不仅仅是传授经典文本,还有对经典的诠释,即他的思想。荀子是先秦儒家的集大成者,也是先秦各家思想的集大成者。他以"五经"思想为基础,兼采道法各家,创立了以"礼"为核心的政治学说。所谓"始乎诵经,终乎读礼"(《劝学》),正说明了他以"经"为本、以"礼"为归的思路。他的思想可以说是以"性恶"为基石,以"劝学"为起点,以"隆礼"为核心,以"四海一家"为终极目标。他认为:"人之性恶,其善者伪也。""必将待师法然后正,得礼义然后治"(《性恶》)。这样,这一理论又归结到了"礼"

上。他强调学习,实际上也是从礼出发考虑的。“在物者莫明于珠玉,在人者莫明于礼义。”(《天论》)在他看来,欲望是乱的根源,礼是治乱的根本。“人生而有欲,欲而不得,则不能无求;求而无度量分界,则不能不争。争则乱,乱则穷。”(《礼论》)“从(纵)人之欲,则势不能容,物不能赡也”(《荣辱》),最有效的办法就是采取礼制。礼具有“节欲”与“足欲”双重功能。礼将人分为贫富贵贱不同的等级,每一个等级的人在物质享用上都有规定,人不能超越礼,这是“节欲”。而由于礼的规定,使每一个等级的人都可满足其级别的需求,这是“足欲”。这样就可以“使欲必不穷乎物,物必不屈于欲,两者相持而长”(《性恶》)。以“礼”为核心,他推衍出了一套做人、做官、做君、治国、王天下的理论。就做人言,强调礼的修身功能:“礼者,所以正身也。”(《劝学》)就做官言,强调“以礼侍君,忠顺而不懈”(《富国》)。就为君言,强调以礼待下:“以礼分施,均遍而不偏。”(《富国》)就治国言,强调以礼为本:“礼者,治辨之极也,强国之本也,威行之道也。”(《议兵》)认为“国之命在礼”(《强国》),如果要想王天下,也只有“修礼”,故曰:“修礼者王”(《王制》),“人君者隆礼尊贤而王”(《强国》)。同时他于礼中又注入了法的因素,故云:“礼者,法之大分”(《劝学》);“法者,治之端也”(《君道》);“隆礼至法则国有常”(《君道》)。在《成相篇》中又说:“治之经,礼与刑,君子以修百姓宁。明德慎罚,国家既治四海平。”显然他是主张礼法并用,并由此而建立天下为一的中央集权国家。他通过君道、臣道、王制、富国、王霸、子道等等一系列问题的论述,不仅大大丰富了礼的内涵,而且有了很大的可操作性,向制度化迈进。史称荀卿操“帝王之术”,其实就是他关于礼的一套学说。汉唐儒学继承荀子一脉学说,沿着“始乎诵经,终乎读礼”的方向向前推进。汉学的代表人物郑玄,即是一位礼学大师,其先注《礼》,后又以《礼》笺《诗》。故汉儒陈澧说:“郑君专于《礼》学,故多以礼说《诗》。”(《东塾读书记》卷六)今人汉学、宋学之分,每以“汉学精于考据,宋学擅于义理”为说。其实汉学的考据,在很大程度上是在做礼乐刑政制度方面的还原工作,是属于操作层面上的内容。其后魏晋门阀世族兴起,儒学的礼学发展方向变得更为突出。清儒沈垚云:“六朝人《礼》学极精。唐以前士大夫重门阀，虽异于古之宗法，然与古不相远，史传中所载多《礼》家精粹之言。”（《落帆楼文集》卷八《与张渊甫书》）到唐代初期仍沿旧风。赵翼《廿二史札记》中有“唐初三礼汉书文选之学”一则，言“六朝人最重《三礼》之学，唐初犹然。”并云：“唐人之究心《三礼》，考古义以断时政，务为有用之学，而非徒以炫博也。”“考古义以断时政，务为有用之学。”此语最得唐前儒学要领，因为他们的目标在于“治平”二字。

荀子奠定的儒学这一发展方向，至理学兴起之后方得彻底改变。理学家在佛学的启示下，由对礼乐刑政的关注，转向了对于道德性命哲学问题的讨论；由外在饰行之“礼”，进入了对事物内在之“理”的研究。由是子思、孟子关于心性的学说变成了经典文本，而荀子之学遭到贬抑，出现像王安石、苏轼《荀卿论》之类彻底否定荀子的文章。荀子的影响由此而归于沉寂。清儒及清以降的学者，在文化反思中才再一次发现了荀子。尽管他们的观点各有不同，但都承认荀子对中国历史的影响。如谭嗣同反对荀子，可又不能不承认“二千年来之学，荀学也”（《谭嗣同集·仁学二十九》）。而章太炎先生则有《尊荀》《后圣》之文，以后圣许荀子。林庚先生称中国文化曾受三个力量的支配，其一便是儒家而近于法家的荀子（《诗人屈原及其作品研究》）。

由此看来，无论是从了解历史的角度，还是从学术思想发展的角度考虑，荀子都是一个不可忽视的人物。他的思想中所蕴含的价值取向与经典智慧，对完成霍金提出的“人类如何才能继续一百年”的重大课题，有着非常重要的意义。这从以上我们引述的荀子关于礼的论述中，已可窥见一斑。就目前学术发展的趋势而言，许多课题都走向国际化。只有扩大学术视野，在跨文化视野下观照传统课题，才能使研究有更大的突破性进展。而关于荀子的研究，海外的重镇无疑在日本。早在江户时代，荀子就成了日本学者研究的重点之一。今知者其注本及研究著作有五十九种之多！其数量超过了《四库全书》与《续修四库全书》所收《荀子》注本的数倍。这是一个非常值得关注的现象，说明了荀子在日本的影响很深。尽管这种影响的具体表现还有待于进一步探讨，但从日本学界“荀子启蒙了荻生徂徕，而荻生徂徕开启了日本近代化的大门”的公论中，也可以看出其影响之大，超过了我们的想象。遗憾的是，这些著作书目虽存，其书则实难寻觅。

2005年冬，我访学日本东京大学，发现了大量被日本学者称作准汉籍的著作，作者虽是日本国籍，而书写文字却是汉文文言。他们从不同的视角对中国文化典籍作着诠释，让人有耳目一新的感觉。这些著作中便有一部分是关于《荀子》注释的。当时冯良珍教授正执教于横滨大学，她先生在日本八、九年，对日本的图书情况非常熟悉。当我给她谈及准汉籍时，她便给我介绍了这方面的很多情况，原来她早已注意到了这个问题。于是便商量从《荀子》开始，选取日本准汉籍中有代表性的十部《荀子》注本进行汇注，以求对国内的《荀子》研究提供新的参考，同时对《荀子》在构建日本文化中所起的作用作出新的探讨。这一课题虽由我与冯良珍共同商定，但具体工作则是由冯良珍教授完成的。冯教授曾师从余靖嘉先生学习汉语语法学，师从于省吾先生学习文字学，师从王家骅先生学习日本思想文化，又先后访学于东京大学、横滨大学。转益多师，学通多门，知识渊博，治学严谨。此书之作，乃其余事，而惠于学界，实不在小。这将会被历史证明。

为何乡绅维护了乡村的稳定

——《贵族的理想——他们支撑了中国》序

农村社会不能没有乡绅，不能没有道义，需要具有奉献精神的贵族输送能量，引领国民富而好学、富而好礼，提升一个国家的品质与文明素养！

承担了保护地方平安与建设的责任

2015年12月16日，《中华读书报》刊出了我撰写的《乡绅消失后的乡村命运》一文，没想到短短的数天，在微信上点击就超过六万，而且还有47家微信平台转发。同时接到了认识与不认识朋友的电话十几个，其中就有张华侨先生。

张华侨先生觉得，我对乡绅的认识与他不谋而合。又说他用10年时间，走遍了大江南北，黄河上下，调查明清时期贵族及其家族经济的兴起，发现这是一支推动和稳定中国社会的巨大力量。为此他撰写了一本书《贵族的理想——他们支撑了中国》，希望我能为他的书写篇序言。

我觉得自己不是研究乡绅，只是因为出身农村，对农村有感情，看到当下农村凋敝现状有感而发而已，写序言实不敢当。后来张先生把他的部分稿子给我发来，恳切地要求我能写几句话。当时我只是回答说，等看了稿子再说。

当我看了他的提纲和部分稿子后，心动了，震撼了！尽管作者的观点与我不完全相同，但他的那种眼光、胆略和气概，我不得不佩服。因为他研究的是一个被中国人长期误解甚至批判的群体。在半个多世纪的阶级论影响下成长起来的人，一提到乡绅，在观念中马上就会置换为“土豪劣绅”；一提到贵族，就会想到他们剥削劳动人民的阶级本质，因而会很自然地把这个群体与罪恶联系在一起。

但作者对明清两代及民国时期的名门望族调查后，旗帜鲜明地提出：“贵族的重大贡献是以家族经济共同体配置经济与文化资源、帮助平民消除愚昧无知、推动中国向富民强国转变！”

这种声音，在曾经历过上世纪六七十年代政治风波的人听到会有顾虑。尽管经过三十多年的经济与政治变革，时代发生了重大变化，人们对谈论这种问题，仍有不同的认知。

可贵的是，作者走访了在文化、经济、政治领域具有贡献的家族，通过大量第一手材料，论证了这一问题，让人们看到了中国传统社会中，以秀才、举人、商人、地主、官员、学者等组成的“贵族”，极大地提高了社会的免疫功能，对于维护社会稳定和正常秩序起到了政府无法起到的巨大作用。这个群体在国家权力无能为力的地方，承担起保护一方平安和发展建设的责任。

他们立足乡土，比任何封建时代的帝王将相更关心家乡的建设与老百姓的生存。他们是深深植根于乡间土壤的大树，乡间的阳光、雨露、水分、肥料、土壤、空气滋养了他们，而他们又用绿叶长枝营造一方文化生态。像地方教育、医疗、治安、交通、救济等公共资源，大都出自他们之手。作为国家法律补充的地方规约，也由他们组织制订。

他们在乡村、集镇、县城等承担了传承文化、教化民众的责任，不仅引领和指导乡村社会的发展，而且还为国家培养输送人才。在传统中国社会支撑政府大厦的成千上万的进士、举人，并不是由国家培养，而是这些富家大族，即作者所说的“贵族”培养出来的。这是一个长期被埋没的事实，而今作者向世人揭开了这一真相。

以道义支撑了乡土中国的运转

值得我们思考的是，这个群体靠家庭积累的财富和自己的智慧成就了家业和事业，是什么力量促使他们承担了政府不能承担或无力承担的拯民济世的责任呢？我想根本的原因在于中国传统文化以道义为核心的价值观念，而作者看到了这个核心要素，并在书中以极为详细、生动、感人的事实，呈现了这个群体如何以道义支撑了乡土中国的运转！

我认为，这种观念传自上古的尧舜禹汤文武周公，而理论完善于孔子。是孔子编定的“五经”经典体系承载了这种观念，并成为中国文化思想的核心。大批乡绅——即张华侨先生所称的“贵族”，便是这一文化思想与精神的传承人。他们用这种价值观念、这种文化思想及精神滋养自己，成就了自己，又变为有效的行动，犹如布云施雨润及一方，随后又影响下一代，就这样代代相传。

这种价值观念呼唤他们自觉地承担社会道义。他们对社会道义的担当，并不像西方一些慈善家仅仅办慈善事业而已，而是同时发挥政治功能，参与地方管理。他们有高于普通民众的文化知识和精神素养，一部分有为官的阅历，在官场有一定的人脉，对下层民众生活有深刻的了解。他们可以将下情上达于官府甚至朝廷，也可以将官方的意旨贯彻于民间，协调社会的各种矛盾。他们的德望为一方表率，他们的德业为一方依赖。

所以张集馨《道咸宦海见闻录》说：“绅士居乡者，必当维持风化，其耆老望重者，亦当感劝间阎。果能家喻户晓，礼让风行，自然百事吉祥，年丰人寿矣。”（中华书局 1981 年版，第 27 页）假如中国传统社会没有这样一批道义担当者，没有作为乡村灵魂的乡绅存在，乡村不仅会成为文化沙漠，还会成为地痞、无赖的世界。

也就是说，是传统的以道义为核心的价值观念支撑了乡绅的精神，他们又以这种理想支撑了传统的乡村社会。至于“劣绅”，那是在末世社会整体腐烂、政治空气污染中出现的“疫情”，并不是常态，不能因民国时期产生了一批劣绅，就全面否定乡绅在中国传统社会的积极作用。

从张华侨先生这部大著可以看到，他回望那个远去的时代，以事实为依据，特别彰显了“贵族”为民谋利、忠诚爱国的道义精神，显然是在道德沦丧的背景下流露出的“忧患意识”。

乡绅群体的消失让乡村失去了文化领袖和灵魂

近三十年来，在商品经济大潮的冲击下，中国乡村普遍出现了“贫血症”。一方面政府推进城镇化进程，另一方面又提倡新农村建设。如何让城乡协调发展，成为当下一道难题。城镇化是依照西方国家的模式设计出的方案，目的是加快经济发展。

随着城镇化的快速发展，广大农村出现了老弱留守、青壮外流、校舍凋敝、田园荒芜的现象。中国传统文明是农业文明，农业文明的根在农村，农村的衰落，必然导致传统文明承传的危机。因而政府不得不提出新农村建设的问题，而且投入了大量资金。

也就是说，政府推进城镇化，是出于经济的考虑；提倡新农村建设，又是出于文化的考虑。而新农村建设遇到的最大问题是人才奇缺，乡绅消失，农村没有传统文明的继承人。笔者于 2015 年 12 月 16 日，在《中华读书报》发表《乡绅消失后的农村命运》一文中曾提道：原本应属“乡绅”群体可以引领乡村社会的人群，统统变成了城市人。先是城市工作的离休老干部，他们安居于为功臣建起的休干院、疗养院而乐不“思蜀”。其次是工职人员中从农村走向城市的第一代人，因农村失去土地，完全没有“归根”的意愿，安居城市。再其次是基层官员，工作在乡，退居则入城。其他是八十年代以来从农村走向城市的大学生，一批毕业于名校，留居城市工作；还有一批毕业于不入流的学校，在三十年前原本应属于初中生是可以留居农村的知识人，现在也有了大学生身份，漂于城市而不思归。

可以说，乡绅群体的消失，让乡村失去了文化领袖和灵魂，没有了指导和提升文化教育的导师，农村开始变成文化沙漠。更令人难堪的是破败的村落，让传统道德丧失、腐烂，给地痞、无赖、赌徒、不肖子，提供了滋生的土壤。

唯有仁爱天地万物才能生长

当道义丧失后,人还有什么事不能做?还有什么事做不出来呢?从前的乡绅,以道义撑起了乡间的蓝天;而今乡村的蓝天靠什么支撑、靠何人支撑呢?张华侨先生撰写的《贵族的理想》,展现了那个时代贵族的学识、品质、理想,召唤国民认识他们如何以仁义忠孝凝聚道义,支撑了互助友爱的乡土社会!

我们应该认识到,城镇化和商业化,是农业文明的两把断魂剑!城镇化铲除的是农业文明生长、生存的土壤,商业化消灭的是农业文明的传人。当下人们一种很可怕的认识是工业文明(实际上是商业文明)代替农业文明,是历史发展的必然,却忽略了工业文明只是历史的一个过程,是插曲,而不是目的。它除了刺激人的财富欲望、激发人们创造财富的激情外,给人类带来的并不是精神上的愉悦和持久的幸福,相反却让人与人、人与自然、人与社会之间的冲突不断加大,导致人的精神世界走向萎缩,人间的温情与善良被规定在制度的框架内,人与人之间的关系变成了物质间冰冷的结构关系。甚至由于竞争合法化、合理化的理论阐释和利益最大化的无限追求,还为人类埋下了种种危机的种子(如资源枯竭、生态破坏、战争危机)。

特别是为了竞争资源、竞争利益,有些国家把最聪明的大脑用在杀人武器的制造和应对、消灭对手的谋略上。显然这种文明如果没有节制地发展下去,人类只能等待消亡。著名科学家霍金提出的"人类如何才能继续生存一百年"的难题,将永远得不到解答。

我们回头看农业文明,却是完全不同的两种结果。农业文明创造的不是机器、设备、工具、玩具、小商品等冰冷的东西,而是生命。无论鸡鸭猪狗,还是麻麦菽谷,都是在人的关照中成长、在风调雨顺中发展的生命。由这种生活方式产生的文明,注定了对于生命的关爱。而其对于世界的认识,也认作是生命与生命之间的联系。

也正是这种文明,创造了仁义礼智信的道德价值体系,这个道德体系又体现着天人一体、民胞物与的和谐、包容、仁爱精神。仁义礼智信,"仁"

追求的是心性的和谐,“义”追求的是行为与内心的和谐,“礼”追求的是上下、周围关系的和谐,“智”追求的是自我与外物的和谐,“信”追求的是彼此交往的和谐。

唯有和谐,宇宙才能充满生机;唯有仁爱,天地万物才能生长;唯有包容,万物才能并育而不相害。这个价值体系可以保证人类的长治久安,使人类在和平安详、相互包容中发展。

但是目前这个价值体系,却受到了商业化与城镇化的致命冲击。谁来保护并承传承载这个价值体系的中国传统文明?恐怕只有乡绅,只在农村沃土上成长起来、并对农业文明有深刻认识与深厚感情的有识之士。

提升一个国家的品质与文明素养

在这里我们要特别提到英国伟大的历史学家汤因比,他的好多预言都被历史证实。在20世纪70年代,他看到西方过度工业化出现的社会问题后,就把人类未来继续生存的希望寄托在中国,因为他看到了西方工业化发展潜在的危及人类生存的隐患,看到了与西方“生存竞争”处世理念不同的中国文化的包容、和谐精神,看到了当时中国以农业为基础、以工业为主导的农工平衡的发展道路。他认为,过度工业化的道路是自我毁灭的道路。

如果中国能避免急于紧步先进工业国家后尘去实现工业化,在坚持以往“农业模式”基础上发展工业,创造出保持农工平衡的第三条道路,那就极有可能在先进工业国家陷入“超工业化”的混乱之时,从它们手中夺取世界的主导权,创造出以东亚为“基轴”的名副其实的世界国家(日本山本新、欣村秀二编《未来,属于中国——汤因比论中国传统文化》,杨栋梁、赵德宇译,陕西人民出版社1989年版第23页)。

遗憾的是,中国没有听取汤因比老先生的忠告,却让当下中国出现了汤因比当年看到的西方工业化发展导致的环境污染、资源浪费等混乱状态。然而大多中国人仍执迷不悟,误以为这是一条追求幸福之路。幸福越来越遥远,可他们却把财富增加误作了幸福。

正如荀子所说:“权不正,则祸托于欲而人以为福。”很少有人意识到这是一条“自我毁灭”的不归之路,这非常令人担忧。在这种形势下,保护中国文明的根,显得十分重要。因为保护中国传统文明,就是保护人类继续生存的命脉。谁来保护这个命脉?如何保护这个命脉?能回答这一问题的仍只有乡绅。

因此,张华侨先生的大著《贵族的理想》,告诉人们一个事实:农村社会不能没有乡绅,不能没有道义,需要具有奉献精神的贵族输送能量,引领国民富而好学、富而好礼,提升一个国家的品质与文明素养!

历史发展也在做这样的预示:农业文明是人类的生命线。没有工业,人类照样可以生存;没有农业,人类就只能死亡。人类的前途在于农工的平衡发展。加大新农村建设的步伐,是遏制人类自我毁灭的有效方略。保护人类继续生存的命脉——中国传统文明,期待乡村重建,乡村重建期待乡绅回归!

本文曾发表于《中华读书报》2016年10月12日

《先秦文学演变史》序

与木斋先生神交已久，然无缘相晤。去年，2017 年 11 月，木公有太原之行，始得一睹风采，一见如故。应我之邀，木斋先生作了一场学术讲座。我本希望他作与宋词有关的内容，可他偏讲的是关于先秦文学史的问题。这让我非常吃惊。因为他所持的观点，是我闻所未闻的。席间，木斋先生谈到他正在撰写先秦文学演变史，而讲座所披露的观点，正是书中内容，并希望我为其大著作序。这颇让我不安，恐在大著之前，相形见绌。然木斋先生意甚诚，却之实有不恭，只好默许之。2018 年 12 月，始得拜读其全稿，确有不同凡响之感。

当下学术界，木斋先生是最具创新意识的学者之一，其几部大著都极具有颠覆性。如《宋词体演变史》，一改以往婉约、豪放之类的派系划分，而是以宋初体、柳永体、晏欧体、张先体、东坡体、小晏体、山谷体、方回体、少游体、美成体、易安体、稼轩体、白石体、梦窗体等十四种词体的不同特质、地位和影响来勾勒宋代词史。《古诗十九首与建安诗歌研究》，一改东汉末无名氏作的观点，多方举证，将其中大部分的著作权归之曹植名下。《曲词发生史》，一改民间起源之陈说，力证其源于宫廷。而今又移师于先秦文学研究领域，大胆探索，提出了不少人所不敢言、也不能言的观点。

比如，20 世纪出版的先秦文史著作，多以“上古神话”开篇，这已成为一种模式。木斋先生则明确提出，以为中国文学起源于神话，“这是一个时代的集体误区”。这一观点我非常赞同。2015 年 8 月，关于文学源头的问题,我曾与徐志啸先生有过一场论辩。同年9月的《光明日报·文学遗产》,专版发表了我们两人的辩论。我的观点是:中国文学起源于神话,这是一个伪命题。中国古代没有神话概念,而今文学史著中所列举的女娲补天、盘古开天、后羿射日等等所谓的上古神话,其实是在汉朝才出现的。神话是一种叙事形态和思维形态,而不是一个独立的文化形态。方铭先生主编的四卷本《中国文学史》(长春出版社2013年版),虽然没有对神话做任何说明,但在回归中国文学本位的主张中,神话自然失去了席位。这说明一个问题,"文学起源于神话"这一命题,正在受到质疑。而木斋先生明确地提出这是一个"集体误区",无疑是有理论高度的。

不过,在木斋先生此著中,最具震撼力的观点还不是将神话剔除出文学史,而是将散文置于诗歌之前。认为"诗的因素是在甲骨文的反复记录和书写中萌生的,以后到周公制礼作乐的时代,音乐的音律节奏引导了这种原本从散文文体中孕育出来的诗歌雏形,从而形成了中国最早的诗歌"。他的根据是由《周颂》而《大雅》而《小雅》而《国风》的演变中,所呈现出的诗歌语言自身发展的逻辑。《周颂·清庙之什》产生的最早,其体"尚为散文体裁":到《大雅·文王》篇,"叙事歌诗及长篇诵诗的分章形式"才得以创立。这无疑是一重磅炸药包,必将在先秦文学界产生强烈反响,原因是它与人们所掌握的"常识"有违。以往的观点是:先有口头文学,后有书面文学:散文只能产生于文字发明之后,而诗歌则可以出现在文字书写之前。而木斋先生则紧扣文献,以之为依据,寻绎其演变、发展。如果把这一观点定位在文人创作上,此未尝没有道理。因为从学习文字到学习写作,散文显然要易于诗歌,诗歌的语言技巧比散文要求更高,自然是先散文,后诗歌了。记得陈致先生有一篇文章,他在全面梳理西周铭文中发现,四言句式是在西周中期才逐渐增多的。于是便有一种可能出现,四言诗式是到西周中期才成熟的。这从另一个角度支持了木斋先生的观点。当然这是一个很有争议的问题,如果就此问题展开了文学起源的讨论,木斋先生便是拉响这导火索的勇士。

重原典,重逻辑,这是此著在方法上很引人注目的两点。因为重原典,故而排除了“既定答案”的干扰，打破了以往文学史取研究“平均数”的惯例，而是独立思考，寻求新的答案，他大胆指出：“此前的任何一部文学史，都还仅仅是当代史，都不可避免地局限于文学史撰写者时代的视野，局限于用当时的意识形态来解读文学史，用文学史来阐发撰写者的意识形态观念和文学美学观念。迄今为止的任何一部文学史，又无不是一个多世纪以来，陈陈相因、层累积淀出来的对文学历史的解读。此前的文学史撰写者，并未能真正从作品出发，从原典出发，从对文学史纵横交错的深入研究出发，来做出对文学史起源发生和流衍的解读。因为重逻辑，故而根据文本内在的逻辑关系，将三百篇作品根据其发展演变的顺序串联起来，构成“史”发展脉络：又将诸子散文的时代顺序大作调理，找出其发展理路。用作者的话说，是将凌乱“碎片”的先秦文学，整理成可以称之为“史”的著作。

当然，“原典”的信息毕竟有限，散见于秦汉文献中的上古资料是否就一定有问题，历史靠传承而示于后人，靠逻辑推导而出的历史是否可信，这些问题自然还可以讨论。但作为一部面目全新的先秦文学史著作，其对于学术发展的促进作用是不言而喻的。

2019 年元旦于复园土窑洞中

《上党炎帝文化志》序

司马迁在《五帝本纪》的结语中说："余尝西至空峒，北过涿鹿，东渐于海，南浮江淮矣。至，长老皆各往往称黄帝、尧、舜之处。"把上古圣人拉为自己的老乡，以加大自己地方的文化筹码，看来在这一点上"古今一也"。这虽说有悖于学术的严谨性，而却反映了民众对为华夏文明做出巨大贡献的圣人的仰慕和对自己家乡的热爱。近年来，在"文化搭台，经济唱戏"的资源开发战略中，这种情况更为普遍。之前闻所未闻的传说资料和方志碑刻记载，也在文化产业的开发中被各地的文化人发掘了出来，大大补充了历史文献记载的不足，对历史研究的深入起到了推动作用。上党地区炎帝传说及大量碑刻资料的发现，便是其中的一例。

华夏始祖炎帝籍贯的问题，近年来随着文化资源的竞争，争执甚为激烈。我作为一名学者，根本无心加入这种服务于经济开发的文化争执，然而不知不觉被搅了进去，原因是我写过一本《上党神农氏传说与华夏文明起源》的书。这本书的写作完全是出于对学术问题的好奇和执着。20 世纪 90 年代媒体报道，在太行山区的高平县发现了炎帝陵。对此，我是百分之百的怀疑，不相信它与炎帝有任何关系。然而其后的几次上党之行所获得的信息，动摇了我起初的怀疑。随后的几个专项考察发现，以上党盆地为中心的太行地区，存在着大面积密集型的炎帝传说，涉及了山西、河北、河南三省九县。太行山周围关于炎帝的庙宇建筑，有百余座，碑刻资料不下数百。而民间关于炎帝的祭拜十分频繁，崇拜炎帝的习俗还渗透到了岁时风习、人生礼仪、衣食住行、生产活动等各个方面。这种情况在全国无疑是罕见的。我曾了解过湖南炎陵、陕西宝鸡、湖北随州的炎帝传说，其面积之广、遗存之多、崇拜之盛虽较他地为盛，但皆不及上党地区。民俗学上认为，关于传说有两种不同情况，一种是飘零型，一种是丛生型。飘零型的传说一般为别处传来的，而丛生型的大多为原产地。因此我对上党地区的炎帝传说，投注了更多的关注。

我先是查阅文献。查的结果，目前学术界大多人认定的炎帝兴起于宝鸡一带说，在先秦文献中找不到任何根据！而炎帝与太行太岳联系的资料（包括间接联系的资料），在先秦文献中最少有四条！特别是《国语》中“炎帝以姜水成”的姜水方位，学者们多依据公元五、六世纪产生的《水经注》关于岐水过姜氏城是为姜水的记载，认定其在宝鸡境内，而却忽略了比《水经注》早七八百年的《山海经·北山经》所记载的太行山中流出的鄚水，这也是先秦文献中唯一的一条关于姜水的记载。有意思的是《水经注》的记载却遭到了民国时编撰的《宝鸡县志》的严厉批驳！因为方志作者最了解当地的情况，姜氏城根本就不在岐水边。

进而查阅关于农业考古的资料，结果又有一个重大发现：最早的粟作农业的考古发现，几乎都集中在太行山周围！最早的是位于太行、太岳之间的下川遗址，年代为距今 2.4 万年至 1.6 万年前。其中发现了三件残缺的石磨盘残片还有石锛。磨盘是加工谷物种子的工具，石锛可用于开垦土地时砍伐树木。这是目前发现的最早的与农业有关的用具。另外，在太行山东麓西距太行山余脉仅 15 公里的河北省保定市徐水县高林村镇南庄头村，发现了一万年左右的新石器时代遗址，遗址中出土有磨盘、磨棒、陶片等。太行山东侧河北省南部武安市磁山村，发现了距今约 7300 年的新石器时代遗址，考古学上定名为“磁山文化”。在这里发现了腐烂的谷子多达十几万斤，还有磨盘、磨棒、斧、铲、凿、锛、镰等农业用具。这是目前在北方发现的最早的农业文化。磁山遗址在漳河流域，逆漳河而上一百余公里，深入到太行山中的武乡，在这里也发现了属于磁山文化的磨盘和磨棒。在太行山东麓淇水之畔的淇县花窝，也发现有距今约七千多年的新石器遗址，出土有石锛、石棒、石铲等可用于农业的工具。大量的考古资料表明，太行山地区是粟作农业的发源地。故石兴邦先生特撰写了《下川文化的生态特点与粟作农业的起源》，王星光先生也撰写了《太行山地区与粟作农业的起源》。

也就是说，先秦文献中有关炎帝神农氏族的活动记载，几乎全部集中在太行、太岳之野，他处则鲜见；太行太岳之野的上党地区，方志、碑刻中关于炎帝的记载，数量、范围皆居全国之首；太行山周边地区，至今存有数十处炎帝祭拜遗迹，并有大量相关的信仰与习俗，涉及岁时风习、人生礼仪、衣食住行、生产活动多方面，堪居全国之首；最早的农业考古遗址，集中于太行山地区，其时间之早、数量之多，居全国之首。正是基于此，我写了《上党神农氏传说与华夏文明起源》一书。没有想到此书出版后，学术界的朋友却误认为我是山西人在为山西争夺文化资源，而长治、晋城两地热爱地方文化的朋友却受到了极大鼓舞，他们的自信心倍增，并不断与我联系，希望我能给他们提供更多的帮助、支持。当然这也是我愿意做的。

近年来，长治、晋城两地，都创办了《炎帝文化》杂志，出版了不少关于炎帝传说与研究的著作。有更多的朋友在继续搜集炎帝的传说资料，研究在不断深入。眼下这本书，便是他们新近整理的一本带有资料汇编性的著作。这本书的意义并不在于提出了什么新观点，解决了什么学术难题，而在于它反映了民众地方文化研究的热情，反映了文化人为营造一方文化生态所作的积极努力。其中蕴含着对祖国五千年文明的深沉之爱，蕴含着中国人的文化自信。当下，在世界大竞争中，我们的优势不在科技，不在经济，而在积蓄了五千年的文明智慧与文化传统。如何使这种智慧指导人类的航母沿着健康、快乐、幸福的航道前行，这是时代赋予每一个中国人的使命。然而当下面临的问题是，一大批中国人在西方文化强大压力之下，失去了起码的自尊和自信。从学生升学到教师晋级，从登机牌到文化衫，洋文都居于主导地位。甚至有的地方的厕所，也只用洋文不用汉字。还有的年轻人恨不能黄发高鼻如洋人状，不惜染发整容。更有甚者，一些学者“学得胡儿语，城头骂汉人”，一个劲地骂自己的同胞，骂自己的祖宗。这种自尊与自信的丧失，正反映着对自己历史与文化传统的无知。长治的朋友所编撰的这本《上党炎帝文化志》，虽不能拯时之弊，但我想对于一部分中国人寻找回民族的自尊，应该是有帮助的。

《始祖炎帝在长子》序

20世纪末，高平市羊头山发现炎帝陵的消息为媒体披露后，不多久便引起了社会与学术界的关注。进入21世纪后，在当地政府部门的支持下，在这里连续召开了几次学术研讨会。老实说，开始我对此并不感兴趣，因为拉古圣做乡人，托圣前以自重，这是地方文人惯用的手段，这没有什么稀奇。虽说见到了明代的刻石，但明代去炎帝时代也有几千年，何以见得就是真的呢？

但是偶然的机会，让我改变了看法。2003年夏，在老同学李雁红帮助下，我到晋城市所管辖的几个县市进行了为期两周的文化考察。随后又在晋城市委宣传部长赵魁元、长治市委政法委书记王云亭、组织部长郭新民、陵川县委宣传部长李宝龙等学友的帮助下，多次深入到太行山地区进行考察。发现这里的炎帝传说与祭拜遗迹特别多，涉及了太行山周边的九个县。在民俗学上有一种理论，凡密集型、丛生型的传说，一般是与故事的原产地有密切关系的；如果是孤零零的一个传说，那就如远风吹来的一个植物种子在这里生根发芽一样，属于飘零型，与原产地无关。而上党地区密集的炎帝传说与祭拜活动以及相关的种种民俗，都在诉说着这里发生过的远古的故事。

随后我开始翻检文献。让我感到意外的是，被人们称作是炎帝故乡的宝鸡，其与炎帝的关系在先秦文献中竟一条都找不到，而今所见到的有关炎帝活动地域的四条资料，竟然全部集中在太行山地区。特别是被学者们认作是铁证频繁引述以证明炎帝策源地在宝鸡的史料，即《水经·渭水注》所云："岐水又东径姜氏城南，为姜水。按《世本》，炎帝姜姓。《帝王世纪》曰：炎帝神农氏姜姓，母女登，游华阳，感神而生炎帝，长于姜水。是其地也。"这条资料的地理记述竟然是错的！《水经注》此条无疑是对《国语》"炎帝以姜水成" 一则的解释，《国语》中没有明确指出姜水的所在地，《水经注》在地理学上的权威地位，便被学者们认作是《国语》"姜水"最正确的注脚。然而民国时编撰的《宝鸡县志》却对《水经注》的观点作了彻底否定。因为宝鸡人最了解宝鸡地理，姜氏城根本就不在岐水边。但研究者却没有发现，在先秦文献中关于姜水方位的唯一记载，其指向却在太行山地区！《山海经·北次三经》明确地指出：在以太行山为首的山系中有一座山叫"陆山"，这里有一条河水流出，这条河水就叫"姜阝水"，它的流向与从太行山中流出的漳水是一个方向，"东流注于河"。研究文字学的人都知道，"姜"和"姜阝"本是一回事，原来只作"姜"，只是为了表示这里指的是地名，才于右边加"阝"（"阝"即"邑"字）。更有意思的是郭璞在这里加了一条注，说"姜阝水"或作"郯水"，即在"炎帝"的"炎"右边加了"阝"。这分明是说，"姜阝水"就是炎帝发祥之地。字从"姜"、从"炎"，正照应着"姜姓""炎帝"，而"阝"旁正昭示着这是古氏族活动遗留下的地名。

这一发现，对我来说也是很兴奋的。随后我从地理生态、考古发现、地方碑刻、民俗传说多个方面对炎帝与上党的关系做了全面研究，撰写了一系列文章，并出版了专著《上党神农氏传说与华夏文明起源》。十几年来，这个研究成果得到了越来越多的人认可，而最为欣慰的是，长治、晋城两市的朋友，一下子把我看成了亲人，看作是值得依赖的朋友，于是频繁地来找我，要我参加他们的各种活动。我觉得支持地方文化建设，应该是学院里的学人的职责。因此，只要我有时间，力所能及，就一定努力。似乎是在我的鼓动下，他们说话有了底气，接二连三的发表文章，出版专著。大多是对我的观点的补充和发挥。

我手头的这部著作，作者李建文先生是一位新朋友。今年前半年，他与长治的一位朋友一同来找我，并送来他的这部大著，希望我能写篇序。

我当时因手头一堆杂事，料知难以抽手，于是说："序就免了吧，我给你题个书名。"李建文先生的回答是："我能等。"数月后，他给我来电话，我还是那话："序就免了吧，我给你题个书名。"建文的回答还是三个字："我能等。"第三次来电话，我还是那话，但建文的话变了，他说："书名要你题，序也要你写。"过几天他找上了门，而且话说得很硬："书名要你题，序也要你写。你不答应，我还要来。"我不由地大笑起来，眼前不就是活生生的愚公吗？我也突然醒悟过来，太行山人是愚公的老乡，在他们心里，没有移不动的山，没有迈不过的河。要想干什么，就一定要干下去，撞了南墙也不回头。有这样的性格，一头扎进炎帝问题的研究中，有谁能拦住他？而且以这样的态度研究，有什么困难克服不了？这样的性格，这样的态度，他的著作怎能没有新见？由对他的兴趣，进而我对他的著作产生了兴趣。他走后，我连夜翻读了他的书稿，看到了他自己考察所得的大量新资料和他的思考，很兴奋。这些资料，从民俗学的角度来看，是很有价值也很有意义的。他的集中点在神话精卫填海发生地发鸠山及其周边地理、传说的考察上，这应该是研究精卫填海神话学者的不可多得的资料。既有补于历史文献的缺失，又有益于学术推进。从中我感觉到，建文是长子大地上的一棵文化生态树，他既代表了一方的文化生态，又影响与营造着一方的文化生态。有人说山西文化积淀很厚，山西的煤层有多厚，山西的古文化就有多厚。但要知道，这"厚"并不是体现在山西学院派学者的身上，而是体现在民俗中，体现在像李建文先生这样的一大批草根文人中。他们的研究成果，在学院派的学者看来，可能觉得路子"野"，甚至认为不靠谱。但正是这样的一批文化人，使古老的文化在乡间变得鲜活起来，支撑起了一方的文化蓝天。没有他们，我们无数的小城镇与乡村，将会失去文化的气息，显得干瘪、无味、寂寥。

当下中国正在走着西化的路，在西方思想的影响下，国人把城镇化当作了国家发展的主要路径，把消灭农村人口当作了城镇化进程的标杆，但是忽略了中华五千年的文脉其根就在农村。西方大思想家如汤因比等，在半个世纪前，看到西方工业化在给人类带来福利时也同时带来的危机，就忧心忡忡地说：工业化是人类一条自我毁灭之路，人类的健康生存在农业文明中。但这一忠告并没有引起被物质利益迷住心窍的人们注意，工业化这一巨大的猛兽对人类灵魂与肉体的吞食正在加剧。一批高端思想家把挽救人类的希望寄托在中国智慧上。但中华文明的土壤若不能保护，中华智慧又如何谈起？“皮之不存，毛将焉附”？幸运的是，在我们山西无数的乡村和城镇，有一批像李建文先生这样的文化人，他们用自己的行动，保护着中华农耕文明之根，治理着中华文明之树根部的水土流失，而且肥化、柔化着大树根部的土壤。目前国家倡导新农村建设，这是具有战略眼光的国策。而新农村文化建设，无论如何也少不得像建文先生这样的文化人。

《洪洞历山大舜传说与民俗》序

两千多年前，出自龙门山阳的伟大史学家司马迁，为了撰述通古今之变的历史巨著，走遍全国各地，做实地考察，搜集材料，调查历史遗闻。结果惊奇地发现，好多地方的人都称他们是黄帝、尧、舜的老乡。于是他在其大著《史记·五帝本纪》的最后，写下了如下一段话：

> 余尝西至空峒，北过涿鹿，东渐于海，南浮江淮矣。至，长老皆各往往称黄帝、尧、舜之处，风教固殊焉。

司马迁所遇到的情况，在今天实在太普遍了！凡是对中国历史做出过巨大贡献的人物，无论英雄豪杰，还是圣王贤哲，在今天都有人给落实户口，以标榜自己地方的历史文化。像舜这样对中国文化有巨大影响的圣人，关于他老家的认定全国何止十数处！山东的说他是山东人，山西的说他是山西人。一省之中，又往往各县之间还有分歧而相互争夺其籍贯。有的历史学家曾本着历史唯物主义的态度认真考索文献，并做实地考察，辨别真伪，而更多地方的乡绅则不管史学家的研究结果，总是坚定不移地相信圣人与自己是同乡。

其实在今天看来，舜是哪里人已不十分重要，而重要的是文化认同。虽然众多传说，有可能与民族迁徙有关，也有可能是因地名而附会，但都在说明着社会大众对于大舜的崇拜。舜在中国文化中最大的人文贡献就是“孝”,《尚书》上称他“克谐以孝”。他处在了一个非常恶劣的家庭环境中,父亲、后母、弟弟整家人合伙陷害他,可是他却能以极大的孝心对待父母,以极大的宽容与慈爱之心感化他们,使一个本来充满险恶的家庭充满了和谐。在中国人看来,孝悌是做人的根本,也是天下大治的根本,故《论语》说:“其为人也孝弟,而好犯上者,鲜矣……孝弟也者,其为仁之本欤!”正是如此,大孝的舜成了天下人学习的对象,也成了万世崇拜的楷模。在中国古代以家庭为单位的社会生活中,最让人头痛的就是家庭的种种矛盾。婆媳、姑嫂、兄弟、妯娌、父子等之间,无处没有矛盾,故有“清官难断家务事”“家家有本难念的经”之说。因此舜孝于父母、慈于兄弟的故事便有了普遍的社会教育意义。而各地对于舜籍贯的争夺,所反映的正是中国人对于孝的崇拜以及对于道德精神的追求。

洪洞县西边有历山,与全国有历山之名的其他地方一样,这里自古传说是舜的故乡。这周围村落的人,都十分相信古书上所说的舜耕历山就是这里,并且这里还有许多关于舜生活的故事以及与舜相关的祭拜活动。神立村的李学智先生,为了弘扬大舜文化,孜孜不倦地奋斗了几十年。他曾写了不少关于舜耕历山的考证文章。有人问我,舜是否真的耕播于此?我说:我愿意相信这是事实。因为不管这是否历史存在,这种传说的存在则是事实。一种传说的存在就意味着一种文化传统与文化精神的存在,既然这种文化传统与文化精神存在,我们又何必去怀疑它的历史真实性呢?

李学智先生来信,辑其同仁有关舜的传说与研究文章为一册,命我为序,故写了上面的一段话。

2008 年 5 月 29 日

《造父与赵城》序

早在我上中学的时候，就听到了刘国柱先生的大名。当时他是中学教师中的佼佼者，好像还听说他经常给老师们讲课，是“老师”的“老师”，笔杆子也十分了得。我很仰慕他，却无缘相识。后来我到了太原，老家的文人朋友来，不时地谈起国柱先生，知道他从事了记者工作，知道他成了临汾著名的诗人，知道他出了诗集。想见其人，仍是无缘。

直到前几年，一次偶然的机会才正式认识了刘国柱先生。给我的印象，他是一位谦谦君子，说话声音不高，温文尔雅，但温文中带几分坚韧，和我想象中的他完全是两个样儿。因为在我接触的地方名流中，有很多人做出一点成绩就唯恐人不知，往往要自我夸耀一番，以期对方对他的重视。有的人虽然拿着文稿表面上是征求你的意见，而你一旦指出其非时，便会表现出满脸的不乐意，随后只字不改，照样出书，表现出十分的自信和自负。可国柱先生不是，他几乎不说自己成绩，即使说起来也很谦虚。他谈到自己最近研究了赵城历史，撰写《造父与赵城》一书，向我询问这方面的研究成果、参考书籍。看得出他并不像有些人那样急于求成，而是要沉心思考问题，解决问题，毫无浮躁之气。我很佩服。

最近几个月，我不断收到他写成的稿子，这更加深了我对他的认识。从他的书稿中可以看出他的勤奋、扎实与思考。可以说，这是我最近几年来看到的由地方文人研究地方文化最实在的一部书。他对问题总是实事求是，仔细辨析，对其来龙去脉务求明晓，基本上看不出“援古贤以自重”

的地方文人习气。尽管其中有一些地方还需商榷，但总体看来，严谨扎实，言之成理，不事虚谈。可以说，这是第一本认真研究赵城历史的书，也代表着赵城人的思考，因此也应该是赵城人必读的一本书。了解过去是为了更好地把握未来，这本书对于繁荣赵城地方文化事业，丰富赵城人的精神世界，无疑是有积极意义的，同时对于研究赵城历史者，也有重要的参考价值，故序此以贺。

《洪洞大槐树移民志》序

张青先生拿着一本不薄的《洪洞大槐树移民志》清样,嘱我写篇序。这是一本关于大槐树移民的专书,由此使我想起了一件事……

1986年初夏,我到南京图书馆查资料,住在一个不大的旅馆里。旅馆守门人是一位60岁左右的老头儿,操着一口山西晋南霍州方言,回答我的问话。我以为遇上了老乡,于是亲热地问老人家什么地方人。回答是:"南京人。"我再叮问:"老人家您老家是哪儿的?""老家就南京的。"这使我非常吃惊。第二天我到一家商店买衬衫,当售货员将衬衫递给我时,脱口说了一句:"你说话很像南京人。"同时我发现南京城内及市郊早餐摊点大多是绿豆粥、馍馍、饼子之类,这与山西的习惯也很相似。这件事引起了我久久的思索。我想起了唐人张籍《永嘉行》诗中的一句话:"北人避胡多在南,南人至今能晋语。"这里的这个"晋"字,很多人以为是"西晋'的"晋",但我更倾向于指山西的"晋"。南京居民的祖先,应当有相当多都来自山西或与山西为邻的陕西。否则,南京、山西相距数千里,其方言何得如此相似?

移民,这是中国古代文化传播的一个主要渠道。没有移民,就没有中华民族。历史学家们曾不止一次地说:"山西是中国文明的摇篮之一。"我相信这一点,但我更倾向于"中国文明起源于山西"。我们知道,食物是人类文明发生的支撑点,只有食物问题相对获得解决,礼仪文明才有可能发生。中国文明发祥地黄土高原上的居民,其早期最主要的食物是小米,而山西是盛产小米的地方。在山西晋南、晋东南一带，自古以来自然气候就很适宜谷子生长，因而中国历史的第一篇——《尧典》，便从这里开始写起！中国文明扉页的第一件大事——治理洪水，也从这里开始（见《禹贡》）！传说中国文明始点上的三个圣王尧、舜、禹都在这里建都。可以说，中华民族的根在山西！然而如果没有移民，这里的文明靠什么向外传播呢？据早期记载，尧都平阳，即今山西的临汾。可是《帝王世纪》又说："帝尧氏始封于唐，今中山唐县（河北唐县）。"《元和郡县志》又说："定陶故城，尧所居也。"同样关于舜，也有生于诸冯（山东菏泽）、都于蒲坂、卒于鸣条或九嶷之说；禹有建都平阳、安邑、阳城等地之说。其实这种种歧说，都与移民有关。对于上古移民情况，因书阙有间，我们不好随意猜说，此地可以《汉书·扬雄传》大文豪扬雄自叙的谱牒作一例证：

> 扬雄，字子云，蜀郡成都人也。其先出自有周伯侨者，以支庶初食采于晋之扬（即大槐之故乡洪洞境内），因氏焉……扬在河、汾之间。周衰而扬氏或称侯，号曰扬侯。会晋六卿争权，韩、魏、赵兴而范、中行、知伯弊。当是时逼扬侯。扬侯逃于楚巫山（今湖北境内），因家焉。楚汉之兴也，扬氏溯江上，处巴江州（先谦补注：江州今重庆巴县西）。而扬季官至庐江太守（庐江在安徽）。汉元鼎间避仇复溯江上，处岷山之阳曰郫（四川郫县）……

扬雄家仅是上古从山西迁徙出来的无数移民中的一支，在不到四百年的时间里，就辗转五个省市，迁徙路线少说也有七八千甚至上万里。在古代因逃避灾难、谋求生存，像这样不断迁徙的家族何至千百！而发祥于山西的古代文明，正是通过这样成百上千的移民，在成千上万里的迁徙过程中，源源不断地传向四方的。因此可以说，山西这片古老的土地，为中国历史做出了巨大贡献，山西移民也为中华文明的传播立下了不朽的功勋。

不过我们要知道，山西及山西移民，并不只是在中华文明的扉页上有过辉煌，在整个中国历史上都有其一定的地位。山西古名晋，《释名》说："晋，进也。其地在北，有事于中国则进而南也。"言外之意，中原诸国诸侯向北犯于此却是十分不易的。山西东有太行之险，西有吕梁之阻，南有大河之堑，北有大漠、雁门之蔽，使此地成了中国历史上的"安全岛"。关中王朝都城所在，故为兵家必争之地；河南、河北、山东则是战场所在，同时也是黄河洪水恒灾之区。因此在几千年的历史发展中，中原地区一次次地遭受到周期性的社会大动荡与黄河大泛滥的冲击、摧毁，而山西赖有大山、大河作屏障，却获得了相对稳定发展的机会。而且在每次黄河泛滥或中原逐鹿大战中，大批中原难民便流向山西。山西地虽贫瘠，但可以养人，只要在山丘沟壑中找上一片荒地，即可安居为生。大难过后，一部分流民再返回家园。这样山西就像一个调节器，在灾难频发的古代中国，对社会的发展起到了积极的调节作用。如汉末社会大动乱，洛阳"城内扫地殆尽"，"关中无复人迹"，山东富室强族"还相吞灭"，关东诸州"民人死者且半"，"州郡萧条，悉心为丘墟"，而山西却因有高山大河之阻，破坏较小。曹魏统一北方之后，这里便成了大后方，为曹魏政权及西晋王朝培养了大批人才。像卫觊（曾为曹魏尚书，为魏之大手笔，著有《魏官仪》《孝经图》《卫觊集》）、毌丘俭（曾为魏幽州刺史，封安邑侯，有集二卷）、王昶（魏骠骑将军，著有《治论》《兵书》《家诫》等）、王沈（王昶之侄，曾为征虏将军，著有《魏书》四十八卷，有集五卷）、王浑（王沈之弟，曾为征东大将军，有集五卷）、王济（王浑之子，曾为骁骑将军，有集二卷）、王浚（王沈之子，曾为骠骑将军）、裴徽（魏冀州刺史）、裴楷（裴徽之子，曾任晋散骑常侍，河内太守等）、裴秀（曾为魏司空，著有《禹贡地域图》《易论》等）、裴頠（裴秀之子，哲学家，当时御史中丞周弼谓其"若武库，五兵纵横，一时之杰也"）、孙资（魏骧骑将军）、孙宏（晋南阳太守），以及"天才英博"的孙楚及孙盛、孙绰、孙统，书法家卫恒，主持编撰《晋令》的贾充及才女李婉，还有温峤、郭璞等。故杜佑《通典》说："山西土瘠，其人勤俭，而河东魏晋以降，文学盛兴。闾井之间，习于程法。"这一大批才士，作为一种特殊的移民，将山西文化带到了全国各地。

特殊的地理生态环境，不仅使山西在大乱中多次获得平稳发展的机会，同时也保存了中国文化的传统。唐代杰出的文学家柳宗元，在其《晋问》中即曰："三河，古帝王之更都焉，而平阳，尧之所理也。有茅茨采椽土型之度，故其人至于今俭啬；有温恭克让之德，故其人至于今善让；有师锡佥曰畴咨之道，故其人至于今好谋而深；有百兽率舞、凤凰来仪、于变时雍之美，故其人至于今和而不怒；有昌言儆戒之训，故其人至于今忧思而畏祸；有无为不言垂衣裳之化，故其人至于今恬以愉。此尧之遗风也。"朱熹在《诗集传》中言及《魏风》时说："魏，国名，本舜禹故都，在《禹贡》冀州雷首之北，析城之西，南枕河曲，北涉汾水。其地狭隘，而民贫俗俭，盖有圣贤之遗风焉。"于《唐风》言："其地土瘠民贫，勤俭质朴，忧思深远，有尧之遗风。"《大明一统志》亦曰："尧之遗风，忧思深远；虞夏治迹，俗崇礼让；人多勇敢，其民勤俭，其性朴实，民淳事简。"在中原各地遭受到灾难性的大破坏时，礼仪文明自然也遭到了大冲击，而山西却将传统保存了下来。仅目前所知，山西古建筑遗址就达一万五千处之多，占全国总数的70%以上，古建筑的大量保存，是一种文化传统得以持续的旁证。山西迁徙于各地的移民，不仅对于其时代的经济建设、对于中国社会生产的恢复与发展起到了作用，同时也为中华文化传统的保持与发展做出了贡献。这是特别值得我们注意的。

对于移民问题，我没有专门研究，可以说是门外汉。但在我的印象中，大槐移民，是近古由官方组织的一次最大规模的移民，移民分布共18个省498个县市，这恐怕在中国历史上也是少见的。其对于中国历史及文化发展意义之巨大，也是不言而喻的。张青等同志为此汗搜邱擴，整理有关家谱史乘，而成此帙，这对于研究历史、方言、民俗及文化传播等，都是极有价值的。为此，我在庆贺之余，谨识数言，以示对其为中国文化事业作出的努力表示感谢。

2000年五一于山西大学

《洪洞金石录》序

在赵城这个不大的地方，李国富先生是我最敬佩的人之一。这不是因为他有权——他压根就没有什么权；也不是因为他有钱——他也根本谈不上有钱，只够养活家口而已；更不是因为他有社会威望——他是生活在社会最下层的人，根本谈不上什么威望。而是因为他的精神，他那种淡漠物欲、追求事业成功的精神。

三十年前我就认识了李国富先生，当时他是一位小学教师，只知道他教学出色，并没有引起我特别的关注。到二十世纪九十年代他退休之后，爱上了书法，因书法而喜爱上了碑拓，随后则转向了搜寻古碑，这时我听到了他搜寻古碑中的许多动人故事，才对他产生了由衷的敬重。作为小学教师，退休金也只是可怜的一点，老婆没有工作，还要养活家口，其经济状况可想而知。在我的印象中，他似乎有点像《庄子》上说的曾参“十年不制衣”的情形，穿着一身永远都是陈旧的衣服，骑着一个破旧不堪的摩托，然而在他脸上的笑容中，隐隐透出了一股脱俗的气息。我没有在酒席上碰到过他，也从没有看见他上麻将桌。每次相见，他总是侃侃而谈搜求古碑的新发现，很少议论其他。只要打听到哪里有碑，他便马上骑上摩托，带上干粮和水一路赶去。有许多碑都埋在地下，他时常要做苦力，用铁锨、镢头往出挖。实在不行，就要雇人刨，刨出来再洗，洗了再拓。自己仅有的一点退休金，几乎全花在了这在世俗看来毫无意义的事情上。有一次出外考察，回家时天已大黑，摩托车不小心跌到水沟里，把人抛在了一边。这时他根本顾不上自己是否摔伤，也不管照相机是否摔坏，而担心的是照相机里的信息卡与自己包中的拓片是否受损。有人说他疯了，把古碑当饭吃，却不知道他正在进行着一项巨大的工程。他搜求的绝不仅仅是几百通古碑，而是洪洞的历史档案！

洪洞县原分为赵城与洪洞两县，二十世纪五十年代合并为洪洞县。赵城从造父封赵算起，已近三千年的历史了。洪洞在西周时为杨侯国，说来也有三千年的历史了。这里曾经发生过许许多多的故事，但能进入史学家视野的并不多，因此在《二十五史》中洪洞历史的线索只是斑斑点点。而乡土文人，却把这里发生的一件件、一桩桩值得纪念的事情，认认真真地刻在了石头上，希望能传之后世。这传下的不单纯是一个个故事，而是一种价值判断，一种道德精神，一种文化传统。人们在这种价值判断与文化传统的导引下，确立着自己的人生信念与追求，不断提升着自己的精神境界。那石头上与地方公益事业相联系着的一个个闪光的名字，成了无数人倾慕与仿效的对象，这便形成了地方的历史。然而在历史的风风雨雨中，这些石头倒在了草丛中，埋在了地底下，断裂在大路旁。特别是在那“大革文化命”的年代，粉碎旧世界唯恐不彻底，相当多的古碑被砸碎、丢弃，古人用尽心思用石头书写的历史，变成了碎片，渐渐消失在人们“创建新世界的革命行动”之中。九十年代初，我曾到霍山寻找过中镇庙建文元年碑，这是国内仅存的一通建文碑，其价值可想而知。建文皇帝被他的叔叔朱棣推翻后，有关他所立的碑石全部都被毁掉了，而只有此一石侥幸得免，故而清代著名学者朱彝尊特为作跋，存于其《曝书亭集》卷五十一中。民国时释力空《霍山志》亦曾著录此碑。但我寻找的结果，却一无所获，老百姓说可能在谁家的房基底下。像类似的古碑命运不知其几！“文革”过去了，人们的“革命观念”转变为“经济头脑”，残碑断石多被碎成了铺路的石子，或做了建筑材料，为当代的经济建设“服了务”，历史遭到了再一次的大破坏。在传统面临前所未有的危机面前，只有那些有文化意识、有超越世俗情怀、有社会责任感与使命感的人，才懂得抢救这历史碎片的意义。国富先生就是洪洞这地方当代一位抢救历史的人！

五年前，国富先生还是一个很不起眼的寒酸老头儿。我曾为他作过宣传，但能理解的人少之又少。赵城这地方，金代曾出过一名状元，他叫王纲，他的后人至今说起来，还引为自豪，状元巷的名字至今还保留着。可是他的文章却从没有人见过，只有一首《忠孝歌》载于《山西通志》中。这自然就成了一个缺憾。而李国富先生却意外地搜寻到了王纲撰写的一篇碑文。赵城人一下子兴奋了，于是开始对李先生刮目相看。接着他的名字不胫而走，一拨又一拨的民俗学及社会学、地方史的研究者，纷纷登门造访，希望能从他这里发现自己研究所需的资料。这也大大地鼓舞了李先生，他更是满怀豪情地在更广阔的田野搜寻。2005 年春，我回老家过年，特意向洪洞县有关领导推荐了李先生，希望他们能支持一下。国富先生原先搜集的主要是原赵城县范围内的石碑，如果能给予支持，把洪洞全县的碑刻搜集一下，那不更好吗？县委宣传部晋廷瑞部长一口答应一定支持！随后李先生的工作也得到了更多人的理解，有了合作者、支持者，工作开展一帆风顺，也就有了眼前这本厚厚的《洪洞金石录》。

这本《金石录》，其本身的价值意义，我想凡是读了的人，都会作出公正的评价。而在这本书形成的过程中所体现出的那种精神，则不是每个人都明白的。李国富，一个退休的小学教师，一个生活在社会最下层的人，一个经济上近于潦倒的人，却用他有限的能力和力量，为抢救“地方史档案”做出了卓越的贡献。我真希望我们每一个人都能够想一想，自己是一个有益于社会的人，还是社会的寄生者？我们占有了社会的多少利益？我们为社会做了些什么？应该为社会做点什么？

以上只是有感而发，姑以冒序。

《老家洪洞》序

在中国文化中，槐树是一种有特殊意义的树。古传天子宫室有五门，最外的门叫路门。在路门之外分植不同的树木，左右各树“九棘”——九棵酸枣树，前面则树三棵槐树。群臣外朝各有其位，左右酸枣树处是孤卿大夫及公侯伯子男的位置，槐树下则是三公的位置。为什么要植酸枣树与槐树？汉代大儒《周礼·秋官·朝士》解释说：“树棘以为位者，取其赤心而外刺，象以赤心三刺也。槐之言怀也，怀来人于此，欲与之谋。”《春秋元命苞》亦言：“树棘槐，听讼于下。棘，赤心有刺，言治人者，原其心，不失其实，所以刺人情，令各归实。槐之言归也，情见归实也。”“槐”字的古音与“怀”“归”同，所以郑玄及纬书用“怀”“归”来解释“槐”的含义。至于郑与纬书关于“九棘三槐”的解释是否准确姑且勿论，但他们从读音上对“槐”之怀归意义的揭示，则是值得我们注意的。最晚在周代，北方人们就有了在院子里或大门口植槐树的习惯。如《国语·晋语》中说，晋灵公派刺客钼麑去刺杀大臣赵盾，刺客发现自己行刺的对象是国之忠臣时，只好“触庭之槐而死”。晋国的另一位大臣范献子，因不满于妹夫董叔对妹妹的怠慢，“执而纺于庭之槐”。这样，槐树便与家联系了起来，当人们远离家乡、想起槐树时，岂能无“怀归”之思？

在我的记忆中，老家洪洞县的各村落路口、庭院门前，最为常见的就是槐树。大槐树下多是人们聚会聊天或发布消息的地方。我家的门前正对的就是一棵槐树，尽管我十岁时就离开了那棵树，可是一旦想到家，总会想起它。尽管那棵槐树从地球上消失已经几十年了，但它的影子却始终晃动在我的心灵深处，始终牵动着我的思乡之情。唐代著名诗人白居易心中也有一棵槐树。他在南方做官时，看到了官庭中长着一棵茂盛的槐树，挥笔写了《庭槐》诗一首。诗说："南方饶竹树，唯有青槐稀。十种七八死，纵活亦支离。何此郡庭下，一株独华滋？蒙蒙碧烟叶，袅袅黄花枝。我家渭水上，此树荫前墀。忽向天涯见，忆在故园时。人生有情感，遇物牵所思。树木犹复尔，况见旧亲知。"白居易是见到了槐树而想起了家，我是提起家就想起了槐树，我想槐那样神秘的"怀归"意义，是否正是从先民无数次重复的思家怀归的生活经验中产生的呢？

我不知道白居易所描写的"树荫前墀"的槐树究竟有多大，但我知道世界上最大的一棵槐树就在我的老家洪洞。它到底有多粗有多高，今天已经没有人能计算得出，只知道大槐游子远在万里之外，都可以看到这棵树，千百万中华儿女心中都有这棵树。这棵树几百年来，始终守候在老家口门，期盼着游子归来。老子说"大象无形"，这棵树正是"无形"的"大象"。因为太大了，充满了天地空间，因而"无形"，人们很难用肉眼看到它。然而它在人们的心目中，却是拔地参天，"托灵根于丰壤，被日月之光华"。

离家久了，总会想家，想听槐乡的故事。

樊德昌先生的《老家洪洞》，是一本讲槐乡故事的书。托我写序，遂有所感，写了上面的话。

《赵城名人史话》序

庚辰春节，我回老家与老母团聚。李长青、张亚喜二先生光临寒舍，送来了这本不厚的书稿。并嘱咐了我两件事，一是为太翁刘启明先生写篇传，收入他们的这本书稿中；二是为大著写篇序。我明白他们的用意后，欣然承诺了。

李长青先生与我相交多年，我深知他是一位热心于文化事业的志士。他曾先后编有《赵城楹联集》《赵城民间传说》和《赵城歌谣》等书。这些在大雅君子看来不屑为、在野夫村姑看来不必为的事，他却做得津津有味。因为他深知此项工作的意义，也从中得到了乐趣。长青先生等所做的绝不是无聊文人以文字自我陶醉的游戏，而是在著“史”，是在抢救一个地方的文化。赵城原本为县，县志最后一次修订是道光七年，即 1827 年，距今已 170 多年。这 170 多年间，在这片土地上曾出现过许多可歌可泣的人物，然而一个个都被埋葬在历史年代之中。只有近七八十年的人物，尚可得之于父老。而且二十世纪又是中国传统遭到大破坏、大批判的时代，一些携带着历史的文化信息，流传了几百年乃至更长时间的民间传说与歌谣，在这个时代中大批地消失着。如果现在没有人去搜集整理，可能就会在历史中永远地消失。因而长青先生等所做的实是一项功德无量的事。赵城地方传统文化能赖长青先生等得以保存，这对赵城地方来说，也是世纪之交的一件大事。他们的名字与这套丛书，将共不朽。

这本书稿中所收罗的人物，最高者不过部长级，大多都是平民社会的人。这里有文士,有豪杰,有乐师,有医者……他们的作者大多都是工作在基层的教师、干部,还有农民。可以说这是一部“平民”为“平民”所写的传。这些作者谈不上是历史学家,而这些作品中的人物却是历史学家所不敢写的。中国的二十五史,是一部记述在历史舞台上帝王将相你方唱罢我登场的历史,除了司马迁的《史记》外,几乎没有人关注过平民社会的动态。而历史的鲜活性、实在性恰恰就体现在平民社会,帝王将相只不过是一池深水之表泛起的泡沫。泡沫固然是一种景观,但没有水就没有泡沫;泡沫消失了,露出的仍是水。这本书写的是实实在在的“水”。这些人物虽没有惊天动地的伟业,而他们却为这片土地增添了光彩。他们用自己的行动,创造了一个地方的历史。只有把他们著之史册,历史才显得公平。

从这部地方人物传记中,我们也发现了一个问题。从旧《赵城县志》看,这个地方在历史上没有出过轰轰烈烈的人物,县志人物正传所列自金至清 800 年间,也只有今天没有人提起的 30 多人。面前的这本书稿中的人物,也大多不见经传,但我们看到的却是一个个血性汉子。无论是官宦还是庶民,他们都有一种刚健、耿直的骨气,一种不屈不挠的精神,《赵城县志》说:“邑左山右河,其民得山水劲直之气,性剽易怒。”确实如此。他们瞧不起那种温吞水似的性格,喜欢的是要杀要剐,干脆利索,绝对讨厌转弯抹角。他们的行为有时看来有点儿不通情理,甚至荒唐,但却体现着一种人格尊严。为了维护人格尊严,他们可能会不计后果,拔剑而起,挺身而斗。有时也显得有点不讲“道理”,但却很讲“义气”,个个都有一副忠肝义胆,慷慨激昂,可以为朋友两肋插刀,赴汤蹈火。对上司绝少奴颜婢膝,往往是先君子,后小人。你把我当朋友,我把你当领导;你把我当奴才,我就把你当王八蛋。我喜欢赵城,我更喜欢赵城人的这种性格与精神,因为这体现的是真正有血、有性、有骨、有气的人性。这正是一个世纪以来,许多仁人志士所要寻找的那种民族精神。从梁启超开始,一批有志之士就为传统中国人的奴性十足、无血性、无骨气伤透了心。而我们赵城人却没有一点儿奴性,一个个慷慨悲歌。他们展示的是一种未经专制文化处理的民族精神。但我也为赵城人担忧,因为在人类社会的发展史上,胜利者并不一定就是耿直刚健者，而更多的是“智者”。赵城人是多了点“耿直刚健”，却少了点“智慧”和“含蓄”。这个地方历史上之所以缺少风云人物，其原因恐怕正在于此。“耿直刚健”在行为中的表现往往是“性剽易怒”，带几分“野蛮”，缺几分“文明”。这对外地人来说，不大好接受；对上司来说，不大好驾驭。这也影响着我们与外界的交流与合作。因而我衷心地希望乡亲们能用“文明”的行为制约自己“性剽易怒”的性格，于“耿直刚健”中，多几分“含蓄”与“智慧”。

2000 年 2 月 13 日于太原

《山西省高考优秀作文选》序

“以文取士”，这是中国的一个传统，自唐而降，历久靡衰，代有更新。它曾代表着一种制度，携带着“公平竞争”的意识与原则，与“四大发明”一起先后传入欧洲，对于欧洲近代文明的发展产生了积极地影响。同时作为一种有效的人才选拔机制，尽管经过了二十世纪暴风骤雨般的历史刷新，仍然被保留了下来，而且在新时期人才培养中发挥着积极的作用。当然在历史的变迁中，“以文取士” 的内涵已发生了深刻的变化，而作为一种传统，则体现出了其与时俱进的生命活力。

中国人为什么要实行“以文取士”的人才选拔制度，除了“公平”二字之外，恐怕更主要的还在于“文”乃是人的学问、识见、才智、德行、文采等多方面的内在素质最有效的展示方式。南宋姚勉《雪坡集》中，收录了他举进士时的考卷，卷后附有一段覆考批语说：“一笔万言，水涌山出……晁、董伟对，贾、陆忠言，皆具此篇矣。”这是夸这份考卷文章不仅文字漂亮，而且有晁错、董仲舒那样对问题的思考，有贾山、陆贾那样的忧患意识。也就是说，从这份考卷中，看到了作者内在的素质。这个批语实际上代表了人们对这种考试方式的肯定。在所有种类的考试中，恐怕作文是最能全方位地发挥人的内在才智而不受任何限制的了，它是人的才能测试的最有效的方式之一，故此一制度能历千年而不殆。

有“以文取士”的制度，就必然会产生与这种制度相辅而行的评判体系与价值标准。因此在唐代就出现了对考卷得失的批评文字，在宋人文集中,时而也能看到考官的评语。至于将优秀的考卷辑录成册,以供举子们作文参考,最迟在元代就出现了。明、清两代选本更多,四库馆臣曾用“汗牛充栋”来形容之。但是此中有两种截然不同目的的选本,一种是官方为促进人才成长而选编的“优秀作文”,一种是书商以营利为目的所刻印的选本。乾隆皇帝下令编纂的四十一卷的《四书文》即属前者。他在圣旨中批评当时书商所刻的“作文选本”,“冒滥士子,率多因陋就简,剽窃陈言,雷同肤廓。间或以此幸获科名,又展转流布,私相仿效,驯至先正名家之法置而不讲,经史子集之书束而不观,所系非浅鲜也。”他选文的目的是要让“学者了然心目间,用为模楷”。乾隆皇帝完全是站在国家利益的角度来考虑这一问题的,因而他对书商们在邀利之心的驱动下炮制出的粗制滥造的选本,所造成的“经史子集之书束而不观”的士风,表示出了深深的担忧。

今天,我们的时代与清时相比,已发生了根本性的变化。纯粹地“以文取士”虽已成为过去,但作文作为高考语文考试中的一个项目,则得到了延续。山西大学文学院多年来一直承担着山西省高考语文阅卷任务。在阅卷中最能使大家兴奋不已的就是发现优秀作文。每见佳作,则必相互传阅,交口相夸。或施以评语,刊载于报,每每都会在社会上引起很大反响。张恒、郝全梅、温锁林、李雪枫、王春林、张明芳、王醒、田同旭等先生,多年从事于此,每谈到高考作文,总是眉飞色舞。他们不仅仅是因为这些作文有美丽的文辞,更主要的是看到了青春勃发的生命之光的闪烁,看到了才华横溢的一代新人茁壮成长,也为这些文章中那种奋发向上的精神所感染。正如张恒先生在为《山西省2002年高考语文作文满分选刊》所写的前言中所言:“如果再想一想,这些作文皆是一些十几岁的少男少女,在短短的一小时内挥洒而就,那就更应该令人击节赞叹、额手称庆了……读到这些构思奇特、内容独到、形式别致、命意深邃的作文,每每让我们感到欣慰万分,激动不已。”同时他们也为社会上流行的纯为赢利目的、投好考生的所谓《高考作文指南》《高考作文大演练》之类的书,表示出了深忧。因为这些书,正如乾隆皇帝当年批评过的那样,“剽窃陈言,雷同肤廓”。在这些书中，我们看不到一点创造的生机与活力，惟能感受到的就是技术上应付考试、蒙骗阅卷的手段。这非但不利于学生全面素质的培养，而且还足以滋长其投机心理，影响其心理的健康发展，这是非常可怕的。

我们山西大学文学院，既承担着为国家培养人才的任务，同时每年又负责着为国家选拔人才的阅卷工作。因此我们具有了双重职责，不仅要为国家培养出优秀人才，同时也要为国家选拔出优秀的可造之才。出于为国家负责的考虑，同时也为了满足广大中学生的要求，我们决定将闪烁着青春生命之光的优秀高考作文，进行评析，编辑成册，公诸于世。这样既可以体现出我们"选优"的价值标准与评价体系，同时也可以展示一代新人的风流才华，树立文章楷模，激励更多的考生奋发向上，并遏制"剽窃陈言，雷同肤廓"之风的泛滥。这本小册子选编了 2002 年的高考作文八十四篇，又附以 1999 年至 2001 年优秀作文三十篇，共一百一十四篇。从几十万份高考作文中，仅选出一百来篇，自然可以代表当代中学生的顶尖水平。这本书就权作是对当代中学生的一声喝彩吧。

《张瑞玑先生墨迹》序

李国富先生花甲之年后，做了好几桩功垂千秋的事情。先是穷搜赵城金石碑拓，再是遍讨赵城砖刻木雕，最近又搜集“谁园主人”张瑞玑先生墨迹成册。作为后学，敬佩之余，则是感激。若非国富先生的努力，这些珍贵的文物，很可能会永远地消失于历史之中，成为地方文化研究永久的遗憾。而此次所辑的瑞玑先生墨迹，更是为世所珍，因为张瑞玑先生是活在赵城人心中的偶像。

瑞玑先生是清末进士、民国初年的革命新人，我的曾祖父与他有交情。曾祖父仲亮先生因医术名于一方，故与赵城西门张家结识。每次进城就住在张家，与瑞玑、瑞琦兄弟交往甚密，他1973年逝世前，所药用的朱砂，都是张瑞玑先生赐予的。记得我小时候，他住的土窑洞后有一幅中堂，是张瑞琦先生的篆书，什么内容，我不认识。两边的联则记得很清楚，是张瑞玑先生的行书，内容是：“但见罗友，送人作郡；常恐祖生，先我著鞭。”曾祖父经常讲起张瑞玑的故事，讲他的才华，他的酒量，他的学问，他的骨鲠，他如何骂袁世凯，如何骂卢永祥。他骂卢永祥的文章因为短，所以我小时背得烂熟，觉得很解气，很痛快。我与学术结缘，不能说与小时候听瑞玑先生的故事无关。百年前的瑞玑先生，他影响的不只是他那一代人，而是影响了好几代人，至今芳犹未沫。洪洞、赵城原是两个县府所在地，后来合并为一个县，县府定在洪洞。洪洞城的规模比原来增加了好几倍，赵城的头面人物一大批迁到了洪洞，赵城则沦落为乡村中的一个集市，不复昔日盛况。然而来往于两地间的官员和文人，无不感到乡村般的赵城却远比县城洪洞文化氛围浓郁，原因便是赵城有张瑞玑先生。瑞玑先生晚年生活在家乡，与四方村落的文化人交游，成为家乡的文化领袖，带动着一方文化事业的发展。其人虽没，其芬犹存。作为一个文化标杆，他激励着一代又一代的后辈小子努力向上，或走向四方，为祖国建设贡献力量；或扎根乡土，以坚强的毅力从事着家乡的文化建设，守护着精神家园。可以说，没有瑞玑先生，就没有今天的李国富、李长青、刘国柱、张诚等一批为赵城文化事业奔走的人，赵城这个地方也可能会成为文化沙漠，《凤凰之声》也不会再响起。

这使我想到了中国官宦“叶落归根”的传统。在洪洞这片土地上，近现代比张瑞玑先生官大位尊者不止一人，可是为什么他们在地方上却没有产生丝毫的影响呢？如果瑞玑先生与我们许多革命功臣一样，革命成功后安居京城，与家乡父老拜拜，他还会不会有今天如此大的影响呢？“功臣”退休之后，是在城市中享受革命老干部的优厚待遇，以一场风光的追悼会结束，然后无声无息消失在历史中好呢？还是像瑞玑先生那样“叶落归根”，引领一方，以精神激励后辈小子成长好呢？中国文明是农业文明，这文化之树的根在农村。叶落归根后会变成肥料，会让大树长得更茂盛。然而当下，大树培养出的“叶”不再归根，树根上的水土又大量流失，大树面临着枯萎，这如何是好呢？

2015年6月18日于太原东山椿楸园

《姚奠中》序

为大儒立传，始自司马迁。《史记》中有《孔子世家》，这是为文化巨人孔子单立的传；又有《仲尼弟子列传》《儒林列传》，是为孔子门人及汉代学者所立的合传。其后的正史仿此皆有《儒林传》。为学者专人立传而成数十万言著作者，则始于近世。特别是近几十年来，由于出版业的发达，名人传记著作，急剧增多，其中就有一部分是学者的传记，这是非常可喜的一种现象。在20世纪八九十年代，我们看到最多的还是政治人物以及明星们的传记或自传著作，而近十年来，我们却看到了钱穆、季羡林、周汝昌、蒋天枢等一批当代大儒的传记。这些著作记述的不是遥远的历史，而是由身边的大儒创造的感人故事。它们没有其他人物传记有可能存着的惊心动魄或趣意横生，却有学者的艰辛与高尚。它们的读者群不是政治家，不是追星族，更不可能是腰缠万贯的财团老板，而主要是一群文人或文化青年。它们的作者同样也不会是垂涎于权力、金钱或为高额的润笔费出卖灵魂的无行文人，而是有文化使命感与担当道义精神的作家或学者，他们是怀着对于文化巨匠的崇敬而撰写这些传记的。司马迁当年为孔子立传时，非常感慨地说："诗有之：'高山仰止，景行行止。'虽不能至，然心乡往之。余读孔氏书，想见其为人。适鲁，观仲尼庙堂车服礼器，诸生以时习礼其家，余祗回留之不能去云。天下君王至于贤人众矣，当时则荣，没则已焉。孔子布衣，传十余世，学者宗之。自天子王侯，中国言六艺者折中于夫子，可谓至圣矣！"是的，我们眼前确实有不少权倾一时的大人物，真可谓"坐令鼻息吹虹霓”。但是再过五十年，会有几人给历史留下纪念？此即司马迁所说的“当时则荣，没则已焉”。而以孔子为代表的文化巨人，他们用自己的心血与精魂，建筑起了一座座文化丰碑，让后人永远瞻仰。他们的名字就是人类文化史上的一个个音符，奏出了人类最高雅、最和谐的文明之歌。

在人类前进的道路上，有两种力量牵动着历史的车轮：一种是人类的物质欲望。乐富贵而厌贫贱，追求舒适的生活，这是人类的共同欲望。这种欲望在本能驱动下，永无止境。这便形成了一种世俗力量。故《释名》说：“俗，欲也，人所欲也。”人类的飞机便是在世俗的跑道上起飞的。但由于人类欲望是根本不可能满足的，这便有了因欲望而产生的欺诈、争夺、拼杀以及一切丧失人类天良的行为发生。如果人类完全顺从欲望导引的方向走，那必然会出现两种结果：一、人类灵魂堕落，丧失人格；二、人类在相互争夺中走向灭亡。为了人类的健康发展，人类便自觉地创造了另一种力量，这就是人文的力量。在中国，这种力量来自以孔子为代表的知识群体，他们是将人类精神引领向上的力量来源。最迟自孔子始，中国的教育就倡导这样一种精神，即以学习的方法提升自己的精神境界与知识水平，然后用这种知识以及精神教育民众，引领社会走向健康的发展方向。《礼记·学记》曾云：“君子如欲化民成俗，其必由学乎！”又说：人生经过九年受教学习，能够触类旁通，有了独立思考、辨别是非的能力，“然后足以化民易俗，近者说服，而远者怀之，此大学之道也。”一方面提升自己，而另一方面一个宏大的目标则是“化民易俗”，推进人类文明进程，这就是以孔子为代表的传统文人的崇高理想。如果缺少了以孔子为代表的文化群体，历史之车便会走上覆辙。

让人遗憾并担忧的是，在西方价值观的冲击下，人类历史之车果然出现了倾覆之危。经济与科技的高速发展，迫使民族的价值判断发生根本性的变化，人文之轮几乎处于停滞状态。连几千年来以高尚名义出示的文化、教育事业，也开始走向了产业化，把经济利益当作了理所当然的追逐目标，金钱变成了人们的生存目的。部分文人为了高额的稿酬，昧着良心，为富豪、显贵树碑立传，甚至借助权力，以项目的名义，获取经费。让人庆幸的是，在这样的潮流下，毕竟还有一批仁人士志，他们在关注着民族之魂，关注着引领人类精神前进的文化向导的命运。当人们利令智昏的时候，他们却用自己的笔点燃了文化巨人之烛，使之照亮人类前进的航程。王东满先生的《姚奠中传》，点燃的就是这样的一支明烛。他以当代大学者姚奠中先生的人生，展示了一个仁者普普通通而却充满正义与仁怀的生活，虽然普通，却堪为楷模。

姚先生是章太炎先生的关门弟子。太炎先生数易其名，而最后以号太炎行，就是因为仰慕明末大儒顾炎武之为人行事。顾炎武有言："君子之为学，以明道也，以救世也。"这是一种宏大的精神与理想。太炎先生继承了顾炎武的这种精神与理想，为民族文化的传承、为民族的永存努力一生，最后在倡导国学的呼号声中走完了他的人生里程。姚先生继承了太炎先生的这种精神与理想，在半个多世纪的教学生涯中，把"明道""救世"的思想种子撒向了天南地北。在国学的讲述中，坚持着一种文化传统与价值观。他不像一般学者那样，去努力攻克所谓的学术难题，而是把学问变成了人生修养的一门课程，变成了观察、认识、分析现实的一种眼光与智慧。对于一般学者所看重的著述，姚先生几乎不予留意，只是不得已方为之。这使我想起了清儒李容《与友人书》中的一段话，他说："著述一事，大抵古圣贤不得已而后作，非以立名也。"又批评他的朋友说："比见足下以其所著诸书，辄出以示人，人之服我者固多，而议我者亦复不少。其服我者，不过服我之闻见精博，能汇集而成书也。其议我者，直谓我躬行未懋，舍本趋末，欲速立名，适滋多事也。"从李容的话中我们可以看到，古人所重的是行，读书是要提升自己，而后见诸行动。专于著述那便是"舍本趋末"。荀子说："君子之学也，以美其身。"也是这个道理。只有提升自己，才能"明道"，然后才能选择合适的方式去"救世"，去化民易俗。

说实在的，在当代的价值判断中，像姚先生这样的学者是最倒霉不过的了。本来从事人文研究的学者就很倒霉，因为他们对于生财一道一窍不通。有一位高官到山西大学来，给山西大学提出的问题是：你们能为山西省的经济建设做什么贡献？文史哲学科的人一听都傻眼了，因为我们实在不知道该如何为经济服务，能想到的只有放弃自己研究的专业，到基层去搞旅游开发，美其名曰“文化开发”。不过好在教育系统与科研系统对人文学者另有一种评价标准，就是以成果论英雄，定期考核你发表了几篇国家级文章，出版了几本学术专著。“著作等身”成了当代学者的理想追求。而姚先生这样的学者却以“君子之学也以美其身”作为追求，至于成果只是学有所得而已。这样自然在现在的学术评价体系中，不能成为被人关注的对象，甚至被冷落，被抛弃。

然而我们却看到了这样一个事实，有人固然可称“著作等身”，而且也逢人便炫耀自己成果多么丰硕，可是其声誉却如蚊虫之鸣，闻之者甚少。姚先生不以著述为能事，而其声望却如日月在天，为人所仰，这原因何在呢？我想这便是古人所说的“桃李不言，下自成蹊”。姚先生是当代当之无愧的大儒，这“儒”字不是“儒家”的“儒”，而是朱彝尊所说的“多文之谓儒，特立之谓儒，以道得民之谓儒，区别古今之谓儒，通天地人之谓儒”的“儒”。记得三十年前，姚先生经过了二十多年的坎坷，终于恢复了名誉与教授职称，在恢复职称的大会上，学校一位副校长宣布当时晋升职称的教授名单时，特意提到了姚先生，他说：“此人学问很深，是老师的老师。”他为什么这么说？得自口传。因为当时中文系的老师，无论老少，有什么不懂的问题就要去问他。他往往举重若轻，解惑如汤水释冰，老师们都视若为神。凡是与姚先生接触过的人，都会感到其学问如大海浩浩洋洋，不知其深几何、广几何，遂而有“高山仰之”之感。他的学术文章往往应时而发，不为空论，不为大论，不为高深之论，而是要言不烦，精辟敏锐，学者叹服其精要，学子乐其明快。他的书法不为佻巧之笔，不为险怪之笔，不为四平八稳之笔，而是寓学问于书道之中，一横一竖皆藏万卷智慧，一撇一勾皆有千钧之力，苍劲、沉雄、大气，书苑新进叹其笔墨功力，翰墨老将服其学问功底。他的篆刻诗画中，也无不渗透着深厚的学识。我曾在先生九十五寿诞时写过一首小诗：“胸中丘壑藏风雨，笔下龙蛇惊鬼神。德寿文章诗画印，当今天下几人伦？”确实，像如此的修为，在当代难寻其偶。因为他是将学者、诗人、书法家、画家、篆刻家、教育家、寿星集于一身的。而现在，在学者中不用说书法家、画家，就是能拿得起毛笔的人都很少了。你可以找到某一方面专长的学者，却难找到各方面都达到如此成就的高人。但姚先生这一切又无不是为他完善人格、提升人生境界服务的。他在诸多方面的成就，所体现出的乃是中国传统学者追求的人生境界与人格境界。这种境界与人格，使得他的行为与众不同，他用宽容、仁厚与温情对待身边的人与事，使人们感到如在春风中，心灵园地为之而绿，并充满生机。同时，这种境界与人格代表了一种文化指向，也代表了人类健康的精神走向。因而它产生了一种力量，这种力量让人们看到了人类精神世界的光明与无限乐趣，并摆脱低级趣味的生活情趣，向往高雅的殿堂。这或许就是《礼记·学记》所说的君子“化民易俗”吧。

“仁者无忧”，姚先生是一位仁者，他对生活任何时间都充满着信心、热情，即使在困境中，他也能用乐观的态度、宽容的胸怀面对周围的一切，因为他把这一切都看作是人生的历练，是人格提升的阶梯。他的精神世界里永远是充实的。“君子坦荡荡”，这句话对姚先生再适合不过了，相反我们却成了“常戚戚”的小人。在完成现实紧张繁忙的工作指标中，我们失去了应该拥有的精神享乐，变成了生产文章、著作的机器。电脑的普遍使更多的人变成了工具，读书的乐趣以及修养全部消失在了电子版材料的检索与编辑中。我们手中拿到一本《论语》新注的时刻，不是关注《论语》的精神以及其深邃的人生道理，发现它的美妙与精粹，而是去发现注释的错误，发现文章的题目，以求尽早完成指标任务。在今年的指标完成后，就要考虑到明年可能有更高的指标在等待着我们，我们处在了焦虑、紧张、恐惧与惴惴不安之中，精神快要萎缩成了腊肉条。我们完全迷失了人生的方向，不知道人生的目的到底是什么？人类到底要走向何方？这样的追求何时是尽头？在这种追求中，人开始迷失自我，于是出现了抄袭、拼凑、找枪手等等乌七八糟丧失人格的事情。这种现实实在让人感到悲哀。我是先生的学生，我每拜见先生一次，心中就有说不出的惭愧。虽然我从先生那里知道一个学者应有的文化使命感与社会责任感，我也努力想继承先生之志，做一名民族精神家园的守护者与建设者，将五千年积累的人类文明智慧所创造出的文化传承下去，在“明道”“救世”理念下，谱写人生之歌，然而现实的各项指标任务我却无法摆脱，我无法超越世俗的情怀，放不下名利二字。在前几天为了汇报作总结时，才突然发现自己去年到今年竟出版了七种著作，发表了十八篇文章。自己近十年来在行政工作之余，出版成果总字数竟达五百万字，还不包括主编的教材、书刊。昨天一位朋友批评我：“你这是在玩命！”是的，我确实感到疲倦，也觉得人不应该这样生活。自己一方面想中国五千年积累起来的文明，不仅仅是中国的，也是全人类的，是人类文明的硕果。人类未来的和平发展需要中国文化，自己应该肩负起传承与传播中国文化的使命，像太炎先生当年那样，重振国学。而另一方面，现在的学术规则以及评价体系，又使我不得不在所谓的学科建设上、在所谓的学术成果上投入大量精力。要摆脱时下的这一套，做一些更有益于社会发展的事情，其结果只能是被淘汰，随后职称、工资、津贴、名誉等等一串相随受到影响。而要在当今社会办成一件事，又必须获得各方面的支持，而要获得支持就必须先有一定的地位与知名度。不进入评价体系，如何获得各方面的认可而猎取虚名呢？现实像一锅沸水，我的灵魂在承受着煎熬。

人类的生产力水平比起三百年前来，不知道提高了多少倍，而生产力的提高、社会的发展不但没有减轻人类的劳动负担，却使人们变得更加繁忙。人类的发展不应该是这样的——不止一人有这样的感受。可是人类如何才能走出误区，回归到幸福、健康、快乐的坦途？我们如何才能达到姚先生那样的境界，放弃戚戚之怀，做一个坦坦荡荡的君子呢？我想包括这本《姚奠中》在内的大儒传，就是照耀人类走出误区的一盏盏明灯。

《姚奠中诗歌书法鉴赏集》序

这是一本以当代鸿儒姚奠中先生诗歌书法为评析对象的鉴赏文集。从根本上讲，这里鉴赏的不是诗歌，也不是书法，而是人生，是人格。因为这诗歌和书法，都是先生完美人生与人格的化身。

诗歌是两千年中国文学的主体，书法是两千年中国文化的奇珍。不懂诗歌，很难有完满的人生享受；不懂书法，很难知道艺术对于提升人生境界的意义。诗歌与书法，只有在学问的涵养中，才能成就其大；学问只有在人格修养的追求中，才能成就其高。诗歌、书法与学问只有凝合为一，才能进入高旷的境界。犹如有北溟之浩大，始能养就巨鲲之化鹏；有巨鹏之水击三千，始有九万里而风斯在下的大景观。

姚先生的诗、书、学问正是在人格的修养与提升中，达到至善至美的境界的。他不以诗人自居，其为诗只是因心有所感，不吐不快而为之的。故其诗无虚言，无华辞，不作佻巧之思，不为无病之吟，直抒胸臆，辞严义正，把自己对于国家、社会、人生的种种认识与感受，和盘托出。虽无惊人之语，却境界高远，如垂天之云霓。他不以书法家自居，其作书只是人生修养的一部分，养心、养性、养气，把对历史的理解与对人生的感悟，挫于笔端，于平直曲折中展现自己的人格与精神。故其书如铜铸铁造，古朴厚重，正大光明，无一虚笔，无一浮笔，无一怪巧之笔。一竖一横，堪为栋梁之材；曲折钩挑，皆具扛鼎之力。时飞笔行草，或如龙蛇起舞，挥洒着生命的姿彩；

或如枯藤老树，饱含着历史沧桑的历练。而那深厚的国学功底，便是这诗、这书的根基。先生学问，不拘一隅，经史子集，无所不窥，犹如汇江河而为海，遂成海阔天空、气象万千之大观。荀子有言：“君子之学也，以美其身；小人之学也，以为禽犊。”先生之为学，正是以修己美身为旨归的。故若海之虚怀，不自博，不自多，不以著述为能事，视著述为不得已而为之的末事。孔子“述而不作”，曾遭到今人的批评，以为学者自当以著述名世，不作即无创新，无创新则抱残守缺而无益于世。殊不知“述”乃是学问内化为自己的必然之路，只有“述”，才能在领会前人的思想与智慧中悟道明理，提升自己。而一旦专注于“作”，则便会外化为物。外在的物质追求势必影响内在的精神修养，走上己为物役的世俗之路，为博虚名而失去精神家园。孔子说：“君子坦荡荡”“人不知而不愠不亦君子乎”。为什么君子“不愠”？因为其所行乃是明道修己的美身之学，而不是夸博以取宠的为人之学。其之所以“坦荡荡”，是因为他舍弃了名利的追求而优游道域，在学问的涵养之中，在志道、据德、依仁、游艺的人生中，心灵始终保持着一片宁静与祥和。其跻身寿域，不其然乎！所谓“仁者不忧”“仁者寿”，也是这个道理。在先生九十五岁华诞时，我曾写过一着小诗，说：“胸中丘壑藏风雨，笔下龙蛇惊鬼神。德寿文章书画印，当今天下几人伦？”确实，就个人的修养来讲，当今能够达到先生此种境界者太少了。道德学问诗书画印，成就了先生的人生，也成就了先生的人格。

当下，诗歌创作队伍可以说是超前庞大，仅古体诗词的刊物就多达五百余种；书法写作队伍也堪称空前，仅一次全国性的老年书法赛，参赛作品就多达四万；学术研究队伍之浩大更是旷古，全国各省市每届文科获奖相加的总数皆不下数万。这本是十分庆幸的事情，反映着这个时代人们对于精神产品的热烈追求。然而令人担忧的是，在功利主义思潮的驱动下，精神产品的追求与人格修养完全脱节了！相当多的人，写上几篇诗歌，便要以诗人自居，把语言之乖巧、构思之新奇，当作了诗歌的最高境界；一学书法，便想着做书法家，想着那润笔的白花花的银子；做学问者则以发表文章为务，以著作等身为怀。因而出现了在两千多年文化史中从未见到过的现象:诗歌界怪声怪气,阳光在这里也变得光怪陆离;书法界以润格之高低争胜,不少所谓的名家书法,骨子里散发着媚俗之气;学术界剽窃成风,出版社、杂志社借机敛财。大家都想成为“大家”,却得不到同行的认可,于是只有以作品之多取胜,草草出版作品集、论文集、全集,搞新闻发布会、座谈会、书法展,等等。把传统的作为修养人格、提升精神境界的诗、书、学问,完全外化为表现自我才情的手段。外延扩大了,内里却变得空空荡荡,精神萎缩,人格委堕。在这样庸俗的人生中,以展现精神世界与人格境界为基本功能的诗歌与书法,将会如何呢?

我不愿意对在当代庸俗的社会潮流中泛起的诗、书、文章多作评论,但明白一点,诗、书、学问只有在人格境界的追求中,才能达到完美的境界,姚先生就是典范。我们在这本鉴赏集中,会感受到他充满阳光的心灵世界里呈现出的向上的生命活力和超然尘外不为物累的祥和气象。

《张文玉先生文集》序

去年夏天，张文玉先生携夫人下临寒舍，不巧我有事外出，未能亲迎。事后，张先生留下了他的一册文稿，希望听听我的意见。后来又来信询问，言辞恳切，使我着实不安。因为张先生是我非常敬重的老前辈，他如此谦恭地对我，这使我如何消受得起？

张先生的大名，早在三十年前就印到了我的心里。我和张先生的内弟卫眉九是莫逆之交。20 世纪 70 年代上高中时，我们俩几乎是形影不离，上课同堂，下课同行。因为他，我放弃了学校安排的宿舍，一起住到了他家里。他家就在学校东侧的不远处，有一个四合院，房子比较宽敞，我们俩住西房。早晨我往往醒来得很早，学校的起床钟第一声敲响，我第一个反应是坐起来，然后叫醒他。接着两人迅速地穿好衣服，一路跑往学校出早操、上课。放学后，我和他一块儿挑水、扫院子，有时还一块到生产队帮他家分东西，假期中又一块儿去临近的尼龙厂搞勤工俭学。卫眉九的父亲卫勋臣先生，原是赵城中学的校长，那时已七十多岁，仙风道骨，满腹经纶，我特别爱听他谈古论今，一有空就凑到老先生跟前请教一些文史方面的问题。眉九的母亲是一位非常贤惠的家庭妇女，她把我当儿子一样对待，只要几天不见我，就会念叨。我几乎成了他们家的一员，对于眉九的兄弟姊妹亲戚，以及眉九家常来往的客人，我都很熟悉。这样也自然就知道并认识了张文玉先生。

当时对张先生印象最深的有两件事，一是他是我认识的人中唯一在杂志上发表文章的人。在20世纪五六十年代，他就在山西的报刊、杂志上发表文章。这在当地影响很大，因为这是只有大才子才能办到的。眉九曾拿着张先生发表在《火花》上的《汾河岸边的早晨》让我看，我当时只有羡慕、敬佩。我从小对文学就有兴趣，而且梦想做一名文学家。上高中前就学着写过小说、诗歌。张先生的文章，无疑强化了我的兴趣，而且也给我很大的鼓舞，知道成为文学家的路并不那么遥远，张先生就是榜样。第二件事是，我们当地有位才子叫刘郁瑞，当时我不认识，只知道他的名字，他是洪洞县最有名的笔杆子，在当地名气大极了。据说他就是张先生做洪洞县委宣传部长时，从小学教师中发现并调到县政府的。后来刘郁瑞做了县委办公室主任，又一步步升到了县委书记，成了张平笔下的大清官。这样在我心目中，张先生又成了"伯乐"，既有识英才的慧眼，又有奖掖后进的美德。

三十多年过去了，张先生在我心中的这个印象并没有淡化。尽管我们见面很少，但对他的一切消息，我都很关心。八十年代张先生弃"政"从"教"，做了临汾地区电视大学的校长。知道这个消息后，我莫名其妙地高兴了一阵子，觉得这对张先生来说，才是理想的去处。因为我始终感到张先生是一个文化人，不像是"官"。"官"凸显的是权力的力量，是呼风唤雨的威势。而张先生他不像，他温文尔雅，谦恭礼让，没有"官"的霸气，压根儿他就是一个文化人。我把文化人比做是树，是维持并造就生态的大树、老树。这老树，可能会像《庄子》中所说的大樗树那样，"其大本臃肿而不中绳墨，其小枝卷曲而不中规矩，立之途，匠者弗顾"，从经济上看是没有什么价值的。然而它却撑起一片绿荫，起着维系与造就生态环境的作用。现在有些大城市，不惜每棵花几万、甚至几十万的钞票，从几百里、甚至上千里外的深山老林里，把那些不中绳墨规矩的百年老树移植到城市里来，为的就是造就良好的城市生态环境。虽然这些树的木材卖不了几个钱，但它们的生态意义却是不可用金钱衡量的。我想张文玉先生就是这样的一株生态树，是一株在晋南土地上最常见的槐树，但是一株硕大的老槐。他影响了地方上一批青年对文学的热爱，培养了一批人才，造就了一种文化氛围，活跃并繁荣了一方的文化事业。这个功劳我认为是任何人也不能代替的。尽管还有比这更大的“柏树”，但因为不在这一方土地上，自然对这片土地上生活的人们的意义就不是那么大了。甚至这片土地上的人们，脑子里只记得这棵村前的老槐树，而不知道那柏树。每个地方都需要有这样几个大树、老树，只有这样，才能使一方的空气变得清新，生活变得滋润，环境变得优美，使那片土地生机盎然，否则便会出现文化沙漠。

张先生把他的文章汇集在一起，准备出版文集。我觉得，这些文章就是这棵生态树上的绿叶和硕果，而这文集，则是一张生态老树的照片，它将永远留给人们品赏，并流布他方，让更多的人知道，晋南大地上曾有这么一棵老槐，使人们永远回忆这一方土地曾经发生过的历史。

《张世荣书艺集》序

丙申春节前夕，山西大学党委老书记相从智先生给我来电话，说是太原理工大学有一位老师，要出版一本书法作品集，想来拜访我，希望能给他的集子写篇序言。老书记说了话，我当然要认真考虑，只是觉得自己才疏学浅，难担此任。相书记说明了他推荐我的理由，我不好再说什么，只能答应先见见面再说。

春节过后，相书记来电话约时间，约好正月二十日下午见，地点在椿楸园。椿楸园是我的一个山寨版的别墅，在太原东山的店坡村。交通不便，儿子送我上山，放下便离开，我多半是一个人独享这里的清静。现在的年轻人多半都有车，他们来往方便，因此地点便定在了这里。万万没有想到，相书记亲自领着张世荣先生上门了。而且更让我意外的是，张先生不是我想象中的青年才俊或中年学者，而是一位老态龙钟却精神饱满的老教授。我心中好生愧疚，若知如此，我绝对不敢摆如此大的谱儿，让老书记、老先生屈驾寒舍的。尽管连连道歉，但一切都已晚，只好谦恭地坐在一旁，聆听张先生讲述他的故事。

由张先生的讲述中得知，从 20 世纪 80 年代以来，他不仅参加过数十次的国际、国内以及省、市各级各种不同形式、不同机构组织的书法作品展，而且还亲自组织过多种内容的书法活动和书法机构，如展览、培训、研讨、研究会等，作品也获得过各种名目的奖励。这些，对一位早已成名的老书法家来说，只要有热情，有信心，有冲力，似乎并不难做到。使人肃然起敬的是，张先生所组织的展览，以及他的书法作品，呈现给读者的是一片艳阳晴天，其中洋溢着一种积极向上的精神。无论他的“道德文化书法作品”，还是“迎奥运书法作品”，以及“百年史诗行草”，反映出的都是他的社会责任感和与时偕行的进取精神。就拿他送给我的这本《百花文化作品集》清样而言，内容多是梅兰竹菊四君子，这反映着张先生对君子人格的追慕。而“花”，是植物青春生命的绽放，对“百花”内容的选取，反映出的是张先生苍老之躯中青春活力的激荡。他所书的有古诗，也有自作诗。古诗以名作居多，而取其精神向上者；自作诗则通俗畅达，不故作姿态，仍不失勃勃之气。这种精神在时下的年轻人中也是不多见的。再看他的书艺，精神团聚，慈眉善目，无时下书风的求奇求怪、张牙舞爪、肆力外张之弊，反映出的是他内心的祥和。

张先生希望我能为他的集子说几句话，在他面前我不敢冒充行家，妄加评说，只希望他的这本书法集能像一泓清水，使更多的人有机会清洗一下在漫漫人生旅途中蒙满灰尘的灵魂。我的印象，张先生是一位仁者。“仁者寿”，愿他人与书俱寿。

《李长青对联集》序

赵城有一批文化人，用时髦的话说就是草根文人，李长青先生就是其中的一位。

文人爱斗嘴，老李便是斗嘴的高手，堪称赵城第一名嘴。他说话幽默风趣，妙语连珠。什么事一经他的嘴，便会意趣横生。调侃起人来，像调一碟葱头一样容易，可让周围人捧腹，而当事人则哭笑不得。谁要惹了他，那就算倒了八辈子霉。大家怕他，可也爱他。如果有宴会，少了他就像少了一盘红烧肉，会感到少了许多趣味。即是赵城，若没有老李，就像山西人吃饭少了酱油醋。有人说老李是生不逢地，如果能上央视，恐怕要与东北的老赵平分秋色了。

文人爱作诗，赵城草根文人的诗有长有短，有古有今，但我能记住的唯有老李的诗，而且是过耳不忘。有一年春节回家，老李见了我，说他最近写了一首诗，要让我指正。于是他便用地道的赵城方言朗诵了出来，内容是：官场升迁乱如麻，位高位低看定价。旧官刚把地皮刮，新官又把血来榨。新官旧官一起弄，百姓高叫操他妈。我听了捧腹大笑，虽说不雅，却入木三分。

文人爱空谈，老李则爱实干。近几年他编了好几本书，都是有关赵城人和事的，像搜集赵城的民谣、对联、传说、人物故事等，都带有抢救文化的性质。再过一百年，可能子孙们会说幸亏有这位李大爷，否则这些宝贵财富烂了也没人知道。

老李不光编辑对联，更是撰写对联的高手，他给自己撰写，也给周围人家撰写。谁家有红白喜事，便会找上门来。老李往往不假思索，即可立成。他撰写的对联，通俗而不低俗，贴近生活，很能表达当事人的内心情感。几十年来，他撰写了上百副对联。这对联中渗透着他的智慧，也倾注着他对赵城这片土地的爱。这智慧，这爱，就是一份珍贵的财富，不可不保存，而保存的最直接的方法，就是结集付梓。现在老李要这样做，虽说这是对自己劳动成果的珍惜，但更是一种文化责任。故为序以示敬意。

2014 年 2 月 16 日

《百序集录》序

晋廷瑞先生是我多年的老朋友,他原是洪洞县委宣传部长。洪洞是个不简单的地方,它不但是拥有七八十万人口的大县,还是中国知名度最高的县。中国历史上最大的一棵文化树——大槐树在洪洞,大槐树移民的后裔布满了大半个中国还有东南亚;中国历史上最著名的监狱——苏三监狱在洪洞,京剧《苏三起解》唱遍了中国。因此,说起洪洞来,在中国几乎无人不晓。而作为这样一个大县的宣传部长,自然也与众不同。“大国之卿当于小国之君”,这要是在古代,那就相当于千乘之君了。廷瑞部长也确实有一种大诸侯国领导人的气概,说起话来,底气十足。每次见面,总会滔滔不绝地谈他的文化发展计划。开始我认为,这是因为我是文化人,他要给我谈文化,目的是不让我尴尬。假如我是财团老板,说不定他会拿出宣传部长的绝招,鼓动我投资办宇宙牌香烟公司呢。时间长了才知道,他对文化事业,确实热心。

前不久回老家,他给了我三本新著。因为在场的人太多,来不及深入交流,他把提前写好的一封信夹在了书中。这三本书皆以“集录”为名。《阅人集录》阅的是洪洞的人,是成长在洪洞这块沃土上的骄子;《品书集录》品洪洞的书,是洪洞这块沃土上的文化人“雨后春笋般冒出来”的“一本本著作”;《醒事集录》反省的是天下的事,是在生活实践中对人生的参悟。信中说他要编辑第四本书,取名叫《百序集录》,是他做部长期间为县里文化人出版各类图书写的序言的汇集。

看了他的书，读了他的信，我心中一阵震动。这并不是因为他的文学才华编织出的动人故事，也不是因为他有什么惊天动地的壮举让人震撼，而是因为他对洪洞文化事业所投入的那份热情和做出的贡献。领导就像是导演，导演的业绩不在他的演技多么高明，而在于他导出了多少令观众喜欢的剧作。作为一位县委宣传部长，他的业绩不在于写了几本书，发了多少文章，做了多少次报告，而在于他的文化角色——他作为文化导演，在地方文化舞台上组织演员演出的一出出文化大戏。书以“百序”名，这就意味着他曾扶植、培养、支持了上百的文人在地方文化舞台上的表演。每一部书的作者就是一棵文化树，这上百的文化树，就营造出了洪洞这片土地的文化生态。而廷瑞部长就像是这块生态园的耕耘者。

从这几本书中，我看到了他对这里一切的热爱，也看到了他面对这里文化繁荣的欣慰。他“阅人”，是在阅这里的每一棵树；他“品书”，是在品这众多树上种类不同的果；他“醒事”，是在反省自己劳动的经验、教训、感悟与体会，而这“百序”，则是他欣慰的笑声。我为这“百序”所作的序，姑且是对笑貌的抢拍吧。

《心声集》序

老高登门，将一本20多万字的书稿往我面前一掷，用土得不能再土的晋南方言命令我：“你给咱指点一下。”我一时大吃一惊，随后心头升起的是羞惭。

老高叫高建中，是我大学时的同学，因为他年龄大，当时孩子也有几岁了，所以同学们都亲切地叫他老高。因为一入学人们就这么叫，时间一长，许多人便不知道他原名叫什么了。我们当时住的斜对门，一有空闲，我便钻到他们屋里去聊天。除了睡觉的时间之外，可能我在他们屋的时间比在自己屋还多。何以如此？有老高也。

在我的印象中，老高是一个土得不能再土的“土包子”，一脸皱褶，一身土气，一口晋南土话，言行举止，老实巴交，不脱农民本色，只有一双眼睛带着几分机灵。但这“包子”里包的几乎全是书，眼睛里流出来的、口里说出来的几乎全是由书本中酿造出来的“米酒”。他好读书不求甚解，几天就是一本。而且习惯于蹲在地上、躺在床上、踩在凳子上看书。一次下午四点多的时候，我进他们屋，屋里光线已经暗了下来，电灯也不亮，我以为没人。可一个粗沙的声音却从床腿下发出来，我吓了一跳，原来是老高。他正背靠着床腿蹲在地上看书，已经忘了时间，屋子里暗了也不觉得。

我爱和老高聊天，但聊的全是学问。从诗文到小说，从天文到地理，从八卦到圣典，漫无边际。老高的小说读得比我多，可他偏要引我谈诗文，诗文是我的强项，我自然不怕他踩我，故常常口若悬河地大谈唐诗宋词、韩柳古文的妙意、妙趣，带着几分得意，也带着几分夸博，结果把天地之秘全泄给了老高。没想到老高“没有用心”，在我面前装出一副“洗耳恭听”的样子，还给人造成一种“述而不作”的印象，结果“明修栈道，暗度陈仓”，窃了我从未曾用的金针，去绣他的鸳鸯。二十五年后，鸳鸯绣成了，反来羞辱我。这不，一本带着几分辛勤与几分得意的诗文集，沉甸甸地掷在我的面前，还冠冕堂皇地要我“指点”，这不是成心气我吗？

我只好大叫一声：“老高，把金针还给我！”

2002 年 12 月 21 日

“学习”是人的本能活动。不过，其性质却有不同：一是消极的——为生存而了解环境、时势，以求适应；一是积极的——为创造新生活而求知、进取。适应性学习的主要特征：维持性与被动式；创造性学习的主要特征：预期性与参与性。一个人的价值不在于适应环境的能力，而在于进取的程度。我们通常所说的“学习”，都是带有积极意义的。因此，一切有志于改革的青年，都应该有志于学。

学习的对象，有书、有人。书是人类文化的结晶，知识的海洋。只要努力攻读，确有取之不尽的宝藏。不过，古今图书浩如烟海，仅《四库全书》著录就有三千四百多种，存目六千八百多种。现在全世界每年出版图书约五十万种，这确实会使一些初学的同志望而生畏。要想系统地获得一门或几门知识，也不是一件易事，必须要有魄力、有恒心、有毅力。“书山有路勤为径，学海无涯苦作舟”，就生动地说明了求知的艰难性，但也指明了成功之路。读书之外，还须问人，即求师。“师者所以传道授业解惑也”。有师指点，可以少走弯路，也可以学到书本上没有的东西。所以孔子说：“三人行必有我师。”《射雕英雄传》中的郭靖，之所以能成为英雄，就是因为他“转益多师”，能采各家之长。“多学之，审问之”，积土成山，便可获得系统的知识，这就是“学问”。

“学问”的价值，在活用，在创新。要“活”要“创”，就需要研究，这就是“治学”。治学之道，基础在态度，关键在“知己”，捷径在方法。莘莘学子，成功者少，失败者多，就是因为不能将三者形成一个稳固的功能结构。有的人做学问，浮而不专，华而不实，东一榔头西一锤，发些不痛不痒的文章，便沾沾自喜，此自然难有大成。只有那些谦虚、严谨、勤奋、好学的人，才有可能成就大业。所谓“知己”，就是要从性格、情绪、记忆、智力、思维方式、体魄以及环境、条件等方面，认识自己，全面了解自己的长处和短处，客观地评价自己，以“扬长避短”作为选择专业的一个原则。至于治学方法，虽万言难尽，而且各家歧说甚多，不过其原则则可一言以蔽之：以最少的力，做最多的功。

从“求学”到“治学”，既是一个循渐过程，也是一个循环系统。“吾生也有涯而知也无涯”，所以要学习，提高，再学习，再提高，活到老，学到老，“学不可以已矣”。

二、攻读“模式”

20 世纪 30 年代，在自然科学领域兴起了一门新的学科——“相似理论”。以这个理论为基础的现代“模拟法”，广泛地被应用于各个不同的领域。这对于我们改进读书方法，提高阅读效率也颇有启发。不过，我们不是像科学实验那样先去制造“模型”，而是在书海里选取“模式”。

所谓选择“模式”，就是要选择本专业中有代表性的著作。对所选的“模式”，要细心阅读，从资料的来源到观点的阐述，论证的方法，都要弄通、弄懂。对于文学作品，则还要弄通每个典故的意义，文章的结构，写作手法，主题思想等。然后应用从“模式”中所获得的知识、方法，去攻读同类的书籍，认识、分析同类的问题。游国恩先生指导学生研究古代文学时，就曾指出要在《文选》李善注、《庾子山集》倪璠注、《王右丞集》赵殿成注、《李太白集》王琦注、《杜少陵集》仇兆鳌注等书中，挑一部来精读。他说精读这样一部分书好处很大，不仅可以了解同类注本的体制、读法和用处，而且从一部书中所得的大量知识和文史线索也还有广泛的用途。例如诗词中的典故，在上述各书中都大量存在，而且一部中学懂之后，再在别处遇到也就懂了。对古诗词的阅读欣赏力也是如此，读一部书时得到提高，这也有助于阅读其他的诗（见金开诚《系统论与文史研究》）。这很符合现代科学中的“模型化”和“模拟法”。古人所谓“举一反三”“闻一知十”“触类旁通”，实际上都是讲的“模式”的作用，是在不自觉地应用着“模拟法”。

合理地选取“模式”，既可加强学习的系统性，加深对同类问题的认识，也可加快读书速率。比如我们学习古代文学，认真读完了《唐诗选》，再去读宋、明、清等朝的诗选，就觉得很容易，速率也很快。这就是因为我们掌握了“模式”。

怎样选“模式”？选择“模式”，原则有两条：一要典型，二要权威。只有“权威”，才值得下苦功读。只有“典型”，才具有代表性。二者统一，才具有

“模式”的价值和意义。比如游国恩先生所介绍的几部注本，就是权威性与典型性相统一的。认真读完这些著作，对于我们阅读古诗文大有好处。相反，若以《千家诗注》《楚辞集注》之类作为“模式”，效果便会大大减弱。有时“模式”选错，甚至会像欧阳锋错练“九阴”功一样，出现反常和变态，造成知识上的错误，性格上的轻率，故学者不可不慎。

三、“攻读”魔术

“十目读一句，十行一目扫。厚书能变薄，薄书能变厚”。这不是魔术师的戏法表演，而是一种灵活多变的“魔术”攻战法。我们的“敌人”是“无穷的书海”，我们的实力则是“有限的生命”。如果以硬攻硬，那将如庄子所说：“以有涯随无涯，殆矣！”若欲克“敌”，“战术”必奇。

“十目一句”是慢速读书法，主要针对精读之书而言。王玉哲先生在谈学习中国上古史的方法时说：“初学上古史的人，先精读一两部基本读物，把上古史整个的粗线条的纵横轮廓掌握了，这就具备了进一步深入的条件。”这是非常正确的。我们学习其他专业的同志，也应根据本专业的情况，选一些基础性、经典性、权威性以及难度较大的专业性著作，认真精读，一字一句都不放松，吃透基本原理。一部不到，一部不了。这样对打基础很有好处。黄庭坚说：“读书先务精而不务博，有余力乃能纵横。”(《先正读书法》)也正是这个意思。如果贪多求快，势必如清人冯班所说：“开卷疾读，日得数十卷，至老死不懈，可曰勤矣，然而无益。”(《钝吟杂录》)

“一目十行”是快速读书法。这表面上与“十目一行”是矛盾的，实则是统一的，是一个问题的两个方面。世界图书如此之多，如果篇篇都去细读，那将会累死灯下，而无所创获。因此在精读的基础上，还必须提高阅读速率。也就是说以精读之书为重点，广泛涉猎其他书籍。比如我们学习中国文学史，就可以游国恩的《中国文学史》为精读对象，而对于刘大杰、郑振铎、谭丕模等人的文学史，以及绘画史、音乐史、文学批评史、思想史等都可广泛涉猎。对于涉猎之书，就需要用速读法。速读之法：一是读提要或序，选可读者读之；二是读标题细目，通其大意；三是用扫描的方式，攫取各段中的关键词语，以思维勾勒出其大意；四是选要点读。爱因斯坦说："在所阅读的书中找出可以把自己引到深处的东西，把其他一切统统抛掉，也就是抛掉使头脑负担过重并将自己诱离要点的一切。"此四点只是"外功"，秘诀还在于"内功"的修炼："专于意，一于心"，注意力高度集中。

"厚书变薄"，是言要抓要点。我们在拿到一部新书的时候，总觉得那么厚。在阅读时再加上有些地方读不懂，添注加说明，就显得更厚了。如果至此为止，那么这部书，永远是厚的，你就不可能真正读懂。所谓要让厚变薄，就是要用最简略的语言，对书的大意作出最全面的概括。对要点、对精神实质彻底掌握。

"薄书变厚"，是就广泛联系上而言的。精读使书变"薄"，精读之书与涉猎之书融会贯通，则会使书变厚。对一个问题，不仅知其然，而且知其所以然，并且能与同类的问题相联系，使思维能以读书为中心，向四方扩散、膨胀。这样即使一本薄书，我们也会感到它的内容是丰富无穷的。

要而言之："点"上硬攻，"面"上扫荡。收则在"掌"，散则成片。这就是我们应掌握的"魔术战"的秘诀。

四、攻读"工程"

读书对于无聊之辈来说，是寻趣猎奇、填补精神空虚的手段，而对于有志于学者，则是一项艰巨的工程。学人谈治学，每言"循序渐进"，便是指"工程"进展的规律性而言的。

有些年轻人，看见人家满腹经籍，始而惊叹，继而羡慕，随而跃跃欲试，终而无功告退，泄气败阵。这多半是因不懂得"循序渐进"，好高骛远，妄想一蹴而就的缘故。有如心慕三层楼阁，而又不想从"基"作起。异想天开，妄图梦笔生花，才逸班马，实必鸡飞蛋打，一无所成。故梁启超说："求学譬如登楼，不经初级，而欲飞升绝顶，未有不中途挫跌者。"（《教育政策私议》）

那么这项"工程"应如何进行呢？这自当因学科专业不同有所区别。就搞"文"的人来说，我认为首先应当读"史"。培根说"读史使人明智"。鲁迅先生说:“无论是学文学的、学科学的,他应该先看一部关于历史的简明而可靠的书。”对于专门研究者来说,历史是一门高深的学问,而对于一般读者,历史又是一门最基础的知识。学习历史好处很多,最主要的则有两点:第一,能够帮助我们更深刻地认识现实。认识历史与现实的惊人相似,就会激起我们改革的热情。用鲁迅先生的话说,就是“读史,就愈可以觉悟中国改革之不可缓了”。第二,将事物放到历史的坐标系中进行分析,就会认识得更深、更透。这样就会使我们聪明起来,提高学习的信心和求知的欲望。

其次,学习古代汉语。古代汉语包括文字、音韵、词汇、训诂、语法、修辞等。最主要的是前四部分,文字、词汇、音韵、训诂,这是我们搞文史研究工作的基础,也是带有工具性的学科。有了这门知识,我们在理解古书的准确度和深度上都会加强。比如杂剧《红梨花》有一句:“小生惭愧,有缘遇这个小娘子。”如果不懂得古代汉语的词义变化,就很可能把“惭愧”理解为“羞愧”“心里不安”等意,这样看起来很平常的一句话,其真义也会蓑然不见。其实这里的“惭愧”是“侥幸”或“谢天谢地”的意思。在学习古代汉语时,可配合着精读几十篇古文。理论联系实际,基础就会更实在一些。

其三,有计划地阅读一些古典诗词。这样既可以提高文学修养,也可以“软化”思维器官。用培根的话说,就是会“使人灵秀”。

这三步工程,“历史”重在加强认识与知识基础,“古代汉语”重在加强基础的坚硬度,“古典诗词” 重在加强文学修养与脑子的灵敏度。进行完备,便有了一个初步治学的基础。然后再精读所选专业的基础理论著作,循序渐进,逐步深入,便会终有大成。

五、攻读“十字架”

读书的基本工程完成之后,便要开始深入,逐步进入研究领域。研究读书与一般的读书不同,它不只是知道了、懂得了就算完事,而是要探索事物的内涵、外延,抓本质,揭规律。这就需要站得高,看得远,心有所思,力有所施。“十字架”读法,便是一种较为理想的研究读书法。

所谓“十字架”读法，就是纵横交错的攻读法。十字的交叉点，便是所要研究的问题。“纵”指古今而言，“横”指同时代而言。“纵”是为了了解来龙去脉，“横”是为了了解时代思潮。要做到这一点，就需要从目录学入手。

“目录学”有人誉为治学的“千里眼”，这是很有道理的。书海茫茫，学者常有歧路亡羊之忧。而目录学会告诉我们，在历史文化的宝库中，我们有哪些遗产，有哪些种类，过去和现在研究的情况如何，等等。会使你做到“心中有数”，开阔眼界，更好的选择道路。今人往往有种错误的认识，以为目录书籍属工具书，只宜查找，不宜阅读。这是一种非常片面的看法。因为目录书不只是告你哪一类有些什么书，有的目录书还要对具体的著作做评价。如《四库全书总目》，既论述各书大要及著作源流，还要列作者的爵里、考该书之得失，以及辨订文字增删、篇帙分合，等等。如果要想在宏观上了解这些遗产，仅仅靠查找是无济于事的。所以鲁迅先生就曾向青年人推荐读《四库全书简明目录》。史学家陈垣向北师大历史系 1961 届毕业生谈学习方法时，也曾指出：“从目录学入手，可以知道各书的大概情况。”并说：“经常翻翻目录书，一来在历史书籍的领域中，可以扩大视野，二来因为书目熟，用起来得心应手，非常方便，并可以较充分地掌握前人研究成果，对自己的教学和研究工作都会有帮助。”

掌握了“目录学”，立足点就有了高度，眼界也有了广度。然后根据目录书籍提供的线索，围绕一点，纵横探索，十字交叉，寻“来龙”，探“去脉”，找联系，摸行情，便可深入虎穴，取得“虎子”。

六、知识“反刍”

“反刍”是动物学上的名词。牛羊吃草，先是一口一口地把草料吞到肚里，休息下的时候，再将肚里的草料反回嘴里，细细嚼烂，再吞下。这种反复就叫“反刍”。我们在读书学习中，为了很好地掌握新得的知识，也需要采取反刍回嚼的方法。孔子说“学而时习之”，习就是“反刍”。

我们有不少同志读书，只求快，求新鲜，一目十行，书读完了，也忘光了。人们嘲此是“狗熊掰棒子(玉米)”，劳而少功。这就是因为不懂得“反刍”的重要性。西汉大文学家扬雄说过：“习乎习，以习非之胜是也，况习是之胜非乎！”（复习啊复习，复习的短处也比不复习的长处好，何况复习的长处比不复习的短处更好呢！见《法言·学行》）德国哲学家约瑟夫·狄慈根也说：“重复是学习的母亲”，皆可谓经验之谈。只有重复，才能加深记忆，加深理解，使所学的知识融会贯通。

知识“反刍”有三种形式，即中顿式反刍、终止式反刍、过去式反刍。我们阅读一部书时，读完一部分后，然后抬起头，再闭上眼，细细回味书中的内容，所讲的道理，以及与自己所掌握的知识的联系，或者是粗翻一下自己所看过的部分，作个简单的概括，从而加深对这一部分内容的理解。这种一步一回头的方法，虽然速度慢，但效果显著，精读之书，最适宜用此法。这是“中顿式反刍”。读完一部书，然后停下来，不要急于拿第二部，花一定的时间，回顾书中的大意和关键的问题，推究事理，即张载所谓：“观书必总其言而求作此之意。”（《经学理窟·义理》）这是终止式反刍。阅读一般的书籍，如小说、剧本之类，可用此法。隔上一段时间重新温习一下学过的知识，或打开书本重新阅读，或打开笔记略做回顾，这是过去式反刍。这种方式最宜于综合分析。据说明清之际的学者顾炎武就是这样。他每年用三个月复习读过的书，其余时间用来读新书，所以连十三经他都能全背过。

这三种方法，我们可以同时进行。而第三种方法最为重要。采用“过去式反刍”，首先需要注意的是时间的规定。一般说刚学过的知识遗忘的最快，因此要及时复习，间隔时间要短些，次数要多一些。然后逐渐加长间隔时间，减少次数。其次在具体方法上，一是要注意旧知识的联系，融会贯通；二是要把重读的感受与过去的认识加以比较分析，看有哪些提高，以激发思维的创造活力和学习的积极性。

七、1 天＞24 小时

“若使鲁戈真在手，斜阳只乞照书城。”这是清代诗人龚自珍的两句名诗。据说战国时，一次鲁阳公与韩酣战正烈，太阳却要落山了。于是鲁阳公将戈当空一挥,日便为之返回九十里。诗人引用这个典故,表达了他对流逝的时光的"眷恋"和对知识的追求,同时也代表了千百万在科学小路上奋勇攀登的有志之士的共同的心情。

时间是一个常数,而对于不同的人,却又是一个变量。《竹庄诗话》引许彦国《长夜吟》说:"南邻灯火冷,三起愁夜永,北邻歌未终,已惊初日红。不知昼夜谁主管,一种春宵有长短。"在"冷""愁"中度日,便觉时常难熬,故古人用"悠悠"形容忧愁。在歌舞中生活便觉时间快,故称"快活"。追求者觉时间不足,无聊者觉时间过剩。"斜阳只乞照书城"就是深感读书时间的不足而发出的感叹, 不过这只是时间在主观世界中的伸缩变化,"挥戈返日"当然只是幻想。但只要我们能够珍惜时间,合理地分配时间,在客观效益上,我们照样可以得出这样的公式:1 天>24 小时。

时间是富有弹性的,要使"1 天>24 小时",首先是必须缩小我们的计时单位。有许多同志习惯于以"半天"为单位计算时间,安排一天的工作常常是:上午做什么,下午做什么,晚上做什么。这样本来有限的时间便更觉"供不应求"。假如我们以"分"作为计时单位,那就会如俄国史学家雷巴柯夫所说:"用'分'来计算时间的,比用'时'来计算时间的人,时间要多五十九倍。"如此,便会发现许多时间空隙。充分利用这些"空隙"时间读书学习,见缝插针,如上班前几分钟,等车前几分钟,饭前几分钟……积"分"成时,积"时"成日,日积月累,也会有可观的"成绩"。前人把利用"空隙"时间叫作"挤",这是最恰当不过的了。在所挤时间里做的"功",便是 24 小时以外做的功,于是其公式便是:1 天 =24 小时 + 所挤时数。

其次是珍惜所挤时间。有的同志不是挤时间读书提高,而是挤时间寻乐求奇,看小说。虽忙忙碌碌,却收效甚微,这等于把"挤"出的时间又浪费了。我国著名园艺学家吴耕民先生,在年轻时为了节省更多的时间阅读专业书籍,竟然连最易使人上瘾的《三国演义》《红楼梦》都不顾一眼。我们也要有这种精神,把"钢"加在"刀刃"上。

其三是"一时二用",就是说将用"手"做工的时间,同时用在脑力劳动上。比如上班路上的时间就可以利用起来背外语单词、记诗词,回忆自己刚学过的新知识等。同样做饭、洗衣等时间,也可以用于记忆上。与朋友交谈,尽量少闲扯,而多谈学问,谈知识,既可互相切磋提高,也可加强思想交融。这都是行之有效的“延长”时间的好方法。

八、学习的劲敌——自满、虚伪

在求知过程中,除了采取正确的方法,赢得时间,争取高效率外,还必须排除来自多方的干扰。而最大的干扰,则是内部的“奸细”——自满、虚伪,这是学习的劲敌。

自满有三种表现:一是傲慢。天低吴楚,目空一切,喜欢自吹自擂,自我欣赏。二是固执。对事物无心做全面了解,执守一端,以偏概全,唯我独尊,固执己见。三是守旧。以旧知为满足,无心接受新的知识,故步自封。与自满相表里,虚伪则是以表面的充实,掩饰内心的空虚,不懂装懂,高谈阔论,装腔作势,吓唬别人。这两种态度都是极其有害的。《论语》有言:“子绝四:毋意(不悬空揣测)、毋必(不绝对肯定)、毋固(不固执)、毋我(不唯我独是)。”《老子》也云:“知不知,尚矣(知道像不知,这是最高尚的);不知知,病矣(不知装知,这是弊病)。是以圣人之不病也(无此弊病),以其病病(以弊病为弊病),是以不病。”“绝四”就是绝自满,“病病”就是克服虚伪。要想不断进步,必须战胜自满与虚伪。

虚伪与自满的反面,则是诚实、谦虚。古今大学问家无不是以此种态度对待知识的。众所周知,马克思主义的创始人之一恩格斯,是一位博闻强识的大学者,但他非常谦虚。他第一次听到鸭嘴兽生蛋时,总根据哺乳动物胎生的常识加以驳斥。弄清事情的真相后,他便马上改正错误,并在给一位朋友的信中说:“不能不请鸭嘴兽多多原谅。”他就是这样随时以新知纠正旧知的错误,不断使自己的知识向纵深发展。假如他当时采取傲满自负的态度,固执己见,拒绝去了解事情的真相,将会造成终生的错误。著名园艺学家吴耕民先生曾讲过这样一个笑话。他初到日本时,不大懂日语。一次独自到理发店剪发,理发师问:“你剪发吗?”他不懂装懂,回答说:“是的。”发剪了,又问:“你修面吗?”又回答说:“是的。”面修好了,又问:

“你剃鼻孔毛吗？”（日本人有剪鼻毛的习惯）仍答：“是的。”其实他根本不懂人家问的是什么，结果被剃了鼻毛。正值冬寒，冷风从鼻孔里直进直出，刺激得鼻孔直流清涕，像伤风感冒一样难受。这个笑话虽说的是不懂装懂的苦果，但也从反面告诉了我们诚实的重要性。毛泽东同志说：“知识的问题是一个科学的问题，来不得半点的虚伪和骄傲，决定地需要的倒是其反面——诚实和谦逊的态度。”这是非常正确的。

要战胜自满、虚伪，使自己的态度诚实、谦虚起来，其方法有两条。一是时时拿别人的长处比自己的短处，使自己由妒嫉感而产生赶超的心理。二是时时以虚伪尽可能造成的恶果为警戒，以实践的需要为目的，使自己由恐惧而走向踏实。

九、“燕窝式”笔记

有人说：“记笔记如燕子垒窝，点点滴滴，终成精舍。”信哉，是言！这是治学者必要的方法之一。顾炎武的《日知录》，赵翼的《廿二史札记》，吕思勉的《读史札记》，钱锺书的《管锥编》，无一不是笔记的整理。

记笔记的方法很多，就工具而言有三种，即卡片、笔记本、书。卡片是最新的笔记工具，它的特点是灵活，便于编排。古时没有卡片，有的学者就把一些零散的材料记在便条上。据说元朝的陶宗仪，是把笔记记在树叶上，放在瓦罐里。笔记本的特点是便于记一些系统的东西，不易散乱。“书”主要是往上批注，这可以节省时间，但必须是自己的书才行。至于具体的方法，有人总结了十四种之多。其实最重要的可归纳为六种。

一、索引式笔记，主要摘录报刊书籍的目录，以便过后查找。

二、摘录式笔记，主要摘录要点，但必须以弄懂全文为前提。其次摘录材料。摘录一般是摘录原文，当然也可以将数字、观点、公式等等用自己的话简明扼要的记下来。

三、提要式笔记，看完一篇文章或一部分书后，可根据自己的理解，作一简单的总结和提要。这样既可锻炼自己的总结能力，也可加深对原著的理解。

四、批注式笔记，这是中国传统的读书法。根据自己对原作的理解，在书上随时加批加注。如金圣叹评的《水浒》，毛宗岗评的《三国演义》，实际上就是批注式笔记的整理。

五、心得式笔记，这主要是记自己的心得体会。心得可以是发挥的（即对原著思想的发挥），可以是驳难的，可以是补充的，可以是感想的，可以是综合的（即将以前所得的知识和新知识结合起来，综合分析，总结），也可以是新发现的问题。这种笔记方法，虽然比较费工夫，但最有利于提高认识。

六、疑难式笔记，在读书过程中，随时都可能遇到问题，有些借助工具书可以解决，有些则是工具书无法解决的，这时便可以记下来，做好以后读书时注意的重点。

笔记的主要方法，大略如此，在学习过程中，我们还可以根据具体情况变更、创新。如夏承焘先生就有三字妙诀："小、少、了"，即笔记"小"，便于随身携带；笔记要"少"，不能记得太多，关键是简练；记下的东西要彻底"了"然。这都是很宝贵的经验。总之不管用哪种方法，只要能长期坚持下去，并时常不断地系统整理，便能如燕子垒窝一样，用口口泥巴，造成得体一舍。

十、"辐辏型"知识结构

无论采取怎样的学习方法，目的都在于尽快尽多地求得知识。知识是认识世界和改造世界的武器，是生活进取的力量。然而建立怎样的知识结构，则是人才能否成功的关键。

有的人读书，今天一部哲学名著，明天一部文学杰作，手不释卷，肘不离案，说起来似乎三教九流无所不晓，到用时则鼯鼠技穷，一筹莫展。其用功不为不勤，而之所以不能成功，就是因为知识结构松散，不能条贯化，系统化，使知识形成一个焦点。因此我们提倡建立"辐辏型"知识结构。

所谓"辐辏型"知识结构，就是指既有中心，又有广度和深度的网状知识结构。现代科学的发展，分工越来越细，分工之间的联系也就越密切。就像一棵大树一样,分枝越多,枝叶的联系就越紧。因此我们要研究科学的某一分枝,就不能像旧时代的知识分子那样,一辈子就啃一部经书,而是要考虑到它与其他科学的联系。在与专业相关的几个科学领域内,获得一定广度和深度的知识,使这些知识互相联系起来,汇聚在一个焦点上,为一个中心服务。就像一个凸透镜一样,只有把光聚于一点,才能有一定的热量,使物质燃烧。我们只有把各门知识汇聚于一点,才能解决一些疑难问题。现代科学家们提倡边缘科学,就是要建立"辐辏型"知识结构,形成交点。比如研究《诗经》,如果单从文学的角度去研究,或者单从文字训诂的角度去研究,都是很难有显著成效的。但如果我们有一定的民俗学、动物学、植物学、训诂学、历史学等方面的知识,就大不一样了。如《诗经》开卷第一篇《关雎》:"关关雎鸠,在河之洲。"这两句诗,古今学者多说"关关"是和鸣声,"雎鸠"是鱼鹰(也有人说未详何鸟)。这里是起兴,也是比喻,是以鱼鹰和鸣比喻忠贞的爱情。可是我们知道鱼鹰是一种凶猛的水鸟,怎么会以它们的和鸣比喻温柔的爱情呢?显然是说不通的。如果有一定的民俗学知识,便会知道,在古代社会中,青年男女经常用鸟的求鱼、吃鱼或人的钓鱼,隐喻求爱。这里是以鱼鹰在沙洲上徘徊求鱼,隐喻男子的求爱。"关关"是鱼鹰的叫声,并非"和鸣"。这样对问题的认识便有了深度,也感到了诗味的醇浓。

如果我们要能取得多方面的知识,并能使知识联网,形成中心,那么我们对任何问题都可以用自己所得的知识去分析、认识,都会有独到的见解。当然初治学的同志,知识结构不宜太庞大,应先建立一个小网状结构,随着知识的增多,逐步扩大,最后结成大网络。

怀疑篇

一、"怀疑"见真理

"打开一切科学的钥匙都毫无疑义的是问号。"这是巴尔扎克的一句名言。确实,没有对托勒密"地球中心说"的怀疑,哥白尼就不可能创立地球绕太阳转动的理论;没有对亚里士多德物理理论的怀疑,就不可能有牛顿力学;没有对上帝造人说的怀疑,就不可能有达尔文的生物进化论。没有怀疑,就不能见真理。

怀疑就意味着创造。法国卓越的科学家——解析几何的创始人笛卡尔(1596—1650)就认为疑问无处不在,他有时甚至怀疑到“自我”的存在。这虽为世人传为笑谈,然而正是这种精神,使他在数学、物理学、生物学、哲学等领域,都取得了辉煌的成就。英国的一名叫邓禄普的医生,他并不是什么化学家、物理学家。他看到儿子每天在卵石路上骑自行车来往(当时自行车还没有充气的内胎)颠簸得很厉害,就一直担心着儿子的安全。他想怎样才能使儿子不至于有危险?有一天他在花园里浇水,手里感到橡胶水管的弹性,于是就发明了轮胎。美国发明家威斯汀豪斯,一心想怎样才能够制造出一种同时作用于整列火车的制动装置。后来他由空气压缩机通过九百米长的橡胶软管将空气压送出去的报道得到启示, 终于创造了气动刹车装置。这些事实说明,任何创造都是从怀疑开始的。当然我们这里所说的怀疑,不只是“不相信”,而是包括“为什么”“怎么办”“可能否”等所有的问题在内。“共产主义”学说的创始人马克思,就是最勇于在怀疑中探索真理的典范。因此当有人问他最喜欢的座右铭是什么时,他毫不犹豫地回答:“怀疑一切!”

“怀疑一切”,这应是科学工作者遵奉的信条。所谓怀疑,就是把事物看活,把书读活,经常地比较、分析、联想、假设。我们搞文史研究,更应如此。因为我们面对的是浩如烟海的文献资料,汗牛充栋的研究论著,如果没有清醒的头脑,敏锐的眼光,大胆的怀疑精神,一味地相信和崇拜,那将会成为死人的奴隶和于世无用的草包。明朝著名学者李贽嘲笑那些毫无怀疑精神的腐儒说:

> 年年岁岁笑书奴,生世无端同处女。
> 世上何人不读书,书奴却以读书死。
>
> 《续焚书》卷五

这首诗从反面告诉我们读书善思的重要性。古代学者还从正面总结过不少经验，如：

> 在可疑而不疑者，不曾学。学则须疑。譬之行道者，将之南山，须问道路之出，若安坐，则何尝有疑？
>
> 张载《经学理窟·学大原下》
>
> 读书无疑者，须教有疑。有疑者却要无疑，到这里方是长进。
>
> 朱熹《读书法》（见《性理精义》）
>
> 为学患无疑，疑则有进。
>
> 陆九渊《象山先生全集》卷三十五
>
> 读书到不能解处，正须沉思；读书到不可读处，正要追步，方有出人头地。
>
> 费锡璜《汉诗总说》
>
> 知识增时只益疑。
>
> 王国维《人间词话》

这些经验告诉我们：一、学由“不疑”到“有疑”到“无疑”，这是一个思维发展的过程，也是求知的过程；二、学术须“有疑”，“有疑”才能“有进”；三、“有疑”，才能“出人头地”。只有这样才能在事业上独辟蹊径，走出自己的路。

我国古代许多著名的学者，都是这样走过来的。汉代大思想家王充（27—97年）就是一个典型的例子。他在八岁时就已读完了《论语》《尚书》等古籍。随后便“谢师而专门”（《论衡·自纪》），走自己的路。他生活的时代，正是经学昌盛，儒家独尊的时代，用日本学者和田清的话说，就是一个“注重传统的时代”。可是王充却对传统的东西，一一提出怀疑。儒者尊孔，他却“问孔”，儒者把孔子的言论当作金科玉律，他却说：“贤圣下笔造文，用意详审，尚未能可谓尽得实，况仓卒吐言，安能皆是？”并指出孔子之言

“上下多相违”“前后多相伐”(《问孔》)。儒者说孔子是先知先觉,他却列举了十个具体事实证明“圣人不能先知”(《知实》),别人叫嚷“王权神授”,他却说“虽贵为王侯,性不异于物”(《道虚》);儒者相信人死后就变成了鬼,他却说“物死不为鬼,人死何能独为鬼”(《论死》);儒者相信禹母吞薏苡而生禹,契母吞燕卵而生契,稷母履大人迹而生后稷的神话都是事实,他却说“薏苡草也,燕卵,鸟也,大人迹,土也。三者皆形,非气也,安能生人?”(《奇怪》)他就是这样,无论社会的还是自然的,历史的还是现实的,对一切虚妄之言,他都予以怀疑、批判,有许多见解都是很惊人的。他能著《论衡》八十四篇,堪称是中国思想史上的一朵奇葩。因此章太炎先生评价说:

> 作为《论衡》,趣以正虚妄,审乡背,怀疑之论,分析百端,有所发擿,不避上圣。汉得一人焉,足以振耻,至今亦鲜有能逮者也。
>
> 章太炎《国故论衡》

“新史学的老先锋”——清代学者崔述(1740—1822),也是一位怀疑大师。他生活在汉学统一全国的时代,却独辟蹊径,以为“百家言多可疑”,故“剖析疑似,为求其真”(刘师培《崔述传》),写出了上百万字的面貌全新的史学著作,首先在日本引起了反响,后来渐渐为我国学者所重视。

现代史学史上极盛一时的“疑古派”,便是沿着崔述开辟的道路前进的。“疑古派”现在看来虽有许多观点都是错误的,但这对于新史学的发展,却起到了巨大的作用。杰出的社会科学家郭沫若,便是从“疑古”中杀出来的一员战将。他以大胆怀疑、勇于探索的精神,对中国古代文化进行了全面的分析、批判,写出了《中国古代社会研究》《甲骨文字研究》《奴隶制时代》《十批判书》等划时代的著作,开辟了中国史学的新纪元。

历史发展是永无止境的。我们要想在前人的基础上,取得更大的成就,就必须用新的科学方法,利用“怀疑”这把金钥匙,打开新的科学大门,用穷追不已的精神,探索真理。不进取不能胜利,不怀疑不能见真理。

二、怀疑的基础

可以说每一个人都有怀疑,但因怀疑者本身各方面条件的不同,因此所怀疑的问题也有高下之别。如幼儿怀疑白硬壳包着的鸡蛋是否能吃,与科学家怀疑将来会否出现星球大战,就是性质完全不同的两种怀疑。总体而言,怀疑大约有三种情况:一是因缺乏知识而产生的怀疑,也就是说被人已经认识,而自己因缺乏一定的知识,仍处于未知状态的怀疑;二是对结论的怀疑,也就是说已被一般人所公认的结论,而自己别有所据对此产生的怀疑;三是对未被认识事物的怀疑。第一种情况,比较常见,只要借助工具书,一般是可以解决的。至于后两种,就不容易了。有人读了一辈子书,也发现不了新问题,这主要是缺乏一定的条件。因此我们要想提出有价值、有意义的问题,就必须具备知识、思想、精神、毅力等方面的基础才行。要打好这个基础,我们就需要做到八字:脚踏实地、异想天开。

所谓"脚踏实地",就是要老老实实地做学问,打下坚实的知识基础。这首先就需要博览群书,鲁迅说过:

> 应做的功课已完而有余暇,大可以看看各样的书,即使和本业毫不相干的,也要泛览。譬如学理科的,偏看看文学书,学文学的,偏看看科学书,看看别个在那里研究的,究竟是怎么一回事。这样子,对别人别事,可以有更深的了解。
>
> 《鲁迅全集》卷三《读书杂谈》

这就是说,博览群书,可以求得知识的深度和广度。王国维也有一段绝好的论述:

> 古今之成大事业、大学问者,必经三种之境界:"昨夜西风凋碧树,独上高楼,望尽天涯路",此第一境也。"衣带渐宽终不悔,为伊消得人憔悴",此第二境也。"众里寻他千百度,蓦然回首,那人却在灯火阑珊处",此第三境也。

所谓第一种境界，就是指博览群书，攀上书山，登高望远，眼界宽阔的愉快之感，觉得事物的变化、发展，尽在视野之中。第二种境界是指深思求真的痛苦过程。第三种境界是指求得真知后的欣慰。只有经过第一境界，才会有第二、第三境界。

当然，要求得广博的知识基础，单凭书本是不行的，还必须多问、多闻、多见、多察，向别人学习，向实践学习。用墨家的话说，就是要“闻、说（考察）、亲（经历）”（《墨子·经上》第十四）。《论语·子张》篇说：“博学而笃志，切问而近思，仁在其中矣。”《礼记·中庸》说：“博学之，审问之，慎思之，明辨之，笃行之。”所谓“切问”“审问”就是指向人求教。王夫之所谓“身之所历，目之所见，是铁门坎”（《夕堂永日绪论内编》），则强调的是实践体验。只有这样广泛的学习，才会有渊博的知识，才能打下坚实的基础，才有可能提出一些重大的理论性问题，才能发现书本上的错误。比如有人解释《汉书·食货志》“行人振木铎徇于路以采诗”一段话说：木铎是木梆子，指敲着木梆子在路上巡游。如果我们有一定的古史知识，便会发现这是错误的。“木铎”就是木舌的铃，常见于先秦古籍。如《左传·襄公十四年》引《夏书》“遒人以木铎徇于路”，杜预注说“木舌金铃”。再比如《西厢记》“长亭送别”一折说：“晓来谁染霜林醉？总是离人泪。”一般注本都说“霜林”就是经霜变红的枫林。可是据我们调查得知，在故事发生的永济一带，不见有枫林的记载。而晋南多的是柿子树，柿子叶秋天后就会变得鲜红。因此可以说注枫林是错的。像这类问题，只要我们勤学、善问、好思，就会发现很多。

其次，所谓“异想天开”，就是要精神浪漫，思想解放，理想狂妄，想前人所不敢想，做前人所不敢做。有些年轻人怕别人说自己骄傲、狂妄，整天低着脑袋，循规蹈矩，这未免太没出息了。年轻人就是要“狂”一点，要有“可上九天揽月，可下五洋捉鳖”的精神。“狂”是有资本才“狂”，有些人学得一塌糊涂，想狂也狂不起来。“狂”不等于“傲”。骄是自看自高，傲是看不起别人。我们应当尊重别人，但也要看得起自己。一个文史工作者，首先应该是一位革命者。要有远大的抱负，广阔的胸怀，敢于打破传统的束缚，以战斗的精神求学,以批判的眼光看书,要有超过前人的信心和决心。对任何东西都不要轻易崇拜。崇拜就是从下向上看,那永远也看不清楚其本相。怀疑就是从上向下看,所以就能辨明事理。即使对于马克思主义,我们也不能盲目崇拜。崇拜就意味着裹足不前,而批判则意味着开创。马克思曾经说过:“我首先怀疑我准备佩服的东西。”列宁在谈到马克思时说:“凡人类社会所创造出的一切,他都用批判的态度来审查。”(《青年团的任务》)同样列宁也是这样对待一切的。克鲁普斯卡娅在回忆列宁时说列宁很尊敬马克思,但对马克思的任何结论都不随随便便地信以为真。

马克思、列宁就是我们的榜样。只有具备了这种精神气质,我们才能够展开想象的翅膀,“精骛八极,心游万仞”(陆机《文赋》)。美国莱特兄弟发明飞机的故事,就是一个很好的说明。在十九世纪,就有人希图实现人类上天的夙愿。可是法国著名天文学家勒让德站出来了,他说要把一个比空气重得多的机器送上天,是不可能的。随后德国大发明家西门子也站出来,他也发表了同样的理论。美国天文学家纽康也站出来,法国物理学家赫尔姆霍茨也站出来了。纽康还根据科学数据大量计算,证明飞机甚至无法离开地面。面对这些权威的理论,莱特兄弟毫不退缩。他们虽然没有上过大学,全靠刻苦自学,但却不把权威放在眼里。经过仔细观察揣摩各种鸟类的飞翔动作,运用数学和空气动力学的知识进行研试,终于在1903年将一个巨大的金属体送上了天空。幻想冲破了阻力,事实打破了权威们的预言。事实告诉我们,只要敢想、敢干,就一定会有成就。

有一个试验,下面的这个图:

不管你从哪一头起,但不要让笔离开纸面,画四条直线,穿过每一个点子。大部分人都做不到。为什么?因为知觉的组织性会引导你在事实上没有阻碍的地方看到阻碍,从而限制了你笔的运行。但如果打破这障碍,异想天开，冲决束缚，这就可以成功了。

三、求疵性怀疑

科学上的很多重大进展不是由问题解决者促成，而是由问题发现者促成。划时代的革命性突破，与其说是理论结论的推行，毋宁说是新问题的提出。比如说中国封建社会为什么发展缓慢的问题，在古代是没有人提出的，因为他们并不认为“缓慢”，安于在习惯中生活。可是现代一经有人提出，许多历史学家便觉得这确实是个问题，于是便围绕这一课题研究、探索，展开讨论。尽管现在还没有统一的认识，但这课题的本身就带有革命性，对于史学研究有巨大的推动作用。我们现在最难得的是：从习惯中发现问题，在合理中找到不合理。用爱因斯坦的话说，就是“不理解最明显的东西”。

宋朝钱易的《南部新书》中有这样一个故事：

> 濠州西有高塘馆，附近淮水，御史闫敬爱宿此馆，题诗曰：“借问襄王安在哉？山川此地胜阳台。今朝寓宿高塘馆，神女何曾入梦来。”轺轩来往，莫不吟讽，以为警绝。有李和凤者至此，又题诗曰：“高唐不是这高塘，淮畔江南各一方；若向此中求荐枕，差参笑杀楚襄王。”读者莫不解颜。

闫氏误将高塘与楚襄王梦高唐神女的高唐混为一事。对地理、名字都没有作细思——也或许是有意借题发挥。来往行人，却只是“以为警绝”，不曾提出疑问，这都是由于懒于思，安于习的缘故。但一经人指出，便有“莫不解颜”。许多“矛盾”不能发现，正因如此。

有的同志说：“我读书不谓不多，用功不谓不勤，思想不谓不大胆，但就是发现不了问题。”发现问题确实不是一件容易的事，这有一定的方法在内，也要有一定的锻炼。我这里根据自己的经验，谈几点发现的方法。

首先谈求疵性怀疑。所谓“求疵性怀疑”，就是以有意挑刺，有意“吹毛求疵”的眼光，去认识事物，寻找事物中所存在的矛盾。这可以从两个角度去考虑：第一，看同一事物或同一部书、同一篇文章中是否存在矛盾；第二，看此一事物与彼一事物、这部书与那部书、这篇文章与那篇文章之间，是否存在着矛盾。我们可把这两种矛盾分别叫作“内矛盾”与“外矛盾”。

一般说，“内矛盾”范围小，比较容易发现。只要我们认真些，细心些，多问几个“为什么”，就可以找到。比如汉乐府《艳歌何尝行》说：

飞来双白鹄，乃从西北来。
十十五五，罗列成行。
妻卒被病，行不能相随。
五里一反顾，六里一徘徊。
吾欲衔汝去，口噤不能开；
吾欲负汝去，毛羽何摧颓。

诗中言“十十五五”，北大编的《两汉文字史参考资料》解释说：“或十只一行，或五只一排，罗列着从天空飞过。”从这里看好像是一群白鹄。可是从通篇的记述看，开首第一句就点明是“双白鹄”，后面又说雌鹄病了，不能和雄的一同飞行，雄鹄说我想带你走也没法带。分明是只有两只白鹄。那么这和“十只一行，五只一排”不就矛盾了吗？像这种情况，我们一般可以肯定，古人是不会轻易自相矛盾的，那只是我们的解释或理解上的错误。其实“十十五五”，并不是言鹄数，而是描写的“双白鹄”飞行的情景。白鹄展翅，形成“十”字形，两只并排正飞便是“十十”形，斜飞则形成“××”形，“×”是古文“五”字。《说文》：“×，古文五如此。”这类问题容易发现，可是不容易解决，需要有一定的古文字基础才行。

《孔雀东南飞》是人们比较熟悉的一篇作品。似乎没有什么可怀疑的了。但仔细一想，仍有值得研究的问题。作品中写了五个人物，两个家庭，两组矛盾。第一个家庭的成员是焦母、焦仲卿、刘兰芝，主要矛盾在婆媳之间。在这组矛盾中，焦母是主宰者，儿子焦仲卿无力助妻。第二个家庭的成员是刘母、刘兄、刘兰芝，主要矛盾在兄妹之间。刘兄是矛盾的决定者，刘母则无能为力。问题就在于为什么在第一组矛盾中母亲决定一切，儿子无能为力，而在第二组矛盾中，儿子却决定着去留，母亲反倒无权干涉了呢？只有把这个矛盾搞清，才有可能认清封建礼教与宗法制的本质。

以上这两个例子，都是讲从原文和注释中发现矛盾。其次，我们要注意到原文与说明文字之间的矛盾。凡一篇或一部作品，我们首先要读懂它的原文，然后才看分析、说明的文字，看它们之间是否存在矛盾。如古诗《十五从军征》说：

十五从军征，八十始得归。
道逢乡里人，"家中有阿谁？"
"遥看是君家，松柏冢累累。"
兔从狗窦出，雉从梁上飞。
中庭生旅谷，井上生旅葵。
舂谷持作饭，采葵持作羹。
羹饭一时熟，不知贻阿谁。
出门东向望，泪落沾我衣！

北大《两汉文学史参考资料》说："这是一首暴露封建社会中不合理的兵役制度对于劳动人民的残酷奴役和损害的诗。"朱东润主编的《中国历代文学作品选》也说："本篇描写一个老战士回乡后无家可归的悲惨情景，揭露了封建兵役制度给劳动人民造成的苦难。"可是从诗中我们发现，除"十五从军征"二句与"兵役制度"有关外，其余全是说的家园破败，家人无一幸存的情景，与"兵役"二字毫不相干。难道能说这荒坟野草、兔雉出没的家园败景，是由于主人公"十五从军征，八十始得归"造成的吗？如果主人公不去从军，就不会这样吗？显然诗篇的主题与前引的两段说明文字是有矛盾的，主人公"十五从军征"，反而成了家里的唯一幸存者。再比如古诗《上山采蘼芜》：

上山采蘼芜，下山逢故夫。
长跪问故夫："新人复何如？"
"新人虽言好，未若故人姝。
颜色类相似，手爪不相如。"
"新人从门入，故人从閤去。"
"新人工织缣，故人工织素。
织缣日一匹，织素五丈余。
将缣来比素，新人不如故。"

游国恩等编的《中国文学史》说："从这首诗中，我们可以看到这个弃妇是如何冤屈：她勤劳、能干、柔顺，但她还是被弃了。作者巧妙地通过'故夫'自己的招供揭示了他的丑恶的灵魂。不难想象：那个新人的命运并不会比故人好些。"中国社会科学院文学研究所编的《中国文学史》则说："她的不幸仅仅由于男子的喜新厌旧罢了。当'新人从门入'的时候，故人是丈夫憎厌的对象，早就不觉其'姝'。但新人入门之后，'三日新鲜四日旧'，渐渐地也惹起丈夫的厌来，便转又觉得新人'未若故人姝'了。这首诗似乎有意把男子喜新厌旧的心理写得更深一层。"但是请问：(一)从什么地方可以看出是男子喜新厌旧抛弃了女子，而不是被迫离居？(二)如果说是男子有意抛弃了女子，为什么相见之后女子毫无憎恨之意，还要"长跪"以礼相待，还关心着男子以后的生活？(三)为什么男子对故人会如此诚恳，一点儿也不隐瞒自己的悔恨心理？这就说明游氏《文学史》与文研所《文学史》上的分析说明是不切实际的。孔子说："众恶之，必察焉；众好之，必察焉。"(《论语·卫灵公》)就是说不要轻易相信别人的议论，一定要亲自考察。朱熹说："学者不可只管守从前所见，须除了，方见新意。"(《朱子语类大全》卷十一)这确实是经验之谈。

"外矛盾"范围比较广，就文史研究说，主要应注意以下几点：

第一、文字与客观事物之间的矛盾。古籍因为距我们时间久远，因此在文字阅读上就产生了一定的隔阂。我们要想弄懂全篇、全书的意思，首先要弄通每一个字、每一句的意思。往往在一个“字”上的新发现，会对全部研究工作产生很大影响。因此我们就要先着手于扫除文字障碍，看古人的解释是否符合客观事物。比如《诗经·周南·兔罝》篇：

肃肃兔罝(jiē，兔网)，椓之丁丁(指打木椿布网)。赳赳武夫，公侯干城。

肃肃兔罝，施(布)于中逵。赳赳武夫，公侯好仇(好伴侣)。

肃肃兔罝，施于中林。赳赳武夫，公侯腹心(亲信)。

第三章说把兔网布在树林里，这里是合乎情理的。第二章“施于中逵”，古今学者解逵为四通八达的道路，陈子展《诗经直解》翻译为“安设在九通路口”。所谓“九通路口”，就相当于今所谓的行人车辆来往交叉的十字路口。请想把网布在人来往频繁的路，是要捕兔子呢？还是要捕人呢？这显然是与客观事物相矛盾的。于是可肯定“逵”不会指“四通八达”的路口。其实，“逵”是“陸”的假借字，陸是高平之地。“中陸”与下文的“中林”正是相对成文的。这是于省吾先生的卓见。

宋郭若虚《图画见闻志》卷五说：

唐王维……尝至招国坊庾敬休宅，见屋壁有画《按乐图》，维孰视而笑。或问其故，维答曰：“此所奏曲，适到《霓裳羽衣》第三叠第一拍也。”好事者集乐工验之，无一差者。

而沈括在《梦溪笔谈》卷十七却提出怀疑说：

此好奇者为之。凡画奏乐，止能画一声，不过金石管弦同用一字耳，何曲无此声，岂独《霓裳》第三叠第一拍也？或疑舞节及他举动拍法中别有奇声可验。此亦不然。《霓裳曲》凡十三叠，前六叠无拍，至第七叠方谓之“叠遍”，自此始有拍而舞作，故白乐天诗云：“中序擘骍初入拍。”“中序”即第七叠也。第三叠安得有拍？但言“第三叠第一拍”，即知其妄也。

这也是由记载与客观事物之间产生的怀疑。

第二、同类文字两样说明的矛盾。比如《诗经·召南·小星》篇说：“嘒彼小星，三五在东。”《毛传》说：“三五”就是三心五噣，是天上的两个星宿。而赵秉文《和舜元杂诗》说：“三五残星阙角东，淡黄杨柳月明中。”“三五残星”显然是指寥落的星辰，与《小星》所言为同类事物，而《毛传》的注释却与此相矛盾。再如《周南·关雎》：“窈窕淑女，君子好逑。”《毛传》《朱传》都说“窈窕”就是“幽闲”。《楚辞·山鬼》“子慕予兮善窈窕”，王注说：“窈窕，好貌。”《关雎》“窈窕”是形容“淑女”的，《山鬼》“窈窕”是形容“山鬼”（女性）的。性质相同，可是两处的说明却相矛盾。《诗经·周南·卷耳》“采采卷耳，不盈倾筐”，一般都注“采采”为采了又采。可是《诗经》中有“采采衣服”“蒹葭采采”注者都以为是形容词，再看《诗经》中叠字如“桃之夭夭”“伐木丁丁”“忧心忡忡”等都是形容词，倪瓒诗“采采菊花犹满地”，吴师道“盆菊采采黄金窠”，也是形容花的。这样又与诗注相矛盾了。

第三、同一事物不同记载的矛盾。像这类问题，一般都比较大，往往又为繁杂的材料所掩盖，为人们的习惯思维合理化，因此也不容易发现。比如《大雅·生民》篇有“即有邰家室”一句，汉儒认为邰就是周人的起源地，周的老祖宗后稷封到这里。《国语》和《史记》又说后稷的孙子不窋，因为夏朝弃稷不务，所以就离开了“邰”跑到戎狄之间去了。可是汉儒注释《诗经·公刘》篇时又说：不窋的孙子公刘从“邰”迁到了“豳”。两千多年来人们都一直这样相信着，却很少有人提出公刘的爷爷辈早已离开了“邰”，到了戎狄之间，公刘怎么有可能从“邰”起迁呢？再如《离骚》有“帝高阳之苗裔”句，注者都说高阳就是颛顼，汉儒写史也如此说。可是在《左传·文公十八年》却说，“昔高阳氏有才子八人……颛顼氏有不才子”，分颛顼、高阳为两人。像这类问题，只要我们发现之后能积极解决，就会有较大的突破。

第四、结论与事实的矛盾。对一个名人或古人所下的总结性的结论，我们还须认真考察，看其是否全面，是否符合事实。如姜亮夫《屈原赋校注》注《离骚》“汤禹俨而祇敬”说“古无倒称汤禹之例”，并断言：“《左传》《荀子》《韩非》《吕览》诸书皆然，而绝无倒言汤禹者。则此汤必不指商汤，明矣。”可是《吕览·审分》篇就有“汤禹之臣不独忠”之句。《韩非子·五蠹》也云：“有美尧舜汤武禹之道于当今之世者。”显然姜氏的总结与事实是矛盾的。像伽利略怀疑亚里士多德的“物体降落的速度是依物体本身的轻重决定的”结论，也属于这种情况。

“求疵性怀疑”是一种最基础的也是最主要的怀疑方法。因此我们搞研究一般需要首先考虑到是否“矛盾”。矛盾有两种性质，一种是因误解、误传造成的，一种是事物本身所表现出来的矛盾。属于表现性的，我们要“思索以通之”发掘它内在的统一性和规律性。属于错误性的，我们就要想办法纠正它。

四、进取性怀疑

所谓“进取性怀疑”，就是带有直追、逼迫性质的求知怀疑。即《墨子》所谓“虑也者，以其知有求也”（《说经上》）。与“矛盾性怀疑”不同，它不是“合理”中寻找矛盾，而是从习惯中找特殊；不是要求得“矛盾”的双方，而是“单刀直入”；不是找事物的错误，而是要求它为什么合理。“求疵性怀疑”的思维方法是“否定”，目的在“破”。“进取性怀疑”的思维方法是“肯定”，目的在“立”。它不是像“求疵性怀疑”那样想法去解释矛盾，消失矛盾，而是要探求事物的规律本质。

从表面上看，这种怀疑法似乎要容易些，比如说鸡为什么是两条腿，蛇为什么没有腿，这篇文章的主题是什么，它的艺术成就何在等等。只要随便提出个“为什么”就可以了。其实问题并不那么简单。要想抓住一个有价值的问题，必须经过认真地思索。意大利比萨城的天主教堂里，天花板上的吊灯不知道摇摆了多少年。对这种现象，不知道有多少人见到过，却都觉得没啥特殊。可是伽利略却觉得可疑，终于从中发明了摆钟的等时性定律，并用这个定律制造出了一个长度适当的摆钟，用来测定脉搏的速度和均一性。投到天空的石头，总要落到地面上来。天上的飞鸟，总要返回地下。树上的苹果，总要向下落。这种现象是所有人都司空见惯的，并不以为特殊，可是牛顿却从中发现了万有引力定律。我们周围的物质大都是有颜色的，那请你闭上眼睛说出你宿舍或教室里有哪几种颜色，你能说准吗？当然不能。为什么？就是因为你太熟悉了，而忽略了颜色的存在。因此说这类问题的发现，“看似寻常最奇绝”，甚至比发现“矛盾”还难。

一般说来，越是熟悉的东西，越难找到它的特殊性。因为特殊性的发现，本身带有追求好奇的心理因素。越是新鲜的越容易引起好奇。因此我们要及时的、很好的抓住事物的特点，首先就要把握住“初感”。

所谓“初感”就是“第一次印象”。我们都有这样一种体会：假如有个陌生人，突然出现在你的眼前，问你打听什么事情，当陌生人走后，有人问你打听此人的情况时，你可能会很清楚的讲出他的发式、服装的样式、颜色、个子的高低等。可是请你闭上眼睛，你能否说出你最熟悉的也是最普通的，每天都跟你见面而且今天还给你打过照面的同志，今天穿的是什么样式、什么颜色的衣服和鞋吗？我看大部分同志是说不上来的。俗语说“少见多怪，每见无味”，正是这个道理。因此我们读书学习或观察事物，要特别珍惜这因“少见”而产生的“怪”。几乎每一个大人都见过指南针，甚至不知见过多少次。对于指针的定向转动，谁也不感到意外。可是爱因斯坦五岁时，见到罗盘却十分好奇，感到这后面有一种神秘的力量，从而引起了他探索自然奥秘的浓厚兴趣。同样，搞文史研究工作，也应像爱因斯坦对待指南针一样，认真把握住读完每一本书、每一篇文章或每一首诗的“初感”，从字里行间发现新奇的东西，然后去探索、思考。这种初感，有时就是“灵感”，如果一时失去，过后就很难找到了。比如我翻阅以前的读书笔记时，就偶然发现了当时的几条“初感”：《左传》中除人物语言与所谓君子评论外，在叙事语言中，很少见到语尾助词乎、也、焉、哉之类。这是为什么？明朝时郑和多次下西洋，徐霞客考察山川足迹遍及十六个省，李时珍采集药物行程几万里，《西游记》写唐僧到西方取经也是冒险极了……为什么明朝人实践、冒险精神那么强？为什么印度人时间观念差？连古代帝王的即位时间都没有确切记载？像这类问题，我现在就不可能注意到了。关于《左传》的一条，我曾问过一位对经书较熟悉的老师，他也没有注意到。我想只要我们能抓住“初感”，能够较长时间的维持“初感”所得的好奇心去追求、探索，就能够取得成绩。当然，“初感”不一定能把握住事物的本质，甚至有些感性认识是错误的，这就需要我们在学习研究过程中，不断证实、修正。

其次，就是要把最平常的东西当作研究的对象，从一般中找特殊，从寻常中找“意外”，把简单的问题看繁杂些，把孤立的问题看系统些。用爱因斯坦的话说，就是“不理解最明显的东西”。

金代诗人李俊民《下太行》诗云：

山中日日伴云闲，不见闲云只见山。
君去试从山下望，青山却在白云间。

日日在白云中生活，却看不见白云。一旦走出白云，便会看到自己所依居的青山也在白云之中。这首诗揭示了一个真理：如果要想认识自己最习惯的东西，就要跳出最习惯的圈子，把所“习惯”的事物，当作研究对象。科学家们一般都具备这个特长。比如我们七八个人在一个桌子上会餐，你是用左手拿着筷子，那么很可能马上就有人笑你：“为什么用左手吃？”谁也没有想到自己为什么要用右手。可是科学家对人为什么右手劲儿大，却有科学的解释。我们常见到蜘蛛抽出长长的细丝，在屋檐的一角，结成大网，捕捉飞虫。有时我们不小心碰到蛛网上，还会感到细丝的韧性和张力，但我们一点儿也不感到意外。可是科学家就推出了为什么，并由此而研究出了人造丝。我们的眼睛时时观察着周围的一切，我们不仅能准确地辨识出物体的不同形状、大小、颜色，而且还能测出它们的相对距离和速度等。我们都觉得这是理所当然，一点儿也不感到奇怪。可是科学家却提出了为什么，并由此而创造了人造眼，安装在无人驾驶的宇宙飞船上。一套《十万个为什么》几乎都是这类问题。我们搞文史研究的同志，也应该学习这种进取、追求的精神，揭示出最熟悉问题的“所以然”。记得邓拓同志在《燕山夜话》中谈过这样一件事情：人们经常说“将够本”，却不知道、也无人去留心是哪个 jiang 字。当一提出来，却发生了争论，有人说是“将”字，也有人说是“姜”字。经过仔细捉摸才觉得“姜”字比较正确。因为“姜”种下之后，无论怎样也不会赔本。即使生不出新姜来，老姜还可以吃。所以叫“姜够本”。当然这个解释是否正确，那是另外一回事。但可以说明，平时有好些值得研究的问题，由于司空见惯，都从我们眼皮底下溜走了。比如我们经常提到“洋鬼子”“日本鬼子”“美国鬼子”，为什么叫外国人“鬼子”呢？在日常生活中经常用及“胡说”“胡来”“胡闹”“胡扯”“胡突”“胡乱”，为什么要这样说呢？“胡”字是什么意思？平时也说“野蛮”“鲁蛮”“蛮撞”“蛮干”“蛮动”“胡搅蛮缠”，为什么要这么说呢？我想这些极平常的词语，恐怕大多数人都是不注意也不了解的。一些老学者在这方面为我们作出了榜样。如我们在评价古代文学作品时，习惯于用讽喻、讽谏之类的词语概括某一作品的性质。也常说某一作家有“叛逆精神”，某一作品有“叛逆思想”。这类词语我们用得越多，越觉得平常。可是张志岳先生却看到了它的不平常。他把讽喻文学和叛逆文学当作两个传统，从宏观上去认识它，并撰写了《关于中国封建时代的讽喻文学和叛逆文学两个传统问题的初步探讨》论文，填补了古代文学研究的一个空白。我们读《楚辞》时，看到其中常用香草、花木为装饰，用美人自喻或喻君、喻理想，觉得这只是“比兴”，并无什么奇特。可是游国恩先生却独具慧眼，写了《楚辞女性中心说》一文，使人耳目一新。

其三是抓薄弱环节。看哪些课题研究的人少，哪些课题深入的不够。为什么不够，怎么样才能深入下去。我们平时所说的避热门抓冷门，也就是指的这个意思。比如在古代文学研究领域里，唐诗宋词、《红楼梦》《三国演义》《水浒传》都是热门，汉赋、北朝文学、金代文学研究的人就很少。“冷门”的重点在于开垦，而“热门”则是要精耕细作，甚至需要“现代化”耕作技术。相对来说，“冷门”就容易见效。分析一部作品、一篇文章或一种历史现象时，也是要看哪些地方没人谈到过，哪些地方人谈的不够，以此作为选择目标的一个标准。比如不少红学专家都认为《红楼梦》前八十回是曹雪芹的手笔，后四十回是高鹗所续。那么曹雪芹的本意，八十回后该是如何呢。虽然也有些学者谈过这问题，但不系统。梁归智同志的《石头记探佚》，张之同志的《红楼梦新补》却分别以论文和小说的形式，填补了这个空白。

其四就是对任何事情都问个为什么。毛泽东同志在《整顿党的作风》一文中曾指出："共产党是对任何事情都要问一个为什么。"当然这是指工作而言，我们搞文史研究也应如此。宋张载说："学不能推究事理，只是粗心。"（《经学理窟·义理》）又说："万物皆有理。"（《张载集·语录抄》）如果我们要想推究万物的"事物"，就首先要问个为什么。牛顿在谈成功的秘诀时，就曾说："我一直在想、想、想……"他在自己的主要著作《光学》的最后部分，提出了三十多个问题。尽管其中有些是错误的，但其思想的闪光还是不可掩饰的。不要怕提错问题，只要能经常思考，多探索，有错必纠，自然会迸发出闪光的火花。

以上这四种方法，第一种关键是抓时机，第二种关键是拉距离，第三种关键是钻空子，第四种是要耐心。第一种是灵感，第二种是硬功，第三种是窍门，第四种是锻炼。

五、求同性怀疑

所谓"求同性怀疑"，就是对相似性事物之间的关系提出怀疑。这种怀疑我们可从"三维空间"的角度提出。

首先考虑横线联系。横线怀疑一般是在某一方情况不明的前提下进行的带有已知求未知的性质。这种思维在自然科学领域中应用的比较多。例如海豚潜在水里，就能发现水面上空四五米处的小物体，并能像优秀的跳高运动员那样，准确的选择起跳点，衡量跳力，一举跃出水面攫取物体。射水鱼在水里游泳，眼睛却窥视天空，一旦发现天空中的目标，便迅速确定身体的位置和姿势，并对光线折射造成的目标位置变化进行复杂的校正,用咀对准目标喷水将目标一举击落,“弹无虚发”。有时你在鱼缸旁点上一支香烟,一不小心它就会将烟打灭。于是科学家考虑,能不能仿照鱼或海豚眼睛的原理制造一种瞄准仪或观测仪器,运用于宇宙考察、海洋开发或国防建设上呢？蛇的视力很差,却能利用它特殊的生理功能——生于颊窝或唇窝的热定位器,感知到前方的热物体,采取对付措施。于是科学家考虑,怎么能利用蛇的热定位器的原理,改进人类红外检测器的精确度呢？正是在这种“求同性”横线思维的鼓动下,兴起了仿生科学。在文史研究中,求同性横线怀疑也是十分重要的。例如出土的铜器永盂铭文中有一个残字,这个残字影响到对整篇铭文的理解,因此许多学者都为此花费了不少精力,但终少成效。有的学者只根据字的残迹与金铭中形体相近的文字比较,求其相同。戚桂宴老师则从全句与取意上考虑,他发现《卫鼎》中有“率履”二字,履字的上下部与残字的痕迹都很相似,而残字之前也是个“率”字。上下文意与《卫鼎》也有相类之处。于是怀疑残字可能是“履”字。经遍考金铭文献,进一步证实了这个怀疑。再如古诗《长歌行》说:

青青园中葵,朝露待日晞。
阳春布德泽,万物生光辉。
常恐秋节至,焜黄花叶衰。
百川东归海,何时复西归。
少壮不努力,老大徒伤悲。

这是一篇感时光易逝的诗。只是这里的“葵”不知指什么葵。今一般注本以为是向日葵,显然是错的,因为向日葵很晚才传入中国,晚明李时珍的《本草纲目》中还没有提到。岑参的《蜀葵花歌》说:

昨日一花开,今日一花开。
今日花正好,昨日花已老。
人生不得枉少年,莫惜床头沽酒钱。

请君有钱向酒家，君不见蜀葵花。

这也是叹韶华已逝，而且也是由葵引起的一番感兴。再看戴叔伦的《叹葵花诗》：

今日见花落，明日见花开。
花开能向日，花落委苍苔。
自不同凡卉，看时几日廻。

内容也相近，那么《长歌行》中的"葵"是否就是"蜀葵""葵花"呢？

这种"横联"法，在文字训诂与《诗经》研究中似乎更为习见。《诗经》中的诗篇，一般都分章。一篇中各章的结构大略相似，因此我们就可以用求同性横线怀疑的方法，对一些被古人望文生义误解了的地方提出怀疑。比如《诗经·公刘》篇，第二章说："笃公刘，不胥斯原"；第四章说："笃公刘，于京斯依"；第二章说："笃公刘，于豳斯馆。"句式完全相同，可是前人却分别认为"于是去察看(胥)这里的平原(原)"，"于是就在这叫京的地方依居下来"，"于是在豳这个地方营建定居"。如果分开来看，这解释无疑是正确的。如果我们用横线联系的"求同"法来检验，便会发现问题。在同一篇，结构相同的数章中，如果句式相同，它们的意思也应相近。"京""豳"是两个地名，那么"胥"字是否也当为地名呢？"依""馆"是动词，那么"原"是否也当为动词呢？再如《伐檀》篇：

坎坎伐檀兮，置之河之干兮。河水清且涟猗……
坎坎伐辐兮，置之河之侧兮。河水清且直猗……
坎坎伐轮兮，置之河之漘兮。河水清且沦猗……

第二章"辐"第三章"轮"都是车上的一部分，那么"檀"是否也当是车上的组成部分呢？第二章"辐"是直形的，"河侧"(侧从则，规则、法则之义)

是直的，河水形成的波纹也是直的。第三章“轮”是圆形的，“河漘”（如人之咀唇）是圆形的，河水形成的波纹“沦”也是圆形的。那么第一章“河干”（干有高意）是高的，河水形成的波“涟”是否也当为高波大波呢（《尔雅》引“涟”作“澜”，大波为澜）？当我们提出此类问题时，往往掺杂着重视其相同性的主观感情。但感情必定不是科学，因此还必须认真求证。

求同性横线联系，还有一种情况，就是事物的双方本来都是很明了的，也无丝毫关系，但存在相似性。为了找到它们的共同规律，我们也可以横线比较。这种方法在比较文学领域里应用的极为普遍。（当然比较文学不只是求同，也要求异）。如应锦襄的《中国古典小说与欧洲传统小说创造法之异同》，赵双之、张学海的《东西方神话美比较》等，无疑都是从“求同”开始的。

其次是纵线怀疑。纵线怀疑就是考虑事物之间的影响或继承、发展关系。今通行本文学史在每一大作家或某一带有时代性的文学体裁之后，一般要交代其在文学史上的地位、影响。这就是从纵线考虑的结果。在古代文学论坛上，我们常见到《陈子昂与建安风骨》《政教中心与现实主义》之类的题目，这类问题的提出就是用纵线怀疑作指导的。如果我们发现属于两个不同历史时代而带有一定相似性的事物，都可以考虑它们之间是否有一定的关系。比如《五代史伶官传序》格调很似《史记·伯夷列传》，唐寅的《与文徵明书》颇类司马迁的《报任安书》，它们是否有承继关系呢？《九歌》中“东君”“云中君”“河伯”“山鬼”“湘君”“湘夫人”，这些也都是礼赞自然的歌子，它对南朝山水诗的形成是否会有影响呢？王安石《泊船瓜洲》诗云：

京口瓜洲一水间，钟山只隔数重山。
春风又绿江南岸，明月何时照我还？

《容斋续笔》说，第三句“绿”字，王安石改了十几次，最初是“到”字，改为“过”字，又改为“入”字，又改为“落”字，最后才选定“绿”字。此已成了讲修辞的一个典范例子。可是李白诗中早就有这样的用法。他在《侍从宜春苑奉诏赋柳色听新莺百啭歌》中云:“东风已绿瀛洲草,紫殿红楼觉春好。”那么王安石反复改字，是否与李白此诗有关呢？李白有诗云:“山随平野尽,江入大荒流”,而杜甫则云:“星垂平野阔,月涌大江流”。李白诗云:“青天有月几时来,我今停杯一问之”。苏轼词云:“明月几时有,把酒问青天”。杜诗与苏词,都比李诗著名,但它们是否都从李诗脱胎而来的呢？如果我们能沿着求同性纵线怀疑的思维进行研究，一般都可以了解到某一事物的来龙去脉,了解事物的发展规律,了解到某一作品的艺术魅力等。

其三是竖线怀疑。这种怀疑主要是在作家与作品、作家与时代、时代与作品之间进行的。这样的目的主要是为了更深入地理解作品的意义,更全面地了解作者的思想，了解其与时代的关系。我们一般讲文学作品选时,习惯于先介绍时代背景,其次介绍作者的思想,最后分析作品。这都是竖线考虑的结果。但对于求同性的竖线怀疑就不如此简单了。它不是要从面上考虑三者之间的关系，而是要发现其两方的相似点或相通点作为突破口,企图有新的突破。例如陶渊明写《桃花源记》,反映了他自己的乌托邦思想,也表现了他自己的退隐思想。而在他的名字与《桃花源记》之间,我们却发现了微妙的重合点,桃花林的“桃”字与“陶”字音同,《博异记》以桃花神为陶氏。“林尽水源,便得一山”与“渊”字合。“山有小口,仿佛若有光……复行数十步,豁然开朗”,与“明”字合。渊明名潜,似又与“不足为外人道”合。这些重合点到底是怎么回事呢?此外如《曹植与建安文学》《陆机与太康文学》等论题,都属于竖线怀疑的产物。

求同性怀疑是我们在文史研究中应用得较多的一种怀疑法。一般说“与”之类的论题,大都是在求同性怀疑的启示下进行的。

需要注意的是,我们在考虑此类论题时,一定要考虑到事物双方的广度,不能把双方都孤立起来,从一个微小的点上去考虑。双方重合的点越多,研究才越有意义。

六、求异性怀疑

好奇和求奇无疑是创造的前提。“求异性怀疑”便是在求奇心理的驱使下进行的创造性思维活动。这种思维活动需要“内功”的修炼，需要有反潮流的精神气质，要有敢于标新立异的勇气。它不像“进取性怀疑”那样，顺水推舟，将问题沿着原有的方向深入下去；不像“求疵性怀疑”那样，寻找事物的矛盾作为突破口；也不像“求同性怀疑”那样，在已知领域里寻找答案。它的特点是不满足于现有的答案而企图另辟蹊径，它侧重于探索未知的领域，但也不放过已知领域。

“求异性怀疑”的具体方法，主要有三条，其一是撇开旧说，转向臆测。也就是说对旧理论旧体系一般不做狠命攻击，只是企图于旧说之外，别树一帜，运用新方法或从新方向去认识旧事物。从宏观上讲，像今人用系统论、信息论、控制论、协同论、模糊数学等方法研究美学和文学，就是一种“求异性”的探测。从微观上讲，我们也可以对一些具体的问题从新角度去认识，比如《诗经·关雎》篇中说：

关关雎鸠，在河之洲。窈窕淑女，君子好逑。
参差荇菜，左右流之。窈窕淑女，寤寐求之。
求之不得，寤寐思服。悠哉悠哉，辗转反侧。
参差荇菜，左右采之。窈窕淑女，琴瑟友之。
参差荇菜，左右芼之。窈窕淑女，钟鼓乐之。

这篇诗的关键在“流”“采”“芼”三个字，前人以为这是描写“淑女”采荇菜的动作的。现在又有些学者在古说的基础上发挥“阶级论”学说，说什么淑女是勤劳的劳动妇女，君子是贵族，阶级不同，不当相爱。这本是一首民歌，因被文人篡改而出现了矛盾等等。如果现在我们撇开旧说，转换一个角度，将“人”换作“物”，把“流”释为春天荇菜初绿在水中来回摇摆之貌。把“采”（古有蔓意）释为枝叶伸长之状，是否可以呢？《硕鼠》也是大家较熟悉的篇子。诗篇主要是斥责剥削者的贪婪，反映人民群众的悲愤。诗的最后两句是:“乐郊乐郊,谁之(其)永号!”现一般注本都说:“到了乐郊,谁还会长叹短嗟呢?”意思是相信确有“乐郊”。据我们所知,“谁”字与“唯”字古字相通。如果我读“谁”为“唯”,会怎么样呢?意将成为“乐郊啊乐郊,唯只有长号!”这是否比旧说要好些呢?《左传》中,“郑伯克段于鄢”一节,是描写郑庄公与其弟共叔段手足相残的故事的。由于共叔段的幼稚,终于被庄公击败。现在一般分析者都认为这场悲剧的酿成者主要是郑公的母亲姜氏与共叔段,而庄公只是“稳稳自信,胸有成竹”,用谋略对付对方的进攻。但是在文章中我发现那七个“将”字特别值得注意。“君将不堪”说明目前还可以控制共叔段。“厚将得众”说明目前共叔段还没有得众。“将袭郑”说明还没有袭郑。“夫人将启之”说明夫人没有做内应。“将”是未然之辞,也就是说这一切都还没有发生,那么这是不是冤假错案呢?这样从新的角度去观察认识,便有可能得出全新的结论。

其二假设条件,以求加深或补充、修正旧说。所谓“假设条件”就是现实中根本不存在的条件。巴斯德说:“人往往倾向于某一种思考”。而这样做的目的,就是为了改变人们的习惯思考,也就是换个角度思考问题。当你乘坐的火车在某一站停下,你的眼睛注视着另一列停着的火车时,发车铃还没有响,自己乘坐的火车就开动起来了。你再定神一看,才发现自己乘坐的火车并没有动。这是由于注意力集中到对方而产生的错觉。转移固定的着眼点解决问题,也是科学上的战术(参见日田中宪《科学之谜》)。比如我们在研究古代史时,往往认为元、清两代少数民族政权的统治,影响了中国社会的发展。那么我转换一个角度提问,假如没有元、清两代的统治,中国会出现怎样的情况呢?吴三桂的叛变,使得清人入关,汉族政权灭亡,那么假如没有吴三桂,是否中国就能免除二百八十年的灾难呢?民族英雄岳飞的失败,是由于秦桧的陷害,那么假如没有秦桧,岳飞是否就一定能完成统一大业,宋朝就可免遭亡国之痛呢?在七十年代,社会上“骗风”盛行时,有些骗子冒充中央首长的亲属招摇撞骗,使许多干部和群众上当受骗,人们对此深恶痛绝。似乎认为“是可忍也,孰不可忍也”。可是话剧《假如我是真的》,却从另外一个角度提出了发人深思的问题,使人不能不考虑骗子为什么要冒充高干子弟？为什么有那么多做领导工作的同志甘愿受骗，像接待天使一样接待他？他的罪过就在于行骗，假如他真的是高干子弟，那么这一切不都成为合理的了吗？骗子的酵母不正是党内的不正之风吗？这样我们既可以认识到事物的必然性与偶然性之间的联系，也可以避免结论的片面性。

其三是同中求异，以求抓事物的特殊规律。这与“求同性怀疑”正好是相反的。这在文史研究中是很普通的方法之一。比如孟子和庄子的文章风格有什么不同，其原因何在？李白、杜甫诗歌风格有何不同？中国封建社会与欧洲的封建社会有何不同？有时在同一事物中，我们也可以寻找各因素间的差异。同一作品中，各种人物的不同性格；同一事件中，各种人物的不同表现等。有一篇研究国民性的文章中举了这么几个例子。一家国际公寓发生了火灾，犹太人是抱着保险箱往出逃，法国人是拉着情人往出逃，中国人背起老母往出跑，日本人拉着丈夫往出跑……中、俄、德、印四国的人同行出城，城门已经上锁了。俄国人一看门下有个洞，便急急忙忙往出钻；中国人却慢腾腾地说，着什么急呀，等城墙倒了再出；德国人性燥，不顾一切地把俄国佬的双脚拖住尽力拽，使俄国人头扭掉了；印度人却已忘了自己怎么一回事。这个例子对我们搞创作，搞文史研究，都有启发意义。

任何事物都存在个性，即特殊性。只要我们能把握其特殊性，就能对事物做出更深刻的认识。

七、类聚型怀疑

“类聚型怀疑”是指在同类事物聚集在一起而进行的怀疑，目的是要揭示事物的本质。这种方法颇似逻辑学的归纳法，只是没有推到一般而已。

类聚型怀疑有两种形式，一是有中心怀疑，一是无中心怀疑。所谓类聚性有中心怀疑，就是指由对个别问题的怀疑，而联想到同类问题，从而将同类问题收集起来，进行探讨。其目的虽仍是要揭示事物的本质，而其着眼点则在解决某一个别问题，其怀疑是在围绕着一个中心进行的。比如关于屈原的爱国主义问题。现在一般书上都称屈原是爱国主义诗人。那么我们就可以提出疑问,屈原所爱的楚国是一个封建割据的国家,是民族分裂时期的地方政权,爱这样的国能不能称作爱国主义者呢?与屈原爱国性质相似的有为报"亡国"之痛博浪沙击秦皇的张良,为复国揭竿而起的项羽,誓死效忠于蜀国的关羽,为吴国败魏、甘受酷刑的黄盖,高唱"吴国为我仇""甘心赴国忧"的曹植。这些人能不能都称作爱国主义者呢?我们通过对同类问题的怀疑,来解决个别问题,这就叫作类聚型有中心怀疑。清代的考据学家,最善于用这种方法解决问题。如马瑞辰《毛诗传笺通释》关于"采采卷耳"的解释说:

按:《蒹葭》诗"蒹葭采采",传:"采采,犹萋萋也。"萋萋犹苍苍,皆谓盛也。《蜉蝣》传:"采采,众多也。"多与盛同义。此诗及《芣苢》诗俱言"采采",盖极状卷耳之盛……

再如解《日月》篇的"宁不我顾"云:

按:宁乃一声之转。乃古音读仍,宁犹乃也。诗中宁字义多为乃。此诗"宁不我顾",犹云乃不我顾也,"宁不我报",犹云乃不我报也,《小弁》诗"宁莫知之",《沔水》诗"宁莫之懲",《桑柔》诗"宁不我矜""宁为荼毒",《云汉》诗:"宁莫我听""宁丁我躬""宁俾我遯",义并同。

这都是为了解决某一具体问题,将同类现象排比而归纳出结论的。

类聚性无中心怀疑,则是指某一现象多次出现,激刺人的大脑,而引起的求释性反应。这种怀疑不是由某一个别问题引起,而是由同类问题的累积而产生;不是围绕着某一中心点进行怀疑,而是对同一类问题的怀疑,因此叫作类聚性无中心怀疑。比如古书中常常谈到诗人骑驴的事:

李白失意,遊华山,县宰方开门决事,白乘驴过门……

《摭遗》

贾岛得“僧敲月下门”之句，始欲作“推”字，驴上引手作敲、推之势……

《刘宾客嘉话录》

王荆公平生不喜坐，非卧即行。居钟山，每早饭已，必跨驴一至山中……

《蒙斋笔谈》

郑綮善诗，或曰：相国近为新诗否？对曰：诗思在灞桥风雪中，驴子背上，此何以得之？

《全唐诗话》

雪没驴腰白，行行诗兴催。不因太清绝，那肯犯寒来。

元·陈深《题画扇骑驴踏雪》

宋牟巘有诗言诗人骑驴云：“君不见少陵骑驴京华春，一生旅食长悲辛。又不学浪仙骑驴长安市，凄凉落叶秋风里。却学雪中骑驴孟浩然，冷湿银镫敲吟鞭。”这样的记载实在也太平凡了，可是为什么诗人不骑马，不乘牛车，偏爱骑驴呢？始作俑者是谁呢？如果沿着这条线索去探索，就会揭示出在这一现象下面藏着的本质。清代学者王引之的《经传释词》，可以说就是这种怀疑法的产物。

“类聚性怀疑”的关键是联想、积材。既要能通过回忆，将眼前的问题与过去遇到的同类问题联系起来考虑，也要能将习见的被人所忽略的现象类聚起来。这样便能够发前人所未发，道时人所未道。马克思和恩格斯之所以能创立科学社会主义理论，能揭示出人类社会的发展规律，就是因为他们能对大量的社会材料和历史材料以及大量的历史现象，进行认真分析、研究的结果。我们研究学问，研究社会问题，也应如此，不可轻易放过两个以上带有相似性的材料，必须人细、手勤、随时抄录，积累材料，以备后用。

八、扩散性怀疑

"扩散性怀疑"是以一点为中心而向四周探索的怀疑法,是一种带辐射性的思维方法。其目的是要探索某一事物的多种可能性以及其与周围事物的广泛联系。其形式主要有两种,一是定向扩散,一是不定向扩散。

所谓不定向扩散,就是对某事物提出多种猜疑而不受任何局限。这主要包括两个方面:即对某种现象产生原因的多种疑测和对某一事物发展前景的多种疑测。比如中国封建社会长期停滞不前,这是有目共睹的,其原因何在呢?是因民族过早的大一统,使地方势力失去了竞争之势呢,还是因社会结构过于稳固呢?是因礼教统治过于严酷呢,还是因民族过于善良,缺少批判精神呢?是因民族重义轻利的传统价值观造成的呢,还是闭关锁国的政策所致呢?这种怀疑法,在生活中最为常见。如《庄子·至乐》篇云:

> 庄子之楚,见空髑髅,髐然有形。撽以马捶,因而问之,曰:夫子贪生失理而为此乎?将子有亡国之事、斧钺之诛,而为此乎?将子有不善之行,愧遗父母妻子之丑而为此乎?将子有冻馁之患而为此乎?将子之春秋故及此乎?

见到一具骷髅,这是眼前存在的现象,那么为什么会有这具骷髅呢?他是如何致死的呢?作者则将有可能导致死亡的多种原因作了猜疑,使人联想到了死亡的多种情景,从而对多种可能作出静态分析,因此这种怀疑带有解释的目的。对于事物发展前景的疑测,则与此略有不同,它不是对某一现象作静态的认识,而是动态分析。比如中国戏曲现在面临着危机,它的观众群,一是老化,二是人越来越少,三是其市场越来越少,大中城市几乎已无人看戏曲。那么这样下去,中国戏曲的发展前景会是怎样的呢?是被电影、电视剧所代替呢,还是会作为一门独立艺术与电影、电视长期并存呢?是退出城市,坚守农村阵地呢,还是会经过改革与新的宣传工具结合再次兴起,进入大城市呢?当前有关方面呼吁积极抢救戏曲,这样到底能起到多大的作用？我们在提出这些疑问时，我们的思维不是停留在某一点上，而是在目前所存在的现象与未来疑问点之间运动着，沉思着。这就使人放眼未来，对周围一切有可能影响此一事物发展的因素，作出认真分析，打破习惯的局限，展开丰富的联想。因此这种怀疑法含有极丰富的创造因素。历史上一些伟大人物的壮举，往往是在这种不定向扩散性怀疑中作出的抉择。比如毛泽东同志领导红军长征，在这之前，他一定做了各种可能的估计，如果不战略转移会怎么样，征而不长会怎么样，长征失败会怎么样，胜利会怎么样等等，绝不可能不做各种估计就想到长征。我们有些同志，分析问题，往往是单向怀疑，停留在一点或一线上，这就极大地影响了创造思维的发展。不定向扩散性怀疑，实际上是通过多维怀疑，划出一个考虑问题的范围。因此扩散的范围越大，辐射线越多，开创性就越强。

与不定向扩散不同，定向扩散性怀疑，是先分解出事物的多种因素，然后再根据各因素定向探索其与周围事物的联系。比如问"你是谁"，让你找出各种关系，这就需要首先分解人的关系包含的多个方面，先将关系分为血缘关系与行政关系、社交关系三要素，血缘关系中又可分解为前辈关系、后辈关系、平行关系、旁支关系，行政关系则可分解为上下级关系、平行关系、工作关系等，社交关系则可分解为同志、朋友等关系。然后再以各种关系为扩散点，去寻找联系。这种思维方法是比较细密的，因此对于分析事物很有好处，它可以有条理地照顾到事物的各个方面。比如关于《九歌》的时代问题，今人喜欢说是屈原的作品，也有人说是屈原以前的民歌或汉代的诗歌。那么我们就可以采用定向扩散性怀疑法对它进行分析。从《九歌》的内容和形式上，可分解为语言形式、战争方式、祭祀内容、秦楚关系、神话传说等几个方面，然后再从这几个方面探索与它相应的时代，这样得出的结论就要比空洞的议论说服力强得多。分析文学作品的艺术，我们也可以采用此法。比如王之涣的《登鹳雀楼》，这是大家比较熟悉的诗篇。根据诗的内容，我们可以将它分解为时、空、情、理四个要素，然后以此四者为扩散点探讨，如它是怎么表现时间的呢？在空间上是如何设计的呢？这样的设计会产生怎样的艺术效果呢？假如采取多处的空间设计法又会怎样呢？诗中表现的是怎样的一种感情呢？这种情感是怎样表达的呢？它是怎样表现理性的呢？又是怎样情理结合的呢？等等。分解得越细，扩散得面就越广，发掘得也就越深。

扩散性怀疑含有极丰富的创造因素，只要我们经常做这方面的训练，就会使思维越来越宽广。

创造篇

一、从怀疑到创造

怀疑与创造，是一个事物的两个不同发展阶段。怀疑的价值在于发现问题，提出问题，而创造则是解决问题，创造新的价值。怀疑是创造的开始，创造是怀疑的结果。但是，怀疑并不能代替创造。从怀疑到创造，这是一个痛苦的过程。如果我们把研究问题比作创造生命，那么“怀疑”就是“受精”，“创造”就是“胎育”。

王国维曾举“衣带渐宽终不悔，为伊消得人憔悴”来比喻求索的焦虑，最得学人苦心。确实，有时为了解决一个问题，如傻如呆如痴如狂，白天思，夜间想，吃不香，睡不宁，真像害了相似病。“情人”一天不到手，一天不罢休。崔东壁言自己治学的辛苦说：

才睡便有梦，才醒便有思。
不知一日中，何时是静时？

世界著名的科学家牛顿，常常为解决一个问题，连续几个星期不分昼夜地留在实验室里。有一次因“迷”于思考，竟然将手表当鸡蛋煮进锅里。一个朋友去看望他，饭菜摆到桌上后新的灵感来了，他又一头钻进实验室，朋友等得不耐烦了，便自己动手先吃。吃过了还不见牛顿出来，于是就走了。当牛顿做完实验准备吃饭时，一看桌上杯盘狼藉，便笑着说：“我还以为我没吃饭呢，原来已经吃过了。”转身又回到了实验室。英国化学家开文迪许，奉陪客人时，常常因思考问题，目盯天花板一言不发，使客人不欢而散。这种如醉如痴的情形，是平庸之辈根本无法理解的。因此他们胜利后享受到的喜悦，也是一般人难以想象的。在古罗马工程师马克·维物鲁维·波利昂的名著《论建筑》中，记载着这样一个故事。当亥厄修被授予王权的时候，他决定按照自己的誓言，向永恒的神祇奉献一顶金王冠。他把任务交给了匠师，并如数付了黄金。匠师按规定的期限把王冠制造好，而且王冠的重量与交付的黄金数恰好相等。后来有人告密，说匠师贪污了黄金，给王冠中掺进了同等重量的白银。亥厄修非常恼火，下令检验王冠，可是又找不到查明盗窃黄金罪行的方法。这任务交给了阿基米德。阿基米德日夜思考着这个问题，一次他到浴室去洗澡，当身子浸入浴缸时，水从浴缸的边缘上溢了出来。由此得到启发，悟出了解开“金冠之谜”的办法，他马上高兴地跳出浴缸光着身子向家里跑，一边大喊着：“我想出来了！我想出来了！”这就是“浮力原理”的发现（把物体放到盛满水的器皿中，溢出的水的体积等于放入物体的体积）。阿基米德正是因为经过苦思冥想的痛苦过程，解决问题后他才感到过分的高兴。

如同“怀疑”需要基础一样，创造也需要具备条件。除了广泛地掌握资料之外，第一要目标专一，第二要穷追不已。所谓目标专一，就是要把研究的问题作为坚定不移的目标，心神凝定，排除干扰。阿基米德正是因为能心神凝定，才能从水的浮力中悟出解开金冠之谜的方法来。据说公元212年，罗马帝国侵入希腊，攻占了阿基米德居住的叙拉古城，两军厮杀的叫喊声竟然不能干扰专注于研究的科学家。当侵略者闯入他的工作室时，他还不知道是怎么回事，怒喊道：“你们干什么，快走开。”结果侵略军一刀砍下了这个伟大科学家的脑袋，请看这位科学家的心神是多么的凝定。把研究的问题作为长期坚定不移坚持的目标，心理学上称作“优势灶。”苏联心理学家乌赫托姆斯基提出，优势灶有两个基本特征：一、神经细胞对刺激的敏感性大大提高，并且把来自各种激励源的刺激累加起来；二、在激励源消失之后，刺激的作用仍能保持下去。这就是说，只要研究的目标能形成"优势灶"就有可能随时与周围的事物产生联系，刺激就会加多，灵敏度就会加高，就会促成问题的解决。

其次是要穷追不已。也就是说为了解决一个问题，一定要鼓足信心和勇气，一往无前，百折不挠。马克思有一段名言：

在科学上没有平坦的大路可走。只有在崎岖小路攀登不畏劳苦的人，才有希望达到光辉的顶点。

"光辉的顶点"是迷人的，而"崎岖小路"却是怕人的。因此攀登者所具备的起码条件就是"不畏劳苦。"为了追求真理，要敢于历险破坚；为了事业成功，要甘于卧薪尝胆，潜心钻研，持之以恒。既要有赶超时间的信心，也要有打持久战的准备；既要有成功的信心，也要有失败的准备。这样就能从心理上先战胜困难。司马迁为了完成历史巨著《史记》，含辛茹苦十余年，在蒙受了宫刑的奇耻大辱之后，仍坚持不懈。皇甫谧为了完成医学著作《针灸甲乙经》，竟长年拖着半身不遂的残废体，忍受着肉体和精神的折磨，艰难地工作。司马光为了完成《资治通鉴》，数十年焚膏继晷。李时珍为著《本草纲目》，数十年历尽艰辛，参看书籍八百余种，走路几万里，记笔记几百万字。徐霞客为写出一部可考的地理著作，餐风饮露三十多年，探危崖、历险穴、涉洪川，终于完成了四十万字的巨著《徐霞客游记》。这些人的成功依靠的是什么呢？难道不是信心和毅力吗！清代著名画家郑板桥有一首《题画竹》诗说道：

四十年来画竹枝，日间挥写夜间思。
冗繁削尽留清瘦，画到生时是熟时。

为了追求艺术的至境，达到科学的"顶峰"，我们就是要有几十年如一日的精神，锲而不舍，穷追不已，不达目的，誓不罢休。

有了这两个条件，再结合创造的技术方法，我们就一定能创造出新的成果。

二、创造与智力柔软化

创造是从旧躯壳中发现新价值的活动,是思维积极运动的过程。它要求用新的眼光对待旧的问题,用新的方法、理论开辟新的途径。所谓智力柔软化,也就是指使思维摆脱单一性、僵化性和习惯性,而具备多端性、柔化性和独创性,促使人们探索万物存在、运动、发展、联系的各种可能性。美国数学家戴维·希伯尔特曾经说过:“你们是否知道,为什么在我们这一代爱因斯坦说出了关于空间和时间的最有卓识、最深刻的东西?因为一切有关时间和空间的哲学和数学他都没有学习过。”查理斯·凯特莫也说:“发明家是一个对于自己所受的教育并不过于重视的人。”也就是说教育和知识有时是约束创造力的枷锁,它会把人引入习惯的圈子做蜗牛式的运动。而柔化智力,也正是要给人一种解放的力,打破固定不变的思维框架,冲破障碍,创见性地解决问题。这属于思维方式问题,因此,有必要从心理学的角度来探讨。

柔化智力,首先是排除“功能固定”的心理障碍。“功能固定性”,是德国心理学家邓克尔提出来的。当一个人看到一个物体起某种作用时,要他看出物体的其他作用就比较困难了。也就是说他把物体在功能上已固定了下来。我们可以作这样的试验:桌子上放一块糖,一盒粉笔,一个杯子,不用手接触钱,把硬币从杯子里取出来。条件只需用桌子上的东西作工具。实验的结果,有相当多的人,想不出合适的办法来取出硬币。其实很简单,只要把糖在嘴里嚼化,然后利用糖的黏性,用粉笔蘸糖,就可以把硬币从杯子里粘出来。这种解决办法本身是带有创见性的。人之所以想不到这一点,就是因为把糖、粉笔的功能固定在吃与写上,而没有想到它们的其他用途。因此说“功能固定性”是创见性解决问题的一大障碍,它使人的思维僵化、单一化,使眼光限定在一个点上。我们在搞文史研究时,往往也会把一些材料或词语的功能固定化。比如“对牛弹琴”这句成语常常被人用来嘲笑听话的对象,好像对蠢牛一样的人弹琴,只能是白费心了。可是却忽略了它的另一方面的内容,那你为什么要对牛弹琴呢?这不也说到说话人不看对象吗?这就是说万物不可能只有一种功能,习惯上利用的只是它的某一方面,而要创造性地解决问题,就必须摆脱习惯,看到万物的其他功能作用。

其次,智力柔软化,还要排除“心理眩惑”的干扰。我们可以做这样几个实验,请你在较短的时间内,回答出下列问题:

1.一位医生患了痢疾,他给自己开了一张药方。第二天病情加重,他就在原方上加了一味。第三天病情更重了,他又根据病情加了药。第四天医生病已不可救药死去了。于是有人说这医生本来就不会看病,但其他大夫看了药方都觉得药方开得很好。请问医生为什么会死?

2.小王招待客人,杯子里已倒上咖啡,可是一不小心,把自己的扣子掉进了杯子,于是他连忙用手把扣子拿出来,可是手也没有湿,扣子也是干的,这是怎么一回事?

3.有一辆汽车过一座大桥,当时天上没有月亮,桥上的路灯也没有开,汽车也没有开灯,可是一只黑猫突然从车前跳过时,司机却一眼看到马上就刹了车。请问司机为什么能看见猫?

我曾经试过许多同志,可很少有人能准确回答上来的。原因是这些概念的特殊排列,使人心理眩惑而产生错觉,以至于将思维局限于某种本来不存在的狭小的框架中,而无力去解决问题。在第一题中,这种眩惑产生于药方与服药之间。开了药方,并不等于服了药,可是习惯却使人由药方联想到服药,以至于产生服药的概念。第二题中的咖啡,很容易使人理解为咖啡水。第三题中的月亮、灯光等概念,又易使人产生夜晚的概念。这种心理上的炫惑,严重地干扰了人的正常思维。产生这种炫惑的元素是心理上的概念,而不是物质的视觉刺激。因此要排除炫惑的干扰,就需要对特殊排列的概念作重新的认识,确定产生某种结果的几种必要条件,然后再看题中提供的条件是否与此矛盾。在文史研究中，某种错误的认识，往往能延续几千年之久，就是因为人们已习惯于某种错误，而拘守人为的思想框架，以至于无心去重新认识它。柔化智力，正是要冲破这种习惯，扫除心理眩惑，开辟新途径。

其三，软化智力，还要排除“心理定势”障碍。美国心理学家卢钦斯做过一系列心理定式的实验。其结果表明：一个人用一种方法解决了若干问题之后，往往使他陷于用同一种方法解决以后的问题。如果这种方法确定普遍行之有效，应用到解决非常类似的问题上，效率自然是很高的。可是一种习惯性的解决问题的方法，往往影响人们更直接解决问题的可能性，也就是说一种方法的多次重复使用，会促使解决问题者的行为越来越自动化。最后使人的思维限制在唯一的原则上而失去灵活性。我们可以举卢钦斯的实验来说明：用几个空钵来量需要的水。下列一表提出八个基本问题：

问题 1 用以说明问题，问题 2 到 6 是用以训练问题，问题 7 与 8 是关

问题	给定空杯盛水		下列数字是盛水量	获得数
1	29	3		20
2	21	127	3	100
3	14	163	25	99
4	18	43	10	5
5	9	42	6	21
6	20	59	4	31
7	23	49	3	20
8	15	39	3	18

键性的测验题。将水装满 127 毫升的杯中，再从该杯装满 21 毫升的杯一次 3 毫升的杯二次，于 127 毫升的杯中只剩下 100 毫升。此法可用之于 8 道题，但第 7、8 题可以更直接用 23-3、3+15 得出。可是由于心理定式效应，人们还是习惯于用解决前 6 道题的方法解决后两道题。可以证明“心理定势”对创见性地解决问题，确是一种束缚。

以上这三种障碍功能固定、心理眩惑、心理定式，都是由习惯所支配的。只要排除这些障碍，突破框架，思维就有可能在时空中无限伸缩变化，极大地发挥创造作用。而破除障碍的过程，就是智力柔软化的过程。

三、创造与方法革命

在科学领域里，一些重大问题的提出和解决，往往导致新方法、新理论的实施。因此方法革命是科学领域里带有根本的转折。文史研究尤其如此。

在中国，文史研究已有两千多年的历史了。自清儒科学归纳法发明之后，才使文史研究逐步走上了科学的道路。王国维之后，文史研究开始与金文、甲骨文研究相结合，因此出现了新的突破。随后郭沫若、鲁迅、郑振铎等大学者又将新的历史观和文学观引进文史研究领域，从而使文史研究根本改观，真正成为一门科学。半个多世纪来，我们基本上走的就是郭沫若、鲁迅的路子。可是目前却出现了新的危机，这就是如何推动文史研究继续发展的问题。一些负有盛名的老前辈，他从幼童入学，即开始诵读古籍，到白发苍苍仍研治不歇。他们掌握的材料和雄厚的功底，是我们年轻一代根本无法比拟的。他们丰富的研究成果，又是那样的令人钦服。现在，就凭我们的功底，所掌握的材料，在他们所走过的道路上要想前进半步，都是妄想。因此我们要想有新的创造，就必须进行方法革命。“工欲善其事，必先利其器”。我们要用新的武器，开辟新的途径，完成前人没有完成的业绩。

要进行方法革命，我们就必须认清前人方法的缺陷。半个多世纪来，文史研究基本上走的是一条线性的或封闭的道路。搞考古的只相信地下资料，对于浩瀚的文献资料只作参考，而不是将考古与历史相结合。搞历史的有时也用“拿来主义”的办法，把考古学家与艺术史家、文学史家的结论拿来应用，却不作深入探讨。文学史家，只是单纯的引用历史学家的成果，对历史、文学、民俗都不作研究。这样的结果虽使学科越分越细，却使道路越走越窄。以至于对某些问题，搞文者以其为史，搞史者以其为文，都不去作深入研究，这就严重地影响了研究工作的发展。虽然现代史上也有些学者搞交叉研究如闻一多、孙作云等，也曾把民俗与文学、史学结合起来研究，但未能引起学术界的足够重视。这多半是因为老专家们专业知识的饱和所产生的反作用，目前看来显然是一条死路，没有更大前途了。因此必须改弦易辙。现在我们正处在一个改革的时代，无论是经济领域还是意识形态领域，都面临着一场改革，而改革的具体方案就是要由封闭型走向开放型。在文史研究领域也必须实行“开放政策”，我们才有可能取得爆炸性的成就。

现在文理科相互渗透，一些自然科学的研究方法如系统论、信息论、控制论、协同学、模糊数学、热力学第二定律、张力等已开始被引进文史领域。这是一个新动向，也是文史研究上的一场革命。而且这些新方法，已初步显示出了巨大的创造作用。比如关于中国封建社会长期发展缓慢的原因，这是中国现代史学界研究的一个重大课题，一直未能解决。郭沫若、范文澜、吕振羽等大史学家，学问不为不博，思想不为不敏捷，但也未能作出令人信服的回答。而金观涛、刘青峰同志的《兴盛与危机》一书，却用控制论、系统论的方法对这个问题进行了研究，提出了中国封建社会是一个“超稳定系统”的假说，并深入解剖了中国封建社会的宗法一体化结构，分析了封建王朝崩塌和再生的机制，研究了中国历史上隔二三百年就出现一次周期性大动乱和封建社会长期延续的内在联系，在史学界引起了轰动。再如在现代文学史上，关于阿 Q 的性格、形象，半个多世纪来一直争论不休，连茅盾这样的权威，都为此感到头疼，觉得这是一个难解之谜。而林兴宅的《阿 Q 的性格系统》一文，却用系统论的方法，对阿 Q 性格进行了全面的分析，揭示了阿 Q 性格的丰富内涵，得到了学术界的认可、肯定。为了更进一步说明方法革命的重要性，我们可以比较分析一下。唐人王之涣的《登鹳雀楼》是千古传诵的名诗，曾有许多著名学者对此诗作过分析，北京出版社出版的《名家析名篇》中所选的马茂元先生的赏析文章说：

> 亲近高原，是空旷而辽阔的。登临眺览，视野里滉漾着一片白茫的天光，这是多么给人以开朗的愉快！望去，望去……呈现在诗人眼帘的，不是"天似穹庐，笼盖四野"那样苍苍茫茫的没有尽头，而是天光消融于晴明的山色之中，葱葱郁郁的中条山阻挡了远望的视线。再看，这浑浑的黄河浊流，带着粗犷的气息，像脱缰的野马一样，咆哮声震动着整个大地。黄河之水，是一直奔流到大海的，谁又能站在鹳雀楼上看到黄河入海的壮观呢？可是那奔腾的声响，磅礴的气势，却十分富于吸引力，给人以一种意念上的启示。诗人的视线是有限度的，可是他的想象是无穷的，面对眼前景物，诗人的心情，随着河流飞逝。第二句有力地带动下面一联："欲穷千里目"，紧接"黄河入海"而言，"欲穷"和首句"白日依山尽"的"尽"，又是彼此联系，暗暗地相呼应着。不但结构之妙，浑然无迹，而且它那飞动的气韵，轩昂俊伟的语言，浏亮雄浑的音节，真正能够表现出诗人在上述环境中壮阔的胸怀，最饱满、最集中的感受。

这里采用的完全是传统的分析法，分析的不为不细，语言不为不生动。可是这篇诗的妙处究竟在什么地方呢？我们能否从这个分析中得到一种什么方法，去分析其他的诗篇呢？能不能从中得到启示来指导我们的创作呢？显然不能，这似乎是一篇"再创造"的文艺新作。我们再看林兴宅《艺术魅力的探寻》中的分析：

> 而当我们的审美注意力回到这收拾的整体上时，我们的心灵就会进入一个令人气宇轩昂的境界。这个诗的境界是由什么构成的呢？很明显，是由"太阳""高山""黄河""大海"这些自然意象以及"尽"

"流"这两个动作意象构成的。前者构成宏伟的空间意象,后者构成永恒流逝的时间意象。我们就置身于这浩渺的宇宙时空之中,我们的心灵完全坦荡了,虚空了,只等待着诗人给它输进诗意的血液。这时诗人发出了把握这无际无涯的宇宙时空的呼喊,发出了追踪人类目力所及的美景的号召。我们的心灵被震慑了,从自惭形秽的深渊中拔出,提升到主宰一切的光明的峰巅。我们不自觉地放眼回望,眼前展现出一幅绚烂壮阔的宇宙时空的图景,这时,我们心中回荡的是饱满的浩然之气,是对人生积极向上的壮志豪情。

这是用新方法分析古典诗词的一篇尝试之作。它不是对诗的内容作艺术性的叙述,而是从时、空的角度进行了分析。如果说马先生的分析是描述性的,那么林兴宅的分析就是注释性与描述性相结合的。我们可以从后者的分析中得到启示,运用这种方法去分析其他诗篇,这样它的作用和价值就要远远超过前者。再看关于卢纶《塞下曲·月黑雁飞高》的分析,刘逸生说:

"月黑雁飞高",已经暗示了在荒漠沙碛中敌人连夜退却,所以连鸿雁也受惊而高飞起。单于在之?当时北方外族的总头领,点出"单于夜遁",等于说敌人已经总崩溃。下面两句写乘胜追击的形象,也极有光彩。月黑天光,鸿雁哀鸣,将军亲自带着轻装的骑士,在大雪纷飞中追歼残敌。这时满目只见刀剑和弓箭的冷光,和漫天的飞雪交织闪耀。作者是把胜利的喜悦作了形象化的描绘。月黑和大雪,不在于显示作战的艰苦,而是在于反衬主将的坚决、果断和士气的激昂奋发。句子里充满一片崇高的赞扬。

我们再看黄永武《中国诗学》的分析:

月黑雁飞高,是写整个立体的天空,月与雁高低的层次,正加强了画面的立体感，单于夜遁逃，则是降至平面来写，写平面的大地，一逃一追，一远一近，这两个平面的点，在黝黑的夜色中，构成一种广袤迷惘的辽阔感。然而由立体转入平面，空间的感受已缩小许多。欲将轻骑逐，是近处的追逐者，由彼处的逃者至此处的追者，空间的视野尤加缩小许多。至大雪满弓刀的雪花上，整首诗也就停滞在这个凝聚的焦点上。本来整幅画面是写广阔的天空，现在只横着弓刀，积着雪花。由千里无限之大，缩到咫尺之小，且加以月黑与雪白色彩的对比，黑色原有一种压迫拢来的空间狭窄感，使这凝聚的焦点变得十分引人注目。再则由于欲将轻骑逐的冲动，受大雪满弓刀的遏阻，使意愿与环境形成强烈的冲突，也增强了全诗的张力。

从这个对比中，我们完全可以看出新方法的威力。它不仅使人有新鲜感，而且科学性也大大加强了。

目前新方法的使用，文理交叉，发展边缘科学，这是一个总的趋势，我们应该沿着这条道路继续走下去。从现代发展的历史，我们不难看出，科学上的一些新的进步都是由边缘科学突破的。我们虽然还一时难以把握到跨度较大的不同学科的知识，但我们可以在小范围内交叉。比如可以将历史与文学结合，也可以将文学与民俗、文字、训诂结合，也可以将文学与心理学、美学结合。这样逐步扩张，其前景也是可观的。

第六辑

2001 年语文高考题分析

我是一名大学教师,从事的专业是中国文学研究。可是经常听到同事们为辅导孩子语文而大伤脑筋的怨言,因为在中小学的语文考试中,时常会发现一些刁钻的考题。如出上几组词语,旁边标上读音,让你从中挑出没有错误的一组。像"氛围(fen wei)""呆板(dai ban)"之类,你认为对,但标准答案明确地告诉你:错!出上几个句子,每句中加上一个带点的成语,像"某某之流犯下危言耸听的罪行,最终也逃不出正义的惩罚"之类,你觉得没错,标准答案却告诉你:不对!儿子常嘲笑我:"堂堂北大博士,文学院教授,连中学生的考题都做不来!"在我的周围,几乎没有一个研究文学或语言的教授,敢保证高考语文题能考高分。儿子在小学五年级时,即可用古文作文,初一时背会了《老子》,还有十几篇古文,上百篇诗、词。老师们觉得他的语文学得很好,可是每次考试完,他都是垂头丧气。现在则对语文完全失去了兴趣。做父亲的本希望子承父业,但儿子的回答是:"绝不学中文!"因为他已经完全讨厌了语文。马上就要高考了,为此,我不得不对高考与问题进行一番研究了。

不研究便罢, 一研究顿时使我大吃一惊。我发现这是一个巨大的误区,它不仅扼杀孩子们的天赋,而且会把学生清晰的头脑搅得一塌糊涂,最后的结果便是使天才变庸才!现在就以 2001 年全国普通高校招生高考语文试题为例,逐一做一分析。

第一大题的第二小题是四组成语,让选出没有错别字的一组。其中 B

组中有"融汇贯通"一句成语。一部最权威的学生参考书——教育部考试中心所编写的《高考试题分析》(高等教育出版社2002年版。下简称《高析》)义正词严地指出:这是错的,应该是"融会贯通"。理由是:"'会'与'汇'读音完全一样,也都有'聚合'的意思,但'汇'指水的汇合,如'百川所汇'、'汇成江河'。而'融会贯通'的'会'是'理解'、'懂得'的意思。"看了这段话不禁愕然,因为把"融会贯通"的"会"解作"理解""懂得",我还是第一次听到。据我所知,"融会"即"融合"。如吴子良《篔窗集续集序》说:"自元祐后,谈理者祖程,论文者宗苏,而理与文分为二。吕公(祖谦)病其然,思融会之,顾吕公之文,早葩而晚实。"陈寅恪《读哀江南赋》说:"古事今情虽不同物,若于异中求同,同中见异,融会异同,混合古今,别造一同异俱冥,今古合流之幻觉,斯实文章之绝诣,而作者之能事也。"显然都是"融合"的意思。"会"与"汇"音同,意思也相近,因字又作"融汇",如林纾《译〈块肉馀生〉述序》说:"收五虫万怪,融汇之以为精神,真特笔也。"《浮士德》第一部《夜》说:"按照无数的丹方,把古怪的东西融汇为一炉。"谢觉哉《不惑集·不合理的现象应该成为过去了》说:"我国现有文化,吸收世界各国的成分不少,大都融汇成为一体。"因此"融会贯通"也可写作"融会贯通"。如秦牧《艺海拾贝·独创一格》说:"郑板桥学习任何东西,都在继承优秀传统的基础上融会贯通,发扬创造性。"袁行霈先生主编的《中国文学史》第一编第四章第四节说:"《荀子》对先秦诸子百家学说有所批评,在批评各家的同时,又吸取百家学术的精华,融汇贯通,自成一家。"第七编第七章第二节说:"这种先虚后实、虚实结合乃至虚则虚之、实则实之的写法,正好将理想与现实融汇贯通起来……"章培恒、洛玉明两先生主编的《中国文学史》第五编第六章第二节说:"(刘克庄)另一方面他吸收了各种风格,却没有融会贯通,形成自己的个性特征……"第三节说:"……(严羽)以'全在气象,不可寻枝摘叶'这样的见解提出了融汇贯通、以我为主的学习方法。"《汉语大词典》也明确指出:"'融汇贯通'同'融会贯通'。"由此可知《高析》的标准解答显然是不"标准"的。如果说袁行霈、章培恒这些在学术界有绝高威望的大学者写了错别字,那么连大学者都要搞错的问题,怎么能拿来考高中生呢?

再看第五小题:“下列各句中,没有语病的一句是”,下列 A\B\C\D 四项让选择。其中 C 题说:“由北京人民艺术剧院复排的大型历史话剧《蔡文姬》定于 5 月 1 日在首都剧场上演,日前正在紧张的排练之中。”《高析》指出:“C 项犯了词语使用不合逻辑的毛病,‘日前正在’不能连用。因为‘日前’意思是‘几天前’,表示时间已经过去,而‘正在……之中’则表示行为还在进行中,因而这两个词在时态上是互相矛盾的。‘日前’改为‘目前’就可避免这种毛病。”但值得注意的是,“日前”在汉语中本来就有“目前”“最近”的意思。《汉语大词典》中明确地列出了这个义项。《醒世恒言》卷三《卖油郎独占花魁》说:“以此嫁他,图个日前安逸,日后出身。”这里的“日前”显然就是“目前”。如果我们打开因特网搜索一下,便会发现“加拿大日前流行上网抢银”“微软认证考试日前涨价”“上海安全用气协作网日前启动”“光大集团日前退出海南航空”“世界经济论坛第三十二届年会日前在纽约举行”等报道,这里的“日前”显然都可以理解为“目前”“最近”。我想,《高析》的根据并不是活在人们口头或笔下的语言,而是《现代汉语词典》。在《现代汉语词典》中解释“日前”就是“几天前”,但这显然是不全面的,它无法包容“日前”的所有意思。如“加拿大日前流行上网抢银”,“日前”如果解释为“几天前”,那就意味着事情已经过去了,现在已经不“流行”了;同样“微软认证考试日前涨价”,也成了“几天前”涨价,现在已经跌价了。而报道的意思显然是这种状态目前还在持续着。关于这道高考试题,我分别调查了搞文学、语言、历史、新闻的五位教授,还没有一位教授认为“日前正在紧张的排练之中”这句话有语病的。这就提出了一个问题,我们是应该根据活着的语言去修订词典呢?还是根据词典修正语言呢?我们出这样的考题能达到什么目的呢?

试卷的第八小题是阅读韦应物的《赋得暮雨送李胄》诗,下列 A\B\C\D 四条赏析文字,要求选出“不恰当的一项”。原诗说:“楚江微雨里,建业暮钟时。漠漠帆来重,冥冥鸟去迟。海门深不见,浦树含远滋。相送情无限,沾襟比散丝。”《高析》认为“不恰当的一项”,自然是不恰当的,而认为正确的三项,却全存在着问题。如 A 项:“首联两句写黄昏时分,诗人伫立在细雨蒙蒙的江边。这里既点明诗中的‘暮雨’,又照应了诗中的‘送’字。”这一情景可以说完全是《高析》作者体会出来的,诗中并没有明言。而且把“建业暮钟时”一句所传递出的信息给丢掉了一大半。B 项:“二、三两联描写船帆被细雨打湿而变重,鸟翅因沾雨而无法轻巧地飞翔,天朦朦胧胧看不清通海处,远处江边的树却显得十分滋润。”这个分析显然是错误的。因为这里写的是:黄昏细雨,天地蒙蒙,远处的帆船在默默之中迟缓的运行,好像很沉重。在蒙蒙之中,飞鸟也失去了往日的轻巧。这是望远、望高所看到、所感到的,作者根本不可能看到“船帆被细雨打湿”的情景,更不可能去作“船帆被细雨打湿而变重”的逻辑推理,也不会看见“鸟翅沾雨”,更不会推论“鸟翅因沾雨而无法轻巧地飞翔”。他看到和感受到的只是蒙蒙之中帆船与飞鸟迟缓的动作。再看 D 项:“全诗第一句直接点明‘微雨’,而后主要是船帆、鸟羽、天际、大树的描绘来烘托蒙蒙细雨,这样更增强了诗的形象性和表达力。”第一诗中并没有写“鸟羽”,第二诗中也没有用“船帆、鸟羽、天际、大树的描绘来烘托蒙蒙细雨”。如果说是“烘托蒙蒙细雨”,那么“蒙蒙细雨”便成了作者要突出的对象,而恰恰相反,作者是要通过对暮雨中帆船、飞鸟、海门、浦树的描写,来渲染别离气氛、烘托离人心境的。像这样连出题者都没有弄懂的试题,让学生如何回答?

面对此情此景,我只好发出与鲁迅先生当年相同的呼吁:“救救孩子!”

天道视野下的现代城市命运

“天道”是中国先贤在把握宇宙万物变化中所提炼出来的一个概念，它所代表的是自然万物的运动变化规律。其要义有二，一是“天道循环”，二是“物极必反”。就天道循环言，《周易》中有一个字的表述叫“复”，复卦即是对这一循环的反映。《周易·彖传》说：“复，其见天地之心乎！”《象传》说：“无往不复。”万物便在这种循环往复中获得生生不息的永恒。故《彖传》又说：“天地之道，恒久而不已也。利有攸往，终则有始也。”胡瑗《周易口义》也说：“天地之道，生成之理，往来之间，循环不绝，周而复始，无有穷极。”《老子》把这种循环视之为自然的常道，故曰“复命曰常”。凡是违背这种常道而妄自作为者，其结果必然很糟，故《老子》又说：“不知常，妄作凶。”就物极必反言，《彖传》所谓“日中则昃，月盈则食”，林栗《周易经传集解》也说：“物极必反，道穷必变。”懂得这一规律，则可以有两种运作方式，一是置身其外者，以观其极，把握其时机，顺时而变，这就是《周易》革卦表达的意思，这种变“顺乎天而应乎人”（《彖传》）。《系辞下》讲“穷则变，变则通，通则久”，也就是这个道理。二是身处其中者，则要掌握“中正”，适可而止，保持最佳状态，否则知进而不知退，必败无疑，此即《周易》所说的“亢龙有悔”。耿南仲《周易新讲义》解释说：“知进而不知退，知存而不知亡，知得而不知丧，是乃所以自悔也。”简言之，无论是违背天道循环规律的妄自作为，还是“知进而不知退”的贪求无厌，其结果非“凶”即“悔”。需要说明的是，这是中国先民经历无数次的经验教训后总结出来的智慧之言，并非唯心之论。用此规律关照中国现代城市的发展,不免让人忧心忡忡。

中国城市跃进式的发展,出现在20世纪末。其主要特点是:一、城市拓展处于无序状态和无长远考虑、无规模控制的状态,建筑格局如同教师的板书,不断擦了再写,这成了一种常态;先是城市包围农村,然后再把包围起来的农村在城中村改造中吞食掉,这成了一种常规。二、以非法手段侵用耕地的小产权房产在城市周边雨后春笋般兴起;以合法手段获得政府权力支持的开发大亨,大气磅礴地进行着跨村、跨市的圈地运动;以政绩工程、形象工程为目标的政府决策者,摧枯拉朽般的在各个城市的中心部位铲除城市的历史记忆,并于城市的中心区内外建造起一个个开发区、体育馆、影剧院、新广场、科技城、服装城、大学城等;以"克隆"与"盗版"为主要伎俩的设计者,尽其全速抛出千城一面的张张图纸:你有个"硅谷",我来个中关村;你有个曼哈顿,我来个陆家嘴;你有个天安门,我来个华门;你有个鸟巢,我来个鹊巢。非法者、合法者、权力拥有者、平庸设计者共同组成的造城团队,铸就城市的形象,加快造城运动的步伐。三、农村暴发户携资入住大城市,寻求更大的发展空间;大学生、大专生批量地滞留和漂向大城市,寻找发展机遇;农村男男女女潮水般涌入城市,进入了流通、建筑、清洁、保安、家政等行业。几乎大大小小的城市,其规模都超过了20世纪70年代的两、三倍甚至更大。而从领导到市民,皆以大以多为美、为荣,相互进行着攀比、竞争,以此而加快所谓现代化和与国际接轨的步伐。经过几十年"旧貌换新颜"的城市发展改造,到21世纪的今天,我们看到的是大大小小风格一致、将大地连接起来的城市方阵;是林立在大大小小城镇周边的未曾竣工而已人去地闲的楼群建筑,以及一座座建造良好而空如鬼城的新开发小区;是一个个城市中心区人如潮水般的涌动,车如蚂蚁般的爬行。

而令人担忧的是,第一、目前的城市发展违背了天道循环的规律。教育资源、生活条件、工资收入、医疗设施、基础建设等等不合理的安排配制,导致了城乡差距急剧加大,吸引农村有钱人定居城市;城市商业经济的高度发达,钱之来路十倍、百倍于农业收入,诱使数亿农民弃农从商;城市建设对于劳动力的大批量需求，也引来了浩浩荡荡的农民工队伍入城谋生。加之不少城市出笼的农业人口入城购房上户的优惠政策，更促成了“农民”向“市民”身份转换的热潮。但在农村通向城市之路敞开的同时，城市向农村回流之路却被现代化的洪流冲断。在城市灯红酒绿生活的反衬下，乡村是一片死寂，良田荒芜，校舍凋敝。有进取心的农民为了子女接受良好教育，不得不入城就学；中年人为儿子婚娶，不得不入城打工；青年小子为娶妻生子的费用，不得不入城赚钱，做苦力；有农村背景的城市公职人员，生活在舒适的高楼大厦中，无心回乡；有“叶落归根”念想的有识之士因农村家园失去，回乡不得。由此，城市变成了一个只进不出的大口袋，人口一天天暴涨。以北京为例，人口由20世纪70年代末的871.5万，暴涨至2014年的2151.6万，再加770多万的流动人口，人口靠近3000万。在北京市16410多平方公里的地面上，竟立体存在着如此多的人口。按照国际标准，城市人口密度大于2×104人/平方公里属于拥挤，而北京市人口密度竟近于18000人/平方公里，大大超过了国际标准。照此发展下去，将会如何?

第二、目前的城市发展正在“物极必反”规律的支配下走向灾难之渊。任何一个城市的承载都是有限的，压倒骆驼的往往是最后一根稻草，这不能不警惕。但现在看到的，首先是城市无节制、无计划、随意性的发展，导致资源、财富的极大浪费。据媒体报道，每年为形象工程前任建后任拆的建筑浪费，多达4000亿。中国国家电网公司在全国660个城市调查发现，有高达6540万套住宅电表连续六个月读数为零。如果按每套房住一家三口计算，这意味着可供近二亿人居住。国家统计局发布的数据是，今年10月末商品房待售面积多达6.8亿平方米。而据财经专栏作家李宇嘉分析，如果加上已批准预售但尚未销售的7亿平方米，再加上71亿平方米的已批未建库存和56.1亿平方米的在建未售库存，目前我国楼市“三大块”待消化库存合计规模大约为140.9亿平方米。按照我国人均住房面积35平方米计算，库存住房可供4亿人口居住，加上已售未售的闲房，可供6亿人住。据专家称，这尚是一个保守的估计数字。而据国家计生委关于人口增长的分析数字，中国当下人口不足14亿，到2033年前后中国人口总量出现高峰，达15亿左右。这意味着6亿人的住房库存，将会有5亿永远剩余，最终可能会像剩饭一样烂透倒掉。这是多大一笔浪费！由此所导致的资金残损，最终由何人买单，是否国民？其次，因人口暴涨，导致了现代城市灾难的出现，如交通拥堵，雾霾频袭，环境污染，水源短缺，洪灾频生等等，这一切不仅大大影响着市民的健康和正常生活，而且也在威胁着无数人的生命。而由此带来的是城市免疫力的急骤下降，几乎难以经受重拳一击。就北京而言，假如发生大地震，高楼中人全部逃出室外，近3000万人站在16410多平方公里的空间，这就意味着每平方米要站立近2个人，如果减去建筑用地，每平方米最少需要站3个人，这将是何种情景？如果因地震而断电、断气、断水五天，3000万人的逃生之路又在哪里？二十年前本还留存的可作为逃生空间的农田，现在已变成了高楼林立的危险区域，3000万人在短时间内如何疏散？而且现在城市家庭，有几家能存三天水、五天粮？到底有几人能生还？这一切都让人不寒而栗！其三，城市无节制发展对劳动力的需求，导致数亿农民付出妻离子散的代价入城谋生。农民不离本土是良民，离开本土，生存遇到困难时，性质就有可能发生变化。数亿农民变为流民，对社会稳定这将是多大的隐患！

我们不得不承认，现代城市发展正走上一条不归之路。中国积累的数千年的智慧告诉我们，要解除当代城市面临的危机，必须遏制城市向极限发展，慎重对待高楼建设以及城中村改造之类的造城计划，要加大新农村建设的力度，废除原初以牺牲农村为代价的城市发展模式，让农村与城市协调发展，缩小差距，开通城乡人口双向流动的循环之路。其战略有二，一是“引水归源”，让背井离乡、漂泊在城市的农村人口回归乡土。方法是：一、通过乡村学校的建设，特别是软件的建设（如用优惠政策鼓励大学生到乡村执教等），吸引学生回乡接受与城市人相同或相近的教育，使随学生入城的家长还乡；二、通过大力扶植乡村企业的发展，让农民工回乡就业，使其不离本乡即可有钱花（一般来说，农民只要有月千元的工资收入，即可留在本土，因为他同时可以顾家）。二是“引叶归根”，出台一定的政策，鼓励有农村背景的退休人员回归故里（如给一定的安家费和工资待遇，帮助解决实际生活困难，支持他们二度创业等），使他们发挥传统乡绅引领乡村发展的积极作用，增强新农村建设中的文化力量。这样，不仅可以缓解城市因人口膨胀带来的压力，减轻城市灾难，还可以激发乡村的活力。战争不可不防，依靠国际粮食救急，毕竟不如依靠自己。如何使新农村在未来的中国社会发展格局中，起到生命线与安全岛的作用，这应当是一项应对国际风云变幻的新战略。

本文最初刊载于 2016 年 1 月 27 日《中华读书报》

吃与中国文化

中国人有一种奇怪的习惯,见面不问好,而是问吃。路上熟人相见,问:“吃过了没有?”客人进门招待,问“吃点什么呢?”朋友共餐则劝:“再吃点儿吧!”贵客临门准备餐饭,必要摆满餐桌而后休,最后饭菜剩下一大摊,主人才感到心里舒坦。对客人的心意多半是从菜肴的丰盛与否来体现的。仔细想来,这并非现今社会的陋习,而是发酵于中国传统文化中的猪文化因子。

中国传统文化的构成是多元的,是由多种原始文化冲突、融合而成的。各地方文化都有自己的图腾崇拜,图腾的融合代表着文化的融合,龙便是图腾文化融合的标志。龙的牛头、猪嘴、马鬃、龟颈、蛇身等,便来自牛马龟等图腾。但这种新的图腾形象的构成,是经过审美选择的。图腾乃是本族人认为美的值得崇拜的形象,因此常出现于装饰艺术中。这种对于图腾形象的美感,不可能不引起对图腾性格的美感,也不可能不引起对图腾性格的内心模拟,追求与图腾人格的统一。因此,龙反映的不仅仅是民族融合的历史和社会现象,或单纯表层的符合民族美感的艺术造型,而是有着更深的意义,它的每一部分,都是一种具有深刻象征意义的符号。它的猪嘴,便象征着民族的食欲。

中国是一个古老的农耕国家,在科技不发达的古代,因水旱虫雹而造成的食物紧缺、人口死亡,乃是司空见惯的。为了延续个体生命,必须有发达的食欲,这便是龙的形象中选择猪图腾形象的原因。在西方,计算人数是以"个"计,而中国则是以"口"计。汉语中的生物只有猪和人是用"口"计的,显然猪对人印象最深的是那张食欲极强的嘴。而吃饭也确实是中国社会的大问题,所以说"民以食为天",只有让百姓吃饱肚子,国家才会太平。温饱问题长期困扰着民族的心灵,一种求生存的欲望发展了民族的食欲,也使民族对猪的食欲有了特殊的认识,从而表现出强烈的进食欲望。我们可以回忆一下中国民间的节日,正月初一吃饺子,正月十五吃元宵,正月二十吃汤饼,五月端午吃粽子,八月十五吃月饼,九月重阳吃黄米糕,腊月初八喝腊八粥等,几乎全成了吃的节日。特别是过年,这是一个纯粹吃的节日,故俗话说:"有钱没钱,吃喝过年。"

由于这种文化和生活,形成了中国人特殊的文化心理,造成了中国历史上一种特殊现象,因一饭而结恩仇的事,比比见于史籍。春秋时,郑灵公给大夫分食大鼋。没有给子公吃,子公一怒之下便杀了灵公。晋国赵盾,路见饿夫,给了些施舍,当他赴宴中计被人包围时,有一陌生人冒死相救,原来就是那位饿夫。战国时,中山君飨羊羹不及司马子期,司马子期一怒之下跑到楚国,挑起了楚对中山的战争。中山君出逃,有二人举戈随护,不离左右,问他们为何如此,二人回答:因为你曾用一壶饭救过我父亲的命。这种怪象,并非是中国人心胸狭窄的反映,而是他们以为"食"乃是生命的保障。

以食为本的文化心理,使中国人在思维中建起了"优势灶",在认识事物的过程中,不自觉地将毫不相干的东西与食欲联系起来。如把日月食认作是天狗偷吃太阳和月亮,把侵略土地叫"蚕食",称独霸财物为"独吞",说话不算数叫"食言",轻信传闻叫"耳食",称手上最灵活的指头为"食指",称学古人读古书为"食古",称爱管闲事是"吃饱了撑的",责贪得无厌是"胃口大",受苦叫"吃苦",自己的利益受到损害叫"吃亏",有面子叫"吃开""吃香",捱不住叫"吃不消",怕软不怕硬叫"吃软不吃硬",生活由坏变好则说"苦尽甘来",初得好处则说"尝到甜头"。甚至把男女之事与食欲联系了起来,如《诗经》说:"中心好之,曷饮食之。""饮食"实际上指的是男女性交。《汉书·外戚传》说有两个宫女"对食",其实是指同性恋。在与异域文化的接触中，也首先是从食物引进上开始的。汉时通西域，输出了中国的丝绸、漆器、铁器，而运进来的则是葡萄、石榴、胡麻、胡豆、黄瓜、胡荽、大蒜、胡饼、胡椒、生姜等。

中国以食为本的文化心理，也导致了中国饮食文化的发达。中国的烹调技术闻名全球，在世界各地都有中国餐馆，而且菜肴之味道、颜色、花样，皆为西人望尘莫及。中国一次招待布什及夫人时，准备了一道“熊猫船点”，布什夫人不忍下手，要带回家给孙子玩。中国丰富的饮食文化不能不说是对世界文化的巨大贡献。

注：此及以下几篇小文，20世纪90年代初，曾在《山西经济日报》连载，当时专开了《恒山夜话》栏目，但未能坚持，文章发了几篇也不知道。

女性和水

《红楼梦》中宝二爷有句名言:“女儿是水做的骨肉,男子是泥做的骨肉,我见了女儿便清爽,见了男子便觉浊臭逼人!”这曾经成为人们的谈资和笑料。殊不知,这却牵扯到了一个文化问题。

把女性与水联系起来,并非宝二爷的发明,《淮南子》中就曾说:“山气多男,泽气多女。”这种女性与水的一体化,乃是人类祖先重复了无数次的同一经验在民族心理上留下的迹痕。

据人类学家的研究,在原始民族的初期,普遍进行过两性禁忌与隔离制度,这种制度主要是为避免狩猎集团内部为争夺女性影响生产效果而产生的,这种原始男女隔离制度,在原始人群变为氏族之后,不仅没有消失,甚至更为加深,而且处处是女人们抱成一团,同时与男人隔开。中国古代有关女子国的传说,说国中纯女无男,周围有水环绕。其实就是被隔离的女性群在神话中的投影。

水将男人和女人分成了两个世界,截断了青春男女交往的通途。男子只有到水边,才有可能与钟情的女子隔岸相望。所以《诗经·蒹葭》说:“所谓伊人,在水一方……溯游从之,宛在水中央。”《关雎》说:“关关雎鸠,在河之洲,窈窕淑女,君子好逑……求之不得,寤寐思服。”这种性隔离制度,因源于远古的生产劳动之需,因此它带有季节性、周期性,到一定的季节,禁忌解除,男女青年便会在水边热烈地相爱,这便是人类学家与民俗学家所谓的“放荡节日”,在这些节日里,他们狂欢娱乐。因此神话传说女子国的人在水里洗一下澡就会怀孕，伏羲的母亲是在雷泽畔怀孕的，商祖契的母亲是在水中洗澡时误吞了燕卵怀孕的，尧的母亲是在三河怀孕的，大禹的母亲是在水中吞了月精怀孕的。水记录了初民无数的欢乐与悲伤，因而它作为一个原始意象在中国文学中反复出现。既作为爱情阻离（或理想障碍）的象征，也作为缠绵情思或女性的象征，表达着民族共同情感在心理深层的沉淀。

由于原始女性生活与水的联系，而且在“放荡节日“里，女性在水边可以与任何一个男子交配，即《周礼》所谓之”奔着不禁”。因此在这种经验的反复与心理积淀中，水也有了妓女的象征，因此古戏剧中把女子沦落为妓叫“落水”，妓女荐寝叫“水上”，妓院又叫“水户”，西湖的妓女又叫“水仙子”，性自由的女性称“水性杨花”。但在更多的情况下，水是象征女性之美的，如言女性目之美曰“秋波”，言貌之美曰“清秀”“清丽”，曰“阿里山的姑娘美如水”，曰“宛如清扬”，曰“美目流清扬”。所谓“清”，就是水纯净透明的意思。宝二爷说：“见到女儿便清爽。”便是把对水气的感受用在了对人的感受上，实在是根基于中国文化土壤的一种认识。

猪狗蛋与中国人的乳名

小时候听到过关于一户人家的笑话：爷爷名猪娃，儿子名狗娃，孙子名鸡娃。一天，狗娃去山沟里耕地，饭熟了，鸡娃去叫爸爸，他站在山上也不叫一声爸爸，只是呼喊说："啊……吃饭啦……"！狗娃为儿子的不敬大为恼火，拿起鞭子就追上来，鸡娃吓得拔腿就跑，爷爷猪娃为了保护孙子，就急着去追狗娃。于是人们笑着说："猪娃撵狗娃，狗娃撵鸡娃。"

这个笑话足足让我笑了三天，可是不理解他们为什么要叫那样的名字。在民间更多的是以"蛋"命名的，如猪蛋、狗蛋、白蛋、黑蛋等等，这就更使人不解了。听人说：这是为了孩子好管养，名字叫的不值钱了，邪魔就不会去打扰。这种带有宗教意味的解释，虽不能服人，却引起了我的深思。我想这可能是图腾文化的残存。

"图腾"原是印第安人的方言，意为"他的亲族"。远古时候，幼稚的人类由于对自己生命的来源无法解释而感到神秘，出于对自然的敬畏，他们把氏族或个体生命之源归之于某种动物或植物，这就成了他们的图腾。早先活动于北方和西方的一个少数民族叫犬戎，犬戎就是认狗为他们先祖的。《山海经》说黄帝的曾孙弄明生下了一对白犬，一公一母，于是繁殖了犬戎。《后汉书·南蛮传》说西南蛮夷人的老祖宗就是一只毛具五彩的狗。周代时分布于陕西、山西、河南一带的北狄，也是以狗为图腾的。《说文》说："狄，北狄，本犬种"。以猪为图腾的氏族部落也很多。据《山海经》说，颛项的父亲韩流就是一个猪嘴怪物。在河南活动的封豕族，他们的图腾是一口大猪。商朝初期活动于山西晋南的梼杌族，他们的图腾也是一种长着猪嘴的怪物。活动在北方的契丹族有这样一个传说：契丹三主，第二主号“喎叮”，戴着野猪的头，披着猪皮。后来他的妻子偷藏了猪皮，他就再没有回来，不知去向。这显然是猪崇拜的遗迹。鸡是鸟类动物，而比一般鸟都大，因此它是鸟类的代表。在现实生活中，人们无法目睹美丽无比的凤凰，因此在一些场合，就以鸡代凤了。刘向《孝子传》说：舜的父亲夜梦一只凤凰，自名为鸡。经占卜得知，此子孙发迹的预言。显然自名为鸡的凤凰指的就是舜。舜的氏族是以鸡为图腾的，所以传说中舜能插翅飞出火坑。传说中的伯益族、驩兜族、少皞族等都是以鸟类为图腾的。鸟类是产蛋孵化的，因此，蛋也成了崇拜物。传说商人的女始族简狄到水边洗澡，误吞了一颗燕子蛋，于是有了身孕，生下了商祖契。徐国有宫人生下来一个肉蛋，孵出来一个小孩，就是后来的徐偃王。高丽的祖先朱蒙，据说是从肉蛋中生出来的。

图腾本来是远故氏族的标志和保护神。随着氏族的融合与人类意识的发展，图腾作为氏族标志以及所特具的神秘性已经消失，而其作为保护幼弱生命安全的意识，却沉淀于民族意识的深层，以习俗的形式，在现实生活中表现出来。我不为这种思维的幼稚感到滑稽，而惊奇的是一个呼吸着人类二十世纪现代文明气息的民族，在灵魂深处竟然留存着原始茹毛饮血时代的“结石”。中国人灵魂的构造是何等的奇妙、复杂，又是何等的不可思议。

说胡也，非胡说也

有人说“他妈的”是中国的国骂，这确实是知情之言。不过中国的国骂是分档次的。“他妈的”可称是高档国骂，象“混蛋”“杂种”“胡说”“胡扯”等等，则是中档或低档的。虽然“胡说”“胡扯”是一种轻度的骂，实则 对血统的否定。这是带有文化含量的骂，也载有历史的伤

中国古代在华夏族（汉族）以外，活动着许多少数民族， 称戎狄，后来统称为“胡”。在蒙语、达斡尔语中，“胡”是“人”的 人说“胡”即突厥语中的“太阳”。但不管怎样，“胡”指北方和西 族，则是无可非议的。在古代“胡”人的力量是非常强大的。汉朝 于就曾说：“南有大汉，北有强胡，胡者天之骄子也。”（《汉书·匈奴 于中古时期胡人长期与中原居民发生冲突（即所谓五胡乱华时期），其文化与中原文化相互冲撞、融合，因此在汉语中出现了一系列冠以“胡”字的词语。

明人吕毖《事物初略》说：“五胡乱华之日，汉人之避兵者，凡事皆仓卒为之，不能完备，即相率曰：胡乱且罢。今人凡事苟且者称‘胡乱’，始此。”“胡人”语言汉人听不懂，所以人们常常将难以晓知其理之言称作“胡说”“讲胡话”。胡人礼俗与汉人不同，他们的生活规范，在汉人看来是完全不和合圣人之典的，所以称讲歪理叫“讲胡理”。胡人较为野蛮，他们进入中原后往往烧杀抢掠，对中原经济以很大破坏，于是又把不干好事、不讲道理的乱干叫“胡来”“胡闹”“胡干”“胡搞”“胡折腾”。胡人长期搅扰中原，所

以称瞎纠缠为“胡搅蛮缠”。——蛮者，蛮夷之谓也。胡人以文化落后，缺少中原所倡导的信义，所以称随口乱说，叫”胡诌八扯”，称抵赖叫“胡赖”，称瞎嚷嚷叫“胡吵闹”。胡人因是游牧民族，常与牛羊打交道，身上带有牛羊的膻臭味，所以腋下分泌臭气的病叫“狐臭”或“胡气”。他如“胡言乱语”“胡作非为”“胡混”“胡猜”“胡乱撞”等等，无不是根据胡人的行为创造出来的词语。这里自然蕴含有蔑视胡人的观念，而且隐隐透露出了野蛮民族给汉民族人民心灵留下的创伤。现在出版的汉语字典和词典，都将“胡说”的“胡”字解作“乱”的意义，实在是皮相之论。

但是早在先秦以前，胡人中就有相当多的氏族部落，融入了华夏族。像周人，实际上就是胡人的一支。因此早期产生的冠以“胡”字的词汇，多是带有褒义。《广雅·释诂》说：“胡，大也。”古人是以大为美的。“胡”之训大，就如同夏、殷、京训大一样，乃是民族自大心理在语言上的反映。《诗经》“胡考且宁”，所谓“胡考”就是寿考。他如“胡耇”“胡老”，以及《周书》所说的“保民耆艾曰胡”，也是由“大”一义滋生出来的。但是由于这是早期民族融合留下的语言化石，后人也就鲜知其义了。

汉语中还有相当多的名词，冠有“胡”字，如胡桃、胡荽、胡麻、胡豆、胡芹、胡椒、胡芥、胡瓜、胡床、胡蒜、胡萝卜等，这些“胡”字，其实质与“胡说”的“胡”是完全相同的，这表明它们来自胡人之域，它们是汉时才进入中原的。汉以后由于汉胡冲突加剧，有南北朝时期的“五胡乱华”，金、西夏、蒙古等对中原汉人的侵扰，遂而形成了汉人对“胡”的仇恨心理。于是“胡”与“乱”便结为姻缘，随而产生了大量“胡说”“胡扯”之类的词汇。

从“胡考”（褒义）——胡桃（中性）——“胡说”（贬义）“胡”字蕴含的变化，可以看出，在中华民族早期祖先的身上，就曾流着胡人的血，后来强悍的胡人也曾在中原人民的心灵中留下不愉快的阴影。中华民族文化，渗透了许多少数民族文化的因子。